普通高校"十三五"实用规划教材——公共基础系列

文学欣赏
(第3版)

张子泉　主　编

刘兆信　王志忠　张连明　副主编

清华大学出版社
北京

内 容 简 介

本书在文学欣赏的基础上，分别介绍诗歌、小说、散文、戏剧文学、影视文学五种文学样式的特点、欣赏技巧以及具体的作品分析。各种文体都有例文赏析，可起到引导的作用。同时，各章节都设有思考与练习部分，帮助读者加深理解，进一步提高分析能力。本书所选例文典型、新颖，贴近学生生活，可读性强，能满足教师、学生，以及广大文学爱好者对古今中外文学作品的欣赏需求。

本书既有较强的学术性，又具有较强的实用性，适用于普通本科院校、高等职业院校、成人高校的学生，也可以作为对文学感兴趣的人自学的参考用书。

本书封面贴有清华大学出版社防伪标签，无标签者不得销售。
版权所有，侵权必究。举报：010-62782989，beiqinquan@tup.tsinghua.edu.cn。

图书在版编目(CIP)数据

文学欣赏/张子泉主编．—3 版．—北京：清华大学出版社，2018(2024.7重印)
(普通高校"十三五"实用规划教材——公共基础系列)
ISBN 978-7-302-50617-1

Ⅰ．①文… Ⅱ．①张… Ⅲ．①文学欣赏—高等学校—教材 Ⅳ．①I06

中国版本图书馆 CIP 数据核字(2018)第 151316 号

责任编辑：刘秀青
封面设计：刘孝琼
责任校对：周剑云
责任印制：刘　菲

出版发行：清华大学出版社
网　　址：https://www.tup.com.cn，https://www.wqxuetang.com
地　　址：北京清华大学学研大厦 A 座　　邮　编：100084
社 总 机：010-83470000　　邮　购：010-62786544
投稿与读者服务：010-62776969，c-service@tup.tsinghua.edu.cn
质量反馈：010-62772015，zhiliang@tup.tsinghua.edu.cn
课件下载：https://www.tup.com.cn，010-62791865

印 装 者：三河市铭诚印务有限公司
经　　销：全国新华书店
开　　本：185mm×260mm　　印　张：17.5　　字　数：425 千字
版　　次：2006 年 8 月第 1 版　2018 年 8 月第 3 版　印　次：2024 年 7 月第 9 次印刷
定　　价：49.00 元

产品编号：073102-02

前　言

　　文学是指具有审美属性的文学语言及其作品，纵观社会历史的演变和发展，文学扮演了重要的社会角色，它引导人们的思想，启迪人们的智慧，陶冶人们的情操，成为每个时代不可或缺的精神食粮。文学欣赏，其主旨在于揭示文学作品潜在的丰富内涵，领略其醇美的艺术魅力，进而获得审美的愉悦和享受。因此，从某种意义上讲，文学欣赏是推行素质教育、实施人文素质工程的重要内容之一。但是，长期以来受实用主义和应试教育的影响，出现了削弱，甚至取消人文素质教育的倾向。尤其是理工科类专业，过分强调技术教育而忽视人文教育的问题更是严重，甚至把文学、历史、哲学、艺术等人文教育的课程放到可有可无的位置，这将不利于丰富大学生的精神生活，培养大学生健全的人格，塑造全面发展的新时期大学生形象。著名数学家苏步青教授曾经针对理工科大学生语文成绩不好、论文缺乏逻辑性、语言不通、错别字多、不了解祖国历史等问题，提出了加强对理工科学生的文史知识教育。他认为，大学教育不必急于专业化，一定要扩大学生的知识面，把基础知识的面拓得尽可能宽一些，做到文理相通，把大部分学生培养成"通才"，才有后劲。因此，对于理工科大学生来说，学习古今中外的文学作品，掌握分析和鉴赏的能力，善于运用母语表达自己的内心情感和思维，能熟练地驾驭本国语言，使之成为传播或接受信息的工具，这是必不可少的。我们要建设文明、和谐的社会，提高大学生文学素养势在必行！相信本书将是广大学子的良师益友，对提升文学品位、扩大知识面、加强人文素养，将起到积极的推动作用。

　　本书是在《文学欣赏》(第 2 版)的基础上修订而成的。在修订的过程中，广泛征求了教师、学生的意见，对原来的体例格式作了进一步的调整，增加了诗歌欣赏、散文欣赏的有关内容，部分内容进行了适度的增删、合并，增强了教材的实用性和科学性。总之，本书较《文学欣赏》(第 2 版)的内容更加丰富，特点更加鲜明，实用性更强，是对第 2 版的一次新的提升。在修订过程中特别突出了以下特点。

　　(1) 结构体系完整严谨。全书以文学史的演进过程为主线，按照诗歌、小说、散文、戏剧文学、影视文学五大文体依次展开，并简要概述每一种文体的发展概要。同时，书中结合不同文体的特点，阐述了具体的欣赏方法，各种文体都选录了大量的例文，并附有例文赏析，使学生从中汲取文学精华，学以致用，这对于增强学生的综合人文素养、提高实际应用能力，有重要的意义。

(2) 内容实用性强。文学欣赏是公共性科目，因此，理论不宜过多，以提高欣赏水平、陶冶情操为主。本书编排分门别类，条理清晰，例文皆出自名人名著，突出典型，时文新颖，贴近学生生活，可读性强。广大学生或文学爱好者，可以根据自己的情况，有选择或有侧重地阅读与赏析。由于欣赏方法和作品举例紧密结合，融为一体，因此给教学和学习提供了很大的便利。

本书由张子泉老师任主编，刘兆信、王志忠、张连明三位老师任副主编。本书还得到了吴永昶、李毓等专家教授的大力支持，他们对本书的编写提出了许多宝贵的意见和建议，在此，一并表示真诚的谢意。

本书所引部分作品因无法准确查明出处，未能及时与原作者联系，在此表示歉意。另外在撰写中参阅了有关书刊、资料，恕不一一注明出处。

由于作者学识所限，书中难免有不妥之处，敬请广大读者批评指正。

《文学欣赏》教材编写组

目　　录

第一章　文学欣赏概述 1

第一节　文学欣赏的基本特征 1
一、文学欣赏是包含感情的审美享受活动 1
二、文学欣赏是感觉与理解相统一的审美认识活动 2
三、文学欣赏是依靠想象与联想所进行的艺术再创造活动 2
四、文学欣赏是以"共鸣"为重要特征的心理感受活动 4

第二节　文学欣赏的基本要求 4
一、以审美为主导，综合分析价值 4
二、整体把握作品，评判作品优劣 5
三、调动联想和想象，获得审美享受 6
四、主观感情入其内，客观分析出其外 7
五、用心体验，领悟言外之意 9

第二章　诗歌欣赏 11

第一节　诗歌概述 11
一、诗歌的产生与发展 11
二、诗歌的分类及特点 18

第二节　诗歌的欣赏技巧 21
一、疏通文义，领会内涵 23
二、了解基本抒情方法，掌握常用表现手法 24
三、领略诗中意境，领悟作者感情 26

第三节　诗歌作品赏析 28
静女 28
山鬼 30
步出夏门行·龟虽寿 33

送杜少府之任蜀州[1]	35
凉州词	36
春江花月夜[1]	38
梁甫吟	41
丽人行	44
碛中作[1]	48
行舟	49
秋风引	50
相见欢[1]	52
雨霖铃[1]	54
苏轼词二首	55
念奴娇·赤壁怀古[1]	55
蝶恋花·花褪残红青杏小	57
鹊桥仙[1]	59
李清照词二首	61
醉花阴	61
渔家傲	63
水龙吟·过南剑双溪楼	64
沁园春·长沙	66
红烛	69
雨巷	71
再别康桥[1]	74
致橡树	76
当初我们俩分别	79

第三章 小说欣赏 82

第一节 小说概述 82
第二节 小说的欣赏技巧 84
  一、人物的欣赏 84
  二、情节的欣赏 85
  三、环境的欣赏 87
  四、主题的欣赏 88
第三节 小说作品赏析 89
  杜十娘怒沉百宝箱 89
  风波[1] 100
  百合花 105
  腊月·正月(梗概) 112
  钢铁是怎样炼成的(节选) 115
  热爱生命 127

走出沙漠 141

　　杭州路 10 号 142

第四章　散文欣赏 147

　第一节　散文概述 147

　　一、古代散文及其发展 147

　　二、现代散文及其分类 148

　第二节　散文的欣赏技巧 149

　　一、抓住文脉，理清思路 149

　　二、领略意境，感受醇美 150

　　三、领悟意趣，升华主旨 152

　　四、联想想象，并驾齐驱 153

　第三节　散文作品赏析 155

　　酒箴 155

　　五柳先生传 156

　　墨池记[1] 158

　　银杏 161

　　灯 163

　　笑 166

　　愿 168

　　翡冷翠[1]山居闲话 171

　　囚绿记 174

第五章　戏剧文学欣赏 178

　第一节　戏剧文学概述 178

　　一、戏剧与戏剧文学 178

　　二、中西戏剧的起源与形成 179

　　三、戏剧文学的特征 186

　第二节　戏剧文学的欣赏技巧 187

　　一、分析戏剧冲突 187

　　二、品味戏剧语言 188

　　三、把握"人物塑造" 189

　第三节　戏剧作品赏析 192

　　西厢记(第四本第三折) 192

　　茶馆(节选) 198

　　罗密欧与朱丽叶(节选) 208

　　日出(节选) 217

　　牡丹亭·闺塾 223

　　雷电颂 230

第六章　影视文学欣赏 ... 233

第一节　影视文学概述 ... 233
一、影视艺术与影视文学 ... 233
二、影视文学的产生和发展 ... 233
三、影视文学的分类 ... 235
四、影视文学的审美特征 ... 236

第二节　影视文学的欣赏技巧 ... 238
一、按照影视艺术的规律来塑造人物 ... 238
二、注意特定的结构及所设计的故事 ... 239
三、了解蒙太奇的功能和类型 ... 241
四、注意掌握结构和节奏上的特点 ... 242

第三节　影视作品赏析 ... 243
大明宫词(节选) ... 243
淘金记(节选) ... 261

学生课外阅读书目 ... 270

参考文献 ... 272

第一章 文学欣赏概述

第一节 文学欣赏的基本特征

　　诗歌、小说、散文、戏剧是文学作品的四大样式。翻开任何一部成功的文学作品,隐含在语言文字中的那一幅幅色彩纷呈的生活画面,那催人奋进的思想情感,那丰富多彩的社会内容,便会使我们的心灵受到强烈的震撼。读者在翻阅或倾听别人诵读文学作品的过程中,获得对艺术形象的具体感受和体验,产生思想感情上的波动和共鸣,并上升为审美享受,进而领会文学形象所包含的深层意义,那么,这样的翻阅或诵读,就成了对文学作品的欣赏。文学欣赏活动,是读者阅读文学作品时特有的精神活动。这种精神活动,同阅读政治、哲学、历史、经济等社会科学著作时的精神活动有着明显的区别。在文学欣赏过程中,一方面作品所塑造的形象会把读者带到一个特定的、具体的艺术境界,掀起读者思想感情的波涛;另一方面,读者又会根据自己的思想感情和生活经验,来理解或解释作品中的形象,有时甚至以自己的经验来丰富与补充作品里形象的内涵。所以,读者对文学作品的欣赏,显然带有某些艺术再创造的性质,所以它不是消极的接受,而是包含着读者的形象思维活动的一种积极的感受、体验和认识。因此,文学欣赏既是一种特殊的精神活动,又是一种审美认识活动,具有以下四个方面的特征。

一、文学欣赏是包含感情的审美享受活动

　　文学作品总是以情感人,使读者或愉悦,或激昂,或悲哀,或愤怒。正如刘勰所说:"夫缀文者情动而辞发,观文者披文以入情;沿波讨源,虽幽必显。"强调了"情感"在创作与欣赏中的作用。读者在欣赏文学作品时,被作品中生动鲜明的艺术形象所吸引、所感染,引起情感上的共鸣,从而认识它所反映的社会生活面貌,并进而理解它的本质意义。所以说形象所唤起的欣赏者的情感共鸣,是审美享受的重要标志,是文学欣赏的一个

重要特点。例如人们在欣赏《保卫延安》《青春之歌》《创业史》《红岩》等反映现代史题材的作品时，就会特别敬佩作品中所表现的英雄人物可歌可泣的事迹，喜爱那些革命者的光辉形象，并进而了解过去的革命斗争历史，学习先辈的革命传统与斗争精神，陶冶自己的情操、坚定自己捍卫和平的意志。在阅读高尔基的《母亲》、奥斯特洛夫斯基的《钢铁是怎样炼成的》、法捷耶夫的《青年近卫军》、伏契克的《绞刑架下的报告》等作品时，作品所展现的艰苦卓绝的斗争生活，以及从斗争中锻炼出来的坚强的革命战士的形象，不管在什么时期，对广大读者都具有巨大的教育和鼓舞力量。这种感情上的反应是以文学作品的形象系统为基础，以作家在作品中所灌注的情感为底蕴的。

二、文学欣赏是感觉与理解相统一的审美认识活动

文学欣赏不是简单地复现现象，而是对形象意蕴的深刻理解。这种理解又不是抽象的认识，而是形象的意会，是在感觉中理解，在审美过程中认识。文学欣赏以读者对作品中的艺术形象的具体感受为基础，读者对作品的感性认识，在文学欣赏中具有重要意义。实践证明："感觉到了的东西，我们不能立刻理解它，只有理解了的东西才能更深刻地感觉它。"读者对文学作品的形象，只有在正确理解的基础上，才能获得深刻的感受。例如，宋代诗人苏轼，在读了陶渊明的《饮酒》诗以后写道："'采菊东篱下，悠然见南山'，因采菊而见山，境与意会，此句最有妙处，近岁俗本皆作'望南山'，则此一篇神气都索然矣。""望"和"见"一字之差，意境全非。这是因为陶渊明要表达的是自己辞官以后的喜悦，因而用"见"字，传达出悠然自得的情怀，确有"境与意会"的效果；若改为"望"字，变成主动寻求，不仅破坏了全诗的意境，也不符合陶潜的节操。所以，苏轼的体会表明他对陶诗的意境以及陶潜的为人都有比较深刻的认识。当读者对作品中的艺术形象还停留在片断的、分散的、表面的感性认识阶段时，是不可能对作品的内容有全面的、深刻的感受的。只有经过深思，把那些片断的、分散的、表面的印象集中起来，加上自己想象的补充和丰富，在头脑里获得形象的再现时，才能对作品所描绘的形象有比较全面、深刻的感受，达到感受和理解的有机统一，才能透彻地领会其中的意味，得到思想感情上的陶冶和艺术鉴赏上的愉悦。

三、文学欣赏是依靠想象与联想所进行的艺术再创造活动

艺术的想象在文学欣赏中有着非常重要的作用。文学欣赏离不开形象，但也不是简单地复映现象、再现形象，而是在作品形象系统的基础上，通过欣赏者的想象、联想和欣赏者的感受、理解，重新创造作品形象。在艺术欣赏中，读者要为情所感，就得依靠形象所给予的具体生动的感受，以及随之而来的想象、联想等思维活动。特别是作为语言艺术的文学，由于其形象的间接性，读者对它的欣赏，与对造型艺术、表演艺术、综合艺术等的欣赏相比，更有待于形象的再创造，更需要具有形象思维的能力。它要求读者善于通过语

言媒介，想象出作品所塑造的艺术形象和生活境界，并进而领会其思想内容。例如，没有参加过战争的读者，能够体验、领略描写战争的文学作品，这并非由于他们头脑里有多少关于战争的概念，而是因为作家的形象描绘提供了具体而生动的材料，它能激发读者的想象和联想，从而能够体验和认识自己从未经历过的战争生活；而亲自经历过战争生活的读者，对以战争为题材的文学作品，往往倍感亲切，会有更多的体会，这是因为他们能够以自己的战争生活经验，来感受、想象，以至丰富、补充作品里关于战争的描写。要是读者不善于进行积极的想象和联想，或缺乏必要的生活感受，那么，再美的文学形象也没有多大意义。"孤帆远影碧空尽，唯见长江天际流""朱门酒肉臭，路有冻死骨""沉舟侧畔千帆过，病树前头万木春"……唐诗中这些脍炙人口、富有表现力的诗句所勾画的种种意境，在感受、想象能力较差的读者眼里就可能是平淡无奇的。又如，在剧本中，人物的思想感情主要通过戏剧语言来表现，然而由于剧中特有的场景，人物通常都不需要把自己的思想感情和盘托出。有时讲得少而想得多，有时言在此而意在彼，有时说的则恰恰同想的相反，在鉴赏剧本时，读者如果不能根据剧情展开积极的想象，就不可能正确地感受和了解人物的思想感情及剧本内容。如《雷雨》第四幕里，侍萍得知四凤和周萍的关系后，悲愤地发出了这样的声音：

"啊，天知道谁犯了罪，谁造的这种孽！——他们都是可怜的孩子，不知道自己做的是什么。天哪！如果要罚，也罚在我一个人身上。

他们是我的干净孩子，他们应当好好地活着，享着福。罪孽是在我心里头，苦也应当我一个人尝。

今天晚上，是我让他们一块儿走的，这罪过我知道！我都替他们担待了；要是真有什么，也就让我一个人担待吧。"

这是对自己的谴责吗？罪孽真是侍萍造成的吗？绝对不是。这是对周朴园的血泪控诉，这是对以周公馆为代表的封建黑暗势力的猛烈抨击。侍萍和她的"可怜的孩子"，都被这个万恶的社会吞噬了——这就是《雷雨》通过艺术形象所显示的真理。因此，不依靠想象和联想，不经过积极的形象思维，读者就不可能对作品的意境有深切的感受，不可能发现和了解作品中那些弦外之音、韵外之致；若读者能在欣赏文学作品时，反复地品味，积极地思考，就能从中获得更多的感受和更深的认识。当然，不同的读者，由于生活经历、文化素养、个性特点的差异，对于同一作品中的形象，很可能得到不同的印象，不同的认识。鲁迅曾说过：现代的读者看《红楼梦》，对于林黛玉这个人物，"恐怕会想到剪头发，穿印度绸衫，清瘦、寂寞的摩登女郎；或者别的什么模样。"总之，和三四十年前读者心目中的林黛玉"是截然两样的"。正是由于读者在欣赏过程中对于作品形象的想象，总不免要根据自己的生活经验等而有所加工改造，于是所得的印象也就往往带有个人特点。因此"一千个读者，就有一千个哈姆雷特"，这话是有一定道理的。即欣赏者头脑里再现的形象，既有作品中形象的确定性与规定性，又有欣赏者的独创性和新颖性。

四、文学欣赏是以"共鸣"为重要特征的心理感受活动

当阅读文学作品的时候，作家通过作品的形象表达出来的思想情操，强烈地打动了读者，引起读者思想感情的回旋激荡。他们爱作者之所爱，恨作者之所恨；为作品中正面人物的胜利而欢乐，为反面人物的溃灭而称快；或者为正面人物的失败而悲痛，为反面人物的得势而愤慨。这种现象，就是文学欣赏中的共鸣现象。简单地说，文学欣赏中的共鸣就是读者的思想感情同作品所表达的思想感情的相通或相似。在实际的社会生活中，人与人之间有着种种错综复杂的关系，文学作品中恰恰有许多是着重表现人们对现实生活中的这种相互关系的感受的，如怀念亲人、感叹离别、追忆故园等作品就是如此。因此，这种抒发生活感触的作品，便会获得处于近似的生活环境中的不同时代、不同阶级的读者的共鸣。如李白的《静夜思》："床前明月光，疑是地上霜。举头望明月，低头思故乡。"这首诗之所以会千古流传、脍炙人口，就在于诗人以浅近朴实的语言，写出了一种月夜思乡的特定情景，这种情景，人们在实际生活中经常遇到，因而千百年来它曾经触动了无数读者思念故乡、缅怀故国的情感，引起了人们的共鸣。优秀的文学作品所创造的艺术境界，既是具体的、活生生的客观现实世界的艺术再现，又大都浸透了作者热烈深沉的爱憎之情，因而具有强烈的艺术感染力。读者在阅读这样的作品时，常常会自然而然地进入作品展现的世界，为作者的情感所左右；或为黛玉葬花而潸然泪下；或为武松打虎而慷慨击节；或为冉阿让的命运，发出深切的关注与同情；或为盖拉辛的遭遇，对万恶的农奴制度切齿痛恨。凡此种种，是"共鸣"现象在文学欣赏活动中的突出表现。

可见，文学欣赏是伴随感情活动的形象思维活动，文学欣赏中的认识活动主要是一种感受体验，而不是评论，但是，对文学作品的形象及其所包含的意蕴，只有在正确理解作品的基础上，才能获得全面的、深刻的感受。因此，文学欣赏是感受、体验和理解、鉴别的有机统一。

第二节 文学欣赏的基本要求

文学作品欣赏是以审美活动为主导的综合活动，读者通过注意、期待、知觉、想象、领悟、情感、回味等心理活动，并使之互相关联、互相渗透，实现文学作品的审美价值和其他价值。读者在欣赏文学作品时须遵循以下要求。

一、以审美为主导，综合分析价值

文学作品欣赏活动是审美活动。读列夫·托尔斯泰的《战争与和平》、歌德的《浮士德》、莎士比亚的《哈姆雷特》，我们会情不自禁地陶醉于生动的人物形象中，获得沁人心脾的美感享受。

文学作品鉴赏活动除实现审美价值外，还有许多价值成分，诸如认识价值、道德伦理价值和政治价值等。

例如，在认识价值方面，恩格斯就曾称赞巴尔扎克的《人间喜剧》是法国社会的缩影，特别是巴黎上流社会的卓越的现实主义历史。他还称赞读《人间喜剧》比从所有职业的历史学家、经济学家和统计学家那里学到的全部东西还要多。又如，《复活》中的男主人公聂赫留朵夫道德上的自我完善表现出的伦理道德教育价值，《最后一课》表现出反对外族侵略的政治价值等。

文学作品鉴赏活动是以实现审美价值为核心而融会了其他价值的有机活动，其中融会的认识价值、政治价值、教育价值等，同审美价值紧紧地结合在一起，密不可分。其他价值的实现，都是通过审美价值实现的。

二、整体把握作品，评判作品优劣

文学作品是一个有机的整体，文学作品中的各个部分都是整体中的一个有机单元。朱光潜先生把一篇作品的整体布局比作兵家所谓的"常山蛇阵"。它的特点是：击首则尾应，击尾则首应，击腹则首尾俱应。也就是说，文学作品中的各个部分共同组成一个互相联系的有机整体，这就要求鉴赏者在鉴赏文学作品的时候，要从整体上把握作品，不能仅把作品中的某些场面、某些情节、某些细节孤立起来进行鉴赏，并以此去评判作品的优劣。

比如"我来迟了"，作为一句完整的话来看，无所谓优劣，日常生活中，它表述的是说话者的一种行为，没有什么更深的含义。但同样的话置于《红楼梦》中，让它由王熙凤的口中说出，其含义就不一样了：

一语未了，只听后院中有人笑声，说："我来迟了，不曾迎接远客！"黛玉纳罕道："这些人个个皆敛声屏气，恭肃严整如此，这来者系谁，这样放诞无礼？"心下想时，只见一群媳妇丫鬟围拥着一个人从后房门进来。

在这里，"我来迟了"就不仅是王熙凤的一个简单的行为动作。联系上下文，考虑王熙凤在整个贾府中的身份和地位，我们知道，这句普普通通的话语背后包含着十分丰富的内容。我们既可以从中感觉到王熙凤风风火火、泼辣爽直的性格，也可以体会到王熙凤在贾府中非同一般的地位和身份，还可以领略到王熙凤放肆的语气中所包含的炫耀和盛气凌人的气势，体会到王熙凤"体格风骚、粉面含春威不露，丹唇未启笑先闻"的独特气质。在那种场合，这样的语言只能从王熙凤的口中说出。

再比如"绿""过""到""入""满"这些字，从语义的角度来比较，很难说哪一个字更好一些，但在作者感情的参与之下，经过作者的巧妙安排，毫无感情的文字就传达出了作者非同一般的审美感受。如王安石的《泊船瓜洲》：

京口瓜洲一水间，钟山只隔数重山。

春风又绿江南岸，明月何时照我还？

《容斋随笔》卷八云："吴中士人家藏其草，初云'又到江南岸'。圈去'到'字，注曰'不好'，改为'过'。复圈去而改为'入'，旋改为'满'。凡如是十许字，始定为'绿'。"为什么"绿"字好呢？从科学的角度讲，风一般只能以听觉、触觉来感知，但春天却是惠风和畅、吹面不寒、过耳无声的。现在诗人用"绿"去描写它，将不易传达的听觉、触觉转化为触目成色的视觉，既见春风的到来，又惊异于春风到来后江南水乡的变化，形象生动，一举两得，这就是诗歌创作中通感的妙用。就整首诗而言，"绿"字与其他几个字相比，更能强化诗意：青山绿水、碧野春风、明月孤舟，多么富有诗意的图画。

孤立地来看，下面这段语言是非常啰唆的：

……于是看小旦唱，看花旦唱，看老生唱，看不知什么角色唱，看一大班人乱打，看两三个互打，从九点多到十点，从十点到十一点，从十一点到十一点半，从十一点半到十二点——然而叫天竟还没有来。

当鲁迅把它放在《社戏》中，用来表现"我"盼望"小叫天"出场的急切心情的时候，它却是传"情"妙笔。

在文学作品中，某些场面、情节、细节孤立地来看可能是丑陋的、恶俗的、不健康的，但从整体来看，它们有时却是作品所必需的。鲁迅先生早就批评过那种不顾整体、单纯寻章摘句的鉴赏方式："还有一样最能引读者入于迷途的，是'摘句'。它往往是衣裳上撕下来的一块绣花，经摘取者一吹嘘或附和，说是怎样超然物外，与尘浊无干，读者没有见过全体，便也被他弄得迷离惝恍。"所以鲁迅说："我总以为倘要论文，最好是顾及全篇并且顾及作者的全人，以及他所处的社会状态，这才较为确凿。"只有顾及全篇，把部分放在整体中去品味、去鉴赏，才是正确的欣赏方法。

三、调动联想和想象，获得审美享受

接受美学认为，文学文本留有许多空白。接受美学把没有被阅读过的作品称为"文本"，只有经过读者阅读，把文本中的符号、概念变成具体的形象的时候，文本才成为作品。那么如何填补文本留下的空白？如何使一般的语言符号变为生动的形象呢？接受美学认为：必须用联想和想象。接受美学的这种观点对谈论文学鉴赏的要求很有启发。文学作品对艺术形象的描述都是虚实相间、留有很多空白的，这些虚的空白就需要读者在阅读的过程中通过想象去填补，否则，文学鉴赏就无法进行。我们看两段描写：

三仙姑却和大家不同，虽然已经四十五岁，却偏爱当个老来俏，小鞋上仍要绣花，裤腿上仍要镶边，顶门上的头发脱光了，用黑手帕盖起来，只可惜官粉涂不平脸上的皱纹，看起来好像驴粪蛋上下上了霜。

　　……寡妇出现了，网纱做的便帽下面，露出一圈歪歪斜斜的假头发，懒洋洋的趿着愁眉苦脸的软鞋。她的憔悴而多肉的脸，中央耸起一个鹦鹉般的鼻子，滚圆的小手，像教堂的耗子一般胖胖的身材，膨脖饱满而颠颠耸耸的乳房，一切都跟这寒酸十足而暗里蹲着冒险家的饭厅调和。她闻着室内暖烘烘的臭味，一点不觉得难受。她的面貌像秋季初霜一样新鲜，眼睛四周布满皱纹，表情可以从舞女那样的满面笑容，一变而为债主那样的竖起眉毛，板起脸孔。总之她整个的人品足以说明公寓的内容，正如公寓可以暗示她的人品。……罩裙底下露出毛线编成的衬裙，罩裙又是用旧衣衫改的，棉絮从开裂的布缝中钻出来；这些衣衫就是客室，饭厅，和小园的缩影，同时也泄露了厨房的内容与房客的流品。她一出场，舞台面就完全了。50岁左右的伏盖太太跟一切经过忧患的女人一样。无精打采的眼睛，假惺惺的神气像一个会假装恼怒，以便敲竹杠的媒婆，而且她也存心不择手段的讨便宜……

　　第一段见于赵树理的《小二黑结婚》，第二段见于巴尔扎克的《高老头》。第一段的空白是作家采用白描的缘故；第二段描写，作家采用的是细描，两段都有诸多空白。通过描写我们知道了伏盖太太有一张憔悴而多肉的脸，但脸的形状呢？脸的黑白呢？通过描写我们知道了伏盖太太有着一个像耗子一般胖胖的身材，但到底有多胖呢？通过描写我们知道了伏盖太太有一双四周布满皱纹、无精打采的眼睛，但眼睛的大小呢？是豹子眼还是丹凤眼呢？眉毛呢？是浓浓的八字眉还是细细的柳叶眉？……总之，仅靠这些实的描写，无法构成一个可以用视觉感知的完整图像，这就需要读者根据自己的生活经验对形象进行补充和想象。只有这样，作品中的人物、景物、场面才可能生动地展现在我们的脑海中，从而使我们得到艺术的享受。因此，不调动联想和想象力，是无法鉴赏文学作品的。夏丏尊、叶圣陶在《文心》一书中提到："文章是无形的东西，只是白纸上的黑字，我们读了这白纸上的黑字，所以会感到悲欢，觉得人物如画者，全是想象的结果。作者把经验或想象所得的具体的事物翻译成白纸上的黑字，我们读者都要倒翻过去，把白纸上的黑字再依旧翻译为具体的事物。这工作完全要靠想象来帮助。譬如说吧，'山高月小，水落石出'是好句子，但这八个字之所以好，并非白纸上写着的这八个字特有好处，乃是它所表托的景色好的缘故。我们读这八个字的时候，如果同时不在头脑里描出它所表托的景色，就根本不会感到它的好处了。"

四、主观感情入其内，客观分析出其外

　　文学创作需要感情的投入，文学鉴赏一样需要感情的入乎其内，进入角色，与作品描

绘的对象融为一体。文学鉴赏者不是无动于衷的旁观者，而应当把自身化入作品中，想人物之所想，急人物之所急，爱人物之所爱，怒人物之所怒，只有这样才会真正地理解作品，获得审美愉悦，否则就无法感受到其中的魅力。《红楼梦》第二十三回"《西厢记》妙词通戏语，《牡丹亭》艳曲警芳心"里有这样一段描写：

  这里黛玉见宝玉去了，听见众姐妹也不在房中，自己闷闷的。正欲回房，刚走到梨香院墙角外，只听见墙内笛韵悠扬，歌声婉转，黛玉便知是那十二个女孩子演习戏文。虽未留心去听，偶然两句吹到耳朵的，明明白白一字不落道："原来是姹紫嫣红开遍，似这般，都付与断井颓垣……"黛玉听了，倒也十分感慨缠绵，便止步侧耳细听，又唱道是："良辰美景奈何天，赏心乐事谁家院……"听了这两句，不觉点头自叹，心下自思："原来戏上也有好文章，可惜世人只知看戏，未必能领略其中的趣味。"想毕，又后悔不该胡想，耽误了听曲子。再听时，恰唱到："只为你如花美眷，似水流年……"黛玉听了这两句，不觉心动神摇。又听到："你在幽闺自怜……"等句，越发如醉如痴站立不住，便一蹲身坐在一块山子石上，细嚼"如花美眷，似水流年"八个字的滋味。忽又想起前日见古人诗中，有"水流花谢两无情"之句；再词中又有"流水落花春去也，天上人间"之句；又兼方才所见《西厢记》中"花落水流红，闲愁万种"之句；都一时想起来，凑聚在一处，仔细忖度，不觉心痛神驰，眼中落泪。

  这段描写说明，在文学鉴赏中感情专注与浮光掠影所获得的审美效果是不一样的。林黛玉开始由于"未留心去听"，所以偶尔听到一句两句，她只感到"倒也十分感慨缠绵"。当她被戏里的妙词所吸引而侧耳细听的时候，她的感觉就不一样了：先是"不觉点头自叹"，继而"不觉心动神摇"，后来"越发如醉如痴站立不住，便一蹲身坐在一块山子石上""不觉心痛神驰，眼中落泪"。随着她感情投入程度的加深，她所受到的感染也越来越强，获得的审美愉悦也越来越强烈。

  需要说明的是，文学欣赏既需要欣赏者入乎其内，也要欣赏者能出乎其外。如果鉴赏者一直沉浸在作品所描写的世界里出不来，就不可能对作品作出客观深刻的分析和评价。不能说读了李后主的词就闲愁万种；读了琼瑶的小说就想入非非，把自己想象成其中的某一人物；读了《少年维特之烦恼》就要自杀；读了《少林寺》就想出家……我们看一下吴俊忠先生对崔颢《黄鹤楼》诗的鉴赏和分析。

  昔人已乘黄鹤去，此地空余黄鹤楼。
  黄鹤一去不复返，白云千载空悠悠。
  晴川历历汉阳树，芳草萋萋鹦鹉洲。
  日暮乡关何处是？烟波江上使人愁。

  "鉴赏者初读这首被誉为'绝唱'的七言律诗，很自然地会被诗中所表现的那种旅思乡愁，以及感叹宇宙永恒、人生短暂的情绪所感染，甚至会驱动自身的人生和情感体验，或遗憾'空有大志，人生无成'，或感叹'江山依旧，人事全非'，渐入诗中之境而流连忘返。但鉴赏者不能沉湎于此'诗境'，必须反复吟诵，调整视点，跳出境外，并上升到一个新的高度来认识、理解诗的意蕴和内涵。读着、读着，鉴赏者把此诗放到当下的文化视野中来'解读'，若有所悟，忽生新感：自然万物均在变与不变之中，有其自身规律，不以人的意志为转移。触景生情，见物思事，乃人之常情，然而生何种情、思哪些事，乃取决于人的精神境界和情绪心境，与其感叹山河不变人事非，倒不如睹物思人，更上一层楼。黄鹤楼巍然屹立，白云悠悠缭绕，并不因黄鹤已去而失色，阳光下树木葱郁，青草碧绿，江上烟波迷茫，好一派自然风光，即使因天晚而望不到故乡，有此自然美景，足以慰思乡之情，又何必触景生愁。山河不变人事变，有志者当珍惜时光，努力奋发，不应在无为的忧愁中虚掷时光。"

这样分析，就跳出了诗外，而不至于沉迷在诗歌的愁绪中。空灵的艺术需要空灵的心境去领会其中的美好，优秀的文学作品也需要欣赏者的慧眼。

五、用心体验，领悟言外之意

优秀的作品一般都有言外之意，题外之旨，弦外之音。文字传达给读者的字面意义几乎没有差别，为什么不同的鉴赏者对同一作品会有着不同的理解呢？因为不同的鉴赏者面对相同的文字叙述有着不同的心理体验。林兴宅先生把文艺作品的审美层次分为三层：①各种形式因素唤起的意象；②意象所指示的历史内容；③象征意蕴。其意思就是说，文学作品的意义是相当复杂的，对文学作品的理解不能仅停留在表面的意义上。比如《蝇子透窗偈》这首诗：

为爱寻光纸上钻，不能透处几多难。
忽然撞着来时路，始觉平生被眼瞒[①]。
(宋·白云守端禅师)

表面上看，它是写蝇子从来路钻出窗外的事，没有什么意思。而事实上并非如此，这首诗的象征意义在于：通过蝇子钻窗的过程，告诉人们在追求理想的过程中若用眼而不用心，就会被假象所误导，也就是说，眼看不如心悟。很多读者在阅读叙事性作品的时候，总是追求情节的生动性、趣味性，对作品所表现的时代色彩、社会意义、作者意图、文化意蕴等视而不见，岂不知这些才是作者的真正用心和作品的真正价值所在。因此，对文学作品的鉴赏不仅要用眼，更要用心，只有这样深入体会，才能领悟到作品的题外之旨、弦外之音。

[①] 李安纲. 禅诗大智慧. 北京：中国社会出版社，2005

思考与练习

1. 名词解释：
   (1) 文学欣赏
   (2) 共鸣
2. 简述文学欣赏的基本特征。
3. 结合某一作品，略谈如何进行文学欣赏。

第二章 诗歌欣赏

第一节 诗歌概述

一、诗歌的产生与发展

诗歌是文学的重要体裁之一，在文学发展史上，诗歌是较早出现的一种文学形式。许多学者认为中国的诗歌产生于文字发明之前，它是在人们的劳动、歌舞中渐渐形成和发展起来的。"原始人类在从事集体劳动时，依照劳动协作的节奏，因袭着劳动呼声的疾徐而产生的。"[①]

我国最早的诗歌，相传是帝尧时代的《击壤歌》："日出而作，日入而息。凿井而饮，耕田而食。帝力于我何有哉！"然而尧舜时代是传说中的史前时代，那时候恐怕还没有文字记录。而到了周代，情况就不一样了，先民们已积累了丰富的乐歌创作经验，诗歌的艺术也达到了较高水平，并有了可靠的文献记载。

《诗经》是公元前11世纪至公元前6世纪的诗歌总集，也是中国第一部诗歌总集，共305篇，按音乐的不同，分为"风""雅""颂"三类，都是可以配乐演唱的。"颂"诗是统治者祭祀的乐歌，有祭祖先的，有祭天地山川的，也有祭农神的。"雅"分大雅和小雅，都用于宴会的典礼，内容主要是对从前英雄的歌颂和对现时政治的讽刺。"风"是《诗经》中的精华，内容包括15个地方的民歌。《诗经》的篇章大都具有鲜明的时代感和人民性，善用赋、比、兴的表现手法，句式以四言为主，多用重叠句和回环往复的句式，为后世文学创作奠定了深厚的人文基础和艺术底蕴。

公元前4世纪，战国时期的楚国以其自身独特的文化基础，加上北方文化的影响，孕育出了伟大的诗人屈原。屈原以及深受他影响的宋玉等人创造了一种新的诗体——楚辞

---

① 褚斌杰. 中国古代文体概论. 北京：北京大学出版社，1984

(骚体)。楚辞发展了诗歌的形式，打破了《诗经》的四言形式，从三、四言发展到五、七言，楚辞句式长短参差不一，多用"兮"字。在创作方法上，楚辞吸收了神话的浪漫主义精神，开辟了中国文学浪漫主义的创作道路。楚辞的奠基人屈原，运用这种形式创作了《离骚》《九歌》《九章》等不朽诗篇，成为我国文学史上第一位伟大诗人。

楚辞的出现，标志着中国诗歌从民间集体歌唱发展到诗人独立创作的更高阶段。《诗经》和楚辞是后世诗歌发展的两大源头，在文学史上并称"风骚"，共同形成了我国古代诗歌现实主义和浪漫主义并驾齐驱、融会发展的优秀传统，并对后世文学的发展产生了广泛而深刻的影响。

《诗经》、楚辞之后，诗歌在汉代又出现了一种新的形式，即汉乐府民歌，通称"乐府诗"。汉代出现的"乐府诗"原由汉代专门掌管音乐的机构名称"乐府"而来，汉乐府民歌是乐府诗的精华，流传到现在的共有100多首，其中很多用五言形式写成，一般以五字句、七字句为主体，掺杂长短不同的各种句式，体现了诗歌艺术的发展方向。正是由于五字句、七字句的反复出现，这两种句式在节奏和表现力上所具有的优点，逐渐被文人所发现，成为之后五言、七言古体诗赖以产生的土壤，后来经文人的有意模仿，在魏、晋时代成为主要的诗歌形式。汉乐府民歌继承《诗经》民歌"饥者歌其食，劳者歌其事"的现实主义传统，多"感于哀乐，缘事而发"，通俗易懂，长于叙事，多采用口语化的朴素语言表现人物的性格，故人物形象生动，感情真挚，富有生活气息。汉乐府中著名的篇章有揭露战争灾难的《十五从军征》，有表现女性不慕富贵的《陌上桑》《羽林郎》，当然最为著名的还是长篇叙事诗《孔雀东南飞》。这首诗讲述了一个凄婉的爱情故事：焦仲卿与刘兰芝相爱至深，因为焦母与刘家的逼迫而分手，以致酿成人间惨剧。汉乐府民歌中虽然多为现实主义的描写，但许多地方都有着程度不一的浪漫主义色彩，如《孔雀东南飞》的最后一段文字，即表现出浪漫主义与现实主义艺术手法的完美结合。

五言诗是中国古典诗歌的主要形式，东汉末年，文人五言诗日趋成熟，呈现了"五言腾涌"的大发展局面，文学进入自觉时代。五言诗从民间歌谣到文人写作，经过了很长的时间，达到成熟阶段的标志是《古诗十九首》的出现。《古诗十九首》不是一时一人的作品，诗的内容多叙离别、相思以及对人生短促的感触。长于抒情，善用比、兴手法是《古诗十九首》最大的艺术特色。

汉末建安时期，"三曹"(曹操、曹丕、曹植)、"建安七子"(孔融、陈琳、王粲、徐干、阮籍、应玚、刘桢)继承了汉乐府民歌的现实主义传统，并普遍采用五言形式，第一次掀起了文人创作诗歌的高潮。他们的诗作大多反映时代动乱和人民疾苦，抒写个人理想抱负，抒情浓烈，感情细致，具有慷慨悲凉的阳刚气派，后称"建安风骨"。曹氏父子是建安文坛的风云人物，其中曹植所取得的艺术成就最高。曹植的诗歌内容富于气势和力量，描写细致、辞藻华丽、善用比喻，因而具有"骨气奇高、词采华茂"的艺术风格，代表诗作为《赠白马王彪》。建安时代的诗，是从汉乐府发展到五言诗的转变关键，曹植是当时的代表诗人。他的诗受汉乐府的影响，但却比汉乐府有更多的抒情成分。建安时代之后的阮籍是两晋时代的代表诗人，他的《咏怀诗》进一步为抒情五言诗打下基础，他常用曲折的诗句表达忧国、惧祸、避世之意。与阮籍同期的还有嵇康，他的诗愤世嫉俗，锋芒直指黑暗的现实。他们二人的诗风基本继承了"建安风骨"的传统。

南北朝时期是中国诗歌史上的又一发展时期，这表现在又一批乐府民歌集中地涌现出来。它们不仅反映了新的社会现实，而且创造了新的艺术形式和风格。这一时期民歌的特点是篇幅短小，抒情多于叙事。南朝乐府保存下来的诗有480多首，一般为五言四句小诗，几乎都是情歌。北朝乐府的诗歌数量远不及南朝乐府，但内容之丰富、语言之质朴、风格之刚健则是南朝乐府的诗歌远不能及的。如果说南朝乐府的诗歌是谈情说爱的"艳曲"，那么，北朝乐府的诗歌则是名副其实的"军乐""战歌"。在体裁上，北朝乐府的诗歌除以五言四句为主外，还创造了七言四句的七绝体，并发展了七言古诗和杂言体。北朝乐府的诗歌最有名的是长篇叙事诗《木兰诗》，它与《孔雀东南飞》并称为中国诗歌史上的"乐府双璧"。南北朝时期最杰出的诗人是鲍照。鲍照继承和发扬了汉魏乐府的传统，创作了大量优秀的五言和七言乐府诗。《拟行路难》十八首是他杰出的代表作。他成熟地运用七言句法，表现了个人的不幸和对社会不平的抗议。南朝齐永明年间，"声律说"盛行，诗歌创作都注重音调和谐。这样，"永明体"的新诗体逐渐形成。这种新诗体是格律诗产生的开端。这一时期比较著名的诗人是谢朓。谢朓以山水诗著称，诗风清新流丽。他的新体诗对唐代律诗、绝句的形成有一定影响。

陶渊明是魏晋南北朝时期成就最高的诗人。在当时崇尚骈俪、重形式而轻内容的时代氛围中，他的出现，一扫当时玄言诗盛行的局面，给诗坛吹进了一股清新之风。陶诗多写田园生活，风格自然恬淡，对唐代山水田园诗派有直接影响。

中国古代早期的诗歌没有严格的格律限制。在初唐以后，才正式出现了具有严密格律限制的诗体——律诗和律绝。格律诗又称近体诗，通常指五言或七言的律诗、绝句和排律，有严格的句数、字数和音律、对仗等方面的格式要求，相对而言，后来把唐代以前没有严密格律限制的诗体称为"古体诗"。但楚辞和乐府诗都另具特点，往往把它们另立门类。

诗歌发展到唐代，迎来了高度成熟的黄金时代。在唐代近三百年的时间里，留下了近五万首诗，独具风格的著名诗人五六十人。"初唐四杰"和稍后的陈子昂，上承汉魏风骨，力扫齐梁宫体颓靡诗风，发出清新健康的歌唱，为唐诗的发展铺平了道路。盛唐时期出现两大诗歌流派：一是以王维、孟浩然等为代表的山水田园诗派；二是以高适、岑参为代表的边塞诗派。接着，出现了两位泽被百代、彪炳千秋的伟大诗人："诗仙"李白继承和发扬了中国诗歌的浪漫主义传统，歌颂祖国大好河山，强烈抒发主观情感，表现理想与现实的矛盾，感情奔放炽烈，风格豪放飘逸；"诗圣"杜甫继承和发扬了传统的现实主义精神，其诗歌广泛而深刻地反映了唐王朝由盛转衰的时代风貌，被誉为"诗史"，感情内在深沉，风格沉郁顿挫。安史之乱后，进入中唐时期，经过短期的过渡，唐诗呈现出第二次繁荣。以白居易、元稹为代表，倡导了一场新乐府运动。他们主张"文章合为时而著，诗歌合为事而作"，创作了《新乐府》《秦中吟》等针砭时弊的讽喻诗。白居易的《长恨歌》《琵琶行》是古代长篇歌行的名篇，扣人心弦，传诵至今。晚唐诗人中以李商隐、杜牧成就最高，有"小李杜"之誉。李商隐工七律，风格深情绵邈，绮丽婉曲，尤其是他的"无题"诗，更是意蕴隽永，启迪人生。杜牧则擅七绝、咏史怀古、抒情写景。

到了宋代，诗歌已不似唐代那般辉煌灿烂，但也自成特色。对比而言，唐诗主情韵，明朗俊健，以境胜；宋诗主理致，深幽曲折，以意胜。宋代诗坛成就最大的是苏轼和黄庭坚。苏轼是宋代文学大家，他的诗说理抒情，启人心智，有宋诗好议、散文化的倾向。黄庭坚是江西诗派的宗主，注重诗歌语言的借鉴和创造，崇尚杜甫，瘦硬生新；南宋诗人的杰出代表是"中兴四大诗人"陆游、尤袤、杨万里、范成大，他们都出于江西诗派而自成一家。陆游是宋代伟大的爱国诗人，存诗近万首，他的诗激励着一代又一代的仁人志士。到宋末，文天祥、汪元量等人的爱国诗篇，为宋代诗坛添上了最后一抹光彩。

源于唐代的词，鼎盛于宋代，是一种配合燕乐歌唱的新诗体。在形式上，每首词都有词调，而且受词调的音乐节奏的限制，词的句式不像诗那样整齐，而是参差错落，有长有短，故又称长短句。又因每首词字句的多少分为小令、中令、长调，且每首词都有调名，称为词调。每调的音乐有一阕的，为单调；有两阕的，称双调；三阕的较少。每调都有一定的句数、字数和韵律。在押韵方面，为适应词调所限定的感情以及抒情的需要，词的押韵比诗更显得灵活多变。在艺术上，词长于比兴，注重寄托，因此，显得含蓄深婉，声情并茂。

晚唐五代时出现了词的专家与专集，唐末的温庭筠第一个致力于词的创作。他的词辞藻华丽，多写妇女的离别相思之情，被后人称为"花间派"。他编的《花间集》共收集了18 位词人写的 500 首词，从此，词在中国文学史上独成一体，并与诗并行发展。南唐后主李煜在词的发展史上占有较高的历史地位。他后期的词《虞美人》《浪淘沙》等用贴切的比喻将感情形象化，语言接近口语，却运用得珠圆玉润。他以词抒写自己的人生际遇和真实性情，写故国之思和亡国之痛，不事雕饰，缘情而行，语言朴素自然，感情真挚动人。王国维评云："词至李后主而眼界始大，感慨遂深，遂变伶工之词而为士大夫之词。"[①]

宋代名家辈出，是词的繁荣时期。词从产生到北宋时期，风格大都柔婉，其内容多表现离怀别绪以及花前月下的柔情蜜意。宋初的词人如晏殊、欧阳修都有出色的作品，但依然没有脱离花间派的影响。到了柳永，开始创作长调的慢词，自此，词的形式发生了显著变化。到了苏轼，词的题材又得以进一步发展，怀古伤今的内容进入了他的词作之中，他用词来抒写自己的抱负，创造了一种豪迈的风格。与苏轼同时代的秦观和周邦彦也是非常出色的词人。秦观善作小令，通过抒情写景传达伤感情绪的《浣溪沙》《踏莎行》《鹊桥仙》等是他的代表作。周邦彦不仅写词，且善作曲，创作了不少新调，对词的发展贡献很

---

① 王国维. 人间词话. 上海古籍出版社，1998

大。他的词深受柳永影响，声律严整、适于歌唱、字句精巧、刻画细致，代表作有《过秦楼》《满庭芳》《兰陵王》《六丑》等。南北宋过渡时期出现了我国古代最优秀的女词人李清照，形成言浅意深、本色当行的"易安体"，以其独树一帜的风格，占有相当重要的地位。她善于炼字炼意，擅长白描，往往三言两语就勾勒出清新动人的意境。南宋初年，面临国破家亡的危局，民族矛盾激化，许多词人在词中着重抒写半壁江山沦亡之恨和收复失地、统一国家的志向，如陆游、辛弃疾等。受题材的制约，词在艺术流派方面也不如诗那样众多。人们习惯上把词划为"婉约派"与"豪放派"两大流派。豪放派诗词作品多表现作家们的爱国之情，如辛弃疾被誉为爱国词人，他是这一时期的代表人物。受辛词影响，陈亮、刘过、刘克庄、刘辰翁等人形成了南宋中叶以后影响最大的爱国词派。南宋后期的词人以姜夔最为著名。姜词绝大多数是纪游咏物之作。在他的词作中，更多的是慨叹身世的飘零和情场的失意，较有代表性的作品是《长亭怨慢》。他的词沿袭了周邦彦的风格，注重修辞琢句和声律，但内容欠充实。词在南宋已达高峰，元代散曲流行，诗词退居其后。

　　与传统诗词相比，元代出现的散曲大大扩展了表现范围，形式更自由，语言更活泼，具有俚俗韵味，给诗坛注入了一股清新之风。散曲包括小令和套数(套曲)两种形式：小令是单支曲子，套曲是由两支以上属同一宫调的曲子依次连缀而成。前期代表作家是关汉卿、马致远，其作品通俗平易、诙谐泼辣。后期代表作家是张可久、乔吉，他们一改前期散曲的本色，趋于雅正典丽。元曲中的上乘之作有马致远的小令《天净沙·秋思》、睢景臣的套曲《般涉调·哨遍·高祖还乡》。

　　明代诗歌是在拟古与反拟古的反反复复中前行的，没有杰出的作品和诗人出现。明朝初期，高启、刘基等人的诗歌多为社会现实内容，但接着兴起的"台阁体"诗派，歌功颂德，空廓浮泛。明朝中叶以后，以李梦阳、何景明为首的"前七子"和以李攀龙、王世贞为首的"后七子"，先后发起复古运动，主张"文必秦汉，诗必盛唐"。但他们盲目尊古，一味模仿，受到有识者的批评。先有以归有光为代表的"唐宋派"起而矫之，继有以袁宏道为代表的"公安派"，主张"独抒性灵，不拘格套"，极大地冲击了前后七子的复古主张。稍后的"竟陵派"钟惺、谭元春等人，主张与"公安派"相仿，但追求幽深孤峭的诗风。

　　清代诗词流派众多，但大多数作家均未摆脱拟古主义和形式主义的套路，难有超出前人之作。清初，黄宗羲、顾炎武、王夫之等人的诗歌具有强烈的民族感情和爱国思想。钱谦益、吴伟业等在清初诗坛的影响很大。王士禛提倡"神韵"说，成为当时的诗坛领袖。清朝中叶以后，考据学风极盛，影响到当时的诗坛，远离现实、重视形式和以学问为诗之风大盛，相对而言，郑燮反映民情之作、袁枚直抒性情之作、黄景仁独写哀怨之作较有特色。道光、咸丰年间，内忧外患日益严重，龚自珍以诗为武器，揭露社会黑暗，抒发报国大志，成为近代诗歌史上开一代风气的第一位诗人。黄遵宪则是继龚自珍之后，最早从理论和创作实践上给"诗界革命"开辟道路的最为杰出的诗人。清末龚自珍以其先进的思想，打破了清中叶以来诗坛的沉寂，领近代文学史风气之先。他的诗常着眼于社会、历史和政治，揭露现实，使诗成为现实社会的批判工具。后来的黄遵宪、康有为、梁启超等新诗派更是将诗歌直接用作资产阶级改良运动的宣传载体。

"五四"新文化运动时期，"提倡新文学，提倡白话文"，中国的现代文学诞生了。1917年胡适首先在《新青年》上发表了白话诗八首，并提出"诗体大解放"的主张，倡导不拘格律、不拘平仄、不拘长短的"胡适之体"诗，他的《尝试集》是中国现代文学史上第一部白话新诗集。在新诗诞生的过程中，刘半农、刘大白、康白情、俞平伯是创作主力。经过他们的努力，新诗形成了没有一定格律，不拘泥于音韵，不讲雕琢，不尚典雅，只求质朴，以白话入行的基本共性。最早出版的新诗集有：胡适的《尝试集》、俞平伯的《冬夜》、康白情的《草儿》和郭沫若的《女神》。郭沫若的《女神》带有狂飙突进的"五四"时代精神和不同于其他白话诗的鲜明艺术性，富有浪漫主义色彩，是中国现代白话新诗的奠基作，也是新诗真正取代旧诗的标志。它成功地创造、运用了自由体形式，将新诗推向新的发展高度。闻一多是继郭沫若之后又一位对新诗发展作出划时代贡献的大诗人。闻一多为格律诗理论作出了很大贡献，他提出建设诗歌的音乐美、绘画美、建筑美，并为此进行了艰苦的创作实践。闻一多有两部诗集《红烛》和《死水》，在他的作品中，爱国主义情感贯穿始终。此外，他的诗还表现了"五四"时期积极向上、进取追求的精神风貌。他的艺术表现方法是浪漫主义的。他常选择某一形象来托物寄情。他善用贴切的比喻以增强诗的形象性和艺术感染力。他的诗具有他所提出的音乐美、绘画美、建筑美，这一特点对整个格律派产生过重大影响。经过开辟阶段，新诗形成了以自由体为主，同时兼有新格律诗、象征派诗的较为完善的形态，与古体诗相比，新诗的形式更加灵活自由、内容更加丰富多彩，真正冲破了旧有的种种禁锢束缚，走进了一个崭新的时代。文学研究会的作家们创作了大量的自由体诗，他们的诗多以抒情为主，表现了觉醒后的小资产阶级知识分子的追求与苦闷。其中朱自清的成就较为突出，他的诗突出地表现了积极进取的精神，如《光明》一诗表达了作者不靠施舍、踏实求索的愿望。还有《匆匆》《自从》《毁灭》等诗都表现了历经坎坷与幻灭，矢志不渝追求理想之心的坚韧。文学研究会中自成一家的冰心，受泰戈尔《飞鸟集》的影响，创作出版了《繁星》《春水》两部诗集。她的这些诗都被称作"繁星体"。她的"繁星体"诗多表现母爱、童真和自然之情，满蕴温柔、忧愁之风。怒吼的诗指的是瞿秋白和蒋光赤等共产党员作家的政治抒情诗，其中蒋光赤的诗最多。他的诗作具有鲜明的社会主义色彩，如《太平洋中的恶象》《中国劳动歌》《哭列宁》等诗一扫当时许多新诗中的缠绵悱恻之调，充满了阳刚之气，但他的政治抒情诗存在内容较空泛的弊端。在新诗创作中，爱情诗这一领域当属湖畔诗社的诗最引人注目，汪静之、应修人、潘漠华和冯雪峰是其中的主力。他们的诗中所描写的爱情大胆而袒露，其间所显现出的质朴、单纯的美是最打动人的地方。写自由体诗的冯至也是比较有成就的诗人。他的诗既写爱情，也写亲情和友情，出版有《昨日之歌》《北游及其他》等诗集。提倡格律诗的是新月派。徐志摩是新月派的一位重要诗人。他的诗主要表达对光明的追求、对理想的希冀、对现实的不满。表现个性解放、追求爱情的诗在徐志摩的创作中占有重要地位。他的诗风格婉约，文字清爽、明净，感情渲染浓烈、真挚，气氛柔婉、轻盈，表现手法讲究而多变。他的诗多收于《志摩的诗》《翡冷翠的一夜》《猛虎集》《云游》等诗集中。几乎在新月派活跃的同时，象征派的诗也出现在中国的诗坛上。象征派的诗既不真实描写，也不直抒胸臆，而是常采用不同于常态的联想、隐喻、幻觉、暗示等手段制造朦胧、神秘的色彩。李金发是象征派诗作的代表人物，著有《微雨》《为幸福而歌》等诗集。他的诗反映了"五四"之后一些知识分子面对茫然的前途时而产生的悲观情绪。李金发被人称为"诗怪"，是因其诗怪诞，可读性较差，但他的诗也有许多成功之处，如诗中大量形象鲜明的比喻、形象化的语言、表现强烈的感觉等皆为许多人所不及。其他成绩较为突出的象征派诗人还有王独清、穆木天和冯乃超。20世纪30年代的左翼诗派以高昂的战斗激情引领诗坛。殷夫是重要的政治抒情诗人，他的诗热情颂扬无产阶级革命，生动描绘工人运动的战斗场面。因为有实际斗争经验，所以他的诗感情充沛而真挚又不流于空泛，艺术风格朴实、粗犷，代表作品有《血字》《一九二九年的五月一日》《我们的诗》等。左翼诗派的重要代表团体是中国诗歌会，他们的艺术主张是诗歌大众化，倡导诗歌面向下层人民，歌唱抗日救亡运动，代表诗人是浦风。新月派之后，描写现代人在现代生活中的现代情绪的现代诗派兴起，戴望舒是现代诗派的代表诗人。他因1928年发表的《雨巷》一诗而获"雨巷诗人"的美名，曾出版过《我的记忆》《望舒草》等诗集。这些诗作集中表现了知识分子在大革命失败后的幻灭感和孤独感。他的诗大量采用象征意象，但因贴近主观情绪，诗意虽曲折、朦胧，但并不过于晦涩。他常用的譬喻也新鲜而贴切，富于节奏感是他的诗的另一特色。抗战后诗坛上最重要的诗派是七月派。七月派的重要诗人是胡风、艾青、田间、亦门、鲁藜、邹荻帆等。在他们的创作中，政治抒情诗占有很大比重，内容多充满爱国主义情怀，激发人们的抗敌斗志。七月派在艺术上注重以炽烈的激情去撞击人们的心灵，而不讲究文学的雕琢、修辞。质朴、粗犷、奔放是七月派诗人作品共有的艺术特色。

20世纪40年代后半期，被后来称为民歌体的新诗在解放区农村成熟了。民歌体新诗的突出成就表现在李季与阮章竞的叙事诗中。马凡陀是袁水拍于20世纪40年代中期发表讽刺诗的笔名。他在这一时期的诗结集为《马凡陀的山歌》，这是当时国统区最有影响力的政治讽刺诗集，多以市民熟悉的民谣、小调写成，轻松、诙谐而又锐利、泼辣，锋利的笔锋扫荡了末日社会的各个角落。

1949年中华人民共和国成立后，诗歌进入新的发展阶段，新题材、新主题伴随着新生活应运而生。诗人们满怀激情抒写了一首首新时代的颂歌。同时，新的社会也造就出一批诗坛新人和崭新的作品。他们是：邵燕祥和他的《歌唱北京城》《到远方去》，森林诗人傅仇和他的《伐木者》、严阵的《老张的手》、未央的《祖国，我回来了》、李瑛的《军帽下的眼睛》、公刘的《边城短歌》和《黎明的城》、顾工的《喜马拉雅山下》等。此外，诗歌形式有所创新，吸取民歌营养的信天游，接受外来影响的阶梯式、新格律诗等形式相继出现。

20 世纪 50 年代末 60 年代初，诗坛兴起了新民歌运动，发展了传统民歌。政治抒情诗以独立的艺术形式在 20 世纪 60 年代出现，郭小川、贺敬之是当时两位优秀的政治抒情诗人。这一时期诗歌创作的另一突出成就是长篇叙事诗的丰收。郭小川的《深深的山谷》《将军三部曲》以新颖的形式和深邃的思想享誉诗坛，李季的《杨高传》、闻捷的《复仇的火焰》、韩起祥的《翻身记》、王致远的《胡桃坡》、臧克家的《李大钊》、田间的《赶车传》等也都别具特色。但取得成绩的同时，这一时期的诗歌创作也存在着题材、主题、形式、风格不够丰富的缺点。改革开放以来，沉寂十载的诗坛呈现出百花齐放的新景象。诗歌在表现手法上，广泛借鉴于古今中外，形式更趋于松散的自由体，风格千姿百态。改革开放初期，欢呼胜利、反思历史的诗歌继承了现实主义的传统，并使之继续发展。与此同时，一批青年诗人，如舒婷、顾城、江河等在 20 世纪 70 年代末 80 年代初快速成长起来。他们的诗通常表现出一种晦涩的、不同于寻常的复杂情绪，人们谓之"朦胧诗"。

二、诗歌的分类及特点

作为一种特殊的文学艺术形式，诗歌的种类有很多，简述如下。

按诗体形式分，诗歌可分为新诗与旧诗。新诗也称现代诗，是五四运动以来逐渐形成发展起来的。新诗形式自由，采取白话体，突破了传统旧诗的种种束缚，所以也称新诗为自由诗。与新诗相对的是旧诗，是从殷周开始一直到清末逐渐形成发展起来的一种文学体裁，所以旧诗也就是古典诗歌。这样的古典诗歌既包括唐代以前所形成的古风，也包括唐代及以后的律诗和绝句，甚至宋词和元代的散曲也包括在内。因此，古典诗歌又可分为古体诗和近体诗。古体诗主要指唐以前所采用的诗体形式，像《诗经》、楚辞、汉代的乐府诗以及南北朝的民歌等，它们没有固定的格式，每首诗的句数、每句的字数、平仄乃至音韵均不受限制。与古体诗相对的是今体诗，也称近体诗，它包括律诗和绝句两种诗体，是从唐代开始逐渐形成、发展起来的。所谓的"近体"或"今体"是指唐代形成的体式。这种体式的诗，句有定数，字有定数，韵脚、平仄均有固定不变的格式，有的还要求对仗，格律很严。所以毛泽东曾经指出："诗当然应该以新诗为主，旧诗可以写一些，但是不应在青年中提倡，因为这种体裁束缚思想，又不易学。"

从内容及表现方式着眼，诗歌又可分为抒情诗和叙事诗两大类。抒情诗是以抒发作者由现实生活激发出来的深厚感情为主的，而叙事诗则以叙述事件为主；前者注重感情的倾诉，后者则注重人物形象的刻画与故事情节的相对完整。叙事诗往往是寓情于事、借事抒情。像古诗《孔雀东南飞》《石壕吏》等和新诗《王贵与李香香》《百鸟衣》等均为叙事诗，而《诗经》、楚辞的篇章大都是抒情诗，近体诗中的律诗和绝句大都也是抒情诗，后来的词以及元曲中的散曲，也可以看作是抒情诗。新诗以抒情诗为主，艾青、臧克家、贺敬之等都以擅长抒情诗而著称，其作品《大堰河——我的保姆》《老马》《回延安》等均属典型的抒情诗。

诗歌按其反映的思想内容还可以分若干种，如古代反映边塞地区风土民情的诗篇被称为边塞诗，而写悠闲自得的田园农家生活的诗被称为田园诗，抒发男女之间恩爱情思的诗被称为爱情诗，近年蓬勃发展起来的有反映生机勃勃的学校生活的校园诗，反映军旅生活的军营诗等。

与散文、小说、戏剧相比，诗歌是一种以精练、形象、具有节奏的语言，饱含着作者强烈的思想感情，高度集中地反映社会生活的文学样式。其主要特点有以下四个方面。

(一)通过意象和意境表达思想感情

意象是诗人的思想感情和客观物象的融合，而意境则是诗人通过意象的创造和连缀所构成的一种充满诗意的艺术境界。意象是局部的，而意境则是整体的、空灵的。情景交融是意象和意境的共同特征，都是诗人在创造意象和意境时所努力追求的。意境的特征不只是情景交融，还能启发读者产生联想和想象，进入到诗人所创造的无限丰富和广阔的艺术空间，去感悟人生。意象可以从诗人的具体描述中去捕捉，而意境则须于笔墨之外去寻找，唐代大诗人刘禹锡曾说的"境生于象外"就是这个意思。下面以王维的《鸟鸣涧》一诗略加说明：人闲桂花落，夜静春山空。月出惊山鸟，时鸣深涧中。诗中描绘了寂静山林中的落花、空山、月出、鸟鸣、深涧几种景象，这些景象无不包含了诗人的独特感受，这就是此诗的意象。首句的"闲"是悠闲、恬适，是指对官场、名利、人事纷争的厌恶和回避。人们对于桂花落一般是不会特别在意的，只有心境宁静的诗人才会注意到，因此落花的景象就传达出诗人一种独特而宁静的心境。桂花落本是客观的，在这里却是主观的，是诗人眼里、心里的落花，带有诗人浓重的感情色彩。"空山"也是这样，"空"是"空寂"的"空"，也是一种宁静的境界，这种境界在夜静时分就会有更为深切的感受。"月出"和"鸟鸣"是相互关联的两种意象。诗人以动写静，以有声衬无声，不但写出了山林的寂静，更写出了诗人内心的恬静，创造了独特的诗的意境。这首诗由几种意象连缀融合而创造出的意境是一种宁静幽深的艺术境界。这宁静并非死寂，而是充满生机、充满情趣的恬静，它充分显示了自然美，使我们与诗人产生情感的共鸣，更加热爱大自然、热爱生命，体味诗境的温馨与优美。

(二)语言精练、含蓄、形象，极富表现力

古今中外的诗人都非常重视炼句、炼词，尤其是中国古典诗歌，语言极其精练、干净利落，言简意赅、意蕴深厚。如王维的《送元二使安西》："渭城朝雨浥轻尘，客舍青青柳色新。劝君更尽一杯酒，西出阳关无故人。"前两句寥寥14个字，既点明了送行的地点、时令，又烘托了送别时的气氛，蕴含着深切的离别之情。特别是"浥"，它表明这场雨不是使道路泥泞不堪的滂沱大雨，而是刚好润湿了轻尘的蒙蒙细雨。后两句更是脍炙人口的千古名句，诗人要送朋友去那人烟稀少，风沙极大，十分荒凉的"绝域"，诗人在这

里一不言离情，二不发议论，只是用捧杯劝酒这个具体的行动来表达惜别的深情和无尽的情思，一个"劝"字和一个"更"字，极为精练地把诗人频频举杯、依依话别的殷勤之意和留恋难舍之情淋漓尽致地表达出来了。这首送别诗不愧为千古绝唱，全诗内容蕴藉，有景语，有情语，情景相生，真挚感人，余味无穷。伟大诗人杜甫的"为人性僻耽佳句，语不惊人死不休"（《江上值水如海势聊短述》）已为人所熟知，选用精当、凝练的字词来表达诗歌的主题和思想感情，往往是妙用一字，全诗生辉。唐代诗人皮日休"百炼成字、千炼成句"。苏联诗人马雅可夫斯基为了一个句子的语言安排，打了60次草稿。这种炼字选句的精神都被传为美谈。"'红杏枝头春意闹'（宋祁《玉楼春》），著一'闹'字而境界全出。'云破月来花弄影'，著一'弄'字，而境界全出矣。"①诗人常为"吟安一个字，捻断数茎须"(卢延让《苦吟》)。比如王安石，《泊船瓜洲》诗中的"春风又绿江南岸"一句是历来传诵的名句，其中的"绿"字最初用的是"到"，后来又改为"过""入""满"，改换了多次，最后才确定为"绿"字，诗人在炼字、炼句时的甘苦由此可见一斑。

含蓄，有时也称蕴藉，特点是意在言外，但不是直接表达，而是曲折委婉地倾诉，言在此而意在彼，或引而不发，欲说还休，让读者去体味。如王昌龄的《芙蓉楼送辛渐》："寒雨连江夜入吴，平明送客楚山孤。洛阳亲友如相问，一片冰心在玉壶。"这首诗表达了诗人与朋友的离别情意，并含蓄地反映了自己在政治逆境中的愤懑不平和孤寂心情。开篇点明送行地点，连江秋雨增添了浓重的离愁。"楚山孤"的"孤"字，既准确地写出秋雨后楚山孤寺的情态，又衬托出诗人此时此地难以言状的孤寂心境。后两句意思是说洛阳那边的亲友如果询问起我的近况来，可以用"一片冰心在玉壶"的话来回答他们。这是用"玉壶"比喻为官清廉奉公，不过这句诗的主要意思还在于表露自己虽因谗言遭贬，但仍保持光明坦荡，廉洁自守的高尚情操。这是借比喻言心志，从字里行间能够感悟到诗人心中愤懑不平的块垒，诗人越是表达得含蓄隐晦，其内在的感情越是深沉。

诗歌还要用词形象，这本是文学语言的共同要求，但诗歌的要求更高。毛泽东在给陈毅谈诗的一封信中明确提出："诗要用形象思维，不能和散文那样直说，所以比、兴两法是不能不用。"(《毛泽东给陈毅同志谈诗的一封信》)诗歌中忌讳用抽象的概念去直说，而是要通过具体的形象把诗人的思想感情表达出来，让读者去品味、去体会。在我国当代女诗人舒婷的《致橡树》一诗中，作者的独特感受和思想观念就是通过"橡树"这个形象表达出来的。

(三)抒情色彩浓厚，思想感情与现实生活高度统一

诗歌在各种文学形式中是最富于激情和最具感情色彩的，是一种"情动于衷而形于言"的艺术形式。虽说任何文学作品都渗透着作者的思想感情，但同散文、小说、戏剧等

---

① 王国维. 人间词话. 上海：上海古籍出版社，1998

文学体裁相比较，诗歌的感情色彩更强烈、更鲜明。"诗言志"的"志"就是诗人的思想感情，郭小川说："诗要有感情，没有感情，就没有诗。"没有激情，就没有诗歌。抒情诗自不用说，即使是叙事诗也往往采用直接抒发的方式，如唐代诗人白居易的《琵琶行》，字里行间凝聚了作者凄凉、孤苦的感情，发出"同是天涯沦落人"的沉重叹息，感人肺腑。无情而叙事，往往会使人感到乏味，缺乏艺术感染力。以情动人、以情感人是诗歌最基本、最显著的特点。因此，读者在鉴赏诗歌时，必须紧紧把握住情感这一特点。

诗中的情感是诗人自身具有的情趣受外界事物激发而产生的，虽然带有强烈的主观性，但与现实生活密切相关。诗是主观的情与客观事物的统一。优秀的诗人总是把个人的情感与社会联系在一起，"我"的情感实际上总是具有一定社会意义的。例如孟浩然笔下的田园风光既是诗人质朴、纯真人格的具体体现，又是人们对污浊黑暗现实不满的普遍思想感情的反映；杜甫伤时念乱的诗篇无不渗透着诗人饱经忧患的血泪和切身感受，反映了忧国忧民的知识分子和深受压迫剥削的广大人民的意愿，因而具有普遍的社会意义。

(四)韵律和谐，节奏鲜明，具有音乐美

中国古典诗歌非常讲究音韵美、音乐美、句式的整齐或参差变化，讲求节奏和对偶、平仄和押韵，注重声情并茂，追求读起来朗朗上口，悦耳动听的效果。旧体诗尤其讲究韵律，尤其是律诗和词，在韵律上有严格的规定。新诗虽无一定的押韵格式，但也要大体押韵，读起来上口。诗不仅押韵，而且讲究节奏，讲究音调的高低、轻重、长短、停顿和间歇，这种节律使诗句抑扬顿挫，富有音乐美。诗词的音乐美集中地体现在节奏和韵律上。我国《尚书·虞书》和《吕氏春秋·古乐》中，都记述了诗、歌、舞同源和三位一体的情况。关于诗乐一体的说法有人认为与原始图腾崇拜有关。在远古，我国曾有过图腾崇拜的情结，原始部落经常举行狂热的巫术礼仪活动。歌舞咒语，如火如荼，如醉如狂，先民们以为歌舞咒语具有神法魔力，可以带来氏族的兴旺。既然如此，上古人们在图腾崇拜的同时，自然也会崇拜歌舞，而当时，歌、舞、乐三位是一体的，诗、乐也是合二为一的，所以诗乐都受到崇拜。苏轼《赤壁怀古》采用《念奴娇》词牌，三字句、五字句居多，节奏急促有致，表现了作者豪纵奔放的感情；而《明月几时有》则采用《水调歌头》词牌，节奏舒缓平和，抒发了作者回环深婉的情怀。诗歌的韵律，一方面加强了诗词的节奏感，以收到和谐而整齐的感官审美效果；另一方面，又有助于情感的抒发和意境的创造。《诗经》中重章叠句，律诗中的平仄韵脚，都传达出一种内在的感染力；马雅可夫斯基喜欢台阶式节奏，他的诗给人一种激情澎湃的狂热感。这些都是诗词音乐美的表现。

意境鲜明、语言精练，感情强烈，韵律和谐，是诗歌的四大特点。这些特点，在一首诗中是互相关联、有机统一的。掌握诗歌的特点，有利于我们阅读和欣赏。

第二节　诗歌的欣赏技巧

阅读和欣赏诗歌，首先要了解诗歌写作的有关知识。

1. 现实主义和浪漫主义

这是文学艺术的两种基本创作方法。现实主义提倡客观地观察生活，按照生活的本来样式准确细腻地描写现实，真实地表现典型环境中的典型形象，如杜甫、白居易的诗《茅屋为秋风所破歌》《卖炭翁》，辛弃疾的词，《诗经》中的"国风"，都是现实主义的杰作。浪漫主义善于抒发对理想世界的热烈追求，常用热情奔放的语言、瑰丽神奇的想象、大胆的夸张来塑造形象，如屈原、李白的诗。

2. 抒情

抒情方式有"借景(物)抒情"，即作者对某种景象或客观事物有所感触，把自身要抒发的感情、表达的思想寄寓其中。这种例子不胜枚举。还有一种叫"寓情于景(物)，情景交融"。这种方式将感情融会在特定的自然景物或生活场景中。借对自然景物或场景的描摹刻画来抒发感情。以上两种属于间接抒情方式，还有一种是直接抒情方式，也叫"直抒胸臆"，是一种不要任何"附着物"，由作者直接对有关事物表明爱憎态度，如杜甫的《茅屋为秋风所破歌》结尾"呜呼，何时眼前突兀见此屋，吾庐独破受冻死亦足！"李白的"安能摧眉折腰事权贵，使我不得开心颜"均是。

3. 烘托

烘托是指从侧面着意描写，作为陪衬，使所要表现的事物更加鲜明突出，如"蝉噪林愈静，鸟鸣山更幽"以闹衬静，《秦罗敷》中以"行者""少年"被罗敷美貌所吸引的行为来衬托罗敷的美(没直接描写罗的美)；《琵琶行》中三次写江中之月，分别烘托出琵琶声的美妙动听、引人入胜和人物凄凉、孤独、哀伤的心情。

4. 虚实结合

所写是具体的、客观的、实实在在的为实，反之为虚。如《望庐山瀑布》，前三句是写眼前所见，是实写，最后一句"疑是银河落九天"为虚写，诗作往往是虚实结合，互为映衬。

5. 风格流派

由于诗人生活经历、感情气质、艺术素养各异，在创作中就表现出不同的格调气派和韵味，形成了不同的风格流派。如李白的诗豪放、清新飘逸；杜甫的诗沉郁顿挫；李清照、柳永等的词婉约；苏轼、辛弃疾的词豪放，即使同属豪放派，苏、辛也不同，苏词旷达洒脱，辛词慷慨愤世。

6. 语言特色

诗歌语言有清新不俗的，有平淡质朴的，有绚丽明快的，丰富多彩，各有千秋。

下面从三个角度谈一下欣赏诗歌的方法。

一、疏通文义，领会内涵

　　诗歌是一种高度集中地反映社会生活的文学体裁，在语言运用上要求用字少而容量大，含言外之意。因此，阅读和欣赏诗歌时，首先要疏通文义，领会词语的深刻内涵。

　　对于旧体诗，由于作者所处的时代不同，古今词义的差别较大，我们今天读起来不易理解，这就要借助工具书，疏通词义。比如《诗经·关雎》中的"参差荇菜，左右流之"的"流"字，应解释为"摘取"之意。有些诗句，字面的意义是不难理解的，但含意深刻，需要我们深入一步去探究诗句的内涵。苏轼的《念奴娇·赤壁怀古》中有"故国神游，多情应笑我，早生华发"之句。"故国神游"就是"神游故国"的倒装句，"多情应笑我"是"应笑我多情"的倒装句，这都不难理解。谁笑我呢？有人认为，这里省略了主语"人们"，于是把诗句的意思解释为："人们应该笑我多情。"其实，"笑我多情"应是作者自己。作者怀古之后，从历史回到现实，联想到自己的遭遇，虽然有志报国，但仕途艰险，光阴虚掷，壮志难酬，与年华方盛便有卓越建树的周瑜形成对照，顿生感叹，想想自己年将半百，屡遭排挤打压，意欲像周瑜一般，实在是梦想，又怎能不自笑多情呢！这正是诗句所蕴含的深意。诗贵含蓄，我们阅读和欣赏诗歌，不能停留在表面字义上，而要深入挖掘诗句的内涵。以诗立志，都是因现实生活中某种因素的触动有感而发，其喜怒哀乐，与他所处的历史时代及自身的生活遭际有着密不可分的联系。因此，了解某首诗歌的写作背景，对领会其情感内容颇有助益。

　　结合写作背景分析，是指把握作者所处的历史时代。陆游、辛弃疾都生于南宋。当时，淮河以北的半壁河山为金人所占领，国难深重，民族矛盾异常尖锐。陆游、辛弃疾等爱国志士力主抗金，矢志收复失地。但是，南宋朝廷却畏敌如虎，奉行妥协求和的政策以求偏安江南，而对力主抗金者则予以排斥打击，致使辛弃疾、陆游等爱国志士报国无门，抱负成空，悲愤满腔。了解了这一时代背景，我们阅读陆游的《书愤》和辛弃疾的《摸鱼儿》时，就能够深入领会"早岁那知世事艰，中原北望气如山"和"闲愁最苦，休去倚危栏，斜阳正在，烟柳断肠处"的深层意蕴了。结合写作背景分析，应注意作者自身的经历、遭际等对作品思想情感的影响。如李清照是处于北宋与南宋交替时期的一位词人，前期家庭幸福、爱情美满，故其词大都描写自然景物，反映闺情相思，清俊旷逸；后期词抒身世之感、家国之思，苍凉沉郁。如前期的《如梦令》："昨夜雨疏风骤，浓睡不消残酒。试问卷帘人，却道海棠依旧，知否，知否？应是绿肥红瘦。"而后期由于国破家亡，离乱贫困，孤单的生活境遇使她的创作风格发生了很大的变化。故其词多为念旧怀乡及反映个人身世的抒情之作，情调凄苦哀伤，令人动容。如后期的《如梦令》："谁伴明窗独坐？我共影儿两个，灯前欲眠时，影也把人抛躲。无那，无那，好个凄惶的我。"词中所流露出的孤独哀痛、凄凉落寞与当时社会的政局变化和她个人的生活经历就有着密不可分的联系。

二、了解基本抒情方法，掌握常用表现手法

诗人表情言志的方法多种多样，但概括来说，不外乎直接抒情与间接抒情两类。直接抒情即不假外物，不加掩饰，直陈自己的喜怒哀乐。典型的例子如《诗经·小雅·采薇》中的"我心伤悲，莫知我哀"及古诗《琴歌》中的"乐莫乐兮新相知，悲莫悲兮生别离"等。间接抒情即通过写景、叙事或描绘人物举动来表达情感、展露心迹。如杜甫的《春望》中"国破山河在，城春草木深"，属写景抒情；《蜀相》中的"三顾频烦天下计，两朝开济老臣心"，通过概括叙述诸葛亮一生的丰功伟绩，表达作者对他的崇敬之情，属叙事抒情；李煜的《相见欢》中的"无言独上西楼"，李清照的《武陵春》中的"日晚倦梳头""欲语泪先流"和辛弃疾《水龙吟·登建康赏心亭》中的"把吴钩看了，栏干拍遍"等，则属通过描绘人物的言行举止来展示主人公的内心世界。

在上述间接抒情的几类方式中，通过写景抒情是古代抒情诗词中最为常见的。清人王夫之曾说："情景名为二，实不可离。神于诗者，妙合无垠。巧者则有情中景，景中情。"（《姜斋诗话》）王国维甚至说："一切景语皆情语也。"① 可见写景与抒情二者的密切关系。

一般来说，古代诗词作者通过写景以表达情怀，往往采用以下几种方式。

（1）融情于景。即将情感融于笔下的景物之中，让读者去感受、体会。如陶渊明弃官归田，以诗明志，写下了《归园田居》。诗中"方宅十余亩，草屋八九间。榆柳荫后檐，桃李罗堂前。暧暧远人村，依依墟里烟。狗吠深巷中，鸡鸣桑树颠"等句，不仅是对质朴宁静的田园风光的写照，同时也蕴含了诗人脱离污浊官场、重归自然生活的怡然自得之情。李白二十五岁时离开四川，写下了《渡荆门送别》，其中"山随平野尽，江入大荒流。月下飞天镜，云生结海楼"之句，把长江两岸及长江上的景色写得如此瑰丽神奇，正是李白年少时去追求事业的豪迈情怀的流露。杜甫的《秋兴八首》(其一) "玉露凋伤枫树林，巫山巫峡气萧森。江间波浪兼天涌，塞上风云接地阴。丛菊两开他日泪，孤舟一系故园心。寒衣处处催刀尺，白帝城高急暮砧。"此诗写于杜甫晚年寄居夔州之时，诗人由深秋的衰残景象和阴沉气氛抒发情怀，描写了因战乱而长年流落他乡、不能东归长安的悲哀。全诗绘景抒情，联系密切，浑然一体。首联以秋枫起兴，以枫叶凋零、秋气萧森，见老大伤悲、情怀落寞。颔联写望中的巫峡景象，骇浪滔天，暗寓了时局动荡和心潮翻卷；阴云匝地，又象征着国运黯淡和心情沉闷。颈联倾诉衷曲，却借"丛菊两开""孤舟一系"的图景，表达乡思之深长、真挚、浓烈。尾联则在暮色秋风、一片捣衣声的环境气氛下，隐藏心绪之落寞惆怅，给人阴沉苍凉之感。全篇情景交相融会，含不尽之意于言外。

---

① 王国维. 人间词话. 上海：上海古籍出版社，1998

(2) 借景寄托。即借景物原有的自然特征或人们所赋予的人文象征意义来婉转表示情怀。如李商隐《夜雨寄北》中的"巴山夜雨涨秋池",即抓住秋雨的特征来借景抒情。一则,秋雨之绵绵不断,犹如作者因归期未卜而引起的愁思绵绵不尽;二则,秋雨之淅淅沥沥,渐积渐多,竟至涨满水池,又如同作者心中的仕途辛酸、羁旅劳苦、思乡怀人等诸般愁绪纷纷扬扬、渐滋渐生,以致充溢胸腔。这句诗亦景亦情,意与象融为一体。古代诗词中,有些景物被诗人们赋予了一定的人文象征意义,如柳象征离别,梅、菊象征高洁,月象征团聚,雁象征音信等。诗人们在描绘这些景物的同时,往往也寄寓了某种情怀。如柳永《雨霖铃》中的"今宵酒醒何处?杨柳岸、晓风残月",写作者与心爱之人分别时的情景。又如原野春草,自先秦就与离别结下了缘分,所以白居易的《赋得古原草送别》一诗通篇以春草关合人情,借萋萋春草,抒凄凄别情。

(3) 移情于景。即诗人内心已有既定的情感活动,在写作时将其移注于特定的景物之中。如李白的《灞陵行送别》中"上有无花之古树,下有伤心之春草",白居易《长恨歌》中的"行宫见月伤心色",李煜《相见欢》中的"寂寞梧桐深院锁清秋"等名句,"草""月""梧桐"这些无生命的东西不可能具有人的思想与感情,这显然是作者将自己的主观情意移入客观事物中。再如刘禹锡写《乌衣巷》,本在抒发历史变迁如沧海桑田不能预料的感慨,但所写的却是东晋时曾是高门甲第毗连的乌衣巷;描写其今日之荒凉冷落,与昔日之繁华热闹相比,从而将自己的感叹注入其中。

(4) 因情造景。诗中的幻境、梦境是典型的因情造境。如果诗人所描写的景物不是处于一时一地或并非写诗时的所见所闻,而诗人为了抒情的需要却将它们集聚到一首诗中进行描绘,也可称之为因情造景,杜牧的《江南春》即属此类。诗中第一句"千里莺啼绿映红",描绘的是风和日丽的景色,第四句"多少楼台烟雨中",则是一派烟雨迷蒙,这两种景观不可能同时出现;而诗中第三句所写的"四百八十寺",如同星罗棋布,分散在方圆数千里的江南大地,诗人不可能同时目睹,然而诗人为了寄寓历史感慨,却将这些景物统摄到一幅画面之中,进行高度的艺术概括,以丰富的形象喻示人们,信佛于治国安民并无裨益。

诗人在抒情诗的创作中,运用了丰富多彩的艺术表现手法,最常见的有比喻、夸张、象征、用典等。

比喻是形象思维的一个重要手段,它往往可以变无形为有形,变抽象为具体,深入浅出,给人以鲜明生动的艺术感受。如《诗经·卫风·硕人》中用"手如柔荑,肤如凝脂。领如蝤蛴,齿如瓠犀。螓首蛾眉"来比喻美人的手、皮肤、脖子、牙齿、额和眉毛,可谓形象鲜明。比喻贵在创新,有人说过,第一个将女人比喻为花的是天才,第二个是庸才,第三个就是蠢材了。如同样喻愁,李白说"白发三千丈",别人再写长度也超不过李白。所以李清照写道:"只恐双溪舴艋舟,载不动,许多愁",把愁转化为重量,可以称量,可谓另辟蹊径,却有异曲同工之妙。

夸张是夸大或缩小事物原有的形态、规模、程度等,以增强诗歌的主观感情色彩。李白诗就常采用艺术夸张的手法。著名的例子如:"蜀道之难,难于上青天""君不见,高堂明镜悲白发,朝如青丝暮成雪""燕山雪花大如席"等。从中可以发现,诗词中夸张手法的运用常常与"千""万"等数词相联系。如李白诗"飞流直下三千尺,疑是银河落九天""两岸猿声啼不住,轻舟已过万重山",陆游诗"三万里河东入海,五千仞岳上摩天",辛弃疾词"气吞万里如虎""倚天万里须长剑"等,都是明显的例子。

  象征是指通过某一特定的具体形象以表现与之相近似的概念、思想或情感。如李白《登金陵凤凰台》以"浮云蔽日"象征小人包围皇帝,蔽其视听;苏轼《水调歌头·明月几时有》,以月之"阴晴圆缺"象征人之"悲欢离合"。从方便理解的角度来说,象征实际上是一种特殊的比喻或比拟。

  用典即运用典故来抒情言志、表明心迹。古代诗人在受到周围环境的限制或诗词形式的约束不便畅所欲言的时候,往往采用古人旧事或经史百家、前人诗赋中的词语来表情达意。李白的《行路难》中有"闲来垂钓碧溪上,忽复乘舟梦日边"之句,李白用了吕尚九十岁在溪边垂钓,得遇周文王和伊尹在受汤聘用前曾梦见自己乘舟绕日而过这两个典故,来表明自己不甘消沉、等待机会的决心。用典用得融会贯通、精当贴切,能起到言约义丰、深沉委婉的良好效果。如王昌龄《出塞》(其一)的后两句"但使龙城飞将在,不教胡马度阴山",借李广故事,既表现了对汉武时国威远播的向往,又显示出对当时边患不息的担忧;既表现了对"飞将军李广"的由衷仰慕,又蕴含了对唐将庸碌无能的谴责;还有希望能有英才良将出镇边关克敌制胜,以卫国安边的企盼和自己能一展身手、跃马横刀的期待……以一当十,寓意丰富。但用典过多,或用典时生搬硬套,则会有损诗词的形象性或让诗意晦涩不明。

三、领略诗中意境,领悟作者感情

  意境是我国古典文论独创的一个概念。意境是诗人通过语言营构的一种情景交融、虚实相生并具有强烈感染力的艺术氛围,是一种可诉诸视觉感受的生动画面。苏轼评价王维的诗与画是"诗中有画""画中有诗"(《东坡志林》)。通过语言,在意念中产生"画面",这是意境的一种。诗是语言艺术,以时间的表现为主;画是造型艺术,以空间的表现为主,两者融合,方为上品。"两个黄鹂鸣翠柳,一行白鹭上青天"(《杜甫·绝句》),营构了一个清新的意境:中景,翠绿衬娇黄,构图小巧精美;远景,碧青映雪白,画面开阔深远,似是一幅水粉画。陶渊明《饮酒》(其五)诗中的"采菊东篱下,悠然见南山"将恬静秀丽的景色和超尘脱俗的心情融为一体,情景交融,读后使人如见其人,如临其境,从而获得思想上的启迪和艺术上的享受。

  情景相生、情景交融,这是中国古典诗词所追求的最高境界,诗词的欣赏也应当以此为标准。王维《使至塞上》中"大漠孤烟直,长河落日圆"的苍茫雄浑的画面,不仅再现了塞外辽阔空寂的独特风光,更表现了作者昂扬与伤感、豪放与孤寂交汇的情感。该诗意境、意象、意蕴俱佳，因而被赞为"俗中而传神""无理却显妙"的佳句。

意境包括"意"和"境"两个方面。"意"，是诗中表达的思想感情；"境"，是诗中描绘的具体景物和生活画面，意与境融合，就形成了诗的意境。优美的意境总是景中有情，情中有景的。李煜的《清平乐》词用"砌下落梅如雪乱，拂了一身还满"这一画面来表达词人内心那种挥之不去的感染力，使人读后如见其人，如闻其声，如临其境，从而获得思想上的启迪和艺术上的享受。

对诗歌意境的欣赏，也就是欣赏诗歌的形象美和情感美。好的意境应该是：形象鲜明生动，立意清新深远，感情健康真挚。

欣赏诗歌，就要进入诗歌的意境。

(1) 从分析形象入手。诗歌中的形象和画面是诗人创造意境的手段，阅读和欣赏诗歌就要充分利用诗中的形象和画面，通过联想和想象，进入诗的意境。唐代诗人张若虚的《春江花月夜》一诗用春、江、花、夜这些优美的"象"，以"月"为主线贯穿全文，抒写了人间缠绵悱恻的离情别绪，读者沉浸其优美境界的同时，体会到了诗人对人情难圆的感叹和对宇宙永恒、人生短暂的思索这个"意"。当代诗人舒婷的著名诗篇《祖国呵，我亲爱的祖国》中，诗人在第一段中用了"破旧的老水车""疲惫的歌""熏黑的矿灯""淤滩上的驳船"这些"象"来表现祖国母亲贫穷、落后、停滞不前的"意"，作者以委婉曲折的笔调表现"我"身上所承担的历史负担，仿佛看到了祖国母亲在长长的历史隧洞中摸索、拉着纤绳在淤泥中艰难前行的样子，令人戚然。诗在第三节中用了"簇新的理想""古莲的胚芽""雪白的起跑线""绯红的黎明"等一系列意象来表现祖国母亲的新生，抒发了对自我和祖国"从神话的蛛网里挣脱""从苦难的历史之中奋起与复苏的欢呼与欣喜"。由于诗中使用了一系列新颖、传神、妥帖的意象，这就塑造了一个具体生动的"祖国"形象，使读者产生丰富的联想。

(2) 充分发挥想象和联想。诗歌的语言精练、含蓄、跳跃，既有表面的意思，又有内在的意义；既有比喻义，又有象征义；成分可以减少，意义可以隐含，过程可以省略，语气可以间歇，感情可以跳跃。因此，必须充分发挥想象和联想，把省略的过程衔接起来，把间歇的语气连续起来，把跳跃的感情连缀起来，特别是要把那言外之意、弦外之音挖掘出来，这样才能进入诗的意境，领会诗歌所表现的丰富的生活内容和深刻的思想含义。比如我国古代乐府诗《陌上桑》中对美丽女子秦罗敷的描写，因为她太美了，所以作者没法从正面来写，而是采用了侧面烘托的手法，通过别人看罗敷时的神态、动作来渲染她的美丽："行者见罗敷，下担捋髭须。少年见罗敷，脱帽著帩头。耕者忘其犁，锄者忘其锄。来归相怨怒，但坐观罗敷。"究竟有多美，读者可以发挥自己的想象去猜测。

诗词是中华民族的瑰宝，在我国历史上曾发挥过无与伦比的作用，不仅有过"诗教"的传统，塑造了民族的精神、民族的灵魂，而且还记载了数千年来一代代人的心声，他们的喜怒哀乐，他们的斗争生活、失败和痛苦、血与泪、情与爱……总之，是他们生活的讴歌，心灵的绝唱。因此，学习中国的传统诗歌有助于我们了解这个有数千年文明史的古老民族。

第三节　诗歌作品赏析

静　女

诗经·邶风[1]

静女其姝，俟我于城隅[2]。
爱而不见，搔首踟蹰。
静女其娈，贻我彤管。
彤管有炜，说怿女美[3]。
自牧归荑，洵美且异。
匪女之为美，美人之贻[4]。

(选自《诗经选》. 余冠英注译. 北京：人民文学出版社，1956)

【注释】

[1]　《诗经》是我国第一部诗歌总集，共305篇，按音乐的不同，分为"风""雅""颂"三类，都是可以配乐演唱的。"颂"诗是统治者祭祀的乐歌，有祭祖先的，有祭天地山川的，也有祭农神的。"雅"分为大雅和小雅，都用于宴会的典礼，内容主要是对从前英雄的歌颂和对现时政治的讽刺。"风"是《诗经》中的精华，内容包括15个地方的民歌。《诗经》的篇章大都具有鲜明的时代感和人民性，善用赋、比、兴的表现手法，句式以四言为主，多用重叠句和回环往复的句式，对后世文学创作有深厚的影响。

[2]　《毛传》："姝，美色也。俟，待也。"朱熹曰："静者，闲雅之意。城隅，幽僻之处。不见者，期而不至也。"马瑞辰曰："《说文》：'隅，陬也。'《广雅》：'陬，角。'是城隅即城角也。""诗人盖设为与女相约之词。"按城角较城垣高且厚，故其下僻静，宜为期会之所也。

[3]　娈，《毛传》曰"美色"；炜："赤貌"。

[4]　《毛传》："荑，茅之始生也。"郑笺："洵，信也；茅，絮白之物也。"朱熹曰："牧，外野也。归，亦贻也。""言静女又赠我以荑，而其荑亦美且异，然非此荑之为美也，特以美人之所赠，故其物亦美耳。"

【赏析】

《静女》是一首很美的诗，意思并不深，却最有风人之致。但是因为诗里有了城隅，有了彤管，解诗者便附会出后宫，牵缠出女史，引申出许多与诗毫不相干的故事。

序称："《静女》，刺时也。卫君无道，夫人无德。"朱熹反序，曰："此淫奔期会之诗也。"吕祖谦遵序，曰："此诗刺卫君无道，夫人无德，故述古贤君贤妃之相与。"林岜的说法则颇含幽默："自其邪者而观之，则此诗皆相悦慕之辞也。自其正者而观之，则此诗乃礼法之意也。"明人韦调鼎说："此民间男女相赠之辞。序以为刺时，欧阳公谓当时之人皆可刺，于本文尚有间矣。毛郑泥'静'字，又不解'彤管'之意，强附为宫壸女史之说。张横渠、吕东莱又曲为之解，皆以辞害意矣。郑、卫男女相谑之诗颇多，而拘拘指为刺其君上，何异痴人说梦也。"比后来清人的许多说法倒还明白得多。

关于《静女》的纷争一直持续着，"彤管"的文章且越做越大。不过借用清人蒋绍宗的所谓"读诗知柄"，则可以认为《静女》之"诗柄"不在"贻我彤管"，却在"爱而不见，搔首踟蹰"。诗写男女之情，自无疑义，却不必牵扯"女史"，也不必指为"民间"。后世所谓的"民间"与先秦之"民间"并非一个概念，或者干脆说，先秦尚不存在后世所说的那样一个"民间"。"曰'静女'者，亦其人私相爱慕之辞耳"(刘始兴)，适如《召南·野有死麕》之称"吉士"。"爱而不见"之"爱"，或援三家诗，以为是"薆"的假借字，即训作"隐蔽"，但诗中似乎没有这样曲折。《小雅·隰桑》"心乎爱矣，暇不谓矣"，可以为此句作注。焦琳曰："下云'不见'，为待之尤久，而下二章追数从前之事，为更久更久。""待之久而不至，爰想其相约之时也。""彤管既静女所贻，则贻之之时，必有其言语，必有其笑貌，此亦明明易知者耳，然则此章所谓'美'，即所谓'娈'也，即贻彤管时之言语笑貌之情态也。""待之久而不至，又想其最初始见相与通情之事也，当日游行郊外，适见伊人，在己尚未敢轻狂，在彼若早已会意，茅荑俯拾，于以将之，甚非始念之所敢望者，而竟如愿以相偿，故曰'洵美且异'也，今茅荑虽枯，不忍弃置，悦怪女美，彤管同珍，夫岂真荑之为美哉，以美人之贻，自有以异于他荑耳。"这一番串讲，虽稍稍嫌它把诗作成了"传奇"，毕竟不合情理。而马瑞辰以为诗乃"设为与女相约之词"，也是一个很不错的意见。其实实中见虚不妨说是"风"诗中情爱之作的一个十分鲜明的特色，它因此一面是质实，一面又是空灵。李商隐诗"微生尽恋人间乐，只有襄王在梦中"，此间原有一个非常美丽的意思，不过若化用其意，那么正好可以说，诗总是有本领把微生的人间乐，全做得一如襄王之梦中。说它是臻于生活与艺术的统一，那是后人总结出来的理论，而在当时，恐怕只是诗情的流泻。唯其如此，才更觉得这平朴与自然达到的完美真是不可企及。

思考与练习

1. 简析"静女"这一艺术形象？
2. 体会这首诗比兴手法的艺术特点。

山 鬼

战国·屈原[1]

若有人兮山之阿，被薜荔兮带女萝[2]。
既含睇兮又宜笑，子慕予兮善窈窕[3]。
乘赤豹兮从文狸，辛夷车兮结桂旗[4]。
被石兰兮带杜衡，折芳馨兮遗所思[5]。
余处幽篁兮终不见天，路险难兮独后来[6]。
表独立兮山之上，云容容兮而在下[7]。
杳冥冥兮羌昼晦，东风飘兮神灵雨[8]。
留灵修兮憺忘归，岁既晏兮孰华予[9]？
采三秀兮于山间，石磊磊兮葛蔓蔓[10]。
怨公子兮怅忘归，君思我兮不得闲。
山中人兮芳杜若，饮石泉兮荫松柏[11]，
君思我兮然疑作？雷填填兮雨冥冥[12]，
猨啾啾兮又夜鸣。风飒飒兮木萧萧[13]，
思公子兮徒离忧[14]。

(选自《诗经与楚辞精品》. 余冠英主编. 北京：时代文艺出版社，1995)

【注释】

[1] 屈原，名平，楚国人，公元前340年诞生于秭归三闾乡乐平里(今湖北宜昌市秭归县)。屈原自幼勤奋好学，胸怀大志，26岁就担任楚国左徒兼三闾大夫。他主张授贤任能，彰明法度，联齐抗秦。他的主张遭到了朝中奸佞小人的嫉妒和诋毁。楚怀王听信谗言，疏远了屈原。后楚顷襄王继位，屈原被放逐江南。屈原的政治理想破灭，虽有心报国，却无力回天，只得以死明志，于公元前278年五月端午节这天投汨罗江而死。

[2] 山之阿(ē)：山的弯曲处。被：同"披"。薜荔、女萝：皆蔓生植物。

[3] 含睇(dì)：含情而视。睇，微视。宜笑：笑得很美。子：与下文的灵修、公子、君等，皆指山鬼等待的人。予：山鬼自指。窈窕：美好的样子。

[4] 赤豹：皮毛呈褐色的豹。从：跟从。文：花纹。狸：狐一类的兽。文狸：毛色有花纹的狸。辛夷车：以辛夷木为车。结：编结。桂旗，以桂为旗。

[5] 石兰、杜衡：皆香草名。遗(wèi)：赠。

[6] 余：我。篁：竹。后来：迟到，来晚。

[7] 表：独立突出之貌。容容：即"溶溶"，水或烟气流动之貌。

[8] 杳冥冥：又幽深又昏暗。羌：语助词。神灵雨：神灵降下雨水。

[9] 灵修：指山鬼等待的人。憺(dàn)：安乐。晏：晚。华予：让我像花一样美丽。华：花。

[10] 三秀：灵芝草，一年开三次花，传说服食了能延年益寿。磊磊：石多堆积貌。葛：植物名，多年生草本，茎蔓生。蔓蔓：蔓延貌。

[11] 杜若：香草。荫：动词，以……为遮蔽。

[12] 然疑作：信疑交加。然：相信。作：起。填填：雷声。

[13] 猨：同"猿"。飒飒：风声。萧萧：风吹树叶声。

[14] 离：通"罹"，遭受。

【赏析】

《山鬼》出自屈原的《九歌》。屈原是政治家，只因楚王昏庸，他怀才不遇，行走时放声抒怀，就唱出了后来的词，可以说屈原是词的鼻祖了。他的词豪迈奔放，又充满了浪漫主义情怀。而这首《山鬼》当之无愧是他浪漫主义的代表作。山鬼即一般所说的山神，因为未获天帝正式册封在正神之列，故仍称山鬼。本篇是祭祀山鬼的祭歌，叙述的是一位多情的女山鬼，在山中采灵芝及约会她的恋人。郭沫若根据"于"字古音读"巫"推断于山即巫山，认为山鬼即巫山神女。巫山是楚国境内的名山，巫山神女是楚国民间最喜闻乐见的神话人物。读这首诗应注意两点：一是"山鬼"究竟是女神还是男神？宋元以前的楚辞家多据《国语》《左传》所说，定山鬼为"木石之怪""魑魅魍魉"，而视之为男性山怪。但元明时期的画家，却依诗中的描摹，颇有绘作"窈窕"动人的女神的。清人顾成天《九歌解》首倡山鬼为"巫山神女"之说，又经游国恩、郭沫若的阐发，"山鬼"当为"女鬼"或"女神"的意见遂被广泛采纳。苏雪林提出《九歌》表现"人神恋爱"之说以后，大多数研究家均以"山鬼"与"公子"的失恋解说此诗，笔者却以为不妥。按先秦及汉代的祭祀礼俗，巫者降神必须先将自己装扮得与神灵相貌、服饰相似，神灵才肯"附身"受祭。但由于山鬼属于"山川之神"，古人采取的是"遥望而致其祭品"的"望祀"方式，故山鬼是不降临祭祀现场的。本诗即按照这一特点，以装扮成山鬼模样的女巫，入山接迎神灵而不遇的情状，来表现世人虔诚迎神以求福佑的思恋之情。诗中的"君""公子""灵修"，均指山鬼；"余""我""予"等第一人称，则指入山迎神的女巫。说明了这两点，读者对这首轻灵缠绵的诗作，也许可品味到一种不同于"人神恋爱"说的文化内涵和情韵了。

此诗一开头，那打扮成山鬼模样的女巫，就喜滋滋地穿行在接迎神灵的山隈间。从诗人对巫者装束的精妙描摹，便可知道楚人传说中的山鬼该是怎样靓丽，"若有人兮山之阿"，是一个远镜头。诗人用一"若"字，状貌她在山隈间忽隐忽现的身影，开笔即给人以缥缈神奇之感。镜头拉近，便是一位身披薜荔、腰束女萝、清新鲜翠的女郎，那正是山林神女所独具的风采！此刻，她一双眼波正微微流转，蕴含着脉脉深情；嫣然一笑，齿白唇红，更使笑靥生辉！"既含睇兮又宜笑"，着力描摹其眼神和笑意，却比《诗经·卫风·硕人》"手如柔荑,肤如凝脂,领如蝤蛴"之类铺排,显得更觉轻灵传神。女巫如此装扮,本意在引得神灵附身,故接着便是一句"子(指神灵)慕予兮善窈窕"——我这样美好,可要把你羡慕死了。口吻也是按传说的山鬼性格设计的,开口便是不假掩饰地自夸自赞,一下显露了活泼、爽朗的意态。这是通过女巫的装扮和口吻为山鬼画像,应该说已极精妙了。诗人却还嫌气氛冷清了些,所以又将镜头推开,色彩浓烈地渲染她的车驾随从:"乘赤豹兮从文狸,辛夷车兮结桂旗……"这真是一支堂皇、欢快的迎神之旅!火红的豹子,毛色斑斓的花狸,还有开着笔尖状花朵的辛夷、芬芳四溢的桂枝,诗人用它们充当迎神女巫的车仗,既切合所迎神灵的环境、身份,又将她手拈花枝、笑吟吟前行的气氛,映衬得格外欢快和热烈。

自"余处幽篁兮终不见天"以下,情节出现了转折,诗情也由此从欢快的顶峰跌落。满怀喜悦的女巫,只因山高路险耽误了时间,竟没能接到山鬼姑娘(这当然是按"望祀"而神灵不临现场的礼俗构思的)!她懊恼、哀愁,同时又怀着一线希冀,开始在山林间寻找。诗中正是运用不断转换的画面,生动地表现了女巫的这一寻找过程及其微妙心理:她忽而登上高山之巅俯瞰深林,但溶溶升腾的山雾,却遮蔽了她焦急顾盼的视野;她忽而行走在幽暗的林丛,但古木森森,昏暗如夜;那山间的飘风、飞洒的阵雨,似乎全为神灵所催发,可山鬼姑娘就是不露面。人们祭祀山灵,无非是想求得她的庇佑。现在见不到神灵,还有谁能使我(巫者代表的世人)青春长驻呢?为了宽慰年华不再的失落之感,她便在山间采食灵芝("三秀"),以求延年益寿。这些描述,写的虽是巫者寻找神灵时的思虑,表达的却正是世人共有的愿望和人生惆怅。诗人还特别善于展现巫者迎神的心理:"怨公子兮怅忘归",分明对神灵生出了哀怨;"君思我兮不得闲",转眼却又怨意全消,反去为山鬼姑娘的不临辩解起来。"山中人兮芳杜若",字面上与开头的"子慕予兮善窈窕"相仿,似还在自夸自赞,但放在此处,则又隐隐透露了不遇神灵的自怜和自惜。"君思我兮然疑作",对山鬼不临既思念,又疑惑,明明是巫者自己,但开口诉说之时,却又推说是神灵。这些诗句所展示的主人公心理,均表现得复杂而又微妙。

到了此诗结尾一节,神灵的不临已成定局,诗中由此出现了哀婉啸叹的变徵之音。"雷填填兮雨冥冥"等三句,将雷鸣猿啼、风声雨声交织在一起,展现了一幅极为凄凉的山林夜景。诗人在此处似乎运用了反衬手法:他愈是渲染雷鸣啼猿之夜声,便愈加现出山鬼所处山林的幽深和静寂。正是在这凄风苦雨的无边静寂中,诗人的收笔则是一句突然迸发的哀切呼告之语:"思公子兮徒离忧!"这是发自迎神女巫心头的痛切呼号——她起初曾那样喜悦地拈着花枝,乘着赤豹,沿着曲曲山隈走来,至此,却带着多少哀怨和愁思,在风雨中凄凄离去,终于隐没在一片雷鸣和猿啼声中。大抵古人"以哀音为美",料想神灵必也喜好悲切的哀音。在祭祀中愈是表现出人生的哀思和悱恻,便愈能引得神灵的垂悯和呵护。不知山鬼姑娘听到这首祭歌,是否也能怦然心动,而赐给世人以企盼的庇佑。

思考与练习

1. 简析"山鬼"这一艺术形象。
2. 本篇在景物描写上有何特点？

步出夏门行·龟虽寿

东汉·曹操[1]

神龟虽寿，犹有竟时[2]。
腾蛇乘雾，终为土灰[3]。
老骥伏枥，志在千里[4]；
烈士暮年，壮心不已[5]。
盈缩之期，不但在天[6]；
养怡之福，可得永年。
幸甚至哉！歌以咏志[7]。

(选自《三曹诗选》. 余冠英选注. 北京：人民文学出版社，1983)

【注释】

[1] 曹操(155－220)，字孟德，我国汉末杰出的政治家、军事家，同时，又是杰出的文学家，是建安文学新局面的开拓者。可以说，他用自己的创造性作品开创了文学的新风气，为"慷慨任气"的"建安风骨"的形成起到决定性的奠基作用。

[2] 神龟：古人认为龟为长寿之物，性通灵，故称。

[3] 腾蛇：传说中能兴云驾雾的、与龙同类之物。

[4] 老骥：年老体衰的千里马。

[5] 烈士：胸怀壮志之人。

[6] 盈：是满的意思，可以引申为寿。缩：是短缺的意思，可以引申为夭。即人的寿命的长短。

[7] 幸甚至哉！歌以咏志：为合乐时所加，与正文内容无关。

【赏析】

这首诗是曹操的乐府诗《步出夏门行》的最后一章，写作时间是建安十二年(207年)。东汉末年，居住在我国东北部的乌桓奴隶主贵族，乘中原一带天下大乱之际，经常入塞掳掠汉民。建安十年，曹操平定冀州以后，袁绍的儿子袁熙和袁尚等投奔了乌桓。建安十二年，曹操为了安定东北边境，消灭袁绍的残余势力，率军征伐乌桓，结果取得了胜利。这首诗是他凯旋时所写。此时，曹操已经五十三岁，在古代，这已是将近迟暮的年龄。虽然刚刚取得了北伐乌桓的胜利，踏上凯旋的归途，但诗人想到一统中原的宏愿尚未实现，想到自己已届暮年，人生短促，时不我待，怎能不为生命的有限而感慨！但是，诗人并不悲观，他仍以不断进取的精神激励自己，建树功业。《龟虽寿》所表达的正是这样一个积极的主题。

全诗以生动形象的比喻开头："神龟虽寿，犹有竟时；腾蛇乘雾，终为土灰。"意思是说，神龟虽然长寿，也有终了的时候，即使活到三千岁，它也要死亡。腾蛇虽有这么大的本领，最后也还是要化为尘土。诗歌一开头，就用这两个形象的比喻说明世间万物都不是永恒存在的，新陈代谢是大自然的根本规律，表现了作者朴素的唯物辩证思想和无神论的观念，这在当时是难能可贵的。既然人总是要死的，那么是不是可以对人生采取消极悲观的态度呢？诗人认为这是不可以的。承认生命有限正是为了充分利用这有限的生命，建功立业，有所作为。因此，诗人紧承上意写道："老骥伏枥，志在千里；烈士暮年，壮心不已。"千里马虽然老了，卧在槽旁，仍旧有驰骋千里的志向；有抱负有志向的人，即使到了暮年，其雄心壮志也毫不减弱，以上四句，可以说是全诗的点题之笔，表达了诗人对人生和事业的看法，充满积极进取的精神。接着，诗人又进一步发挥了这一主题思想："盈缩之期，不但在天；养怡之福，可以永年。"这就是说，人的寿命的或长或短，不完全出于天定，只要调养有方，是可以保持身心健康、延年益寿的。

全诗以形象的比喻、明快的语言表达了一种人定胜天的非宿命论的思想，体现了诗人达观、积极的人生态度和昂扬、进取的精神。它告诉人们，事在人为，命运是可以改变的。它激励人们，不要哀叹时光的流逝，丢弃那种人到暮年无所作为的悲观消极思想，要像千里马一样，老当益壮，奋斗不息。

这是一首慷慨激昂的抒情诗，体现了建安风骨的鲜明特点，读起来铿锵有力，决无缠绵凄恻的情调，透露着诗人坚定的意志和内外如一的质直个性。不仅如此，这首诗诗情与哲理交融，构思新巧，语言清峻刚健，将诗人的千里之志表述得气雄力坚。千百年来，《龟虽寿》被广为传诵，表现了很强的生命力。清朝人陈祚明《采菽堂古诗选》评此诗说："名言激昂，千秋使人慷慨。"此言不差。《晋书·王敦传》载：王敦每次喝酒以后，就咏唱"老骥伏枥，志在千里；烈士暮年，壮心不已。"他一边咏唱，一边用如意击唾壶为节，以至壶边都被击破了。这首诗流传至今是因为它在思想和艺术上有鲜明的特色，并与中华民族的文化传统紧密相关。

 思考与练习

1. 这首诗表现了诗人怎样的人生态度？你从中受到什么启发？
2. 体会诗中所表现的哲理与诗意相融合的特点。

送杜少府之任蜀州[1]

唐·王勃[2]

城阙辅三秦[3],
风烟望五津[4]。
与君别离意,
同是宦游人。
海内存知己,
天涯若比邻。
无为在歧路[5],
儿女共沾巾。

(选自《唐诗鉴赏辞典》.萧涤非等.上海:上海辞书出版社,1983)

【注释】

[1] 杜少府:名不详,少府,是当时县尉的别称。之任:赴任。蜀州,犹言蜀地。

[2] 王勃(650—675),字子安,绛州龙门(今山西河津)人。高宗麟德三年(666年)应制科,对策高第,拜朝散郎,为沛王府修撰。总章二年(669年)漫游蜀中,诗文大进,后为虢州参军,坐事当诛,遇赦免职。其父福畤官雍州司功参军,受株连贬交趾令。王勃渡海省亲,溺水,惊悸而卒。王勃擅长五律、五绝及七言歌行,在"初唐四杰"中最杰出,对五律的建设和歌行的提高尤有贡献,有《王子安集》《全唐诗》存诗二卷。

[3] 城阙:指长安的城郭宫阙。三秦:项羽分秦地为雍、塞、翟三国,合称三秦。此泛指关中一带。全句意为长安以三秦为辅。

[4] 五津:蜀中岷江的五个渡口,即白华津、万里津、江首津、涉头津、江南津。此泛指蜀地。

[5] 歧路:分路。古代送行,到分路处告别。

【赏析】

这是一首别开生面的送别诗。首联上句写送别之处,下句写杜少府即将宦游之地。自长安"城阙"遥"望"蜀州"五津",视线被迷蒙的"风烟"所遮,微露伤别之意,已摄下文"离别""天涯"之魂。首联对仗工整,颔联以散调承之,文情跌宕。"与君别离意"紧承首联,妙在欲吐还吞。"别离意"境意如何,不愿明说,故改口用"同是宦游人"来宽慰和鼓励对方:你和我既然同样是出门做官、想干一番事业的人,那就免不了各奔前程,哪能没有分别呢?颈联推开一步,奇峰突起。从构思方面看,很可能受了曹植《赠白马王彪》"丈夫志四海,万里犹比邻;恩爱苟不亏,在远分日亲"的启发,但高度概括,自铸伟词,情调积极、乐观,能给人以鼓舞,因而千百年来传诵不止。张九龄《送韦城李少府》中的"相知无远近,万里尚为邻",高适《别董大》中的"莫愁前途无知己,天下谁人不识君",都从此脱胎。尾联紧接颈联收束全篇,劝慰杜少府欣然启程。交情很深的朋友总是不愿分离的,然而"儿女情长",就难免"英雄气短"。这两句诗,既曲折地表现了双方的惜别之情,又用"无为"排除了"儿女情长",鼓舞对方的英雄之气。全诗一改以往送别诗的悲伤之态,意境雄阔,风格爽朗,不愧名作。

唐代诗人大都通过科举进入仕途,因而送友人"之任"就成为常见题材。王勃的这首五律首先以积极乐观的态度表现这一题材,为传统送别诗开拓了新领域。此后,以积极乐观的态度送人赴任、送人从军、送人出使、送人去做有利于国计民生之事的诗作大量涌现,其中不少是名篇。

思考与练习

1. 该诗表达了诗人怎样的人生态度?
2. 举出与本诗表达的思想感情形成对比的一首诗。

凉 州 词

唐·王之涣[1]

黄河远上白云间,一片孤城万仞山。
羌笛何须怨杨柳,春风不度玉门关[2]。

(选自《唐诗鉴赏辞典》. 萧涤非等. 上海:上海辞书出版社,1983)

【注释】

[1] 王之涣(688—742),字季凌,并州(今山西太原市)人,曾官文安县(今属河北)尉。其边塞诗与王昌龄、高适等齐名,现仅存绝句六首。

[2] 羌笛:北方少数民族常用的演奏乐器。

【赏析】

这是一首雄浑苍凉的边塞诗。"凉州词",凉州歌的唱词。据唐人薛用弱《集异记》记载:开元间,王之涣与高适、王昌龄到酒肆饮酒,遇梨园伶人唱曲宴乐,三人便私下约定以伶人演唱各人所作诗篇的情况定诗名高下。结果三人的诗都被唱到了,而诸伶中最美的一位女子所唱则为"黄河远上白云间"。王之涣甚为得意,这就是著名的"旗亭画壁"故事。此事未必真实,但表明王之涣这首《凉州词》在当时已成为广为传唱的名篇。

诗的首句抓住自下(游)向上(游)、由近及远眺望黄河的特殊感受,描绘出"黄河远上白云间"的动人画面:汹涌澎湃的黄河竟像一条丝带迤逦飞上云端,写得真是神思飞跃,气象开阔。诗人的另一名句"黄河入海流",其观察角度与此正好相反,是自上而下地目送；而李白的"黄河之水天上来"，虽也写观望上游，但视线运动却又由远及近，与此句不同。"黄河入海流"和"黄河之水天上来"，同是着意渲染黄河一泻千里的气势，表现的是动态美。而"黄河远上白云间"，方向与河的流向相反，意在突出其源远流长的闲远仪态，表现的是一种静态美。在那片广袤无垠的土地上，诗人眼前所见到的似乎只有两件事物：地上奔涌的黄河与天空浮动的白云。诗人全神贯注，空旷而绝无寂寞之感。黄河、白云，色彩对照明丽。水在流，云在飞，使人感到宇宙的脉搏与呼吸。把我们带到祖国大西北的壮丽山川面前。诗中描写的西北边疆之美，绝不同于江南水乡柔媚明丽之美，它是一种高远的美、粗犷的美，足以令人的精神升华的美，使人感到自己力量存在的美。这种美使人立即感到历史和未来，立即感到永恒和无穷。最能表达这种美感的是诗的前两句。同时展示了边地广漠壮阔的风光，不愧为千古名句。

稍稍将目光转移，诗人看到了天地间别的景物，"一片孤城万仞山"，出现了塞上孤城，城是"孤"的，是"一片"，山则众多，高达万仞。山之高，更显出城之小、山之众，愈见其城之孤。通过这一对比描写，祖国西北边塞的雄奇广袤之美显现出来了。这是此诗主要意象之一，属于"画卷"的主体部分。"黄河远上白云间"是它远大的背景，"万仞山"是它靠近的背景。在远川高山的反衬下，益见此城地势险要、处境孤危。"一片"是唐诗惯用词语，往往与"孤"连文(如"孤帆一片""一片孤云"等)，这里相当于"一座"，而在词采上多一层"单薄"的意思。这样一座漠北孤城，当然不是居民点，而是戍边的堡垒，同时暗示读者诗中有征夫在。"孤城"作为古典诗歌语汇，具有特定含义。它往往与离人愁绪联结在一起，如"遥知汉使萧关外，愁见孤城落日边"(王维《送韦评事》)等。第二句"孤城"意象先行引入，为下两句进一步刻画征夫的心理做好了准备。

诗起于写山川的雄阔苍凉，承以戍守者处境的孤危。第三句忽而一转，引入羌笛之声。羌笛所奏乃《折杨柳》曲调，这就不能不勾起征夫的离愁了。此句系化用乐府《横吹曲辞·折杨柳歌辞》"上马不捉鞭，反折杨柳枝。下马吹横笛，愁杀行客儿"的诗意。折柳赠别的风俗在唐时最盛。"杨柳"与离别有更直接的关系。所以，人们不但见了杨柳会引起别愁，连听到《折杨柳》的笛曲也会触动离恨。而"羌笛"句不说"闻折柳"却说"怨杨柳"，造语尤妙，这就避免直接用曲调名，化板为活，且能引发更多的联想，深化诗意。玉门关外，春风不度，杨柳不青，离人想要折一枝柳寄情也不能，这就比折柳送别更为难堪。征夫怀着这种心情听曲，似乎笛声也在"怨杨柳"，流露的怨情是强烈的，而以"何须怨"的宽解语委婉出之，深沉含蓄，耐人寻味。这第三句以问语转出了如此浓郁的诗意，末句"春风不度玉门关"也就水到渠成。用"玉门关"一语入诗也与征夫离思有关。《后汉书·班超传》云："不敢望到酒泉郡，但愿生入玉门关。"末句正写出边地苦寒，蕴含着无限的乡思离情。如果把这首《凉州词》与中唐以后的某些边塞诗(如张乔的《河湟旧卒》)加以比较，就会发现，此诗虽极写戍边者不得还乡的怨情，但写得悲壮苍凉，也是悲中有壮，悲凉而慷慨。"何须怨"三字不仅见其艺术手法的委婉蕴藉，当可看到当时边防将士在乡愁难抑时,也意识到卫国戍边责任的重大,方能如此自我宽解。也许正因为《凉州词》情调悲而不失其壮,所以能成为"唐音"的典型代表。

这首诗是一幅西北边疆壮美风光的画卷,又是一首对出征将士满怀同情的怨歌,二者统一于短短的四句诗中,引人遐想,耐人寻味,使人对盛唐边塞有了较全面深入的了解。全诗句句精彩,情景交融,妙绝千古。

思考与练习

1. 联系地理知识体会诗中的意象。
2. 理解诗人表达的思想感情。

春江花月夜[1]

唐·张若虚[2]

春江潮水连海平,
海上明月共潮生。
滟滟随波千万里[3],
何处春江无月明。
江流宛转绕芳甸[4],
月照花林皆似霰[5]。
空里流霜不觉飞,
汀上白沙看不见[6]。
江天一色无纤尘,
皎皎空中孤月轮。
江畔何人初见月?
江月何年初照人?
人生代代无穷已,
江月年年只相似。
不知江月待何人,
但见长江送流水。
白云一片去悠悠,
青枫浦上不胜愁。
谁家今夜扁舟子?
何处相思明月楼?
可怜楼上月徘徊,
应照离人妆镜台。

玉户帘中卷不去,
捣衣砧上拂还来。
此时相望不相闻,
愿逐月华流照君。
鸿雁长飞光不度,
鱼龙潜跃水成文。
昨夜闲潭梦落花,
可怜春半不还家。
江水流春去欲尽,
江潭落月复西斜。
斜月沉沉藏海雾,
碣石潇湘无限路[7]。
不知乘月几人归,
落月摇情满江树。

(选自《唐诗鉴赏辞典》. 萧涤非等. 上海：上海辞书出版社, 1983)

【注释】

[1] 《春江花月夜》：乐府《清商曲·吴声歌》旧题，创始于陈后主，现存歌，最早的有隋炀帝所作二首，乃五言二韵小诗。

[2] 张若虚(660—720？)，扬州(今属江苏)人，曾任兖州兵曹。与贺知章、包融、张旭合称"吴中四士"。神龙(705—707)中，与贺知章、包融等俱以吴越之士，文词秀发，名扬京都。其诗多已散佚，《全唐诗》仅存二首：一为《代答闺梦还》，写闺情，诗风近齐梁，无甚特色；另一为《春江花月夜》，"孤篇横绝""竟为大家"(王闿运《王志·论唐诗诸家源流》)。

[3] 潋滟：波光闪动的样子。

[4] 芳甸：杂花飘香的原野。

[5] 霰(xiàn)：雪珠。

[6] 汀(tīng)：河滩。

[7] 碣石：山名，在今河北昌黎。潇湘：二水名，均在今湖南。

【赏析】

此诗兼写春、江、花、月、夜及其相关的各种景色，而以月光统众景，以众景含哲理、寓深情，构成朦胧、深邃、奇妙的艺术境界，令人探索不尽，玩味无穷。

全诗可分前后两大段落。"但见长江送流水"以前是前一段落，由春、江、月、夜的美景描绘引发关于宇宙、人生的哲理思考。发端两句，展现了"春江潮水连海平，海上明月共潮生"的辽阔视野。一个"生"字，将明月拟人化；一个"共"字，又强调了春江与明月的天然联系。江流千万里，月光随波千万里；江流绕芳甸，月照花林皆似霰。总而言之，月光、江波互相辉映，有春江处，皆有明月，何等多情！诗人立于江畔，仰望明月，不禁产生了"江畔何人初见月？江月何年初照人？"的疑问。对于这个涉及宇宙生成、人类起源的疑问，诗人自然无法回答。于是转入"人生代代无穷已，江月年年只相似，不知江月待何人，但见长江送流水"的沉思。宇宙永恒，明月常在。而人生呢？就个体而言，生命何其短促！然而就人类整体而言，则代代相传，无穷无尽，因而能与明月共存。所以虽然不知"江月何年初照人"，但从"初照"以后，照过一代又一代人。诗人对比明月的永恒，对人生的匆匆换代不无感慨，然而想到人类生生不息，自己也被明月照耀，又油然而生欣慰感。由此又作进一步探求：一轮"孤月"，永照长江，难道是明月等待她的意中人而至今尚未等到吗？于是由江月"待人"产生联想，转入后一段落。"孤月"尚且"待人"，何况游子、思妇？诗人于是驰骋想象，代抒游子、思妇两地相思、相望之情。

诗人想象"谁家今夜扁舟子"，正经过江边的"青枫浦"，目睹"白云一片去悠悠"而生漂泊无定的旅"愁"，于是相思"何处明月楼"。从"应照离人妆镜台"的那个"应"字看，"可怜楼上月徘徊"以下数句，都是诗人想象中的"扁舟子"想象妻子如何思念自己之词：妻子望月怀人而人终不至，因而怕见月光。但她可以卷起"玉户帘"，却卷不去月光；可以拂净"捣衣砧"，却拂不掉月色。"此时相望不相闻"，而普照乾坤的月华是能照见夫君的，因而又产生了"愿逐月华流照君"的痴想。追随月光照见夫君，当然不可能，于是又想按照古代传说托鸿雁、鲤鱼捎书带信，然而鸿雁奋飞，也飞不出明月的光影；鲤鱼腾跃，也只能激起水面的波纹。接下去，诗人想象中的"扁舟子"思家念妻，由想象而形诸梦寐。他在梦中看见落花，意识到春天已过去大半，而自己还未能还家。眼睁睁地看着"江水流春去欲尽，江潭落月复西斜"，时光不断消逝，自己的青春、憧憬也跟着消逝，然而碣石、潇湘，水远山遥，怎能乘月归家？以"落月摇情满江树"结束全篇，情思摇曳，动人心魄。自"白云一片"至此，以春、江、花、月、夜来点染、烘托游子、思妇的相思之情，想象中有想象，实境中含梦境，心物交感，情景相生，时空叠合，虚实互补，从而获得了低回婉转、缠绵悱恻、言有尽而意无穷的艺术效果。全诗三十六句，每四句换韵，平、上、去间用，抑扬顿挫，与内容的变化相适应，意蕴深广，情韵悠扬。

这篇诗得到明清以来诗评家的高度赞扬。胡应麟《诗薮·内编》卷三云："张若虚《春江花月夜》流畅婉转，出刘希夷《白头翁》上。"钟惺《唐诗归》云："将春、江、花、月、夜五字炼成一片奇光，分合不得，真化工手！"陆时雍《唐诗镜》云："微情渺思，多以悬感见奇。"王尧衢《古唐诗合解》云："情文相生，各各呈艳，光怪陆离，不可端倪，真奇制也！"闻一多《宫体诗的自赎》更誉之为"诗中的诗，顶峰上的顶峰"。

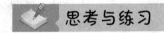

思考与练习

1. 体会诗人的思想感情。

2. 分析这首诗歌的艺术特点。

梁 甫 吟

唐·李白[1]

长啸梁甫吟[2]，何时见阳春[3]？
君不见朝歌屠叟辞棘津[4]，八十西来钓渭滨。
宁羞白发照渌水，逢时吐气思经纶。
广张三千六百钓[5]，风期暗与文王亲[6]。
大贤虎变愚不测[7]，当年颇似寻常人。
君不见高阳酒徒起草中，长揖山东隆准公[8]。
入门不拜骋雄辩，两女辍洗来趋风。
东下齐城七十二，指挥楚汉如旋蓬。
狂生落魄尚如此，何况壮士当群雄。
我欲攀龙见明主[9]，雷公砰訇震天鼓，帝旁投壶多玉女[10]。
三时大笑开电光[11]，倏烁晦冥起风雨。
阊阖九门不可通，以额扣关阍者怒。
白日不照吾精诚，杞国无事忧天倾[12]。
猰貐磨牙竞人肉[13]，驺虞不折生草茎。
手接飞猱搏雕虎[14]，侧足焦原未言苦。
智者可卷愚者豪，世人见我轻鸿毛。
力排南山三壮士，齐相杀之费二桃。
吴楚弄兵无剧孟，亚夫咳尔为徒劳[15]。
梁甫吟，声正悲，张公两龙剑[16]，神物合有时。
风云感会起屠钓，大人𡾋屼当安之[17]。

(选自《唐诗三百首》. 迟赵俄等. 北京：团结出版社，1996)

【注释】

[1] 李白(701—762)，字太白，号青莲居士。隋末其先人流寓碎叶(今吉尔吉斯斯坦北部托克马克附近)。幼时随父迁居绵州昌隆县(今四川江油)青莲乡，李白的青少年时期是在蜀中度过的，他自幼读书就涉猎广泛，所谓"五岁诵六甲，十岁观百家"(《上安州裴长史书》)，"十五观奇书，作赋凌相如"(《赠张相镐》)。二十五岁起"辞亲远游"，仗剑出蜀。天宝初供奉翰林，因遭权贵谗毁，仅一年余即离开长安。安史之乱中，曾为永王璘幕僚，因璘败系浔阳狱，流放夜郎，中途遇赦东还。晚年投奔其族叔当涂令李阳冰，后卒于当涂，葬龙山。唐元和十二年(817年)，宣歙池观察使范传正根据李白生前"志在青

山"的遗愿，将其墓迁至青山。盛唐诗潮波澜壮阔，气象万千。而其中最引人瞩目、动人心弦的，是李白的作品。李白的诗歌，最充分也最集中地体现了那个时代的精神风貌。饱满的青春热情，争取解放的蓬勃精神，积极乐观的理想展望，强烈的个性色彩，这一切汇成了中国古代诗史上格外富有朝气的歌唱。有《李太白文集》三十卷行世。

[2] 梁甫：泰山下山名，喻小人。李有《冬夜醉宿龙门觉起言志》云"而我何为者，叹息龙门下。富贵未可期，殷忧向谁写？去去泪满襟，举声《梁父吟》，青云当自致，何必求知音"。

[3] 见阳春：《九辩》"恐溘死而不得见乎阳春"。

[4] 屠叟：周初名相太公吕望。五十时在棘津(河南延津)卖吃，七十在朝歌(殷都，今河南淇县)屠牛，八十渭水垂钓，九十辅佐周文王。

[5] 三千六百钓：垂钓十年。

[6] 风期：品格志气。

[7] 大贤虎变：《易经·革卦》"大人虎变"。虎秋后换皮毛，文采缤焕，喻贤者能骤然得志。

[8] 隆准：高鼻子。"高祖为人隆准而龙颜"。

[9] 攀龙：古以追随君王为"攀龙鳞，附凤翼"。

[10] 投壶：古代宴饮时，宾主依次投箭入一瓶状壶中，负者饮。

[11] 三时：春、夏、秋。

[12] 忧天：《列子·天瑞篇》云："杞国有人，忧天地崩坠，身无所寄，废寝食者。"

[13] 猰貐(yǎ yǔ)：古代神话中一种吃人的野兽。这里比喻阴险凶恶的人物。竞人肉：争吃人肉。驺虞：古代神话中一种仁兽，白质黑纹，不伤人畜，不践踏生草。这里李白以驺虞自比，表示不与奸人同流合污。《诗经》云："仁如驺虞，则王道成也。"

[14] 飞猱：《尸子》载：古勇士中黄伯能左接飞猱，右搏斑驳猛虎。另载有石名焦原，广五十步，下临百仞深渊，无胆者不敢近。《晏子春秋》载齐景公有公孙接、田开疆、古冶子三勇武之士，一日晏子过，三人皆未行礼，晏对景公曰三士无尊卑，将为后患，遂计赏三人两桃，曰功高者可吃桃，公孙和田拿，古冶言二人功不过己，应退回，二人羞愤自杀，古也觉独生不义，也自杀。古诗《梁甫吟》咏："力能排南山，文能绝地纪。一朝被谗言，二桃杀三士。"

[15] 亚夫：据《史记》，吴楚叛，汉景帝命周亚夫出兵，周在河南得剧孟，遂笑吴楚弄兵不识才。

[16] 龙剑：张华任雷焕为丰城(江西)令，焕掘双宝剑送一给华。华信云："详观剑文，乃干将也，莫邪何复不至？虽然，天生神物，终当合耳。"后华被杀，剑不知去向。焕死后，子雷华带剑过延平津，剑跃入水。下水不见剑，但见数丈双龙。

[17] 臲卼(niè wù)：不安。此指暂遇坎坷。

【赏析】

　　《梁甫吟》是古代用作葬歌的一支民间曲调，音调悲切凄苦。古辞今已不传，宋郭茂倩《乐府诗集》收有诸葛亮所作一首，写春秋时齐相晏子"二桃杀三士"之事，通过对死者的伤悼，谴责谗言害贤的阴谋。李白这首也有"力排南山三壮士，齐相杀之费二桃"之句，显然是袭用了诸葛亮诗句的立意。该诗写于李白"赐金放还"，刚离开长安之际。诗中抒写遭受挫折以后的痛苦和对理想的期待，气势奔放，感情炽烈，是李白的代表作之一。

　　开头两句："长啸梁甫吟，何时见阳春？""长啸"是比高歌更为凄厉激越的感情抒发。诗一上来就单刀直入，显示诗人此时心情极不平静，为全诗定下了感情的基调。宋玉《九辩》中有"恐溘死而不得见乎阳春"之句，故"见阳春"有从埋没中得到重用，从压抑中得以施展抱负的意思。以下诗句，全是由此生发。

　　接着，连用两组"君不见"提出两个历史故事。一是说西周吕望(即姜太公)长期埋没民间，五十岁在棘津当小贩，七十岁在朝歌当屠夫，八十岁时还垂钓于渭水之滨，钓了十年(每天一钓，十年共三千六百钓)，才得遇文王，遂展平生之志。二是说秦末的郦食其，刘邦原把他当作一个平常儒生，看不起他，但这位自称"高阳酒徒"的儒生，不仅凭雄辩使刘邦改变了态度，以后还说服齐王以七十二城降汉，成为楚汉相争中的风云人物。诗人引用这两个历史故事，实际上寄寓着自己的理想与抱负："大贤虎变愚不测，当年颇似平常人""狂生落魄尚如此，何况壮士当群雄"。他不相信自己会长期落魄，毫无作为。诗人对前途有着坚定的信念，所以这里声调高亢昂扬，语言节奏也较爽利明快，中间虽曾换过一次韵，但都押平声韵，语气还是舒展平坦的。

　　自"我欲攀龙见明主"句起，诗人一下子从乐观陷入了痛苦，加上改用了仄声韵，语气急促，使人感到犹如一阵凄风急雨劈面打来。这一段写法上很像屈原的《离骚》，诗人使自己置身于惝恍迷离、奇幻多变的神话境界中，通过描写奇特的遭遇来反映对现实生活的感受。他为了求见"明主"，依附着天矫的飞龙来到天上。可是，凶恶的雷公播起天鼓，用震耳欲聋的鼓声来恐吓他，他想求见的那位"明主"，也只顾同一班女宠作投壶的游戏。他们高兴得大笑时天上闪现出耀眼的电光，一时恼怒又使天地昏暗，风雨交加。尽管如此，诗人还是不顾一切以额扣关，冒死求见。不料竟触怒了守卫天门的阍者。在这段描写中，诗人的感情表现得如此强烈，就像浩荡江水从宽广的河床突然进入峡谷险滩一样，旋涡四起，奔腾湍急，不可抑止。诗人在天国的遭遇，实际上就是在现实生活中的遭遇，他借助于幻设的神话境界，尽情倾诉了胸中的愤懑与不平。

　　自"白日不照吾精诚"以下十二句又另作一段，在这段中，诗人通过各种典故或明或暗地抒写了内心的忧虑和痛苦，并激烈地抨击了现实中的不合理现象：上皇不能体察我对国家的一片精诚，反说我是"杞人忧天"。权奸们像猰㺄恶兽那样磨牙齿，残害人民，而诗人的理想则是以仁政治天下。他自信有足够的才能和勇气去扭转乾坤，就像古代能用左手接飞猱、右手搏猛虎的勇士那样，虽置身于险地仍不以为苦。意象宕起，可是马上又重重地跌了下来。在现实生活中，只有庸碌之辈可以趾高气扬，真有才能的人反而只能收起自己的聪明才智，世人就把"我"看得轻如鸿毛。古代齐国三个力能排山的勇士被相国晏子设计害死，可见有才能的人往往受到猜疑。明明有剧孟这样的能人而摒弃不用，国家的前途真是不堪设想了。这一段行文的显著特点是句子的排列突破了常规。如果要求意思连贯，那么"手接飞猱"两句之后，应接写"力排南山"两句，"智者可卷"两句之后，应接写"吴楚弄兵"两句，可是诗人却故意把它们作上下错落的排列，避免了平铺直叙。诗人那股汹涌而来的感情激流，至此一波三折，成迂回盘旋之势，更显得恣肆奇横，笔力雄健。这段的语气节奏也随着感情发展而跌宕起伏，忽而急促，忽而舒展，忽而押平声韵，忽而换仄声韵，短短十二句竟三易其韵，极尽变化之能事。

　　最后一段开头，"梁甫吟，声正悲"，直接呼应篇首两句，语气沉痛而悲怆。突然，诗人又笔锋一转，"张公两龙剑"以下四句仍是信心百倍地回答了"何时见阳春"这一设问。诗人确信，正如干将、莫邪二剑不会久没尘土，我同"明主"一时为小人阻隔，终当有会合之时。既然做过屠夫和钓徒的吕望最后仍能际会风云，建立功勋，那自己也就应该安时俟命，等待风云际会的一天到来。饱经挫折的诗人虽然沉浸在迷惘和痛苦之中，却仍用各种办法慰藉自己，始终没有放弃对理想的追求。

　　写长篇歌行最忌呆滞平板，这首诗最大的艺术特色就在于布局奇特，变化莫测。它通篇用典，但表现手法却不时变换。吕望和郦食其两个故事是正面描写，起"以古为鉴"的作用，接着借助种种神话故事，寄寓自己的痛苦遭遇，第三段则把几个不相连属的典故交织在一起，正如清人沈德潜说的"后半拉杂使事，而不见其迹，以气胜也"（《唐诗别裁》语），因而诗的意境显得奇幻多姿，错落有致：它时而风和日丽，春意盎然，时而浊浪翻滚，险象纷呈；时而语浅意深，明白如话；时而杳冥惝恍，深不可测，加上语言节奏的不断变化起伏，把诗人强烈而又复杂的思想感情表现得淋漓尽致。

思考与练习

1. 领会这首诗的思想感情。
2. 诗人的浪漫主义诗风在这首诗中是如何体现的？

丽 人 行

唐·杜甫[1]

三月三日天气新，长安水边多丽人。
态浓意远淑且真，肌理细腻骨肉匀。
绣罗衣裳照暮春，蹙金孔雀银麒麟。

头上何所有？翠微匎叶垂鬓唇[2]。
背后何所见？珠压腰衱稳称身[3]。
就中云幕椒房亲，赐名大国虢与秦。
紫驼之峰出翠釜，水精之盘行素鳞。
犀箸厌饫久未下，鸾刀缕切空纷纶。
黄门飞鞚不动尘，御厨络绎送八珍。
箫鼓哀吟感鬼神，宾从杂遝实要津。
后来鞍马何逡巡，当轩下马入锦茵[4]。
杨花雪落覆白苹，青鸟飞去衔红巾[5]。
炙手可热势绝伦，慎莫近前丞相嗔！

(选自《杜甫诗选注》. 萧涤非选注. 上海：上海古籍出版社，1983)

【注释】

[1] 杜甫(712—770)，字子美，唐河南府巩县(今河南巩义市)人。因远祖杜预为京兆杜陵(今陕西长安县东北)人，故自称"杜陵布衣""杜陵野老""杜陵野客"。青年时期曾漫游三晋、吴越、齐赵等地，追求功名，应试不第。唐玄宗天宝十载(751年)，献"三大礼赋"，玄宗奇之，命待制集贤院。十四载授河西尉，不就，旋改右卫率府兵曹参军。杜甫困守长安期间，尝居城南少陵附近，自称"少陵野老"，世因称"杜少陵"。安史之乱时，曾陷贼中。肃宗至德二载(757年)四月，杜甫自长安奔赴凤翔行在，授左拾遗，故世称"杜拾遗"。旋因疏救宰相房琯，被贬华州司功参军。后弃官流寓陇、蜀、湖、湘等地，所谓"漂泊西南天地间"。其间曾卜居成都西郊浣花溪畔，人又称"杜浣花"。因代宗广德二年(764年)剑南节度使严武表奏为节度参谋、检校工部员外郎，故世称"杜工部"，《两唐书》有传。杜甫生于李唐王朝由盛转衰的历史时期，他的诗广泛而深刻地反映了安史之乱前后的现实生活和社会矛盾，被誉为"诗史"。可是作为"诗史"的杜诗并不是客观地叙事，用诗体去写历史，而是在深刻反映现实的同时，通过独特的风格表达出作者的心情。清人浦起龙说："少陵之诗，一人之性情，而三朝之事会寄焉者也。"(《读杜心解·少陵编年诗目谱附记》)杜甫的诗大部分涉及玄宗、肃宗、代宗三朝有关政治、经济、军事以及人民生活的重大问题，可见无处不浸透了诗人的真情实感。例如杜甫中年时期的两篇杰作《自京赴奉先县咏怀五百字》和《北征》，有抒情，有叙事，有纪行，有说理，有对于自然的观察，有对社会矛盾的揭露，有内心的冲突，有政治的抱负和主张，有个人的遭遇和家庭的不幸，有国家与人民的灾难和对于将来的期望。这两首长诗包括了丰富的内容，作者的心情波澜起伏，语言纵横驰骋，证明他在这不幸的时代面对自然和社会的种种现象都敏锐地发生强烈的反应。这样的诗是诗人生活和内心的自述，也是时代和社会的写真，个人的命运和国家人民的命运息息相关，二者在艺术上也达到高度的

融合，是社会现实与个人生活的密切结合，思想内容与艺术形式的完美统一。杜甫的诗歌深刻地反映了唐代安史之乱前后 20 多年的社会全貌，生动地记载了他一生所走过的路程，在艺术方面也达到唐代诗歌的最高成就。他的诗能使读者"知其人""论其世"，起着"可以兴，可以观，可以群，可以怨"的作用。他是我国古典诗歌的集大成者，诸体兼擅，无体不工，律切精深，沉郁顿挫，被世人尊为"诗圣"。现存诗 1450 余首，有《杜工部集》传世。

[2] 翠微：薄薄的翡翠片。微：一本作"为"。叶：彩的花叶，彩是妇女的发饰。鬓唇：鬓边。

[3] 珠压：谓珠按其上，使不让风吹起，故下云"稳称身"。腰：这里作腰带解。

[4] 后来鞍马：指杨国忠，却故意不在这里明说。逡巡：原意为欲进不进，这里是顾盼自得的意思。

[5] 杨花句：旧注以为指杨国忠与虢国夫人的暧昧关系，又引北魏胡太后和杨白花私通事，因太后曾作"杨花飘荡落南家"，及"愿衔杨花入窠里"诗句。后人有"杨花入水化为浮萍"之说，又暗合诸杨之姓及兄妹丑行。青鸟：神话中鸟名，西王母使者。相传西王母将见汉武帝时，先有青鸟飞集殿前(见《汉武故事》)，后常被用作男女之间的信使。

【赏析】

《旧唐书·杨贵妃传》载："玄宗每年十月，幸华清宫，国忠姊妹五家扈从。每家为一队，着一色衣；五家合队，照映如百花之焕发。而遗钿坠舄，瑟瑟珠翠，璨珊芳馥于路。而国忠私于虢国，而不避雄狐之刺；每入朝，或联镳方驾，不施帷幔。每三朝庆贺，五鼓待漏，靓妆盈巷，蜡炬如昼。"又杨国忠于天宝十一载(752 年)十一月为右相。这首诗当作于十二载春，讽刺了杨家兄妹骄纵荒淫的生活，曲折地反映了君王的昏庸和时政的腐败。

成功的文学作品，它的立意倾向应当从场面和情节中自然而然地流露出来，而不是将其指点出来，作者的见解愈隐蔽，对艺术作品来说就愈好；而且作家不把他所描写的社会冲突的历史、未来的解决办法硬塞给读者。《丽人行》就是这样的一篇成功之作。这篇歌行的主题思想和倾向倒并不隐晦难懂，但却不是指点出来，而是从场面和情节中自然而然地流露出来的。从头到尾，诗人描写那些简短的场面和情节，都采取像《陌上桑》那样一些乐府民歌中所惯常用的正面咏叹方式，态度严肃认真，笔触精工细腻，着色鲜艳富丽、金碧辉煌，丝毫不露油腔滑调，也不作漫画式的刻画。但令人惊叹不已的是，诗人就是在这一本正经的咏叹中，出色地完成了诗歌揭露腐朽、鞭挞邪恶的神圣使命，获得了比一般轻松的讽刺更为强烈的艺术批判力量。诗中首先泛写上巳曲江水边踏青丽人之众多，以及她们意态之娴雅、体态之优美、衣着之华丽。辛延年《羽林郎》："胡姬年十五，春日独当垆。长裾连理带，广袖合欢襦。头上蓝田玉，耳后大秦珠。两鬟何窈窕，一世良所无。"《陌上桑》："头上倭堕髻，耳中明月珠。缃绮为下裙，紫绮为上襦。"《孔雀东南飞》："着我绣夹裙，事事四五通。足下蹑丝履，头上玳瑁光。腰若流纨素，耳着明月珰。指如削葱根，口如含朱丹。纤纤作细步，精妙世无双。"回环反复，咏叹生情，"态浓意远淑且真"以下八句就是从这种民歌表现手法中变化出来的。《杜臆》："钟云：'本是风刺，而诗中直叙富丽，若深不容口，妙妙。'又云：'如此富丽，而一片清明之气行乎其中。'……'态浓意远''骨肉匀'，画出一个国色。状姿色曰'骨肉匀'，状服饰曰'稳称身'，可谓善于形容。"前人已看出了这诗用工笔彩绘仕女图画法作讽刺画的这一特色。胡夏客说："唐宣宗尝语大臣曰：'玄宗时内府锦袄二，饰以金雀，一自御，一与贵妃；今则卿等家家有之矣。'此诗所云，盖杨氏服拟于宫禁也。"总之，见丽人服饰的豪华，见丽人非等闲之辈。写到热闹处，笔锋一转，点出"就中云幕椒房亲，赐名大国虢与秦"，则虢国、秦国(当然还有韩国)三夫人在众人之内了。着力描绘众丽人，着眼却在三夫人；三夫人见，众丽人见，整个上层贵族骄奢淫逸之颓风见，不讽而讽意见。肴馔讲究色、香、味和器皿的衬托。"紫驼之峰出翠釜，水精之盘行素鳞"，举出一二品名，配以适当颜色，便写出器皿的雅致、肴馔的精美丰盛以及其香、其味来。如此名贵的山珍海味，缕切纷纶而厌饫久未下箸，不须明说，三夫人的娇贵暴殄，已刻画无遗了。"黄门飞鞚不动尘，御厨络绎送八珍"，内廷太监鞚马飞迆而来，却路不动尘，这是何等的规矩、何等的排场！皇家气派，毕竟不同寻常。写得真好看煞人，也惊恐煞人。如此煞有介事地派遣太监前来，络绎不绝于途，到底所为何事？原来是奉旨从御厨房里送来珍馐美馔为诸姨上巳曲江修禊盛筵添菜助兴，阿瞒(唐玄宗宫中常自称"阿瞒")不可谓不体贴入微，不可谓不多情，也不可谓不昏庸了。

乐史《杨太真外传》载："时新丰初进女伶谢阿蛮，善舞。上与妃子钟念，因而受焉。就按于清元小殿，宁王吹玉笛，上羯鼓，妃琵琶，马仙期方响，李龟年觱篥，张野狐箜篌，贺怀智拍。自旦至午，欢洽异常。时唯妃女弟秦国夫人端坐观之。曲罢，上戏曰：'阿瞒乐籍，今日幸得供养夫人。请一缠头！'秦国曰：'岂有大唐天子阿姨，无钱用邪？'遂出三百万为一局焉。"黄门进馔是时人目睹，曲罢请赏是宋人传奇，真真假假，事出有因，两相对照，风流天子精神面貌之猥琐可以想见了。"箫鼓哀吟""宾从杂遝"，承上启下，为"后来"者的出场营造声势，烘托气氛。彼"后来"者鞍马逡巡，无须通报，竟然当轩下马，径入锦茵与三夫人欢会。此情此景，纯从旁观冷眼中显出，当目击者和读者目瞪口呆惊诧之余，稍加思索，便知其人，便知其事了。北魏胡太后曾威逼杨白花私通，杨白花惧祸，降梁，改名杨华。胡太后思念他，作《杨白花歌》，有"秋去春来双燕子，愿衔杨花入窠里"之句。"青鸟"是神话传说中西王母的使者，唐诗中多用来指"红娘"一类角色。章碣《曲江》诗有"落絮却笼他树白"之句，可见曲江沿岸盛植杨柳。隋唐时期，关中地域气温较高，上巳(阴历三月三日)飘杨花，当是实情。"杨花"二句似赋而实比兴，暗喻杨国忠与虢国夫人的淫乱。乐史《杨太真外传》载："虢国又与国忠乱焉。略无仪检,每入朝谒,国忠与韩、虢连辔,挥鞭骤马,以为谐谑。从官监姬百余骑。秉烛如昼,鲜装祛服而行,亦无蒙蔽。"他们倒挺开通,竟敢招摇过市,携众遨游,公开表演种种肉麻丑态。既然如此,为什么"先时丞相未至,观者犹得近前,乃其既至,则呵禁赫然"(黄生语),不许游人围观了呢?为了显示其"炙手可热"权势之赫,这固然是个原因,但觥筹交错,酒酣耳热,放浪形骸之外,虽是开通人,也有不想让旁人窥见的隐私。"春色满园关不住,一枝红杏出墙来",青鸟衔去的一方红手帕,便于有意无意中泄露了一点春光。七绝《虢国夫人》:"虢国夫人承主恩,平明上马入金门。却嫌脂粉污颜色,淡扫蛾眉朝至尊。"见杜甫《草堂逸诗》,一作张祜诗。该诗写出了虢国夫人的狐媚相,可与《丽人行》参读。浦起龙评《丽人行》说:"无一刺讥语,描摹处语语刺讥;无一慨叹声,点逗处声声慨叹。"这不就是在说该诗的倾向不是指点出来的,而是从场面和情节中自然而然地流露出来的吗?对于当时诗人所描写的社会冲突到底有什么解决办法呢?他即使多少意识到了,恐怕也不敢认真去想,更谈不上把它硬塞给读者。但读者读后却不能不想:最高统治集团既然这样腐败,天下不乱才怪!这不是抽象的说教,这是读者被激发起来的情绪直感地从艺术中所获得的逻辑。

思考与练习

1. 从艺术、社会、历史的角度,将这首诗与《长恨歌》加以比较。
2. 仔细分析这首诗的艺术手法,并与杜甫的其他诗歌加以比较。

碛中作[1]

唐·岑参[2]

走马西来欲到天,辞家见月两回圆。
今夜未知何处宿,平沙莽莽绝人烟[3]。

(选自《唐诗三百首》. 迟赵俄等. 北京:团结出版社,1996)

【注释】

[1] 碛(qì):沙漠。

[2] 岑参(715?—770),原籍南阳,移居江陵(今湖北荆沙)。少时在嵩山读书,后游京洛河朔,隐居终南别业。天宝三年进士及第,授右内率府兵曹参军。后赴安西高仙芝幕掌书记,复赴北庭封常清幕任职。对边塞生活深有体验。肃宗朝拜右补阙。长安收复后,转起居舍人,因上书指斥权佞,出为虢州长史。代宗朝入蜀,两任嘉州刺史。罢官后客居成都。以边塞诗著称,写边塞风光及将士生活,气势磅礴,昂扬奔放,因而成了边塞诗派的代表。

[3] "平沙"句：一作"平沙万里绝人烟"。

【赏析】

　　唐代诗坛上，岑参的边塞诗以奇情异独树一帜。他两次出塞，对边塞生活有深刻的体会，对边疆风物怀有深厚的感情。这首《碛中作》，就抒发了诗人在万里沙漠中勃发的诗情。

　　诗人精心摄取了沙漠行军途中的一个剪影，向读者展示了他戎马倥偬的动荡生活，诗于叙事写景中，巧妙地寄寓细微的心理活动，含而不露，蕴藉感人。

　　"走马西来欲到天"，从空间落笔，气象壮阔。走马疾行，显示旅途紧张。"西来"，点明了行进方向。"欲到天"，既写出了边塞离家之远，又展现了西北高原野旷天低的气势。诗人在《碛西头送李判官入京》中写过"过碛觉天低"的雄浑诗句。大漠辽阔高远，四望天地相接，真给人以"欲到天"的感觉。"辞家见月两回圆"，则从时间着眼，柔情似水。从表面上看，似乎诗人只是点明了离家赴边已有两月，交代了时间正当十五月圆；然而仔细推敲，诗人无穷思念正蕴藏其中。一轮明月当空朗照，触动了诗人的情怀，他不由得思念起辞别两个月的"家"来，时间记得那么清晰，表明他对故乡、对亲人的思念之殷切。现在，月圆人不圆，怎不叫人感慨万分？也许他正想借这照耀千里的明月，把他的思念之情带往故乡，捎给亲人？诗人刚刚把他的心扉向我们打开了一条缝隙，透露出这样一点点内心深处的消息，却又立即由遐想回到现实——"今夜未知何处宿，平沙莽莽绝人烟"。前句故设疑问，并不作正面回答，转而融情入景，给读者留下充分想象的余地。后句写出了在明月照耀下，荒凉大漠无际无涯的朦胧景象。景色是苍凉的，但感情并不低沉、哀伤。在诗人笔下，戎马生涯的艰苦，边疆地域的荒凉，正显示诗人从军边塞的壮志豪情。正如诗人所说："万里奉王事，一身无所求。也知塞垣苦，岂为妻子谋！"(《初过陇山途中呈宇文判官》)。

　　这首诗以鲜明的形象造境写情，情与景契合无间，情深意远，含蕴丰富，读来别有神韵。

思考与练习

1. 分析这首诗中情景交融的写作手法。
2. 诗人细腻的情感与粗犷的性格在这首诗中是怎样完美结合的？

行　舟

唐·李益

柳花飞入正行舟，卧引菱花信碧流。
闻道风光满扬子，天晴共上望乡楼。

(选自《全唐诗》．李济洲编著．上海：上海古籍出版社，1986)

【注释】

李益(750？—830？)，唐代诗人，字君虞，陇西姑臧(今甘肃武威)人，后迁河南洛阳。约生于天宝十年(750年)，约卒于文宗大和初年(830年)，享年八十余岁，是唐代最长寿的诗人之一。大历四年(769年)进士，初任郑县尉，久不得升迁，建中四年(783年)登书判拔萃科。因仕途失意，后弃官在燕赵一带漫游。以边塞诗作名世，擅长绝句，尤其工于七绝。

【赏析】

这是一首抒写思乡情怀的诗作。一般写思乡情深之作，不免有哀婉之辞，但这首诗却以悠闲之笔写出一段淡淡的乡愁，读来别有一番情韵。

一叶小舟行驶在扬子江中，岸上绿柳飞絮，沾襟惹鬓；诗人斜卧舟中，在赏识着那随波荡漾的点点红菱。看来诗人悠闲得很。然而，面对这江水碧澄、红菱泛波的明媚春色，诗人为什么毫不动容？莫非那随风入怀的柳絮，使他回忆起"杨柳依依"的离乡之日？莫非一年一度的春色使他想到久羁异乡的处境？细心的读者在细研诗意之时，心中不免会生出这些疑窦。

如果说，读前两句时读者的疑窦还是一种敏感的猜测，那么后两句诗则给了一个明证。"闻道风光满扬子"，春到扬子，人所共见，诗人却只是听人道来，可见他对这大好春光是既不想看，也不愿看，毫无兴趣的了。难怪他斜卧舟头，不理会那撩人的红菱碧波！那么他行舟江上又是为何呢？"天晴共上望乡楼"，原来诗人是被一腔乡愁所驱而来到江上的。怪不得那善解人意的柳絮会逐舟而来，扑入游子的襟怀！"天晴"二字大有深意。晴天丽日正是游春的大好时日，诗人却要趁着此际登楼望乡，也许他以为天晴气爽，可以极目千里、望断云天吧？尽管诗人没有明说，读者却可以体会到他的用心。

读罢全诗，我们的眼前会出现一位独卧舟头、百无聊赖的诗人形象，在扬子江的烂漫春光中，他显得多么孤寂啊！我们不难从中品出一丝落寞惆怅的苦涩味。

思考与练习

1. 仔细体会这首诗言简义丰的特点。
2. 领会诗人所表达的思想感情。

秋 风 引

唐·刘禹锡

何处秋风至？萧萧送雁群。
朝来入庭树，孤客最先闻。

(选自《唐诗鉴赏辞典》. 萧涤非等. 上海：上海辞书出版社，1983)

【注释】

刘禹锡(772—842),字梦得,洛阳(今河南省洛阳市)人,一作彭城人,自称是汉代中山王刘胜的后裔,因此也算河北中山人。刘禹锡不仅是一位政治改革家和哲学思想家,也是一位有着独特成就的出色诗人。尽管他和韩愈、白居易都有深厚的交情,却能在诗歌的风格上保持独立自主,不附和更不附属于韩、白的流派。这突出地表现在对民间文学的学习上,他的爱好不局限于一般人所熟悉的古代乐府歌辞,其对民间所流行的俚歌俗调也有着浓厚的兴趣。《竹枝词》《柳枝词》就是他的艺术实践。其诗歌语言干净明快,绝无炫博矜奇的地方,著有《刘梦得文集》。

【赏析】

刘禹锡曾在偏远的南方度过了一段长时期的贬谪生活,这首诗可能作于贬所,因秋风起、雁南飞而触动了孤客之心。诗的内容,其实就是江淹《休上人怨别》诗开头两句所说的"西北秋风至,楚客心悠哉",但诗人没有在"客心"上多费笔墨,而是在秋风上驰骋诗思。

诗以"秋风"为题。首句"何处秋风至",就题发问,摇曳生姿,而通过这一起势突兀、下笔飘忽的问句,也显示了秋风的不知其来、忽然而至的特征。如果进一步推寻它的弦外之音,这一问,可能还暗含怨秋的意思,与李白《春思》诗"春风不相识,何事入罗帏"一句有异曲同工之处。当然,秋风之来,既无影无迹,又无所不在,它从何处来、来到何处,本是无可纠缠的。这里虽以问语出之,而诗人的真意原不在追根究底,接下来就宕开诗笔,以"萧萧送雁群"一句写耳所闻的风来萧萧之声和目所见的随风而来的雁群。这样,就化无形之风为可闻可见的景象,从而把不知何处至的秋风绘声绘影地写入诗篇。这前两句诗合起来看,可能脱胎于屈原《九歌》"风飒飒木萧萧"和汉武帝《秋风辞》"秋风起兮白云飞,草木黄落兮雁南归"。而可以与这两句诗合参的有韦应物的《闻雁》诗:"故园渺何处?归思方悠哉。淮南秋雨夜,高斋闻雁来。"但韦诗是以我感物,以情会景,先写"归思",后写"闻雁"。沈德潜在《唐诗别裁集》中指出,这样写,"其情自深",如果"倒转说",就成了一般人都写得出的普通作品了。但是,诗无定法,不能执一而论。这首《秋风引》前两句所写的秋风始至、鸿雁南来,正是韦诗后两句的内容,恰恰是韦诗倒转过来说的。它是远处落想,空际运笔,从闻雁思归之人的对面写起,就秋风关雁构思造境。至于韦诗前两句的内容,是留到篇末再写的。

诗的后两句"朝来入庭树,孤客最先闻",把笔触从秋空中的"雁群"移向地面上的"庭树",再集中到独在异乡、"归思方悠哉"的"楚客",由远而近,步步换景。"朝来"句既承接首句的"秋风至",又承接次句的"萧萧声",不是回答又似回答了篇端的发问。它说明秋风的来去虽然无处可寻,却又附着他物而随处存在,现在风动庭树,木叶萧萧,则无形的秋风分明已经近在庭院,来到耳边了。诗写到这里,写足了作为诗题的"秋风",而篇幅已经用去了四分之三,可是,诗中之人还没有露面,景中之情还没有点出。直到最后一句才画龙点睛，说秋风已为"孤客"所"闻"。当然，作为"孤客"，他不仅会因颜状改变而为岁月流逝兴悲，其羁旅之情和思归之心更是可想而知。

这首诗主要要表达的其实正是这羁旅之情和思归之心，但妙在不从正面着笔，始终只就秋风做文章，在篇末虽然推出了"孤客"，也只写到他"闻"秋风而止。至于他的旅情归思是以"最先"两字来暗示的。照常理而言，秋风吹到庭树，每个人都可以同时听到，不应当有先后之分。为什么唯独孤客"最先"听到呢？可以想见，他对时序、物候有特殊的敏感。而他又为什么如此敏感呢？唐汝询在《唐诗解》中说："孤客之心，未摇落而先秋，所以闻之最早。"这就是对"最先闻"的解释。钟惺在《唐诗别裁集》中也说："若说'不堪闻'，便浅。"这些评语都称赞这一结句曲折见意，含蓄不尽，为读者留有可回味的深度。苏轼有首《汾上惊秋》诗："北风吹白云，万里渡河汾。心绪逢摇落，秋声不可闻。"这里从全诗看来，却必须说"不可闻"，才与它的苍凉慷慨的意境、高亢劲健的风格相融洽。两个结句，内容相似，一用曲笔，一用直笔，却各尽其妙。对照之下，可悟诗法。

思考与练习

1. 这首诗是如何将情、景、意紧密结合的？
2. 从"何处秋风至？萧萧送雁群"一句，体会诗歌写作中的蜕变艺术。

相见欢[1]

南唐·李煜[2]

无言独上西楼，
月如钩，
寂寞梧桐深院锁清秋[3]。
剪不断，
理还乱，
是离愁[4]，
别是一般[5]滋味在心头[5]。

(选自《婉约词三百首》. 杜音，赵岩等编注. 西安：三秦出版社，1995)

【注释】

[1] 此调原为唐教坊曲，又名《乌夜啼》《秋夜月》《上西楼》。李煜此词即有将此调名标为《乌夜啼》者。三十六字，上阕平韵，下阕两仄韵两平韵。

[2] 李煜(937—978)，初名从嘉，字重光，号钟隐，李璟第六子，901年嗣位，史称南唐后主，即位后对宋称臣纳贡，以求偏安一方，生活上则穷奢极欲。975年，宋军破金

陵，他肉袒出降，虽封作违命侯，实已沦为阶下囚，太平兴国三年七月卒。据宋人王至《默记》，盖为宋太宗赐牵机药所毒毙。他精于书画，谙于音律，工于诗文，词尤为五代之冠。前期词多写宫廷享乐生活，风格柔靡；后期词反映亡国之痛，题材扩大，意境深远，感情真挚，语言清新，极富艺术感染力。后人将他与李璟的作品合辑为《南唐二主词》。

[3] 锁清秋：深深被秋色所笼罩。

[4] 离愁：指去国之愁。

[5] 别是一般：另有一种。

【赏析】

词名虽是《相见欢》，咏的却是离别愁。此词写作时期难定。如系李煜早年之作，词中的缭乱离愁不过属于他宫廷生活的一个插曲，如作于归宋以后，此词所表现的则应当是他离乡去国的锥心怆痛。起句"无言独上西楼"，摄尽凄婉之神。"无言"者，并非无语可诉，而是无人共语。由作者"无言""独上"的滞重步履和凝重神情，可见其孤独之甚、哀愁之甚。本来，作者深谙"独自莫凭栏"之理，因为栏外景色往往会触动心中愁思，而今他却甘冒其"险"，又可见他对故国(或故人)怀念之甚、眷恋之甚。"月如钩"，是作者西楼凭栏之所见。一弯残月映照着作者的孑然一身，也映照着他视线难及的"三千里地山河"(《破阵子》)，引起他多少遐想、多少回忆？而俯视楼下，但见深院为萧飒秋色所笼罩。"寂寞梧桐深院锁清秋"，这里，"寂寞"者究竟是梧桐还是作者，已无法也无须分辨，因为情与景已妙合无垠。下阕"剪不断"三句，以麻丝喻离愁，将抽象的情感具体化，历来为人们所称道，但更见作者独诣的还是结句："别是一般滋味在心头"。诗词家借助鲜明生动的艺术形象来表现离愁时，或写愁之深，如李白《远离别》："海水直下万里深，谁人不言此离苦"；或写愁之长，如李白《秋浦歌》："白发三千丈，缘愁似个长"；或写愁之重，如李清照《武陵春》："只恐双溪舴艋舟，载不动、许多愁"；或写愁之多，如秦观《千秋岁》："春去也，飞红万点愁如海"。李煜此句则写出愁之味：其味在酸咸之外，但却根植于作者的内心深处，无法驱散，历久弥新，舌品不得，心感方知。因此也就不用诉诸人们的视觉，而直接诉诸人们的心灵，读后使人自然地结合自身的体验而产生认同感。这种写法无疑有其至深之处。

思考与练习

1. 词中是如何运用比兴象征手法的？
2. 体会"剪不断"一句的妙处。

雨霖铃[1]

宋·柳永[2]

寒蝉凄切,对长亭晚,骤雨初歇[3]。都门帐饮无绪[4],留恋处[5],兰舟催发[6]。执手相看泪眼,竟无语凝噎[7]。念去去千里烟波[8],暮霭沈沈楚天阔[9]。

多情自古伤离别,更那堪冷落清秋节。今宵酒醒何处,杨柳岸、晚风残月。此去经年[10],应是良辰好景虚设。便纵有千种风情[11],更与何人说。

(选自《唐宋名家词选》. 龙榆生编选. 上海:上海古籍出版社,1980)

【注释】

[1] 此调原为唐教坊曲。相传唐玄宗避安禄山乱入蜀,时霖雨连日,栈道中听到铃声,为悼念杨贵妃,便采作此曲,后柳永用为词调,又名《雨霖铃慢》。上下阕,一百零三字,仄韵。

[2] 柳永(984?—1053?),原名三变,字景庄,后改名柳永,字耆卿,因排行第七,又称柳七,福建崇安人,北宋著名词人,婉约派代表人物。柳永出身官宦世家,少时学习诗词,有功名用世之志。咸平五年(1002年),柳永离开家乡,流寓杭州、苏州,沉醉于听歌买笑的浪漫生活之中。大中祥符元年(1008年),柳永进京参加科举,屡试不中,遂一心填词。景祐元年(1034年),柳永暮年及第,历任睦州团练推官、余杭县令、晓峰盐碱、泗州判官等职,以屯田员外郎致仕,故世称柳屯田。柳永是第一位对宋词进行全面革新的词人,也是两宋词坛上创用词调最多的词人。柳永大力创作慢词,将敷陈其事的赋法移植于词,同时充分运用俚词俗语,以适俗的意象、淋漓尽致的铺叙、平淡无华的白描等独特的艺术手法,为宋词的发展带来了深远影响。

[3] 骤雨:阵雨。

[4] 都门帐饮:在京都郊外搭起帐幕设宴饯行。无绪:没有情绪,无精打采。

[5] 留恋处:一作"方留亦处"。

[6] 兰舟:据《述异记》载,鲁班曾刻木兰树为舟,后用作船的美称。

[7] 凝噎:悲痛气塞,说不出话来。一作"凝咽"。

[8] 去去:重复言之,表示行程之远。

[9] 暮霭:傍晚的云气。沈沈:深厚的样子。楚天:南天。古时长江下游地区属楚国,故有此称。

[10] 经年:一年又一年。

[11] 风情:男女恋情。

【赏析】

柳永多作慢词,长于铺叙。此词表现作者离京南下时长亭送别的情景。上阕纪别,从日暮雨歇，送别都门，设帐饯行，到兰舟摧发，泪眼相对，执手告别，依次层层描述离别的场面和双方惜别的情态，犹如一首带有故事性的剧曲，展示了令人伤心惨目的一幕。这与同样表现离情别绪但出之以比兴的唐五代小令是情趣不同的。北宋时柳词不但都下传唱，甚至远及西夏，"凡有井水饮处，即能歌柳词"（《避暑录话》）。柳词盛行于市井巷陌，同他这种明白晓畅、情事俱显的词风不无关系。下阕述怀，承"念"字而来，设想别后情景。刘熙载《艺概》卷四："词有点有染。柳耆卿《雨霖铃》云'多情自古伤离别，更那堪冷落清秋节。今宵酒醒何处，杨柳岸、晓风残月'。上二句点出离别冷落，'今宵'二句，乃就上二句意染之"。 确实，"今宵"二句之所以被推为名句，不仅在于虚中有实，虚景实写，更因为以景"染"情、融情入景。"今宵酒醒何处"，遥接上阕"帐饮"，足见虽然"无绪"却仍借酒浇愁以致沉醉；"杨柳岸、晓风残月"，则集中了一系列极易触动离愁的意象，创造出一个凄清冷落的怀人境界。"此去"以下，以情会景，放笔直写，不嫌重拙，由"今宵"想到"经年"，由"千里烟波"想到"千种风情"，由"无语凝噎"想到"更与何人说"，回环往复又一气贯注地抒发了"相见时难别亦难"的不尽愁思。宋人论词往往有雅俗之辨，柳词一向被判为"俗曲"。此词上阕中的"执手相看泪眼"等语，确实浅近俚俗，近于秦楼楚馆之曲。但下阕虚实相间，情景相生，足以与其他著名的"雅词"相比，因此堪称俗不伤雅，雅不避俗。

苏轼词二首

念奴娇·赤壁怀古[1]

宋·苏轼[2]

大江东去，浪淘尽、千古风流人物。故垒西边，人道是，三国周郎赤壁。乱石穿空，惊涛拍岸，卷起千堆雪[3]。江山如画，一时多少豪杰！

遥想公瑾当年，小乔初嫁了，雄姿英发[4]。羽扇纶巾，谈笑间、樯橹灰飞烟灭。故国神游，多情应笑我，早生华发[5]。人生如梦，一尊还酹江月。[6]

(选自《唐宋词精选》. 吴熊和，萧瑞峰编选. 南京：江苏古籍出版社，2002)

【注释】

[1] 又名《百字令》。双调，一百字，仄韵，多用入声。周瑜破曹操的赤壁在今湖北浦圻县，苏轼所游为黄州赤壁，在今湖北省黄冈县城外，一名赤鼻矶。

[2] 苏轼(1037—1101)，字子瞻，号东坡居士，眉州眉山(今属四川省)人，北宋文学家、书画家，嘉祐进士。神宗时曾任祠部员外郎，因反对王安石新法而求外职，任杭州通判，知密州、徐州、湖州，后以作诗"谤讪朝廷"罪贬黄州。哲宗时任翰林学士，曾出知杭州、颍州等，官至礼部尚书，后又贬谪惠州、儋州。宋徽宗时获大赦归还，途中于常州

病逝。南宋时追谥文忠。与父洵、弟辙合称"三苏"。在政治上属于旧党,但也有改革弊政的要求。其文汪洋恣肆,明白畅达,为"唐宋八大家"之一。其诗清新豪健,善用夸张比喻,在艺术表现方面独具风格。少数诗篇也能反映民间疾苦,指责统治者的奢侈骄纵。其词开豪放一派,对后代很有影响。《念奴娇·赤壁怀古》《水调歌头·丙辰中秋》传诵甚广。他擅长行书、楷书,取法李邕、徐浩、颜真卿、杨凝式,且能自创新意。用笔丰腴跌宕,有天真烂漫之趣。与蔡襄、黄庭坚、米芾并称"宋四家"。能画竹,也喜作枯木怪石。论画主张"神似",认为"论画以形似,见与儿童邻";高度评价"诗中有画,画中有诗"的艺术造诣。诗文有《东坡七集》等,存世书迹有《答谢民师论文帖》《祭黄几道文》《前赤壁赋》《黄州寒食诗帖》等,画迹有《枯木怪石图》《竹石图》等。

[3] 千堆雪:流花千叠。"乱石穿空,惊涛拍岸,卷起千堆雪"又作"乱石崩云,惊涛裂岸,卷起千堆雪"。

[4] 周瑜二十四岁为东吴中郎将,人称周郎。小乔嫁周瑜是在建安三年,为赤壁之战十年前事。

[5] "应笑我多情,早生华发"的倒装。

[6] 酹:以酒洒地,用以敬月。

【赏析】

苏轼的词,不论内容和形式都不拘于一格。有时放笔直书,便成为"曲子中缚不住"的"句读不葺之诗";有些从内容看也颇为平凡。正如泥沙俱下的长江大河,不是一道清澈流水,但正因如此,才能显出江河的宏大气势。人们可以如此这般地挑剔它,却总是无法否定它。

苏轼这首《念奴娇》,上阕咏赤壁,下阕怀周瑜,最后以自身感慨作结,起笔高唱入云,气势足与"黄河之水天上来"相比,而且词境壮阔,在空间与时间上都得到极度拓展,江山、历史、人物一齐涌出,以万古心胸引出怀古思绪,无疑是宋词中的名作。立足点如此之高,写历史人物又如此精妙,不但词的气象境界凌厉无前,而且大声铿锵,需要铜琵琶、铁绰板来伴唱,不但词坛罕见,在诗国也是不可多得的。

他一下笔就高视阔步,气势沉雄:"大江东去,浪淘尽、千古风流人物"——细想千百年来,历史上出现过多少英雄人物,他们何尝不显赫一时,俨然是时代的骄子。谁不赞叹他们的豪杰风流,谁不仰望他们的姿容风采!然而,"长江后浪推前浪",随着时光的不断流逝与改朝换代的客观规律,如今回头一看,那些"风流人物"当年的业绩,好像长江浪花般不断淘洗,逐步淡漠,逐步褪色,终于,变成历史陈迹了。

"浪淘尽"——真是既有形象,更能传神。但更重要的是作者一开头就抓住历史发展的规律,高度凝练地写出历史人物在历史长河中所处的地位,真是高屋建瓴,先声夺人,令人不能不惊叹。

"故垒西边,人道是、三国周郎赤壁"——上面已泛指"风流人物",这里就进一步提出"三国周郎"作为一篇的主导,文章就由此生发开去。

"乱石穿空,惊涛拍岸,卷起千堆雪"——这是现场写景,必不可少。一句说,赤壁陡峭高耸的石壁像是要将天刺破一样。"穿空"一作"崩云",亦言其高,势如使云崩裂;一句说,惊涛拍打堤岸,"拍岸"一作"裂岸",像要把堤岸撕裂;由于乱石和惊涛搏斗,无数浪花卷成了无数的雪堆,忽起忽落,此隐彼现,蔚为壮观。

"江山如画,一时多少豪杰"——"如画"是从眼前景色得出的结论。江山如此秀美,人物又是一时俊杰之士。这长江,这赤壁,岂能不引起人们怀古的幽情?于是,由此便引出下面一大段感情的抒发了。

"遥想公瑾当年,小乔初嫁了,雄姿英发"——作者在这里单独提出周瑜,作为此地的代表人物,不仅因为周瑜是赤壁之战中的关键性人物,更含有艺术剪裁的需要。在"公瑾当年"后面忽然接上"小乔初嫁了",然后再补上"雄姿英发",真像在两座悬崖之间横架一道独木小桥,是险绝的事,又是使人叹绝的事。说它险绝,因为这里原插不上小乔这个人物,如今硬插进去,似乎不大相称,所以确是十分冒险的一笔;说它又使人叹绝,是因为插上了这个人物,真能把周瑜的风流俊雅极有精神地描画出来,从艺术角度来说,真乃传神之笔。

"羽扇纶巾"这四个字,充分显示周瑜的风度娴雅,是"小乔初嫁"的进一步勾勒和补充。

"故国神游,多情应笑我,早生华发"——从这里就转入对个人身世的感慨。"故国神游",是说三国赤壁之战和那些历史人物,引起了自己许多感想——好像自己的灵魂在远古游历了一番。"多情",是嘲笑自己的自作多情。由于自作多情,难免要早生华发(花白的头发),所以只好自我嘲笑一番了。在这里,作者对自己无从建立功业,年纪又大了——对比周瑜破曹时只有三十四岁,仍然只能在赤壁矶头怀古高歌,不能不抒发感慨了。

"人生如梦,一尊还酹江月"——于是只好豁达一番。反正,过去"如梦",现在也是"如梦",还是拿起酒杯,向江上明月浇奠,表示对它的敬意,也就算了。这里用"如梦",正好回应开头的"浪淘尽"。因为风流人物不过是"浪淘尽",人生也不过"如梦"。又何必不旷达,又何必过分执着呢!这是苏轼思想上长期潜伏着的、同现实世界表现离心倾向的一道暗流。阶级的局限如此,在他的一生中,常常无法避免而不时搏动着。

纵观整首词,说它很是昂扬积极,并不见得。可是它却告诉我们,词这个东西,绝不是只能在酒边花间做一名奴隶的。这就是一个重大的突破,也是划时代的进展。词坛的新天地就是通过这些创作实践,逐步发展并且扩大其领域的。苏轼这首《念奴娇》,正是一个卓越的开头。是中国文学发展史中的一座丰碑。

蝶恋花·花褪残红青杏小

宋·苏轼

花褪残红青杏小。燕子飞时,绿水人家绕。枝上柳绵吹又少,天涯何处无芳草!

墙里秋千墙外道。墙外行人，墙里佳人笑。笑渐不闻声渐悄，多情却被无情恼。

(选自《婉约词三百首》. 杜音，赵岩等编注. 西安：三秦出版社，1995)

【赏析】

  以豪放派著称的苏轼，也常有清新婉丽之作，这首《蝶恋花·花褪残红青杏小》就是这样一首杰作。"花褪残红青杏小"，既写了衰亡，也写了新生，残红褪尽，青杏初生，这本是自然界的新陈代谢，但却让人感到几分悲凉。睹暮春景色，而抒伤春之情，是古诗词中常有之意，但苏东坡却从中超脱了。"燕子飞时，绿水人家绕"，作者把视线离开枝头，移向广阔的空间，心情也随之轩敞。燕子飞舞，绿水环抱着村上人家，春意盎然，一扫起句的悲凉。用别人常用的意象和流利的音律把伤春与旷达两种对立的心境合二为一，恐怕只有东坡可以从容为之。"燕子飞时"化用晏殊的"燕子来时新社，梨花落后清明"，点明时间是立春后的第五个戊日，与前后所写景色相符合。

  "枝上柳绵吹又少"，与起句"花褪残红青杏小"，本应同属一组，写枝上柳絮已被吹得越来越少。但作者没有接连描写，用"燕子"二句穿插，在伤感的调子中注入疏朗的气氛。絮飞花落，最易撩人愁绪。这一"又"字，表明词人看絮飞花落，非止一次。伤春之感，惜春之情，见于言表。这是地道的婉约风格。相传苏轼谪居惠州时曾命妾妇朝云歌此词。朝云歌喉将啭，却已泪满衣襟。

  "墙里秋千墙外道"，自然是指上面所说的那个"绿水人家"。由于绿水之内，环以高墙，所以墙外行人只能听到墙内荡秋千人的笑声，却见不到芳踪，所以说，"墙外行人，墙里佳人笑"。不难想象，此刻发出笑声的佳人正在欢快地荡着秋千。这里用的是隐显手法。作者只写佳人的笑声，而把佳人的容貌与动作全部隐藏起来，让读者随行人一起去想象，想象一个墙里少女荡秋千的欢乐场面。可以说，一堵围墙，挡住了视线，却挡不住青春的美，也挡不住人们对青春美的向往。这种写法，可谓绝顶高明，用"隐"来激发想象，从而拓展了"显"的意境。同样是写女性，苏东坡一洗"花间派"的"绮怨"之风，情景生动而不流于艳，感情率真而不落于轻，难能可贵。

  从"墙里秋千墙外道"直至结尾，词意流走，一气呵成。修辞上用的是"顶真格"，即下阕第二句的句首"墙外"，紧接第一句句末的"墙外道"，第四句句首的"笑"，紧接前一句句末的"笑"，滚滚向前，不可遏止。按词律，《蝶恋花》本为双叠，上下阕各四仄韵，字数相同，节奏相等。苏东坡此词，前后感情色彩不同，节奏有异，实是作者文思畅达，信笔直书，突破了词律之束缚。

  这首词上下句之间、上下阕之间，往往体现出种种错综复杂的矛盾。例如上阕结尾二句，"枝上柳绵吹又少"，感情低沉；"天涯何处无芳草"，强自振奋。这情与情的矛盾是因在现实中词人屡遭迁谪，这里反映出思想与现实的矛盾。上阕侧重哀情，下阕侧重欢乐，这也是情与情的矛盾。而"多情却被无情恼"，不仅写出了情与情的矛盾，也写出了情与理的矛盾。佳人洒下一片笑声，杳然而去；行人凝望秋千，空自多情。词人虽然写的是情，但其中也渗透着人生哲理。

在江南暮春的景色中，作者借墙里、墙外、佳人、行人一个无情，一个多情的故事，寄寓了他的忧愤之情，也蕴含了他充满矛盾的人生思索。

思考与练习

1. 体会这两首词中词人表达的思想感情。
2. 分析这两首词中词人的艺术风格有何不同。

鹊桥仙[1]

宋·秦观[2]

纤云弄巧[3]，飞星传恨[4]，银汉迢迢暗度。

金风玉露一相逢[5]，便胜却人间无数。

柔情似水，佳期如梦，忍顾鹊桥归路[6]。

两情若是久长时，又岂在朝朝暮暮[7]！

(选自《唐宋名家词选》. 龙榆生编选. 上海：上海古籍出版社，1980)

【注释】

[1] 鹊桥仙：此调有两体，五十六字者始自欧阳修，因其词中有"鹊迎桥路接天津"句，取以为名；八十八字者始于柳永。此调多咏七夕。

[2] 秦观(1049—1100)，字少游，一字太虚，江苏高邮人(现高邮市三垛镇武宁秦家垛)，别号邗沟居士，学者称其淮海居士，北宋文学家、词人，被尊为婉约派一代词宗，宋神宗元丰八年(1085年)进士。他与黄庭坚、晁补之、张耒号称为"苏门四学士"，颇得苏轼赏识。秦观生性豪爽，洒脱不拘，溢于文词。代表作品：《鹊桥仙》《淮海集》《淮海居士长短句》。

[3] 纤云弄巧：纤细的云彩变幻出许多美丽的花样来。这句写织女劳动的情形。传说织女精于纺织，能将天上的云织成锦缎。

[4] 飞星传恨：飞奔的牵牛星流露出(久别的)怨恨。作者想象被银河阻隔的牛郎、织女二星，闪现出离愁别恨的样子。

[5] 金风：秋风。秋，在五行中属金。玉露：晶莹如玉的露珠，指秋露。

[6] 忍顾：不忍心回头看。

[7] 朝朝暮暮：日日夜夜。这里指日夜相聚。

【赏析】

这是一首咏七夕的节序词，起句展示七夕独有的抒情氛围，"巧"与"恨"，则将七夕人间"乞巧"的主题及"牛郎织女"故事的悲剧性特征点明，练达而凄美。借牛郎织女悲欢离合的故事，歌颂坚贞诚挚的爱情。结句"两情若是久长时，又岂在朝朝暮暮"最有境界，这两句既指出了牛郎织女爱情的特点，又表述了作者的爱情观，是高度凝练的名言佳句。这首词因而也就具有了跨时代、跨国度的审美价值和艺术品位。

此词融写景、抒情与议论于一体，叙写牵牛、织女二星相爱的神话故事，赋予这对仙侣浓郁的人情味，讴歌了真挚、细腻、纯洁、坚贞的爱情。词中明写天上双星，暗写人间情侣；其抒情，以乐景写哀，以哀景写乐，倍增其哀乐，读来荡气回肠，感人肺腑。

词一开始即写"纤云弄巧"，轻柔多姿的云彩，变化出许多优美巧妙的图案，显示出织女的手艺何其精巧绝伦。可是，这样美好的人儿，却不能与自己心爱的人共同度过美好的生活。"飞星传恨"，那些闪亮的星星仿佛都传递着他们的离愁别恨，正飞驰长空。

关于银河，《古诗十九首》云："河汉清且浅，相去复几许？盈盈一水间，脉脉不得语。""盈盈一水间"近咫尺，似乎连对方的神情语态都宛然在目。这里，秦观却写道："银汉迢迢暗度"，以"迢迢"二字形容银河的辽阔和牛郎织女相距之遥远。这样一改，感情深沉了，突出了相思之苦。迢迢银河水，把两个相爱的人隔开，相见多么不容易！"暗度"二字既点"七夕"题意，同时紧扣一个"恨"字，他们踽踽宵行，千里迢迢来相会。

接下来词人宕开笔墨，以富有感情色彩的议论赞叹道："金风玉露一相逢，便胜却人间无数！"一对久别的情侣金风玉露之夜，碧落银河之畔相会了，这美好的一刻，就抵得上人间千遍万遍的相会。词人热情歌颂了一种理想的圣洁而永恒的爱情。"金风玉露"用李商隐《辛未七夕》诗："恐是仙家好别离，故教迢递作佳期。由来碧落银河畔，可要金风玉露时。"用以描写七夕相会的时节风光，同时还另有深意，词人把这次珍贵的相会，映衬于金风玉露、冰清玉洁的背景之下，显示出这种爱情的高尚纯洁和超凡脱俗。

"柔情似水"，那两情相会的情意，就像悠悠无声的流水，是那样的温柔缠绵。"柔情似水"，"似水"照应"银汉迢迢"，即景设喻，十分自然。一夕佳期竟然像梦幻一般倏然而逝，才相见又分离，怎不令人心碎！"佳期如梦"，除言相会时间之短外，还写出爱侣相会时的复杂心情。"忍顾鹊桥归路"，转写分离，刚刚借以相会的鹊桥，转瞬间又成了和爱人分别的归路。不说不忍离去，却说怎忍看鹊桥归路，婉转语意中，含有无限惜别之情和无限辛酸眼泪。

回顾佳期幽会，疑真疑假，似梦似幻，及至鹊桥言别，恋恋之情，已至于极。词笔至此忽又空际转身，爆发出高亢的音响："两情若是久长时，又岂在朝朝暮暮！"秦观这两句词揭示了爱情的真谛：爱情要经得起长久分离的考验，只要能彼此真诚相爱，即使终年天各一方，也比朝夕相伴的庸俗情趣可贵得多。这两句感情色彩浓烈的议论，与上阕的议论遥相呼应，这样上、下阕同样结构，叙事和议论相间，从而形成全篇连绵起伏的情致。这种正确的恋爱观，这种高尚的精神境界，远远超过了古代同类作品，是难能可贵的。

这首词的议论，自由流畅，通俗易懂，却又显得婉约蕴藉，余味无穷。作者将画龙点睛的议论与散文句法和优美的形象、深沉的情感结合起来，起伏跃宕地讴歌了人间美好的爱情，取得了极好的艺术效果。

此词的结尾两句，是爱情颂歌中的千古绝唱。

思考与练习

1. 体会词人在词中所表达的思想感情。
2. 分析这首词的艺术特色。

李清照词二首

醉花阴

宋·李清照

薄雾浓云愁永昼，瑞脑消金兽。
佳节又重阳，玉枕纱橱，半夜凉初透。
东篱把酒黄昏后，有暗香盈袖。
莫道不消魂，帘卷西风，人比黄花瘦。

(选自《唐宋词精选》. 吴熊和，萧瑞峰编选. 南京：江苏古籍出版社，2002)

【注释】

李清照(1084—1151?)，号易安居士，山东济南人，著学者兼散文作家。李清照工诗能文，尤以词最为著名，是"婉约派"代表人物。她的前期词，主要内容是闺情相思、歌咏自然之类。韵调优美，但社会意义不大。后期词，由于金兵入侵，国破家亡夫死，自己经历了流离颠沛之苦，因而词风突变，出现了关怀国家命运的作品，流露出思念故国、故乡的深厚感情，具有一定的社会意义，但情调未免过于低沉。

【赏析】

这首词是作者早期和丈夫赵明诚分别之后所写，它通过悲秋伤别来抒写词人的寂寞与相思情怀。

上阕写秋凉情景。首两句就白昼来写："薄雾浓云愁永昼"。这"薄雾浓云"不仅布满整个天宇，更铺满词人心头。"瑞脑消金兽"，写出了时间的漫长无聊，同时又烘托出环境的凄寂。次三句从夜间着笔，先点明节令："佳节又重阳"。随之，又从"玉枕纱橱"这样一些具有特征性的事物与词人特殊的感受中写出了透人肌肤的秋寒，暗示词中女主人公的心境。而贯穿"永昼"与"一夜"的则是"愁""凉"二字。深秋的节候、物态、人情，已宛然在目。这是构成下阕"人比黄花瘦"的原因。下阕写重阳感怀。首两句写重阳赏菊饮酒。古人在旧历九月九日这天，有赏菊饮酒的风习。唐诗人孟浩然《过故人庄》中就有"待到重阳日，还来就菊花"之句。宋时，此风不衰。所以重阳节这天，词人照样要"东篱把酒"直饮到"黄昏后"，菊花的幽香盛满了衣袖。这两句写的是佳节依旧、赏菊依旧，但人的情状却有所不同了："莫道不消魂，帘卷西风，人比黄花瘦。"上下对比，大有物是人非、今昔异趣之感。就上下阕之间的关系来说，这下阕写的是结果。

早年，李清照过的是美满的爱情生活与家庭生活。作为闺阁中的妇女，由于受到封建社会的种种束缚，她们的活动范围有限，生活阅历也受到重重约束，即使像李清照这样的上层知识妇女，也毫无例外。因此，相对来说，她们对爱情的要求就比一般男子要求更高些，体验也更细腻一些。所以，当作者与丈夫分别之后，面对单调的生活，便禁不住要借惜春悲秋来抒写自己的离愁别恨了。这首词，就是这种心情的反映。从字面上看，作者并未直接抒写独居的痛苦与相思之情，但这种感情在词里却无处不在，这是透过一层的写法。

比喻的巧妙也是这首词被广泛传诵的重要原因之一。古诗词中以花喻人瘦的作品屡见不鲜。如"人与绿杨俱瘦"(无名氏《如梦令》)，"人瘦也，比梅花，瘦几分？"(程垓《摊破江城子》)，"天还知道，和天也瘦"(秦观《水龙吟》)，等等。但比较起来却均未及李清照本篇写得这样成功。原因是，这首词的比喻与全词的整体形象结合得十分紧密，极切合女词人的身份和情致，读之亲切。

词中还适当地运用了烘云托月的手法，有藏而不露的韵味。例如，下阕写菊，并以菊喻人，但全篇却不见一"菊"字。"东篱"，本来是用陶渊明"采菊东篱下"诗意，但却隐去了"采菊"二字，实际是藏头。又如，"把酒"二字也是如此，"酒"字之前，本来有"菊花"二字，因古人于九月九日有饮酒赏菊的风习，这里也省略了"菊花"二字。再如"暗香"，这里的"暗香"指的是菊花而非其他花蕊的香气。"黄花"，也就是"菊花"。由上可见，全词不见一个"菊"字，但"菊"的色、香、形态却俱现纸上。词中多此一层转折，吟咏时多一层思考，词的韵味也因之增厚一层。

设问手法也是该词的艺术特点之一。明茅映在《词的》中说：人们"但知传诵结语(作者按：指"人比黄花瘦"句)，不知妙处全在'莫道不消魂'。"这话是很有见地的。"莫道"一句，实际上可以与贺铸《青玉案》中"试问闲愁都几许"一句相媲美，所不同的是"莫道"句带有反诘与激问的成分。

元伊士珍《琅嬛记》有如下一段故事："易安以重阳《醉花阴》词函致赵明诚。明诚叹赏，自愧弗逮，务欲胜之。一切谢客，忌食忘寝者三日夜，得五十阕，杂易安作以示友人陆德夫。德夫玩之再三，曰：'只三句绝佳'。明诚诘之。答曰：'莫道不消魂，帘卷西风，人比黄花瘦。'正易安作也。"不论这一故事的可信程度如何，单从这故事的流传就足以说明李清照的生活体验不是一般文人所能体验得了的；她的艺术风格与艺术技巧，也不是一般词人所能模仿得了的。词里出现的多愁善感、弱不禁风的闺阁美人形象，也正是这样创造出来的。因为这一形象是封建社会特定历史时期与特定阶层的产物。

渔 家 傲

宋·李清照

天接云涛连晓雾,星河欲转千帆舞。
仿佛梦魂归帝所,闻天语,殷勤问我归何处。

我报路长嗟日暮,学诗谩有惊人句。
九万里风鹏正举。风休住,蓬舟吹取三山去。

(选自《宋词精品》,吴熊和主编. 长春:时代文艺出版社,1995)

【赏析】

  这首词在黄升《花庵词选》中题作"记梦"。从词的内容、情调及风格上看,可能是南渡以后的作品。前期,作者的生活美满,词中多为对爱情的歌颂,离别相思与伤春悲秋的叹息虽时有流露,但情调仍是欢快的,风格是爽朗的。南渡以后的情况则有所不同了。作者经历了靖康之乱,举家南逃,备尝家破人亡与颠沛流离之苦。无疑,她的生活面扩大了,阅历加深了,作品的内容也较前期丰富了。很明显,贯穿这一时期词创作的主线是家国沦亡与个人不幸遭遇的哀叹。早期明快、爽朗的情调已经消失,而代之以浓厚的感伤情绪。但是,这首《渔家傲》却与作者一贯的词风有所不同。它借助于梦境的描述,创造出一个幻想中的神话世界,充分反映出作者对生活的热情、对自由的向往和对光明的追求。作者在梦中横渡天河,直入天宫,并大胆地向天帝倾诉自己的不幸,强烈要求摆脱"路长"与"日暮"的困苦境地,然后像鹏鸟一样,翱翔九天,或者驾一叶扁舟,乘风破浪,驶向理想中的仙境。这首词具有鲜明的浪漫主义特色,词风豪迈奔放,很类似苏轼、辛弃疾的诗风。清人黄蓼园在《蓼园词选》中说这首词"无一毫钗粉气,自是北宋风格"。可见,李清照的词风是多样的。

  这首词给人印象最深的是大胆而又丰富的想象。作者创造出虚无缥缈的梦境,把天上的银河与人间的河流联系起来,把闪烁的星群想象成为挂满篷帆的航船。作者正是乘坐这艘"飞船"驶入天上的神仙世界,受到"天帝"的接待。这的确是"穿天心,出地腑"的神来之笔。这样的词笔出自李清照,确实是"惊人"的。这首词具有阔大而又豪迈的气度。词中阔大的形象、阔大的志愿出自阔大的胸怀,一个飘零无依的女词人竟渴望借助万里鹏风把自己送入神仙般的奇异世界,这奇异的神仙世界是词人理想与精神寄托之所在。词中既有李白的狂放恣肆,又有杜甫的沉郁顿挫,将这二者巧妙地结合在一起,使这首《渔家傲》成为《漱玉集》中独具特色的词篇。

思考与练习

1. 体会词人在这两首词中所表达的思想感情。
2. 分析这两首词中词人的艺术风格有何不同。
3. 这两首词中词人描写了哪些意象?

水龙吟·过南剑双溪楼

宋·辛弃疾

举头西北浮云,倚天万里须长剑。
人言此地,夜深长见,斗牛光焰。
我觉山高,潭空水冷,月明星淡。
待燃犀下看,凭栏却怕,风雷怒,鱼龙惨。

峡束苍江对起,过危楼,欲飞还敛。
元龙老矣,不妨高卧,冰壶凉簟。
千古兴亡,百年悲笑,一时登览。
问何人又卸,片帆沙岸,系斜阳缆?

(选自《辛弃疾词选》. 朱德才选注. 北京:人民文学出版社,1988)

【注释】

辛弃疾(1140—1207),南宋词人。字幼安,号稼轩,历城(今山东济南)人。出生时,山东已为金兵所占。二十一岁参加抗金义军,不久归南宋,历任湖北、江西、湖南、福建、浙东安抚使等职。任职期间,采取积极措施,召集流亡,训练军队,奖励耕战,打击贪官豪强,注意安定民生。辛弃疾一生坚决主张抗金。在《美芹十论》《九议》等奏疏中,具体分析当时的政治军事形势,对夸大金兵力量、鼓吹妥协投降的谬论作了有力的驳斥;要求加强作战准备,鼓励士气,以恢复中原。他所提出的抗金建议,均未被采纳,并遭到主和派的打击,曾长期落职闲居江西上饶、铅山一带。晚年韩侂胄当政,辛弃疾一度被起用,不久病卒。

辛弃疾艺术风格多样,而以豪放为主。热情洋溢,慷慨悲壮,笔力雄厚,与苏轼并称为"苏辛"。

其词抒写力图恢复国家统一的爱国热情,倾诉壮志难酬的悲愤,对南宋上层统治集团的屈辱投降进行了揭露和批判;但也有不少吟咏祖国河山的作品。《破阵子·为陈同甫赋壮词以寄之》《永遇乐·京口北固亭怀古》《水龙吟·登建康赏心亭》《菩萨蛮·书江西造口壁》等均有名,但部分作品也流露出抱负不能实现而产生的消极情绪。有《稼轩长短句》，今人辑有《辛稼轩诗文钞存》。

【赏析】

这是辛词中爱国思想表现十分强烈的名作之一。作者在绍熙五年(1194年)前曾任福建安抚使。从这首词的内容及所流露的思想感情看，可能是受到主和派谗害诬陷而落职时的作品。作者途经南剑州，登览历史上有名的双溪楼，作为一个爱国词人，他自然要想到被金人侵占的中原广大地区，同时也很自然地联想到传说落入水中的宝剑。在祖国遭受敌人宰割的危急存亡之秋，该是多么需要有一把能扫清万里阴云的长剑！然而，词人之所见，却只是莽莽群山，潭空水冷，月明星淡。欲待燃犀向潭水深处探照，却又怕水面上风雷怒吼，水底里魔怪凶残。说明若想取得这把宝剑，组成统一的、强大的爱国抗金力量，这中间是会遇到重重阻挠与严重破坏的。下阕即景抒情，虽然流露出壮志难酬，不如困居高卧的隐退思想，但这一消极思想之产生，是与他当时的处境，与南宋王朝整个政治形势分不开的。南宋朝廷偏安一隅，不图恢复进取，一味妥协投降，对爱国抗敌的有识之士却百般压制打击，直至迫害镇压，使统一中原的伟大事业付诸东流。因此，在指出辛词中经常流露隐退闲居这一消极思想的同时，还必须指出这种思想之所以产生的客观原因。

该词的特点集中表现在以下三个方面。一是线索清晰，钩锁绵密。这是一首登临之作。一般登临之作，往往要发思古之幽情，而辛弃疾此词却完全摆脱了这一俗套。作者即景生情，把全副笔墨集中用于抒写主战与主和这一现实的主要矛盾上。开篇远望西北，点染出国土沦丧、战云密布这一时代特征。接着便直接提出了解决这一主要矛盾的主要方法："倚天万里须长剑！"也就是说，要用自卫反击和收复失地的战争来消灭入侵之敌。下面紧扣双溪楼引出宝剑落水的传说。这里的宝剑既指坚持抗敌的军民，又是作者的自况，这是第一层。从"人言此地"到上阕结尾是第二层。作者通过"潭空水冷""风雷怒，鱼龙惨"，来说明爱国抗敌势力受到重重阻挠而不能重见天光，不能发挥其杀敌报国的应有作用。下阕开头至"一时登览"，是第三层。正因为爱国抗敌势力受到重重阻挠，甚至还冒着极大的危险，所以词人才产生"不妨高卧"这种消极退隐思想。最后紧密照应开篇，以眼前之所见结束全篇，使全篇钩锁严密，脉络井然。

二是因近及远，以小见大。作者胸怀大志，以抗金救国、恢复中原为己任。他虽身处福建南平的一个小小双溪楼上，心里装的却是整个中原。所以，他一登上楼，便"举头西北"，由翻卷的"浮云"联想到战争，联想到大片领土的沦陷与骨肉同胞的深重灾难。而要扫清敌人，收复失地，救民于水火，则需要有一支强大的军事力量。但作者却从一把落水的宝剑起笔，加以生发。"长剑"，最长也不过是"三尺龙泉"而已，而作者却通过奇妙的想象，运用夸张手法，写出了"倚天万里须长剑"这一壮观的词句。这是词人的心声，同时也表达了千百万人心中的共同意愿。

三是通篇暗喻，对比强烈。这首词里也有直抒胸臆的词句，如"元龙老矣，不妨高卧""千古兴亡，百年悲笑，一时登览"。但是，更多的词句，关键性的词句却是通过大量的暗喻表现出来的。词中的暗喻可分为两组：一组是暗喻敌人和主和派的，如"西北浮云""风雷怒，鱼龙惨""峡束苍江对起"等；一组是暗喻主战派的，如"长剑""过危楼，欲飞还敛""元龙老矣"等。这两种不同的形象在词中形成鲜明的对照和强烈的对比。这种强烈对比还表现在词的前后结构上。如开篇直写国家危急存亡的形势："举头西北浮云"，而结尾却另是一番麻木不仁的和平景象："问何人又卸，片帆沙岸，系斜阳缆？"沐浴着夕阳的航船卸落白帆，在沙滩上搁浅抛锚。这与开篇战云密布的形象是何等的不同！

这首词形象地说明，当时的中国大地一面是"西北浮云""中原膏血"，而另一面却是"西湖歌舞""百年酣醉"，长此以往，南宋之灭亡，势在必然了。由于这首词通篇洋溢着爱国热情，加之又具有上述几方面的艺术特点，所以很能代表辛词雄浑豪放、慷慨悲凉的风格，读之有金石之音，风云之气，令人惊魂动魄。

思考与练习

1. 这首词是如何运用比兴手法的？
2. 体会这首词的艺术特色。

沁园春·长沙

毛泽东

独立寒秋，
湘江北去，
橘子洲头。
看万山红遍，
层林尽染；
漫江碧透，
百舸争流。
鹰击长空，
鱼翔浅底，
万类霜天竞自由。
怅寥廓，
问苍茫大地，
谁主沉浮？

携来百侣曾游。
忆往昔峥嵘岁月稠。

恰同学少年，
风华正茂；
书生意气，
挥斥方遒，
指点江山，
激扬文字，
粪土当年万户侯。
曾记否，
到中流击水，
浪遏飞舟？

(选自《中国现当代文学名篇佳作选·诗歌卷》. 岑献青.
北京：中国少年儿童出版社，2000)

【注释】

毛泽东是一位伟大的马克思主义理想主义者，他在诗词中热情地讴歌革命的人生理想，赞美为实现理想而进行壮丽的斗争。毛泽东诗词是怀着极大的激情，依据写诗的艺术规律，运用形象思维创造出来的。著名诗人贺敬之评述毛泽东诗词时曾说："毛泽东诗词以其前无古人的崇高优美的革命感情、遒劲伟美的创造力量、超越奇美的艺术思想、豪华精美的韵调辞采，形成了中国悠久的诗史上风格殊绝的新形态的诗美，这种瑰奇的诗美熔铸了毛泽东的思想和实践、人格和个性。在漫长的岁月里，可以毫不夸张地说，几乎是风靡了整个革命诗坛，吸引并熏陶了几代中国人，而且传唱到了国外。"毛泽东诗词具有深刻的哲理性。

【赏析】

古往今来，凡志趣超群、抱负高远之士，常常览物抒情，慷慨言志，特别是在登高放眼天地之间时，长时间积蕴的关于生活的艰辛、社会的忧患、天地的巨变等方面的感触，就找到了最佳的突破口，或诵于口头，或泻于笔端。如曹操之《短歌行》，抒发自己的雄心壮志；陈子昂登上幽州台，万端感慨化成了"前不见古人，后不见来者，念天地之悠悠，独怆然而涕下"的名句；杜甫登高吟唱"无边落木萧萧下，不尽长江滚滚来"，叹时运之不济、人生之短促，这类名篇佳作举不胜举。毛泽东创作的这首词，与古人的佳作相比，境界更为开阔，气势更为恢宏，哲理更为厚重，达到了美与力的最佳融合。词的上阕，勾勒出无比壮美、充满生气的秋天图画。首三句"独立寒秋，湘江北去，橘子洲头"，好似猛地推出的电影特写镜头：我站在橘子洲头，身躯被清寒凝重的氛围所笼罩，脚下是向北流去的湘江，既点明了时节、地点和环境，又为下文的描写作了非常自然的铺垫。

后面的词句由"看"字领起，连贯直下，一气呵成。远望：万山红遍；近看：漫江碧透；仰视：鹰击长空；俯察：鱼翔浅底。远近高低，全收眼底。

这是一幅充满了强烈动感、强劲力度、浓烈色彩的立体的秋色图。这是主客观的统一，更是独抒性灵的个性色彩的浓重铺染！一"争"一"击"一"翔"，充盈着剧变之动、拼搏之力。炫目的秋色也化静为动，透露着顽强的生命力。首先是程度之深：山红是"红遍"，江碧是"碧透"；其次是数量之多：山以万计，林以层数，舸以百论；再次是情绪之烈：红绿两种颜色争辉，船只竞相前进，鹰与鹰较量，甚至连水里的鱼也要与雄鹰比试。当然，这是词人将自己的激情注入万物，使笔下的景物染上了作者的个性色彩。特别是"万类霜天竞自由"一句，化实为虚，兼类而及，将意境升华为深邃莫测却又生生不息的宇宙意识，闪射出哲理的光辉。文人对四季的变衍极为敏感，但各人对同一自然现象观察的角度、观察的方式等都千差万别，因此所发出的感慨也不一样。历代文人对秋的描写大多是悲秋、伤秋的意蕴，唯独刘禹锡的《秋词二首》唱出了新意："自古逢秋悲寂寥，我言秋日胜春朝。晴空一鹤排云上，便引诗情到碧霄。"然而相比之下，毛泽东这首词更壮美、更阔大。纵观全词，足以看出毛泽东学古而不泥古，继承更超越的禀赋和情怀。走笔至此，词人的笔陡一转弯，化景物为情思；"怅寥廓，问苍茫大地，谁主沉浮？"这个问题你想过吗？他想过吗？其他的伟人想过吗？没有。但毛泽东想了，也问了，这是"天问"，是主宰历史命运的世纪之问，要知道，毛泽东当时仅32岁！

上阕写的是"今日之游"；描述的是人与自然的关系。下阕则是回忆"昔日之游"，表述的是小"我"同一个激进的群体发生的关系。一个人独游多少有点孤寂感，当年同朋友结伴来游，生活是多么充实、多么丰富。长沙，在词人的人生旅程中，是社会生活的初始舞台，又是革命斗争的壮丽舞台。"峥嵘岁月稠"正是对昔日学习、战斗生活的高度艺术概括。词人的注意力不在游戏山水，而在对历史使命的指点，在对当时革命形势的判断，在对中国革命领导权等问题的思考。在忆起往昔岁月时，感情之水顿时化成了拍天的江潮，因而接下来是以"恰"字引起的六个短句："恰同学少年，风华正茂；书生意气，挥斥方遒。指点江山，激扬文字"，随着词句的展开，情感越来越激烈，迸出了一句惊天动地、振聋发聩的强音："粪土当年万户侯"！读到这里，我们不难看出词人的气概是多么的豪迈，气势是多么的磅礴！而词的结尾则意味深长："曾记否，到中流击水，浪遏飞舟？"这一问句，呼应了上阕的一问，也回答了上阕的问题：正是这些"到中流击水"的英豪，代表着"主沉浮"的新生力量。全词至此，令人思索不已，回味无穷。

 思考与练习

1. 仔细体会这首词的所表达的思想感情。
2. 词中使用了哪些意象和比兴手法？

红　烛

闻一多

红烛啊！
这样红的烛！
诗人啊！
吐出你的心来比比，
可是一般颜色？

红烛啊！
是谁制的蜡——给你躯体？
是谁点的火——点着灵魂？
为何更须烧蜡成灰，
然后才放光出？
一误再误；
矛盾！冲突！

红烛啊！
不误，不误！
原是要"烧"出你的光来——
这正是自然的方法。

红烛啊！
既制了，便烧着！
烧罢！烧罢！
烧破世人的梦，
烧沸世人的血——
也救出他们的灵魂，
也捣破他们的监狱！

红烛啊！
你心火发光之期，
正是泪流开始之日。

红烛啊！
匠人造了你，
原是为烧的。
既已烧着，
又何苦伤心流泪？
哦！我知道了！
是残风来侵你的光芒，
你烧得不稳时，
才着急得流泪！

红烛啊！
流罢！你怎能不流呢？
请将你的脂膏，
不息地流向人间，
培出慰藉的花儿，
结成快乐的果子！

红烛啊！
你流一滴泪，灰一分心。
灰心流泪你的果，
创造光明你的因。

红烛啊！
"莫问收获，但问耕耘。"

(选自《中国现当代文学名篇佳作选·诗歌卷》. 岑献青.
北京：中国少年儿童出版社，2000)

【注释】

闻一多(1899—1946)，原名闻家骅，湖北浠水人，中国现代诗人、思想家。1924 年，诗人的诗集《红烛》出版，奠定了诗人在中国现代诗歌史上的地位。1928 年参与创建"新月社"，和徐志摩等创办《新月》杂志，同年出版诗集《死水》。1944 年加入民盟。1946 年 7 月 15 日，诗人抗议国民党暗杀民盟成员李公朴，在李公朴的追悼会上演说著名的《最后一次演讲》，回家途中遭国民党特务枪杀。

【赏析】

这首诗写于 1923 年。诗人准备出版自己的第一部诗集，在回顾自己数年来的理想探索历程和诗作成就时，就写下了这首名诗《红烛》，将它作为同名诗集《红烛》的序诗。

诗的开始就突出红烛的意象，红红的，如同赤子的心。闻一多要问诗人们，你们的心可有这样的赤诚和热情，你们可有勇气吐出你的真心和这红烛相比。一个"吐"字，生动形象，将诗人的奉献精神和赤诚表现得一览无余。

诗人接着问红烛，问它的身躯从何处来，问它的灵魂从何处来。这样的身躯、这样的灵魂为何要燃烧，要在火光中毁灭自己的身躯？诗人迷茫了，如同在生活中的迷茫，找不到方向和思考不透很多问题。矛盾！冲突！在曾有的矛盾冲突中诗人坚定了自己的信念。因为诗人坚定地说："不误，不误！"诗人已经找到了生活的方向，准备朝着理想中的光明之路迈进，即使自己被烧成灰也在所不惜。

诗歌从第四节开始，一直歌颂红烛，写出了红烛的责任和生活中的困顿、失望。红烛要烧，烧破世人的空想，烧掉残酷的监狱，靠自己的燃烧救出一个个活着但不自由的灵魂。红烛的燃烧受到风的阻挠，它流着泪也要燃烧。那泪，是红烛的心在着急，为不能最快实现自己的理想而着急、流泪。诗人要歌颂这红烛，歌颂这奉献的精神，歌颂这来之不易的光明。在这样的歌颂中，诗人和红烛在交流。诗人在红烛身上找到了生活方向：实干、探索、坚毅地为自己的理想努力，不计较结果。诗人说："莫问收获，但问耕耘。"

这首诗有浓重的浪漫主义和唯美主义色彩。诗歌在表现手法上重幻想和主观情绪的渲染，大量使用了抒情的感叹词，以优美的语言强烈地表达了心中的情感。在诗歌形式上，诗人极力注意诗歌的形式美和诗歌的节奏，以和诗中要表达的情感相一致，如重复句的使用，在一定程度上采用中国传统诗歌的押韵形式——前后照应和每节中诗句相对的齐整等。诗人所倡导的中国新诗的格律化、音乐性的主张在这首诗中有一定的体现。可以说，闻一多融会古今中外的诗歌形式，以强烈的情感表达和追求精神开辟了中国一代诗风，激励着一代代的中国诗人去耕耘和探索。

思考与练习

1. 找出诗中使用的修辞方法。
2. 分析诗人表达的思想感情。

雨　巷

戴望舒

撑着油纸伞，独自
彷徨在悠长，悠长
又寂寥的雨巷，
我希望逢着
一个丁香一样地

结着愁怨的姑娘。

她是有
丁香一样的颜色,
丁香一样的芬芳,
丁香一样的忧愁,
在雨中哀怨,
哀怨又彷徨。

她彷徨在这寂寥的雨巷
撑着油纸伞
像我一样,
像我一样地
默默行着,
冷漠,凄清,又惆怅。

她默默地走近
走近,又投出
太息一般的眼光,
她飘过
像梦一般地,
像梦一般地凄婉迷茫。

像梦中飘过
一枝丁香地,
我身旁飘过这女郎;
她静默地远了,远了,
到了颓圮的篱墙,
走尽这雨巷。

在雨的哀曲里,
消了她的颜色,
散了她的芬芳,
消散了,甚至她的
太息般的眼光,

丁香般的惆怅。

　　撑着油纸伞，独自
　　彷徨在悠长，悠长
　　又寂寥的雨巷，
　　我希望飘过
　　一个丁香一样地
　　结着愁怨的姑娘。

(选自《中国现当代文学名篇佳作选·诗歌卷》．岑献青．北京：中国少年儿童出版社，2000)

【注释】

戴望舒(1905—1950)，浙江杭县人，中国现代著名诗人，诗集有《我底记忆》《望舒草》《望舒诗稿》和《灾难的岁月》。早期诗歌多写个人的孤寂心境，感伤气息较重，因受西方象征派的影响，意象朦胧、含蓄；后期诗歌表现了热爱祖国、憎恨侵略者的强烈感情和对美好未来的热烈向往，诗风明朗、沉挚。

【赏析】

《雨巷》是戴望舒早期的成名作和代表作，诗歌发表后产生了较大影响，诗人也因此被称为"雨巷诗人"。诗歌描绘了一幅梅雨时节江南小巷的阴沉图景，借此构成了一个富有浓重象征色彩的抒情意境。在这里，诗人把当时黑暗阴沉的社会现实暗喻为悠长狭窄而寂寥的"雨巷"，没有阳光，也没有生机和活力。而抒情主人公"我"就是在这样的雨巷中孤独地行走着的彷徨者。"我"在孤寂中仍怀着对美好理想和希望的憧憬与追求。诗中"丁香一样的姑娘"就是这种美好理想的象征。但是，这种美好的理想又是渺茫的、难以实现的。这种心态，正是大革命失败后一部分有所追求的青年知识分子在当时的政治环境下因找不到出路而陷于惶惑迷惘心境的真实反映。在艺术上，本诗鲜明地体现了戴望舒早期诗歌的创作特色。它既采用了象征派重暗示、重象征的手法，又有格律派对于音乐美的追求。诗中的"我""雨巷""姑娘"并非是对生活的具体写照，而是充满了象征意味的抒情形象。全诗回荡着一种流畅的节奏和旋律。旋律感主要来自诗韵，除每节大体在第三、六行押韵外，每节的诗行中选用了许多与韵脚呼应的音组。诗中重叠反复手法的运用也强化了音乐效果。正如叶圣陶所说，《雨巷》是"替新诗的音节开了一个新的纪元"。

思考与练习

1. 联系时代背景分析这首诗表达的思想感情。
2. 这首诗运用了哪些艺术表现手法？

再别康桥[1]

徐志摩[2]

轻轻的我走了,
正如我轻轻的来;
我轻轻的招手,
作别西天的云彩。

那河畔的金柳,
是夕阳中的新娘;
波光里的艳影,
在我的心头荡漾。

软泥上的青荇,
油油的在水底招摇;
在康河的柔波里,
我甘心做一条水草。

那树荫下的一潭,
不是清泉,是天上虹;
揉碎在浮藻间,
沉淀着彩虹似的梦。

寻梦?撑一支长篙,
向青草更青处漫溯;
满载一船星辉,
在星辉斑斓里放歌。

但我不能放歌,
悄悄是别离的笙箫;
夏虫也为我沉默,
沉默是今晚的康桥!

悄悄的我走了,
正如我悄悄的来;

> 我挥一挥衣袖，
>
> 不带走一片云彩。

(选自《志摩的诗》. 徐志摩. 北京：中国文联出版公司，1993)

【注释】

[1] 康桥，即英国著名的剑桥大学所在地。1920年10月—1922年8月，诗人曾游学于此。康桥时期是徐志摩一生的转折点。

[2] 徐志摩(1897—1931)，现代诗人、散文家，名章，笔名南湖、云中鹤等，浙江海宁人，1921年开始创作新诗，著有诗集《志摩的诗》《翡冷翠的一夜》《猛虎集》等，另有散文集《爱眉小札》等，是"新月派"的中坚。他的诗有很强的艺术感染力，形象性强，比喻贴切，音节和谐，语言清新，形式多样。

【赏析】

诗人在《猛虎集·序文》中曾经自陈道：在二十四岁以前，他对于诗的兴味远不如对于相对论或民约论的兴味，正是康河的水，开启了诗人的性灵，唤醒了久蛰在心中的诗人的天命。因此他后来曾满怀深情地说："我的眼是康桥教我睁的，我的求知欲是康桥给我拨动的，我的自我意识是康桥给我胚胎的。"(《吸烟与文化》)1928年，诗人故地重游。11月6日，在归途的南中国海上，他吟成了这首传世之作。这首诗最初刊登在1928年12月10日《新月》月刊第1卷第10号上，后收入《猛虎集》。可以说，"康桥情结"贯穿在徐志摩一生的诗文中，而《再别康桥》无疑是其中最有名的一篇。

第一节写久违的学子作别母校时的万千离愁。连用三个"轻轻的"，使我们仿佛感受到诗人踮着足尖，像一股清风一样来了，又悄无声息地离去，而那至深的情思，竟在招手之间幻成了"西天的云彩。"第二节至第六节，描写诗人在康河里泛舟寻梦。披着夕照的金柳，软泥上的青荇，树荫下的水潭，一一映入眼底。两个暗喻用得颇为精到：第一个将"河畔的金柳"大胆地想象为"夕阳中的新娘"，使无生命的景语化作有生命的活物，温润可人；第二个是将清澈的潭水疑作"天上虹"，被浮藻揉碎之后，竟变了"彩虹似的梦"。正是在意乱情迷之间，诗人如庄周梦蝶，物我两忘，直觉得"波光里的艳影，在我的心头荡漾"，并甘心在康河的柔波里做一条招摇的水草。这种主客观合一的佳境既是妙手偶得，也是千锤百炼之功；第五、六节，诗人翻出了一层新的意境。借用"寻梦""满载一船星辉，在星辉斑斓里放歌""但我不能放歌""夏虫也为我沉默，沉默是今晚的康桥"四个叠句，将全诗推向高潮，正如康河之水，一波三折！而他在青草更青处，星辉斑斓里跂足放歌的狂态终未成就，此时的沉默而无言，又胜过多少情语！最后一节以"悄悄的"与首阕回环对应。潇洒地来，又潇洒地走。挥一挥衣袖，抖落的是什么？已无须赘言。既然在康桥涅槃过一次，又何必带走一片云彩呢？全诗一气呵成，荡气回肠，是对徐志摩"诗化人生"的最好描述。

胡适尝言:"他的人生观真是一种'单纯信仰',这里面只有三个大字:一个是爱,一个是自由,一个是美。他梦想这三个理想的条件能够会合在一个人生里,这是他的'单纯信仰'。他的一生的历史,只是他追求这个单纯信仰的实现的历史。"(《追悼徐志摩》)果真如此,那么诗人在康河边的徘徊,不正是这种追寻的一个缩影吗?徐志摩是主张艺术的诗的。他深崇闻一多音乐美、绘画美、建筑美的诗学主张,而尤重音乐美。他甚至说:"……明白了诗的生命是在它的内在的音节(Internal rhythm)的道理,我们才能领会到诗的真的趣味;不论思想怎样高尚,情绪怎样热烈,你得拿来彻底的'音乐化'(那就是诗化),才能取得诗的认识,……"(《诗刊放假》)

反观这首《再别康桥》:全诗共七节,每节四行,每行两顿或三顿,不拘一格而又法度严谨,韵式上严守二、四押韵,抑扬顿挫,朗朗上口。这优美的节奏像涟漪般荡漾开来,既是虔诚的学子寻梦的跫音,又契合着诗人感情的潮起潮落,有一种独特的审美快感。七节诗错落有致地排列,韵律在其中徐缓地铺展,颇有些"长袍白面,郊寒岛瘦"的诗人气度,正体现了徐志摩诗歌的艺术美。

思考与练习

1. 这首诗是如何体现诗人对美的追求的?
2. 联系徐志摩的其他诗歌,谈谈他的诗歌的唯美倾向。

致 橡 树

舒 婷

我如果爱你——
绝不像攀援的凌霄花,
借你的高枝炫耀自己;
我如果爱你——
绝不学痴情的鸟儿,
为绿荫重复单调的歌曲;
也不止像泉源,
常年送来清凉的慰藉;
也不止像险峰,
增加你的高度,
衬托你的威仪。
甚至日光。
甚至春雨。
不,这些都还不够!

我必须是你近旁的一株木棉，
作为树的形象和你站在一起。
根，紧握在地下；
叶，相融在云里。
每一阵风过，
我们都互相致意，
但没有人，
听懂我们的言语。
你有你的铜枝铁干，
像刀、像剑，也像戟；
我有我的红硕花朵，
像沉重的叹息，
又像英勇的火炬。
我们分担寒潮、风雷、霹雳；
我们共享雾霭、流岚、虹霓。
仿佛永远分离，
却又终身相依。
这才是伟大的爱情，
坚贞就在这里：
爱——
不仅爱你伟岸的身躯，
也爱你坚持的位置，脚下的土地。

(选自《中国现当代文学名篇佳作选·诗歌卷》. 岑献青.
中国少年儿童出版社，2000)

【注释】

舒婷(1952—)，原名龚佩瑜、龚舒婷，福建泉州人。当代著名女诗人，朦胧诗派主要代表人物之一，其名篇《致橡树》《祖国啊，我亲爱的祖国》等在新中国诗史上有着不可或缺的意义，后者曾获 1979—1980 年全国中青年诗人优秀诗歌奖。有诗集《双桅船》(曾获 1979—1982 年全国新诗二等奖)、《会唱歌的鸢尾花》，并与顾城合著有《舒婷顾城抒情诗选》，现为中国作家协会理事。

【赏析】

这首诗写于 1977 年 3 月，当时，整个文坛正沉浸在伤痕文学的苦叹悲吟之中。经过十年动乱，人与人之间的关系变得冷漠、艰涩，心灵与心灵之间的鸿沟一下子难以填平，舒婷作为一个走在时代前列的诗人，迫切呼唤建立一种平等、互爱的人际关系，这正是她写作此诗的思想基础。另外作为一个女性，对女性情感和命运的深切关怀使得她很想为女性代言。那么以爱情诗的外观来表达这一深沉的内涵就显得更为合适和自然了。

《致橡树》热情而坦诚地歌唱了诗人的人格理想，以比肩而立、各自独立的姿态深情相对的橡树和木棉，可以说是我国爱情诗歌中一组品格崭新的象征形象。诗歌一开始用了两个假设和六个否定性的句子来比喻老旧的"青藤缠树""夫贵妻荣"式的以人身依附为根基的两性关系。同时也否定了以绝对牺牲自我、只注重给予的爱情原则，她偏要打破在爱情中只提倡为对方牺牲的藩篱，鲜明地表示不当附属品，不成为对方的衬托和点缀，而"我必须是你近旁的一株木棉，作为树的形象和你站在一起"，必须和对方站在同等的位置——你是人，我必须是人；你是树，我也必须是树；你站着，我也必须站着。它完美地体现了富有人文精神的现代爱情品格：真诚、高尚的互爱应以不舍弃各自独立的位置与人格为前提。这是新时代的人格在爱情观念上对前辈的大跨度的超越。这种超越出自向来处于仰视、攀附地位的女性，更是难能可贵。正像诗人自己所说："花与蝶的关系是相悦，木与水的关系是互需，只有一棵树才能感受到另一棵树的体验，感受鸟儿、阳光、春雨的给予。"但这样的相同和一致，既不意味着要凌逼和挤压对方，也不意味着和对方毫无区别，而是为了"根，紧握在地下；叶，相融在云里。每阵风过，我们都互相致意，但没有人，听懂你的言语。你有你的铜枝铁干，像刀、像剑，也像戟；我有我红硕的花朵，像沉重的叹息，又像英勇的火炬。"诗人在这里明确表示，双方不能互相取代，倒应充分发挥自己的特长和力量。男性有阳刚之美，女性有柔韧气质。"红硕的花"像"沉重的叹息"，从中可以感受到女人独特的声音和情绪。这声音，带着苦痛的伤痕；这情绪，染着忧伤的色润。这声音和情绪中融化了多少代社会的、个人的阵痛、艰辛挣扎和不幸！更有对女性争取人格独立、精神自由的苦难历程的感叹！接着诗人唱道："我们分担寒潮、风雷、霹雳；我们共享雾霭、流岚、虹霓。爱——不仅爱你伟岸的身躯，也爱你坚持的位置，脚下的土地。"真正的爱情，当然意味着"同甘苦、共患难"。爱情的坚贞，不只在于忠实于对方"伟岸的身躯"，而要更进一步，把对方的事业、信念、理想都纳入自己的爱情怀抱，从精神上也完全拥有对方，从而站在同一水平线上呼应对方。这里诗人正面抒写理想的爱情观，爱情的双方在人格上完全平等，既保持自己的独立个性，又互相支持，携手并进。一般人都把这首诗当作爱情诗来看，然而，如果扩大一些，何尝不能理解为诗人对自私、狭隘、庸俗的人际关系的鄙视，对平等、互爱的人际关系的追求呢！

此诗运用了抒情主体拟人化这一表现手法。抒写对象明为橡树，实为木棉。写法上又独辟蹊径，不直接描绘木棉外貌的秀丽挺拔，而用了一连串精妙的比喻，从各个角度反衬木棉的种种品格、信念和抱负，接着从心理和性格上加以刻画，这样就从四面八方、里里外外饱满地表现了木棉对橡树的爱情。在艺术表现上，这是把反映式变为表现式的写法，显得更为浓缩、凝练、概括、集中。另外，诗人改造了传统的赋、比、兴手法，避开了铺叙，加入了现代诗常用的内心独白方式，更易表达抒情主体的主观感受。

思考与练习

1. 这首诗歌表达了诗人怎样的爱情观？对传统的爱情观有何突破？
2. 这首诗在艺术表现上有哪些特点？

当初我们俩分别

[英]拜伦

当初我们俩分别
　　只有沉默和眼泪，
心儿几乎要破裂，
　　得分隔多少年岁！
你的脸发白发冷，
　　你的吻更是冰凉；
确实啊，那个时辰
　　预兆了今日的悲伤！

清晨滴落的露珠
　　浸入我眉头，好冷——
对我今天的感触
　　仿佛是预先示警。
你毁了所有的盟誓，
　　你得了轻浮的名声；
听别人说你的名字，
　　连我也羞愧难当。

他们当着我说你，
　　像丧钟响我耳旁；
我周身止不住战栗——
　　对你怎么这样情长？
他们不知我熟悉你——
　　只怕是熟悉过度！
我将久久惋惜你，
　　深挚得难以陈诉。

想当初幽期密约；

　　到如今默默哀怨：

你的心儿会忘却，

　　你的灵魂会欺骗。

如果我又邂逅你——

　　经过了多少年岁，

我用什么迎候你？

　　只有沉默和眼泪。

(选自《外国情诗集萃》．王曼编．北京：外国文学出版社，1989)

【注释】

拜伦(1788—1824)，英国杰出的浪漫主义诗人。出生于伦敦一个贵族家庭。1805—1808 年在剑桥大学学习，其间出版了第一部诗集《懒散的时刻》。1808—1811 年，诗人游历了葡萄牙、西班牙、希腊、阿尔巴尼亚等地，回国后开始创作著名长诗《恰尔德·哈洛尔德游记》，首次塑造了一个孤独、忧郁、悲观的所谓的"拜伦式英雄"——哈洛尔德。他的主要诗作还有《东方叙事诗》(1813—1816)、哲理诗剧《曼弗雷德》(1817 年)、神秘诗剧《该隐》(1821 年)、长诗《青铜世纪》(1822 年)等。他的代表作《唐璜》(1818—1823)完成了 15 章，第 16 章仅写了一部分。1823 年诗人投入希腊民族独立战争，后不幸染病去世。

【赏析】

当初自己曾热恋过的女子，后来竟变得放荡起来，成了人人嘲骂的对象，这对于诗人是怎样的打击！诗人蘸着心灵滴落的血，写下了本诗，以抒哀怨。当初分别的时候，诗人和他的恋人都没有想到会从此永远分手，两颗相爱的心只为此后难耐的岁月悲伤，甚至"几乎要分裂"。然而现在，"你毁了所有的盟誓，你得了轻浮的名声"。这对于诗人是多么的残酷！更主要的是，恋人堕落的原因诗人在此没有说明，这就给读者留下思索的余地，诗人在作一种无奈与悲哀的猜测，然而无法逃避的残酷现实又使诗人不得不面对那个自己日夜默念的名字，当它由别人的口中说出来时，在诗人听来竟如丧钟！情人堕落，诗人的幻想跟着破灭。而诗人又始终断不了对她的恋情，这就更加剧了诗人的痛苦。痛苦中既有惋惜，也有怨恨，甚至还存在幻想，潜意识里渴望与她相见。他既爱又恨，既哀又怨，而这一切又让诗人无可奈何。情感的复杂性是这首诗耐人寻味的重要因素。

这首诗在结构形式上新巧而完美，全诗四小节呈现出情感上的递进关系，而每小节又分为两层，形成前后鲜明的对照或衬托，如第一小节分别时痴情的脸与发白发冷的脸，第二小节清晨的冷的感觉与因内心的冷而烦乱，第三小节听别人说的感觉与自己内心的挚爱，第四小节无奈的谴责与幻想。这首诗每两个诗行为一个意组，构成低沉而又鲜明的内在情感节奏。整首诗给人以沉冷的感觉，发白发冷的脸、冰凉的吻、露珠、丧钟等意象深化了这种意韵。诗的结尾以"沉默和眼泪"来回应开头的"沉默和眼泪"，让人在前后照应中沉思。

思考与练习

1. 阅读拜伦与泰戈尔的爱情诗，思考有何异同。
2. 了解拜伦的生平与他的作品，分析这首诗的思想基调。

第三章 小说欣赏

第一节 小说概述

"小说"这个名称，在我国是一个发展的概念，在不同的历史时期有着不同的内涵。小说的起源，比它的名称出现得要早。鲁迅说，我们祖先劳动休息时，"亦必要寻一种事情以消遣闲暇"（《中国小说的历史的变迁》）。原始社会时，祖先集体口头创作的神话就是小说的胚胎和萌芽。

两千多年前，庄子第一次在《外物篇》中提出"小说"这一名称，但它指的是一种浅薄琐屑的言论，并不具有文体的意义。东汉初，桓谭在《新论》里称小说是"合残从小语"而写成的短书，从他举的实例看，这种"短书"乃指丛杂的著作，如寓言、杂记之类。班固《汉书·艺文志》将"小说家"列于诸子之列，于是有了正式称为"小说"的作品。班固所说的小说，是"稗官"依道听途说的"街谈巷语"而造出来的，大多是指民间故事传说，即野史、杂记一类的东西。魏晋南北朝时期，小说受到了文人和高层统治者的重视，史书载曹植曾"日诵俳优小说千言"（《三国志》裴松之注引《魏略》）。又据传《列异传》的编写与好读志怪小说的曹丕有关。南朝刘义庆有《小说》十卷，殷芸有《小说》三十卷（《隋书·经籍志》注），这一时期还有数量不少的志怪、志人小说。魏晋南北朝时期中国小说空前繁荣，但这一时期的小说，就规模、文体来看，也只是一些笔记小品而已。

至唐代，小说有了很大的发展变化。明胡应麟说："变异之谈，盛于六朝，然多是传录讹诈，未必尽设幻语；至唐人乃作意好奇，假小说以寄笔端"（《少室山房笔丛》卷三十六）。"作意好奇"，即有意识地虚构富于传奇性的故事情节，它标志着以前"小说"中所孕育的种种小说因素，到这时才形成独立的、具有近代意义的小说体裁。虽然在传统观念中，传奇小说仍被视为非正统的东西，但是传奇在唐代特定的社会经济、文化条件下，取得了思想和艺术上的卓越成就。与此同时，唐代在民间流行的"市人小说"和其他讲唱文学(包括俗讲和变文等)，从内容到形式对后世白话小说的创作影响很大，例如白行简的传奇《李娃传》，就是根据民间流传的《一枝花话》改写而成的。唐代的"市人小说"与用文言写的传奇不同，是用当时的口语写的，可惜没有作品传下来。另外敦煌写卷中有一种照着图画讲唱佛经故事和历史故事的变文，一些动人作品都富于幻想，情节生动，它们为后来的话本文学的产生奠定了基础。

到宋代，随着商品经济的发展和市民阶层的壮大，白话小说增多了，出现了"话本"。北宋孟元老的《东京梦华录》、南宋耐得翁的《都城纪胜》、吴自牧的《梦梁录》、周密的《武林旧事》等都生动记录了宋代"说话"的盛况。说话的范围分为小说(又名银字儿)、讲史、讲经、合生(或说诨话)四家。从传下的"小说"与"讲史"看，前者属于短篇，不少取材于当时的市民生活，有四五十种；后者属于长篇，讲历史故事，今存八种。讲历史故事因为情节长，一次讲不完，就在每次结束时留下个"扣子"，以吸引听众继续来听，这就是后来长篇章回小说的渊源。

宋元话本的出现，是中国小说史的又一变迁，它在艺术上初步确立了中国古代白话小说的民族传统和民族特色。第一，话本故事性强，有头有尾，情节生动曲折，颇具吸引力；第二，它善于通过语言、行动表现人物性格，而很少作静态的心理描写；第三，它受唐代俗讲和变文的影响，常常加进"有诗为证"之类的诗词韵语，变换作品的艺术表现方式，加强了小说的表现力；第四，它语言通俗质朴，风格清新明快，具有浓厚的民间文学气息。宋元话本从思想到艺术都开拓了新的领域，把中国小说的发展推向了新的高峰。它是后世白话小说的直接源头，明代小说就是在宋元话本的基础上获得巨大发展的。如《三国演义》《水浒传》《西游记》《封神演义》等就与宋元话本《三国志平话》《大宋宣和遗事》《大唐三藏取经诗话》《武王伐纣平话》等有着极为密切的渊源关系。在宋元"说话"风气和宋元话本的影响下，明中叶后，一些文人和书商热衷于搜集、整理话本，甚至模拟话本的形式，创作了大量的短篇白话小说，著名的"三言""二拍"作为它们的选集，集中地反映出这方面的盛况。

明代小说的主流是白话小说，它的繁荣不仅是对前代小说，尤其是宋元话本的直接继承，而且为清代小说高峰的形成准备了充分的条件。

小说的进一步发展，便成为文人的独立创作。这时不再拿民间的东西来加工了，而主要是自己创作。这一类代表作是《金瓶梅》，它为小说发展史开辟了一条新路。无论是《三国演义》《水浒传》还是《西游记》，写的都是非凡的人物或者不寻常的英雄。而《金瓶梅》通过写平凡人的日常生活，显示了现实主义文学的长足发展。

清代是中国小说创作极其繁盛的时期，《聊斋志异》《儒林外史》《红楼梦》与晚清的谴责小说，争奇斗艳。清代长篇小说首推《红楼梦》，这部以个人和家族历史为背景的鸿篇巨制，不仅以其艺术上的精致完美达到了中国古典小说的巅峰，而且以其深刻传神的人生画面打动了众多读者。《儒林外史》所刻画的普遍性社会现实，从根本上揭露了封建制度对人的摧残，说明了封建社会的腐朽。

"五四"文学革命以后，小说创作获得了丰收。鲁迅的《狂人日记》提出了家族制度和封建礼教"吃人"这一重大话题，是现代白话小说的发轫之作。他的《阿Q正传》是现代文学史上最著名的小说作品。茅盾的《子夜》、巴金的《激流三部曲》、老舍的《骆驼祥子》、沈从文的《边城》等文学巨匠所创作的小说作品成为当代中国小说史上的一个又一个丰碑。

第二节 小说的欣赏技巧

究竟怎样欣赏小说，也许各人的情况不同，方法也会不尽相同。从作品的构造入手来欣赏小说，不仅可以帮助读者减少盲目性，同时还可引导读者如何从引人的故事中走出来并运用审美的眼光去欣赏。下面分别从人物、情节、环境、主题四个方面谈小说的欣赏。

一、人物的欣赏

(一)从作者对人物的介绍和评价来把握人物

总体而言，通过用文学作品来塑造人物不外概括性表现(或称直接表现)与戏剧性表现(或称间接表现)两种类型。概括性表现就是作者对人物的思想倾向与性格特征进行直接评论，甚至明确地解释人物动机；戏剧性表现就是通过人物自身的行为过程来暗示，犹如戏剧演出一样让观众在人物自身动作的展示中获得某种启示。因此，从作者对人物的介绍与评价这种概括性的叙述去把握人物，也就成为鉴赏小说人物最为直接的一种方法。

(二)从人物的语言、行动和心理描写来分析人物

小说刻画人物的主要方法，是通过描写人物的语言、行动和心理来表现思想感情和性格特征。俗话说："言为心声。"即人物语言是人物思想性格的直接表白，至于作者对人物心理活动的描写，就更不待言了。另一方面，作品中人物的行动，又是人物思想性格的生动表现，同样不能忽视。比如阿Q打自己的嘴巴，孔乙己为自己偷书所作的辩解，华威先生到处赶着开会，说起话来满口官腔等，都很好地表现了人物的个性特征，要仔细分析。

(三)从人物活动的社会历史背景来理解人物

小说里的人物，都是在一定的社会历史背景下活动的。鉴赏人物，如果离开了人物活动的社会历史背景，就不可能正确地理解人物，更不能理解人物形象的社会意义。这不仅是因为人物的个性形成与他的生活环境有关，更重要的是，作者每塑造一个人物，都是把他作为一定历史时期的典型人物来塑造的。或者说，一个人物形象的成功与否，不但要看他是否有鲜明的"个性"，还要看他是否具有广泛的"共性"。而对人物"共性"的分析，就必须放在一定的社会历史背景中去考察。

前面我们谈到对人物语言、行动和心理描写的分析，这是侧重在个性方面的，但是，如果只分析人物的个性而忽视共性，我们就不能从中发现更多的人，这样的鉴赏就失之肤浅了。反过来，如果只分析共性，把活生生的人物解剖成一个空骨架，也难以说明典型的普遍性，不过是一个时代精神的"躯壳"而已。

(四)从多种不同的角度对人物作面面观

在过去很长一段时间里，我们对小说人物的鉴赏与分析一直停留在固有的静态的和单一的线性思维上，而且它几乎成了我们的审美鉴赏"习惯"。这主要是根植于特殊的社会环境，小说人物塑造几乎成了某种政治宣传的需要，因而人们鉴赏这类小说也不是甚至也不可能是从审美的角度去欣赏的，这是不正常的。只有当我们对一个成功的人物形象作多角度的观照，诸如心理学的、社会学的、政治学的、美学的等，我们对这个人物的理解才不再是浅薄、单一和乏味的。

(五)从神魔鬼怪的形象中悟出人性

中外小说都起始于远古的神话和传说，因此神魔鬼怪形象在中外小说中均占有一席地位。如何认识像志怪小说中的太乐妓、《西游记》中的孙悟空、猪八戒等这一类艺术形象，应是小说人物鉴赏一项不可忽视的内容。马克思曾经说过，神话是"通过人民的幻想用一种不自觉的艺术方式加工过的自然和社会形式本身"（《马克思恩格斯选集》第2卷）。这就说明了神话的虚幻性与现实的真实性的辩证统一，也可以说，小说中的神魔鬼怪形象均应是生活中人物的变形，其本质是相通的。我们鉴赏小说中的神魔鬼怪形象，应当努力从中悟出人性才对。要理解神、兽、怪与人和谐地统一在一起的审美特点，注意把他们放在一定的历史背景下去分析，切不能将他们排除在现实之外而孤立地欣赏，否则就难以探求作者的真意。

二、情节的欣赏

(一)找出线索，理清情节的来龙去脉

一般而言，故事情节从发生到结局，前后是有着某种内在联系的，这种内在联系也就是贯穿于整个作品中的情节线索。只要找到了这条贯穿于整个作品的线索，情节的来龙去脉也就容易把握了。这当是我们鉴赏情节的首要任务。不过，小说情节线索并不是指一般所说的时间线索或空间线索，而是指作品里的基本矛盾冲突所构成的情节发展线索。例如鲁迅的《祝福》，祥林嫂与鲁四老爷的矛盾冲突，这就是构成情节的主要线索。由于作品篇幅长短的不同以及作品内容的特点，小说情节线索又有主线、副线和明线、暗线之分。鉴赏小说情节，如能抓住情节的线索，把握其来龙去脉，将有助于在分析作品时统观全局，全面地把握作者的意图。

(二)由事见人，看情节发展如何为人物塑造服务

情节是人物性格发展的历史，是作为人物运动的形式出现的。所以，鉴赏情节应该由事见人，将人物性格与情节联系起来分析。我们仍以《孔乙己》为例。孔乙己到酒店喝酒，周围的人对他嘲笑、与他争辩的情节，正是要表现孔乙己偷窃、迂腐的形象；孔乙己教"我""茴"字的四种写法和分豆给孩子们吃的情节，又是表现孔乙己的自傲和善良的品性；孔乙己被丁举人打断腿后爬着到酒店喝酒，又谎称腿是跌断的情节，则表现他受欺凌的悲惨命运和爱面子的弱点。小说就是通过这一系列的情节描写来完成孔乙己复杂性格的刻画的。阅读鉴赏时，要逐一分析，挖掘情节的意义。

(三)见微知著，从场面和细节分析情节对表现主题的意义

作品的情节是由若干个场面构成的，场面是由很多个细节组成的。分析场面和细节是鉴赏情节的进一步深入，同时也只有这样的情节鉴赏才显得具体、充分和中肯。请看老作家魏金枝对《阿Q正传》的一段情节分析："写一个犯人在最后受判时画押，通常总是迟疑地颤抖地执着笔，无可奈何地画上一笔就算，鲁迅写阿Q的画押就大大不同，他写的画押却是独一无二的阿Q式的：一面是'使尽平生的力气画圆圈'；而另一面却是'这可恶的笔不但很沉重，并且不听话，刚刚一抖一抖的几乎要合缝，却又向外一耸，画成瓜子模样了。'我看，即使没有看过《阿Q正传》全文，不知道阿Q平生为人，单就这一节画押来看，阿Q的麻木、无知以及精神胜利法，岂不是都尽情地表露出来，然而那只是一个最后判决的场面描写。"由此抓住场面和细节的情节鉴赏就不是浮光掠影地阅读了，而是有所启发了。但有人阅读小说，只顾看热闹，单纯追求故事情节紧张曲折，而不思考作者通过一定的情节究竟提出了什么问题，这些问题有何社会意义，又是如何解决的，这就不得要领了。

(四)赏析技巧，注意发现作者组织情节的艺术匠心

小说情节的生动曲折、波澜起伏和扣人心弦，应该说是所有优秀小说的显著特点。什么地方是伏笔，什么地方是照应，什么地方是有助于塑造人物的精彩描写，哪些地方是游离于情节之外、荒诞不经的"噱头"等，都要细细加以赏析。例如《红楼梦》刘姥姥三次进荣国府的情节，即可看出它具有复沓回旋、含意深远的特点。这三次均是写同一个人物进荣国府，但每次却是各不相同。一进，只让刘姥姥见了王熙凤，借此给读者展示了荣国府这个诗礼簪缨之族、温柔富贵之乡的豪奢；二进，刘姥姥见了贾母，又是饮宴，又是饱览，让读者见到了荣国府也有各种矛盾，由此埋下了贾府即将败落的伏笔；三进，则那位曾向刘姥姥伸出援助之手的琏二奶奶也不得不向她呼救了，一层更深一层。鉴赏这样的情节，不仅要注意情节本身的变化，还要注意发掘情节所喻示着的主题意义。同时，又可看到作者在组织情节时所显现出的胸有成竹、高屋建瓴的艺术特点。

三、环境的欣赏

(一)分析环境对主题思想的暗示

环境描写不管它的直接作用如何,最终是为表现作品主题服务的。明末文学家王夫之曾说:"一切景语皆情语",即一切描写景物的文字都在于写作者之情意。所以,我们鉴赏小说,就应注意从环境描写中揣摩作品的主旨。

在更多的情况下,环境描写可能主要是为展示人物的行动和命运以及刻画人物的性格创造必要的条件,提供生动的衬景,但同时也是以间接的形式表现主题。在《红楼梦》中,作者写蘅芜院的环境:"阴森透骨",屋外长着"愈冷愈苍翠"的"奇草仙藤",屋内"一色玩器全无",像"雪洞一般",这样的环境正好衬托出带着金锁而高唱"妇德法"的薛宝钗阴冷无情、装愚守拙的性格特征。这一性格特征的揭示,不仅透露出作者对薛宝钗其人的思想倾向,同时也可看出封建礼教虚伪性的一面,而这正是作品主题的内容之一。

环境描写一般是写实的,但有时也可能带有象征或隐喻的性质,这样也就自然地对主题起一种暗示作用。

(二)分析环境对人物形象的烘托

小说环境,不论是社会环境还是自然环境,与小说人物的思想和行动均有着密切的联系,而且因为小说是以写人为中心,环境描写对人物形象的烘托始终是最为基本的任务。鉴赏小说的环境描写,不能不注意理解环境与人物的关系,努力发掘它深刻的思想意义。环境描写对人物的烘托可以是正面的,也可以是反面的,前者叫正衬,后者叫反衬,这里不再细述。

(三)分析环境对小说氛围的创造

小说感染读者的一个重要因素,是作家特别注意创造一种特有的小说氛围,而创造小说氛围的主要手段就是通过环境描写来渲染、创造和加强。鲁迅小说《药》的开头是:"秋天的后半夜,月亮下去了,太阳还没有出,只剩下一片乌蓝的天;除了夜游的东西,什么都睡着。"在华老栓为儿子买"药"走在街上时:"……街上黑沉沉的一无所有,只有一条灰白的路,看得分明。"这样的自然环境给人以死气沉沉、非常压抑的感觉,使人感受不到一点生命的活力。联系小说的时代背景,就会感受到 1907 年革命者秋瑾被害后的那种沉寂冷肃的氛围。

(四)分析环境对小说情节的推动

因为小说以写人物为中心,而人物与环境的紧密关系,又导致特定的环境可使人物产生某种相应的行为动机,从而推动故事情节向前发展。在反映更为广阔、复杂的社会生活的小说中，环境是人物命运形成和演变的客观条件和原因，特别是西方批判现实主义小说，更是强调关注环境与人的关系，强调环境对人物及情节的影响和决定作用，因而环境在小说中的这种推动作用会更加明显。

四、主题的欣赏

(一)从作者背景看主题

要正确理解一部作品，有必要了解作家的思想感情、思维方式，以及他所处的社会环境、作品所反映的社会生活背景。小说是社会生活在作家头脑中的反映，也是作家思想感情的表现。一部作品所反映的主题，总是与作家的身世、生活、思想感情以及他所处的时代分不开的。因此，我们在理解小说主题时，必须"知人论世"，这个很重要。

鲁迅先生指出，《水浒传》与《施公案》《彭公案》《三侠五义》的思想内容之所以不同，是和时代有关的。"《水浒传》中的人物在反抗政府；而后一类书中的人物，则帮助政府，这是作者思想的大不同之处，大概也因为社会背景不同之故罢"(《鲁迅全集》第 8 卷)。如果不理解时代背景对作者的影响，从而造成对题材处理上的这一不同，也就不可能理解《水浒传》的深刻主题。

(二)从人物塑造看主题

作者运用各种艺术手段，都是为了完成人物形象的塑造。人物形象是作者生活经验的结晶，也是作家生活态度的形象体现。《钢铁是怎样炼成的》中的保尔·柯察金的形象，《红岩》中的许云峰与江竹筠的形象等，无不体现着作家对生活的认识和情感态度——他认为生活是这样的，人应当这样地去生活。当然，在这里，我们不难从作品对人物的刻画中，分析出作家打算让我们体会到的东西；这里，也正是我们理解小说主题的一个重要方面。杨沫在《谈谈林道静的形象》一文中，曾详细介绍了她塑造林道静这个人物的意图。她说："我知道在文学作品中，表现这种主题和思想可以从多方面，用种种不同的方法来进行。而我只能从我自己的比较熟稔的生活，用我自己感受最深的东西来表现。因此，我选择了林道静，写像她这样一个小资产阶级知识分子怎样改造成为无产阶级革命战士的过程。"这段话，较为明确地表明了人物与主题的紧密关系。

(三)从情节发展看主题

小说写人不能离开人物活动的形式——情节，而情节又是通过一系列具有因果关系的故事来完成的。当然，故事的中心必须以某些矛盾为内容，矛盾怎样发展、怎样解决，无不体现了作者对这些问题的看法。从这些看法中理解主题同样也是在小说鉴赏中被经常运用的方法。例如赵树理的《小二黑结婚》，是以追求人身自由、婚姻自主的小二黑和小芹同金旺兄弟为代表的封建恶霸势力，以及二诸葛、三仙姑为代表的封建落后意识的矛盾为主要内容的,这一主体矛盾最后在党和政府的帮助下得到了解决,小二黑代表的人物获得了胜利,这就表达了作者对封建迷信思想、包办婚姻的看法。抓住了这一点,主题也就好理解了。

(四)从语言的情感色彩看主题

小说的主题,虽然作者极力使它不显露出来,但作者在行文中总是要对自己所揭示的矛盾,以及所描述的人物等表现出一定的褒贬倾向或情感色彩。判断作者的这种情感色彩,是理解作品主题时不可缺少的一环。孙犁的小说《荷花淀》,是歌颂白洋淀人民群众积极抗日的,但这种情感作者始终没有直接说出来,而是通过故事的叙述来暗示,在行文中也有所透露。如当敌人的大船追赶水生嫂她们时,作者写道:"幸亏是这些青年妇女,白洋淀长大的,她们摇的小船飞快。小船活像离开了水波的一条打跳的梭鱼。她们从小跟这小船打交道,驶起来,就像织布穿梭,缝衣透针一般快。""她们奔着那不知道有几亩大小的荷花淀去,那一望无际的密密层层的大荷叶,迎着阳光舒展开,就像铜墙铁壁一样。粉色荷花箭高高挺出来,是监视白洋淀的哨兵吧!"在这里,我们不难看出作者的赞美之情溢于言表。

(五)从整体倾向看主题

在小说的主题鉴赏这个问题上,有一个最为根本的原则我们必须记住——整个作品,包括作品中的每一个标点和作品里总的气氛在内,都是主题的体现——从这个意义上来看,可以把整个作品看作是表现主题的具体的象征物!我们应当懂得,小说的主题,并不是一个孤立的现象,而是与小说诸要素紧密相关的整体体现。正因为如此,理解小说主题的方式方法也不仅仅限于以上谈到的几个方面,而应当是多侧面的、多角度的,小说的方方面面无不闪耀着主题的光彩。一部优秀的小说,其含义即主题总是全面渗透在整个作品中的。

第三节 小说作品赏析

杜十娘怒沉百宝箱

明·冯梦龙

扫荡残胡立帝畿,龙翔凤舞势崔嵬;
左环沧海天一带,右拥太行山万围。
戈戟九边雄绝塞,衣冠万国仰垂衣;
太平人乐华胥世,永永金瓯共日辉。

这首诗单夸我朝燕京建都之盛。说起燕都的形势,北倚雄关,南压区夏,真乃金城天府，万年不拔之基。当先洪武爷扫荡胡尘，定鼎金陵，是为南京。到永乐爷从北平起兵靖难，迁于燕都，是为北京。只因这一迁，把个苦寒地面变作花锦世界。自永乐爷九传至于万历爷，此乃我朝第十一代的天子。这位天子，聪明神武，德福兼全，十岁登基，在位四十八年，削平了三处寇乱。那三处？

日本关白平秀吉，西夏承恩，播州杨应龙。

平秀吉侵犯朝鲜，承恩、杨应龙是土官谋叛，先后削平。远夷莫不畏服，争来朝贡。真个是：

    一人有庆民安乐，四海无虞国太平。

话中单表万历二十年间，日本国关白作乱，侵犯朝鲜。朝鲜国王上表告急，天朝发兵泛海往救。有户部官奏准：目今兵兴之际，粮饷未充，暂开纳粟入监之例。原来纳粟入监的，有几般便宜：好读书，好科举，好中，结末来又有个小小前程结果。以此宦家公子、富室子弟，到不愿做秀才，都去援例做太学生。自开了这例，两京太学生各添至千人之外。内中有一人，姓李名甲，字子先，浙江绍兴府人氏。父亲李布政所生三儿，惟甲居长，自幼读书在庠，未得登科，援例入于北雍。因在京坐监，与同乡柳遇春监生同游教坊司院内，与一个名姬相遇。那名姬姓杜名媺，排行第十，院中都称为杜十娘，生得：浑身雅艳，遍体娇香，两弯眉画远山青，一对眼明秋水润。脸如莲萼，分明卓氏文君，唇似樱桃，何减白家樊素。可怜一片无瑕玉，误落风尘花柳中。

那杜十娘自十三岁破瓜，今一十九岁，七年之内，不知历过了多少公子王孙。一个个情迷意荡，破家荡产而不惜。院中传出四句口号来，道是：

    坐中若有杜十娘，斗筲之量饮千觞；
    院中若识杜老媺，千家粉面都如鬼。

却说李公子风流年少，未逢美色，自遇了杜十娘，喜出望外，把花柳情怀，一担儿挑在他身上。那公子俊俏庞儿，温存性儿，又是撒漫的手儿，帮衬的勤儿，与十娘一双两好，情投意合。十娘因见鸨儿贪财无义，久有从良之志，又见李公子忠厚志诚，甚有心向他。奈李公子惧怕老爷，不敢应承。虽则如此，两下情好愈密，朝欢暮乐，终日相守，如夫妇一般。海誓山盟，各无他志。真个：

    恩深似海恩无底，义重如山义更高。

再说杜妈妈，女儿被李公子占住，别的富家巨室，闻名上门，求一见而不可得。初时李公子撒漫用钱，大差大使，妈妈胁肩谄笑，奉承不暇。日往月来，不觉一年有余，李公子囊箧渐渐空虚，手不应心，妈妈也就怠慢了。老布政在家闻知儿子嫖院，几遍写字来唤他回去。他迷恋十娘颜色，终日延捱。后来闻知老爷在家发怒，越不敢回。古人云："以利相交者，利尽而疏。"那杜十娘与李公子真情相好，见他手头愈短，心头愈热。妈妈也几遍教女儿打发李甲出院，见女儿不统口，又几遍将言语触突李公子，要激怒他起身。公子性本温克，词气愈和。妈妈没奈何，日逐只将十娘叱骂道："我们行户人家，吃客穿客，前门送旧，后门迎新，门庭闹如火，钱帛堆成垛。自从那李甲在此，混帐一年有余，莫说新客,连旧主顾都断了。分明接了个锺馗老,连小鬼也没得上门,弄得老娘一家人家,有气无烟,成什么模样!"

杜十娘被骂,耐性不住,便回答道:"那李公子不是空手上门的,也曾费过大钱来。"妈妈道:"彼一时,此一时,你只教他今日费些小钱儿,把与老娘办些柴米,养你两口也好。别人家养的女儿便是摇钱树,千生万活,偏我家晦气,养了个退财白虎!开了大门七件事,般般都在老身心上。到替你这小贱人白白养着穷汉,教我衣食从何处来?你对那穷汉说:'有本事出几两银子与我,到得你跟了他去,我别讨个丫头过活却不好?'"十娘道:"妈妈,这话是真是假?"妈妈晓得李甲囊无一钱,衣衫都典尽了,料他没处设法,便应道:"老娘从不说谎,当真哩。"十娘道:"娘,你要他许多银子?"妈妈道:"若是别人,千把银子也讨了。可怜那穷汉出不起,只要他三百两,我自去讨一个粉头代替。只一件,须是三日内交付与我,左手交银,右手交人。"若三日没有银时,老身也不管三七二十一,公子不公子,一顿孤拐,打那光棍出去。那时莫怪老身!"十娘道:"公子虽在客边乏钞,谅三百金还措办得来。只是三日忒近,限他十日便好。"妈妈想道:"这穷汉一双赤手,便限他一百日,他那里来银子?没有银子,便铁皮包脸,料也无颜上门。那时重整家风,孌儿也没得话讲。"答应道:"看你面,便宽到十日。第十日没有银子,不干老娘之事。"十娘道:"若十日内无银,料他也无颜再见了。只怕有了三百两银子,妈妈又翻悔起来。"妈妈道:"老身年五十一岁了,又奉十斋,怎敢说谎?不信时与你拍掌为定。若翻悔时,做猪做狗!"

从来海水斗难量,可笑虔婆意不良。
料定穷儒囊底竭,故将财礼难娇娘。

是夜,十娘与公子在枕边,议及终身之事。公子道:"我非无此心。但教坊落籍,其费甚多,非千金不可。我囊空如洗,如之奈何!"十娘道:"妾已与妈妈议定只要三百金,但须十日内措办。郎君游资虽罄,然都中岂无亲友可以借贷?倘得如数,妾身遂为君之所有,省受虔婆之气。"公子道:"亲友中为我留恋行院,都不相顾。明日只做束装起身,各家告辞,就开口假贷路费,凑聚将来,或可满得此数。"起身梳洗,别了十娘出门。十娘道:"用心作速,专听佳音。"公子道:"不须分付。"

公子出了院门,来到三亲四友处,假说起身告别,众人倒也欢喜。后来叙到路费欠缺,意欲借贷。常言道:"说着钱,便无缘。"亲友们就不招架。他们也见得是,道李公子是风流浪子,迷恋烟花,年许不归,父亲都为他气坏在家。他今日抖然要回,未知真假,倘或说骗盘缠到手,又去还脂粉钱,父亲知道,将好意翻成恶意,始终只是一怪,不如辞了干净。便回道:"目今正值空乏,不能相济,惭愧,惭愧!"人人如此,个个皆然,并没有个慷慨丈夫,肯统口许他一十二十两。李公子一连奔走了三日,分毫无获,又不敢回决十娘,权且含糊答应。到第四日又没想头,就羞回院中。平日间有了杜家,连下处也没有了,今日就无处投宿。只得往同乡柳监生寓所借歇。

柳遇春见公子愁容可掬,问其来历。公子将杜十娘愿嫁之情,备细说了。遇春摇首道："未必，未必。那杜媺曲中第一名姬，要从良时，怕没有十斛明珠，千金聘礼。那鸨儿如何只要三百两？想鸨儿怪你无钱使用，白白占住他的女儿，设计打发你出门。那妇人与你相处已久，又碍却面皮，不好明言。明知你手内空虚，故意将三百两卖个人情，限你十日；若十日没有，你也不好上门。便上门时，他会说你笑你，落得一场亵渎，自然安身不牢，此乃烟花逐客之计。足下三思，休被其惑。据弟愚意，不如早早开交为上。"公子听说，半晌无言，心中疑惑不定。遇春又道："足下莫要错了主意。你若真个还乡，不多几两盘费，还有人搭救；若是要三百两时，莫说十日，就是十个月也难。如今的世情，那肯顾缓急二字的！那烟花也算定你没处告债，故意设法难你。"公子道："仁兄所见良是。"口里虽如此说，心中割舍不下。依旧又往外边东央西告，只是夜里不进院门了。

公子在柳监生寓中，一连住了三日，共是六日了。杜十娘连日不见公子进院，十分着紧，就教小厮四儿街上去寻。四儿寻到大街，恰好遇见公子。四儿叫道："李姐夫，娘在家里望你。"公子自觉无颜，回复道："今日不得功夫，明日来罢。"四儿奉了十娘之命，一把扯住，死也不放，道："娘叫咱寻你，是必同去走一遭。"李公子心上也牵挂着媺子，没奈何，只得随四儿进院，见了十娘，嘿嘿无言。十娘问道："所谋之事如何？"公子眼中流下泪来。十娘道："莫非人情淡薄，不能足三百之数么？"公子含泪而言，道出二句："不信上山擒虎易，果然开口告人难。一连奔走六日，并无铢两，一双空手，羞见芳卿，故此这几日不敢进院。今日承命呼唤，忍耻而来。非某不用心，实是世情如此。"十娘道："此言休使虔婆知道。郎君今夜且住，妾别有商议。"十娘自备酒肴，与公子欢饮。睡至半夜，十娘对公子道："郎君果不能办一钱耶？妾终身之事，当如何也？"公子只是流涕，不能答一语。渐渐五更天晓。十娘道："妾所卧絮褥内藏有碎银一百五十两，此妾私蓄，郎君可持去。三百金，妾任其半，郎君亦谋其半，庶易为力。限只四日，万勿迟误！"十娘起身将褥付公子，公子惊喜过望。唤童儿持褥而去。径到柳遇春寓中，又把夜来之情与遇春说了。将褥拆开看时，絮中都裹着零碎银子，取出兑时果是一百五十两。遇春大惊道："此妇真有心人也。既系真情，不可相负，吾当代为足下谋之。"公子道："倘得玉成，决不有负。"当下柳遇春留李公子在寓，自出头各处去借贷。两日之内，凑足一百五十两交付公子道："吾代为足下告债，非为足下，实怜杜十娘之情也。"

李甲拿了三百两银子，喜从天降，笑逐颜开，欣欣然来见十娘，刚是第九日，还不足十日。十娘问道："前日分毫难借，今日如何就有一百五十两？"公子将柳监生事情，又述了一遍。十娘以手加额道："使吾二人得遂其愿者，柳君之力也！"两个欢天喜地，又在院中过了。

次日十娘早起，对李甲道："此银一交，便当随郎君去矣。舟车之类，合当预备。妾昨日于姊妹中借得白银二十两，郎君可收下为行资也。"公子正愁路费无出，但不敢开口，得银甚喜。说犹未了，鸨儿恰来敲门叫道："媺儿，今日是第十日了。"公子闻叫，启门相延道："承妈妈厚意，正欲相请。"便将银三百两放在桌上。鸨儿不料公子有银，嘿然变色，似有悔意。十娘道："儿在妈妈家中八年，所致金帛，不下数千金矣。今日从良美事，又妈妈亲口所订，三百金不欠分毫，又不曾过期。倘若妈妈失信不许，郎君持银去，儿即刻自尽。恐那时人财两失，悔之无及也。"鸨儿无词以对。腹内筹画了半晌，只得取天平兑准了银子，说道："事已如此，料留你不住了。只是你要去时，即今就去。平时穿戴衣饰之类，毫厘休想！"说罢，将公子和十娘推出房门，讨锁来就落了锁。此时九月天气。十娘才下床，尚未梳洗，随身旧衣，就拜了妈妈两拜。李公子也作了一揖。一夫一妇，离了虔婆大门。

　　　　鲤鱼脱却金钩去，摆尾摇头再不来。

　　公子教十娘且住片时："我去唤个小轿抬你，权往柳荣卿寓所去，再作道理。"十娘道："院中诸姊妹平昔相厚，理宜话别。况前日又承他借贷路费，不可不谢也。"乃同公子到各姊妹处谢别。姊妹中惟谢月朗、徐素素与杜家相近，尤与十娘亲厚：十娘先到谢月朗家。月朗见十娘秃髻旧衫，惊问其故。十娘备述来因，又引李甲相见。十娘指月朗道："前日路资，是此位姐姐所贷，郎君可致谢。"李甲连连作揖。月朗便教十娘梳洗，一面去请徐素素来家相会。十娘梳洗已毕，谢、徐二美人各出所有，翠钿金钏，瑶簪宝珥，锦袖花裙，鸾带绣履，把杜十娘装扮得焕然一新，备酒作庆贺筵席。月朗让卧房与李甲、杜媺二人过宿。次日，又大排筵席，遍请院中姊妹。凡十娘相厚者，无不毕集，都与他夫妇把盏称喜。

　　吹弹歌舞，各逞其长，务要尽欢，直饮至夜分。十娘向众姊妹一一称谢。众姊妹道："十姊为风流领袖，今从郎君去，我等相见无日。何日长行，姊妹们尚当奉送。"月朗道："候有定期，小妹当来相报。但阿姊千里间关，同郎君远去，囊箧萧条，曾无约束，此乃吾等之事。当相与共谋之，勿令姊有穷途之虑也。"众姊妹各唯唯而散。

　　是晚，公子和十娘仍宿谢家。至五鼓，十娘对公子道："吾等此去，何处安身？郎君亦曾计议有定着否？"公子道："老父盛怒之下，若知娶妓而归，必然加以不堪，反致相累。展转寻思，尚未有万全之策。"十娘道："父子天性，岂能终绝？既然仓卒难犯，不若与郎君于苏、杭胜地，权作浮居。郎君先回，求亲友于尊大人面前劝解和顺，然后携妾于归，彼此安妥。"公子道："此言甚当。"次日，二人起身辞了谢月朗，暂往柳监生寓中，整顿行装。杜十娘见了柳遇春，倒身下拜，谢其周全之德："异日我夫妇必当重报。"遇春慌忙答礼道："十娘钟情所欢，不以贫窭易心，此乃女中豪杰。仆因风吹火，谅区区何足挂齿！"三人又饮了一日酒。次早，择了出行吉日，雇倩轿马停当。十娘又遣童儿寄信，别谢月朗。临行之际，只见肩舆纷纷而至，乃谢月朗与徐素素拉众姊妹来送行。月朗道："十姊从郎君千里间关，囊中消索，吾等甚不能忘情。今合具薄赆，十姊可检收，或长途空乏，亦可少助。"说罢，命从人擎一描金文具至前，封锁甚固，正不知什么东西在里面。十娘也不开看，也不推辞，但殷勤作谢而已。须臾，舆马齐集，仆夫催促起身。柳监生三杯别酒，和众美人送出崇文门外，各各垂泪而别。正是：

　　　　他日重逢难预必，此时分手最堪怜。

再说李公子同杜十娘行至潞河，舍陆从舟。却好有瓜州差使船转回之便，讲定船钱，包了舱口。比及下船时，李公子囊中并无分文余剩。你道杜十娘把二十两银子与公子，如何就没了？公子在院中嫖得衣衫蓝缕，银子到手，未免在解库中取赎几件穿着，又制办了铺盖，剩来只勾轿马之费。公子正当愁闷，十娘道："郎君勿忧，众姊妹合赠，必有所济。"及取钥开箱。公子有傍自觉惭愧，也不敢窥觑箱中虚实。只见十娘在箱里取出一个红绢袋来，掷于桌上道："郎君可开看之。"公子提在手中，觉得沉重，启而观之，皆是白银，计数整五十两。十娘仍将箱子下锁，亦不言箱中更有何物。但对公子道："承众姊妹高情，不惟途路不乏，即他日浮寓吴、越间，亦可稍佐吾夫妻山水之费矣。"公子且惊且喜道："若不遇恩卿，我李甲流落他乡，死无葬身之地矣。此情此德，白头不敢忘也！"自此每谈及往事，公子必感激流涕，十娘亦曲意抚慰。一路无话。

不一日，行至瓜州，大船停泊岸口，公子别雇了民船，安放行李。约明日侵晨，剪江而渡。其时仲冬中旬，月明如水，公子和十娘坐于舟首。公子道："自出都门，困守一舱之中，四顾有人，未得畅语。今日独据一舟，更无避忌。且已离塞北，初近江南，宜开怀畅饮，以舒向来抑郁之气。恩卿以为何如？"十娘道："妾久疏谈笑，亦有此心，郎君言及，足见同志耳。"公子乃携酒具于船首，与十娘铺毡并坐，传杯交盏。饮至半酣，公子执卮对十娘道："恩卿妙音，六院推首。某相遇之初，每闻绝调，辄不禁神魂之飞动。心事多违，彼此郁郁，鸾鸣凤奏，久矣不闻。今清江明月，深夜无人，肯为我一歌否？"十娘兴亦勃发，遂开喉顿嗓，取扇按拍，呜呜咽咽，歌出元人施君美《拜月亭》杂剧上"状元执盏与婵娟"一曲，名《小桃红》。真个：

声飞霄汉讼皆驻，响入深泉鱼出游。

却说他舟有一少年，姓孙名富，字善赉，徽州新安人氏。家资巨万，积祖扬州种盐。年方二十，也是南雍中朋友。生性风流，惯向青楼买笑，红粉追欢，若嘲风弄月，到是个轻薄的头儿。事有偶然，其夜亦泊舟瓜州渡口，独酌无聊，忽听得歌声嘹亮，凤吟鸾吹，不足喻其美。起立船头，伫听半晌，方知声出邻舟。正欲相访，音响倏已寂然，乃遣仆者潜窥踪迹，访于舟人。但晓得是李相公雇的船，并不知歌者来历。孙富想道："此歌者必非良家，怎生得他一见？"展转寻思，通宵不寐。捱至五更，忽闻江风大作。及晓，彤云密布，狂雪飞舞。怎见得，有诗为证：

千山云树灭，万径人踪绝。

扁舟蓑笠翁，独钓寒江雪。

因这风雪阻渡，舟不得开。孙富命艄公移船，泊于李家舟之傍。孙富貂帽狐裘，推窗假作看雪。值十娘梳洗方毕，纤纤玉手揭起舟傍短帘，自泼盂中残水。粉容微露，却被孙富窥见了，果是国色天香。魂摇心荡，迎眸注目，等候再见一面，杳不可得。沉思久之，乃倚窗高吟高学士《梅花诗》二句，道：

雪满山中高士卧，月明林下美人来。

李甲听得邻舟吟诗，舒头出舱，看是何人。只因这一看，正中了孙富之计。孙富吟诗，正要引李公子出头，他好乘机攀话。当下慌忙举手，就问："老兄尊姓何讳？"李公子叙了姓名乡贯，少不得也问那孙富。孙富也叙过了。又叙了些太学中的闲话，渐渐亲熟。孙富便道："风雪阻舟，乃天遣与尊兄相会，实小弟之幸也。舟次无聊，欲同尊兄上岸，就酒肆中一酌，少领清诲，万望不拒。"公子道："萍水相逢，何当厚扰？"孙富道："说那里话！'四海之内，皆兄弟也'。"喝教艄公打跳，童儿张伞，迎接公子过船，就于船头作揖。然后让公子先行，自己随后，各各登跳上涯。

行不数步，就有个酒楼。二人上楼，拣一副洁净座头，靠窗而坐。酒保列上酒肴。孙富举杯相劝，二人赏雪饮酒。先说些斯文中套话，渐渐引入花柳之事。二人都是过来之人，志同道合，说得入港，一发成相知了。孙富屏去左右，低低问道："昨夜尊舟清歌者，何人也？"李甲正要卖弄在行，遂实说道："此乃北京名姬杜十娘也。"孙富道："既系曲中姊妹，何以归兄？"公子遂将初遇杜十娘，如何相好，后来如何要嫁，如何借银讨他，始末根由，备细述了一遍。孙富道："兄携丽人而归，固是快事，但不知尊府中能相容否？"公子道："贱室不足虑，所虑者老父性严，尚费踌躇耳！"孙富将机就机，便问道："既是尊大人未必相容，兄所携丽人，何处安顿？亦曾通知丽人，共作计较否？"公子攒眉而答道："此事曾与小妾议之。"孙富欣然问道："尊宠必有妙策。"公子道："他意欲侨居苏杭，流连山水。使小弟先回，求亲友宛转于家君之前，俟家君回嗔作喜，然后图归。高明以为何如？"孙富沉吟半晌，故作愀然之色，道："小弟乍会之间，交浅言深，诚恐见怪。"公子道："正赖高明指教，何必谦逊？"孙富道："尊大人位居方面，必严帷薄之嫌，平时既怪兄游非礼之地，今日岂容兄娶不节之人？况且贤亲贵友，谁不迎合尊大人之意者？兄枉去求他，必然相拒。就有个不识时务的进言于尊大人之前，见尊大人意思不允，他就转口了。兄进不能和睦家庭，退无词以回复尊宠。即使留连山水，亦非长久之计。万一资斧困竭，岂不进退两难！"

公子自知手中只有五十金，此时费去大半，说到资斧困竭，进退两难，不觉点头道是。孙富又道："小弟还有句心腹之谈，兄肯俯听否？"公子道："承兄过爱，更求尽言。"孙富道："疏不间亲，还是莫说罢。"公子道："但说何妨！"孙富道："自古道：'妇人水性无常。'况烟花之辈，少真多假。他既系六院名姝，相识定满天下；或者南边原有旧约，借兄之力，挈带而来，以为他适之地。"公子道："这个恐未必然。"孙富道："既不然，江南子弟，最工轻薄。兄留丽人独居，难保无逾墙钻穴之事。若挈之同归，愈增尊大人之怒。为兄之计，未有善策。况父子天伦，必不可绝。若为妾而触父，因妓而弃家，海内必以兄为浮浪不经之人。异日妻不以为夫，弟不以为兄，同袍不以为友，兄何以立于天地之间？兄今日不可不熟思也！"

公子闻言，茫然自失，移席问计："据高明之见，何以教我？"孙富道："仆有一计，于兄甚便。只恐兄溺枕席之爱，未必能行，使仆空费词说耳！"公子道："兄诚有良策，使弟再睹家园之乐，乃弟之恩人也。又何惮而不言耶？"孙富道："兄飘零岁余，严亲怀怒，闺阁离心。设身以处兄之地，诚寝食不安之时也。然尊大人所以怒兄者，不过为迷花恋柳，挥金如土，异日必为弃家荡产之人，不堪承继家业耳！兄今日空手而归，正触其怒。兄倘能割衽席之爱，见机而作，仆愿以千金相赠。兄得千金以报尊大人，只说在京授馆，并不曾浪费分毫，尊大人必然相信。从此家庭和睦，当无间言。须臾之间，转祸为福。兄请三思，仆非贪丽人之色，实为兄效忠于万一也！"李甲原是没主意的人，本心惧怕老子，被孙富一席话，说透胸中之疑，起身作揖道："闻兄大教，顿开茅塞。但小妾千里相从，义难顿绝，容归与商之。得妾心肯，当奉复耳。"孙富道："说话之间，宜放婉曲。彼既忠心为兄，必不忍使兄父子分离，定然玉成兄还乡之事矣。"二人饮了一回酒，风停雪止，天色已晚。孙富教家僮算还了酒钱，与公子携手下船。正是：

逢人且说三分话，未可全抛一片心。

却说杜十娘在舟中，摆设酒果，欲与公子小酌，竟日未回，挑灯以待。公子下船，十娘起迎。见公子颜色匆匆，似有不乐之意，乃满斟热酒劝之。公子摇首不饮，一言不发，竟自床上睡了。十娘心中不悦，乃收拾杯盘为公子解衣就枕，问道："今日有何见闻，而怀抱郁郁如此？"公子叹息而已，终不启口。问了三四次，公子已睡去了。十娘委决不下，坐于床头而不能寐。到夜半，公子醒来，又叹一口气。十娘道："郎君有何难言之事，频频叹息？"公子拥被而起，欲言不语者几次，扑簌簌掉下泪来。十娘抱持公子于怀间，软言抚慰道："妾与郎君情好，已及二载，千辛万苦，历尽艰难，得有今日。然相从数千里，未曾哀戚。今将渡江，方图百年欢笑，如何反起悲伤？必有其故。夫妇之间，死生相共，有事尽可商量，万勿讳也。"

公子再四被逼不过，只得含泪而言道："仆天涯穷困，蒙恩卿不弃，委曲相从，诚乃莫大之德也。但反复思之，老父位居方面，拘于礼法，况素性方严，恐添嗔怒，必加黜逐。你我流荡，将何底止？夫妇之欢难保，父子之伦又绝。日间蒙新安孙友邀饮，为我筹及此事，寸心如割！"十娘大惊道："郎君意将如何？"公子道："仆事内之人，当局而迷。孙友为我画一计颇善，但恐恩卿不从耳！"十娘道："孙友者何人？计如果善，何不可从？"公子道："孙友名富，新安盐商，少年风流之士也。夜间闻子清歌，因而问及。仆告以来历，并谈及难归之故，渠意欲以千金聘汝。我得千金，可借口以见吾父母，而恩卿亦得所耳。但情不能舍，是以悲泣。"说罢，泪如雨下。

十娘放开两手，冷笑一声道："为郎君画此计者，此人乃大英雄也！郎君千金之资既得恢复，而妾归他姓，又不致为行李之累，发乎情，止乎礼，诚两便之策也。那千金在那里？"公子收泪道："未得恩卿之诺，金尚留彼处，未曾过手。"十娘道："明早快快应承了他，不可挫过机会。但千金重事，须得兑足交付郎君之手，妾始过舟，勿为贾竖子所欺。"时已四鼓，十娘即起身挑灯梳洗道："今日之妆，乃迎新送旧，非比寻常。"于是脂粉香泽，用意修饰，花钿绣袄，极其华艳，香风拂拂，光采照人。装束方完，天色已晓。

孙富差家童到船头候信。十娘微窥公子，欣欣似有喜色，乃催公子快去回话，及早兑足银子。公子亲到孙富船中，回复依允。孙富道："兑银易事，须得丽人妆台为信。"公子又回复了十娘，十娘即指描金文具道："可便抬去。"孙富喜甚。即将白银一千两，送到公子船中。十娘亲自检看，足色足数，分毫无爽，乃手把船舷，以手招孙富。孙富一见，魂不附体。十娘启朱唇，开皓齿道："方才箱子可暂发来，内有李郎路引一纸，可检还之也。"孙富视十娘已为瓮中之鳖，即命家童送那描金文具，安放船头之上。十娘取钥开锁，内皆抽替小箱。十娘叫公子抽第一层来看，只见翠羽明珰，瑶簪宝珥，充牣于中，约值数百金。十娘遽投之江中。李甲与孙富及两船之人，无不惊诧。又命公子再抽一箱，乃玉箫金管；又抽一箱，尽古玉紫金玩器，约值数千金。十娘尽投之于大江中。岸上之人，观者如堵。齐声道："可惜，可惜！"正不知什么缘故。最后又抽一箱，箱中复有一匣。开匣视之，夜明之珠约有盈把。其他祖母绿、猫儿眼，诸般异宝，目所未睹，莫能定其价之多少。众人齐声喝采，喧声如雷。十娘又欲投之于江。李甲不觉大悔，抱持十娘恸哭，那孙富也来劝解。

　　十娘推开公子在一边，向孙富骂道："我与李郎备尝艰苦，不是容易到此。汝以奸淫之意，巧为谗说，一旦破人姻缘，断人恩爱，乃我之仇人。我死而有知，必当诉之神明，尚妄想枕席之欢乎！"又对李甲道："妾风尘数年，私有所积，本为终身之计。自遇郎君，山盟海誓，白首不渝。前出都之际，假托众姊妹相赠，箱中韫藏百宝，不下万金。将润色郎君之装，归见父母，或怜妾有心，收佐中馈，得终委托，生死无憾。谁知郎君相信不深，惑于浮议，中道见弃，负妾一片真心。今日当众目之前，开箱出视，使郎君知区区千金，未为难事。妾椟中有玉，恨郎眼内无珠。命之不辰，风尘困瘁，甫得脱离，又遭弃捐。今众人各有耳目，共作证明，妾不负郎君，郎君自负妾耳！"于是众人聚观者，无不流涕，都唾骂李公子负心薄倖。公子又羞又苦，且悔且泣，方欲向十娘谢罪。十娘抱持宝匣，向江心一跳。众人急呼捞救，但见云暗江心，波涛滚滚，杳无踪影。可惜一个如花似玉的名姬，一旦葬于江鱼之腹！

　　三魂渺渺归水府，七魄悠悠入冥途。

　　当时旁观之人，皆咬牙切齿，争欲拳殴李甲和那孙富。慌得李、孙二人手足无措，急叫开船，分途遁去。李甲在舟中，看了千金，转忆十娘，终日愧悔，郁成狂疾，终身不痊。孙富自那日受惊，得病卧床月余，终日见杜十娘在傍诟骂，奄奄而逝。人以为江中之报也。

　　却说柳遇春在京坐监完满，束装回乡，停舟瓜步。偶临江净脸，失坠铜盆于水，觅渔人打捞。及至捞起，乃是个小匣儿。遇春启匣观看，内皆明珠异宝，无价之珍。遇春厚赏渔人，留于床头把玩。是夜梦见江中一女子，凌波而来，视之，乃杜十娘也。近前万福，诉以李郎薄倖之事，又道："向承君家慷慨，以一百五十金相助。本意息肩之后，徐图报答，不意事无终始。然每怀盛情，悒悒未忘。早间曾以小匣托渔人奉致，聊表寸心，从此不复相见矣。"言讫，猛然惊醒，方知十娘已死，叹息累日。

　　后人评论此事，以为孙富谋夺美色，轻掷千金，固非良士；李甲不识杜十娘一片苦心，碌碌蠢才，无足道者。独谓十娘千古女侠，岂不能觅一佳侣，共跨秦楼之凤，乃错认李公子。明珠美玉，投于盲人，以致恩变为仇，万种恩情，化为流水，深可惜也！有诗叹云：

> 不会风流莫妄谈，单单情字费人参。
>
> 若将情字能参透，唤作风流也不惭。

(选自《警世通言》. 严敦易. 北京：人民文学出版社，1956)

【赏析】

《杜十娘怒沉百宝箱》是明代白话小说集《三言》中的名篇，中国文学史上杰出的短篇小说之一。小说讲述了北京名妓杜十娘被官僚子弟李甲抛弃、转卖而自杀的哀婉动人的悲剧故事，以细腻的笔触塑造了一个执着追求心目中美好理想的女性形象，取得了非凡的艺术成就。

《杜十娘怒沉百宝箱》的故事情节并不十分复杂，它真实地反映了下层妇女在封建势力压迫下的悲惨命运，揭示出她们合理愿望的必然破灭。主人公杜十娘期望着摆脱妓女的地位，过一般人的生活。为了和李甲结合，她作了种种努力，并对以后两人的生活作了周密安排。但她的各种努力和挣扎都是无力的。

杜十娘是京城教坊名妓，虽然处于社会底层，却有捍卫自我尊严的强烈愿望和摆脱现实处境的高远志向。杜十娘虽经历无数公子王孙，富家巨室，因才貌双全成为京都第一名妓，但她并不贪图这表层的花团锦簇、荣华富贵，却是"久有从良之志"，走近杜十娘，我们不难感受到她的伟大、她的善良、她的刚强，她勇于追求爱情，敢于与命运进行抗争。

杜十娘的悲剧实质上是整个社会环境、时代风气所造成。在明代，由于统治阶级的骄奢淫逸、政德腐败，导致民风败坏。另一方面，明代的中国已经出现了资本主义的萌芽，人们开始把经商看作一条正路，堂而皇之地追求财富，商品经济的发展，整个社会金钱意识与日俱增，礼崩乐坏，人们普遍受金钱驱使，崇拜金钱、贪求财富已成为最显著的社会特征之一，金钱成为衡量人生价值的标准。

杜十娘与李甲的相识相遇是因钱而起，李甲本是纨绔子弟，家有妻室，远在浙江，于是在京都与妓馆卖笑的杜十娘相好。他们的关系第一次面临断绝的危机，是因为李甲资财已尽，老鸨要赶他出门，而杜十娘已钟情于他，决意赎身，她把期待已久的从良希望完全寄托在李甲身上。一方面，她不能在未离开妓院前吐露秘密，一方面，她也想试探李甲的诚意，因此，她要李甲到外面去想办法凑足三百两身价。当她"连日不见公子进院"时，就十分着急派人到街上去寻找。她始终用纯真的爱情鼓舞李甲，最后，杜十娘终于成功地挣脱了妓院的绳索。

成功的原因当然不排除柳玉春的鼎力相助，但最重要的还是在杜十娘早已有了钱财的准备，将钱财的一半散入被中交予李甲；杜十娘用尽心机，要过上理想的生活，但美好的理想却最终被现实粉碎，而断送杜十娘爱情的恰恰是金钱。孙富察言观色、见风使舵地说出了许多李甲必须遗弃十娘的理由，其中真正使李甲动心的是孙富谈及：如若为一个烟花女子弄得父子反目，"万一资斧困竭岂不进退两难？""公子方点头称是。"可见李甲遵从父亲固然是伦理道德在起作用，但更重要的还是要依靠父亲的家财。李甲最后还是选择放弃爱情。当杜十娘听到这个像晴天霹雳一样的消息时，便猛然省悟到自己选错了人，她并没有得到真正的爱情，自己仍然是个商品，可以被人卖来卖去。同时，她也清楚地看到了自己的前途，不能摆脱被侮辱的命运。

孙富的说辞中另一最具杀伤力的武器便是那父子天伦、门第观念。虽说这已不再是最重要的问题，但对于受儒家正统文化教育的李甲来说可谓深入骨髓，正统观念对于李甲而言还是具有巨大震慑力的，因此以千金之价将杜十娘卖给孙富则是万全之策了。于是这个被金钱所诱惑、被道德所束缚的公子李甲无情地将杜十娘出卖了。而杜十娘被柳玉春称为千古女侠，正是因为一个以色事人的风尘女子在遇到爱情时，纯真和圣洁已荡涤了所有的肮脏与龌龊，她一厢情愿地相信，她与李甲再也不是用金钱将爱情维系的关系。她的百宝箱内是金光闪闪的珠宝，同时也是她血泪斑斑的伤痕，是她屈辱的没有尊严的为妓生涯的见证，凝聚着她的辛酸与苦难，所以她并不愿说出关于百宝箱的事情。如果她说出她有如此惊人的财富，她极有可能不会被李甲出卖，但刚刚重获的尊严和对未来生活的纯洁向往却被以往的耻辱所玷污，这无疑是对自己的出卖。而十娘最惧怕与最痛恨的莫过于此，至少自己不能背叛自己。

但最后现实还是把杜十娘逼向彻底的悲凉与孤独，故事最后，杜十娘故意装扮整齐，催促李甲去兑银子，然后当着孙富、李甲及两船之人打开描金文具，先后将其中的各种珍宝珠玉投入江中，痛骂孙富"破人姻缘，断人恩爱"，指斥李甲"相信不深，惑于浮议"；愤慨自己"中道见弃"，更痛心她过自由幸福生活的理想幻灭，于是"抱持宝匣，向江心一跳"。爱情不复存在，杜十娘自沉江底，不惜以死来表示对令她绝望的罪恶社会与被金钱吞噬的爱情的最终反抗，同时也是对自我人格尊严和对未来生活纯洁向往的捍卫。

因此，杜十娘形象的社会意义在于深刻地表现了晚明时期的社会现实：一方面，由于商品经济的发展和市场的繁荣，金钱变得比以往任何时候更重要，所谓"金钱之身，莫甚于今之时矣""金令司天，战神卓地"，整个社会陷入崇拜金钱的迷狂状态；另一方面，几千年来封建社会所宣扬的封建伦理道德、门第观念和等级制度依然作为正统虚伪而顽强地存在着，于是未出场的李甲之父及他所代表的封建秩序和道德，一直是笼罩在杜十娘对美好的新生活憧憬中的巨大阴影。一个柔弱的女性，在一个表面依旧伦理道德、父子纲常，暗里却被金钱驱使的男性统治的社会中，已误入风尘，却向往与金钱无关的纯洁爱情，就必然注定了这是一场悲剧。

思考与练习

1. 杜十娘为什么沉了百宝箱？
2. 小说末尾写李甲、孙富不久死去，表现了作者怎样的思想情感？

风　波[1]

鲁　迅

　　临河的土场上，太阳渐渐的收了他通黄的光线了。场边靠河的乌桕树叶，干巴巴的才喘过气来，几个花脚蚊子在下面哼着飞舞。面河的农家的烟突里，逐渐减少了炊烟，女人孩子们都在自己门口的土场上泼些水，放下小桌子和矮凳；人知道，这已经是晚饭的时候了。

　　老人男人坐在矮凳上，摇着大芭蕉扇闲谈，孩子飞也似的跑，或者蹲在乌桕树下赌玩石子。女人端出乌黑的蒸干菜和松花黄的米饭，热蓬蓬冒烟。河里驶过文人的酒船，文豪见了，大发诗兴，说，"无思无虑，这真是田家乐呵！"

　　但文豪的话有些不合事实，就因为他们没有听到九斤老太的话。这时候，九斤老太正在大怒，拿破芭蕉扇敲着凳脚说：

　　"我活到七十九岁了，活够了，不愿意眼见这些败家相，——还是死的好。立刻就要吃饭了，还吃炒豆子，吃穷了一家子！"

　　伊的曾孙女儿六斤捏着一把豆，正从对面跑来，见这情形，便直奔河边，藏在乌桕树后，伸出双丫角的小头，大声说，"这老不死的！"

　　九斤老太虽然高寿，耳朵却还不很聋，但也没有听到孩子的话，仍旧自己说，"这真是一代不如一代！"

　　这村庄的习惯有点特别，女人生下孩子，多喜欢用秤称了轻重，使用斤数当作小名。九斤老太自从庆祝了五十大寿以后，便渐渐的变了不平家，常说伊年青的时候，天气没有现在这般热，豆子也没有现在这般硬；总之现在的时世是不对了。何况六斤比伊的曾祖，少了三斤，比伊父亲七斤，又少了一斤，这真是一条颠扑不破的实例。所以伊又用劲说，"这真是一代不如一代！"

　　伊的儿媳[2]七斤嫂子正捧着饭篮走到桌边，便将饭篮在桌上一摔，愤愤的说，"你老人家又这么说了。六斤生下来的时候，不是六斤五两么？你家的秤又是私秤，加重称，十八两秤；用了准十六，我们的六斤该有七斤多哩。我想便是太公和公公，也不见得正是九斤八斤十足，用的秤也许是十四两……"

　　"一代不如一代！"

　　七斤嫂还没有答话，忽然看见七斤从小巷口转出，便移了方向，对他嚷道，"你这死尸怎么这时候才回来，死到那里去了！不管人家等着你开饭！"

　　七斤虽然住在农村，却早有些飞黄腾达的意思。从他的祖父到他，三代不捏锄头柄了；他也照例的帮人撑着航船，每日一回，早晨从鲁镇进城，傍晚又回到鲁镇，因此很知道些时事：例如什么地方，雷公劈死了蜈蚣精；什么地方，闺女生了一个夜叉之类。他在村人里面，的确已经是一名出场人物了。但夏天吃饭不点灯，却还守着农家习惯，所以回家太迟，是该骂的。

七斤一手捏着象牙嘴白铜斗六尺多长的湘妃竹烟管，低着头，慢慢地走来，坐在矮凳上。六斤也趁势溜出，坐在他身边，叫他爹爹。七斤没有应。

"一代不如一代！"九斤老太说。

七斤慢慢地抬起头来，叹一口气说，"皇帝坐了龙庭了。"

七斤嫂呆了一刻，忽而恍然大悟的道，"这可好了，这不是又要皇恩大赦了么！"

七斤又叹一口气，说，"我没有辫子。"

"皇帝要辫子么？"

"皇帝要辫子。"

"你怎么知道呢？"七斤嫂有些着急，赶忙的问。

"咸亨酒店里的人，都说要的。"

七斤嫂这时从直觉上觉得事情似乎有些不妙了，因为咸亨酒店是消息灵通的所在。伊一转眼瞥见七斤的光头，便忍不住动怒，怪他恨他怨他；忽然又绝望起来，装好一碗饭，搡在七斤的面前道，"还是赶快吃你的饭罢！哭丧着脸，就会长出辫子来么？"

太阳收尽了他最末的光线了，水面暗暗地回复过凉气来；土场上一片碗筷声响，人人的脊梁上又都吐出汗粒。七斤嫂吃完三碗饭，偶然抬起头，心坎里便禁不住突突地发跳。伊透过乌桕叶，看见又矮又胖的赵七爷正从独木桥上走来，而且穿着宝蓝色竹布的长衫。

赵七爷是邻村茂源酒店的主人，又是这三十里方圆以内的唯一的出色人物兼学问家；因为有学问，所以又有些遗老的臭味。他有十多本金圣叹批评的《三国志》[3]，时常坐着一个字一个字的读；他不但能说出五虎将姓名，甚而至于还知道黄忠表字汉升和马超表字孟起。革命以后，他便将辫子盘在顶上，像道士一般；常常叹息说，倘若赵子龙在世，天下便不会乱到这地步了。七斤嫂眼睛好，早望见今天的赵七爷已经不是道士，却变成光滑头皮，乌黑发顶；伊便知道这一定是皇帝坐了龙庭，而且一定须有辫子，而且七斤一定是非常危险。因为赵七爷的这件竹布长衫，轻易是不常穿的，三年以来，只穿过两次：一次是和他呕气的麻子阿四病了的时候，一次是曾经砸烂他酒店的鲁大爷死了的时候；现在是第三次了，这一定又是于他有庆，于他的仇家有殃了。

七斤嫂记得，两年前七斤喝醉了酒，曾经骂过赵七爷是"贱胎"，所以这时便立刻直觉到七斤的危险，心坎里突突地发起跳来。

赵七爷一路走来，坐着吃饭的人都站起身，拿筷子点着自己的饭碗说，"七爷，请在我们这里用饭！"七爷也一路点头，说道"请请"，却一径走到七斤家的桌旁。七斤们连忙招呼，七爷也微笑着说"请请"，一面细细的研究他们的饭菜。

"好香的菜干，——听到了风声了么？"赵七爷站在七斤的后面七斤嫂的对面说。

"皇帝坐了龙庭了。"七斤说。

七斤嫂看着七爷的脸，竭力陪笑道，"皇帝已经坐了龙庭，几时皇恩大赦呢？"

"皇恩大赦？——大赦是慢慢的总要大赦罢。"七爷说到这里，声色忽然严厉起来，

"但是你家七斤的辫子呢，辫子？这倒是要紧的事。你们知道：长毛时候，留发不留头，留头不留发，……"

七斤和他的女人没有读过书，不很懂得这古典的奥妙，但觉得有学问的七爷这么说，事情自然非常重大，无可挽回，便仿佛受了死刑宣告似的，耳朵里嗡的一声，再也说不出一句话。

"一代不如一代，——"九斤老太正在不平，趁这机会，便对赵七爷说，"现在的长毛，只是剪人家的辫子，僧不僧，道不道的。从前的长毛，这样的么？我活到七十九岁了，活够了。从前的长毛是——整匹的红缎子裹头，拖下去，拖下去，一直拖到脚跟；王爷是黄缎子，拖下去，黄缎子；红缎子，黄缎子，——我活够了，七十九岁了。"

七斤嫂站起身，自言自语的说，"这怎么好呢？这样的一班老小，都靠他养活的人，……"

赵七爷摇头道，"那也没法。没有辫子，该当何罪，书上都一条一条明明白白写着的。不管他家里有些什么人。"

七斤嫂听到书上写着，可真是完全绝望了；自己急得没法，便忽然又恨到七斤。伊用筷子指着他的鼻尖说，"这死尸自作自受！造反的时候，我本来说，不要撑船了，不要上城了。他偏要死进城去，滚进城去，进城便被人剪去了辫子。从前是绢光乌黑的辫子，现在弄得僧不僧道不道的。这囚徒自作自受，带累了我们又怎么说呢？这活死尸的囚徒……"

村人看见赵七爷到村，都赶紧吃完饭，聚在七斤家饭桌的周围。七斤自己知道是出场人物，被女人当大众这样辱骂，很不雅观，便只得抬起头，慢慢地说道：

"你今天说现成话，那时你……"

"你这活死尸的囚徒……"

看客中间，八一嫂是心肠最好的人，抱着伊的两周岁的遗腹子，正在七斤嫂身边看热闹；这时过意不去，连忙解劝说，"七斤嫂，算了罢。人不是神仙，谁知道未来事呢？便是七斤嫂，那时不也说，没有辫子倒也没有什么丑么？况且衙门里的大老爷也还没有告示。……"

七斤嫂没有听完，两个耳朵早通红了；便将筷子转过向来，指着八一嫂的鼻子，说，"阿呀，这是什么话呵！八一嫂，我自己看来倒还是一个人，会说出这样昏诞胡涂话么？那时我是，整整哭了三天，谁都看见；连六斤这小鬼也都哭，……"六斤刚吃完一大碗饭，拿了空碗，伸手去嚷着要添。七斤嫂正没好气，便用筷子在伊的双丫角中间，直扎下去，大喝道，"谁要你来多嘴！你这偷汉的小寡妇！"

扑的一声，六斤手里的空碗落在地上了，恰巧又碰着一块砖角，立刻破成一个很大的缺口。七斤直跳起来，捡起破碗，合上检查一回，也喝道，"入娘的！"一巴掌打倒了六斤。六斤躺着哭，九斤老太拉了伊的手，连说着"一代不如一代"，一同走了。

八一嫂也发怒，大声说，"七斤嫂，你'恨棒打人'……"

赵七爷本来是笑着旁观的；但自从八一嫂说了"衙门里的大老爷没有告示"这话以后，却有些生气了。这时他已经绕出桌旁，接着说，"'恨棒打人'，算什么呢。大兵是就要到的。你可知道，这回保驾的是张大帅[4]，张大帅就是燕人张翼德的后代，他一支丈八蛇矛，就有万夫不当之勇，谁能抵挡他，"他两手同时捏起空拳，仿佛握着无形的蛇矛模样，向八一嫂抢进几步道，"你能抵挡他么！"

八一嫂正气得抱着孩子发抖，忽然见赵七爷满脸油汗，瞪着眼，准对伊冲过来，便十分害怕，不敢说完话，回身走了。赵七爷也跟着走去，众人一面怪八一嫂多事，一面让开路，几个剪过辫子重新留起的便赶快躲在人丛后面，怕他看见。赵七爷也不细心察访，通过人丛，忽然转入乌桕树后，说道"你能抵挡他么！"跨上独木桥，扬长去了。

村人们呆呆站着，心里计算，都觉得自己确乎抵不住张翼德，因此也决定七斤便要没有性命。七斤既然犯了皇法，想起他往常对人谈论城中的新闻的时候，就不该含着长烟管显出那般骄傲模样，所以对七斤的犯法，也觉得有些畅快。他们也仿佛想发些议论，却又觉得没有什么议论可发。嗡嗡的一阵乱嚷，蚊子都撞过赤膊身子，闯到乌桕树下去做市；他们也就慢慢地走散回家，关上门去睡觉。七斤嫂咕哝着，也收了家伙和桌子矮凳回家，关上门睡觉了。

七斤将破碗拿回家里，坐在门槛上吸烟；但非常忧愁，忘却了吸烟，象牙嘴六尺多长湘妃竹烟管的白铜斗里的火光，渐渐发黑了。他心里但觉得事情似乎十分危急，也想想些方法，想些计画，但总是非常模糊，贯穿不得："辫子呢辫子？丈八蛇矛。一代不如一代！皇帝坐龙庭。破的碗须得上城去钉好。谁能抵挡他？书上一条一条写着。入娘的！……"

第二日清晨，七斤依旧从鲁镇撑航船进城，傍晚回到鲁镇，又拿着六尺多长的湘妃竹烟管和一个饭碗回村。他在晚饭席上，对九斤老太说，这碗是在城内钉合的，因为缺口大，所以要十六个铜钉，三文一个，一总用了四十八文小钱。

九斤老太很不高兴的说，"一代不如一代，我是活够了。三文钱一个钉；从前的钉，这样的么？从前的钉是……我活了七十九岁了，——"

此后七斤虽然是照例日日进城，但家景总有些黯淡，村人大抵回避着，不再来听他从城内得来的新闻。七斤嫂也没有好声气，还时常叫他"囚徒"。

过了十多日，七斤从城内回家，看见他的女人非常高兴，问他说，"你在城里可听到些什么？"

"没有听到些什么。"

"皇帝坐了龙庭没有呢？"

"他们没有说。"

"咸亨酒店里也没有人说么？"

"也没人说。"

"我想皇帝一定是不坐龙庭了。我今天走过赵七爷的店前，看见他又坐着念书了，辫子又盘在顶上了,也没有穿长衫。"

"……"

"你想,不坐龙庭了罢?"

"我想,不坐了罢。"

现在的七斤,是七斤嫂和村人又都早给他相当的尊敬,相当的待遇了。到夏天,他们仍旧在自家门口的土场上吃饭;大家见了,都笑嘻嘻的招呼。九斤老太早已做过八十大寿,仍然不平而且健康。六斤的双丫角,已经变成一支大辫子了;伊虽然新近裹脚,却还能帮同七斤嫂做事,捧着十八个铜钉[5]的饭碗,在土场上一瘸一拐的往来。

一九二〇年十月[6]

(选自《鲁迅文集》.鲁迅.太原:北岳文艺出版社,2003)

【注释】

[1] 本篇最初发表于1920年9月《新青年》第八卷第一号。

[2] 伊的儿媳:从上下文看,这里的"儿媳"应是"孙媳"。

[3] 金圣叹批评的《三国志》:指小说《三国演义》。金圣叹(1609—1661),明末清初文人,曾批注《水浒传》《西厢记》等书,他把所加的序文、读法和评语等称为"圣叹外书"。《三国演义》是元末明初罗贯中所著,后经清代毛宗岗改编,附加评语,卷首有假托为金圣叹所作的序,首回前亦有"圣叹外书"字样,通常就都把这评语认为金圣叹所作。

[4] 张大帅:指张勋(1854—1923),江西奉新人,北洋军阀之一。原为清朝军官,辛亥革命后,他和所部官兵仍留着辫子,表示忠于清王朝,被称为辫子军。1917年7月1日他在北京扶持清废帝溥仪复辟,7月12日即告失败。

[5] 十八个铜钉:据上文应是"十六个"。作者在1926年11月23日致李霁野的信中曾说:"六斤家只有这一个钉过的碗,钉是十六或十八,我也记不清了。总之两数之一是错的,请改成一律。"

[6] 据《鲁迅日记》,本篇当作于1920年8月5日。

【赏析】

鲁迅的小说是20世纪中国文学成熟期的代表性作品,具有深刻的思想蕴涵和隽永的艺术魅力。本篇即是通过对民国初年张勋复辟事件在一个乡村引起的辫子风波的描写,展示了辛亥革命后中国农村封闭、愚昧、保守的沉重氛围,揭示了缺乏精神信仰和追求而陷于自私、苟活、麻木、冷漠、盲从状态的"无特操"的国民性弱点。

辫子曾经是清王朝统治建立和消亡的一个标志,在鲁迅眼里,它又是民国革命与危机的一种征兆,是传统文化和国民精神枷锁的一种象征。作为张勋复辟事件的一个符号,辫子更是使鲁迅多次感慨系之。在本篇小说中,作者把辫子之有无所引起的恐慌与忧愁作为作品的中心线索,勾画了风波的起因骤变和消解,塑造了七斤、七斤嫂、赵七爷等人物形象,同时也在更深的层面上暴露了国民的精神状态。在鲁镇这个封闭的乡村世界,人们对外界所发生的政治社会变动及其所引起的个人处境的变化,没有因个人精神信仰而具有价值判断标准,而是一切屈从于莫名的权威和个人利益的是否受损。风波是由"皇帝坐了龙庭了""皇帝要辫子",而七斤没有了辫子所引起的。皇帝的权威、富人赵七爷的权威,乃至"消息灵通的所在"咸亨酒店的权威,都是天经地义、毋庸置疑的。至于为什么要听皇帝的,为什么必须有辫子等,都不在人们的思考之列。只要不被杀头,只要不危及个人生活的安乐,辫子的留与不留,都不成问题,都是无可无不可的。赵七爷虽然与七斤们处于不同的社会阶层,虽然因为他的出场而使风波骤然强化,但他们之间的矛盾冲突只是表层的,而其内在的精神特征才是一致的。赵七爷的辫子可以盘起,也可以放下,是典型的"善于变化,毫无特操"(鲁迅:《华盖集续编·马上支日记》)的人物。在一定意义上,他与七斤们在精神实质上是一样的,同是专制统治下无信仰、无特操的子民。作品透过对全体出场人物讽刺性的描绘,形象地表明:辛亥革命后的中国,缺乏坚持信仰和殉道精神的民众,与革命仍然极其隔膜,离革命实在还很遥远;民众这样的不觉悟,是辛亥革命及其他一切变革终将失败的根本原因,也是一切类似辫子风波的悲剧不断上演的现实基础。

作品在艺术上是圆熟的。在人物描写上,善于借助性格化的对话和富有特征的动作描写、细节描写,揭示人物潜在的心理活动,勾勒人物的精神世界,展现复杂深微的人际关系。所有出场人物都栩栩如生,包括着墨不多的九斤老太和八一嫂,都给人留下了深刻印象。在环境描写上,空间环境、自然环境的描绘,对事件的发生和主题的实现起了对照、映衬作用;社会思想环境则借人物之间的矛盾、争斗得以成功地展现,具有很强的典型性。作品的结构也颇具匠心,以一个夏日黄昏为时间背景,以临河土场为主要场景,以傍晚乘凉习俗为纽带,各个人物陆续登场,互相关联;由风波顿起到强化,情节随之而趋于紧张,使情节紧凑而富有戏剧性。

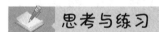

思考与练习

1. 试描述作品中主要人物的性格特征。
2. 分析作品中细节描写的作用。

百 合 花

茹志鹃

一九四六年的中秋。

这天打海岸的部队决定晚上总攻。我们文工团创作室的几个同志,就由主攻团的团长分派到各个战斗连去帮助工作。大概因为我是个女同志吧!团长对我抓了半天后脑勺,最后才叫一个通讯员送我到前沿包扎所去。

包扎所就包扎所吧！反正不叫我进保险箱就行。我背上背包，跟通讯员走了。

早上下过一阵小雨，现在虽放了晴，路上还是滑得很，两边地里的秋庄稼，却给雨水冲洗得青翠水绿，珠烁晶莹。空气里也带有一股清鲜湿润的香味。要不是敌人的冷炮，在间歇地盲目地轰响着，我真以为我们是去赶集的呢！

通讯员撒开大步，一直走在我前面。一开始他就把我撩下几丈远。我的脚烂了，路又滑，怎么努力也赶不上他。我想喊他等等我，却又怕他笑我胆小害怕；不叫他，我又真怕一个人摸不到那个包扎所。我开始对这个通讯员生起气来。

嗳！说也怪，他背后好像长了眼睛似的，倒自动在路边站下了。但脸还是朝着前面。没看我一眼。等我紧走慢赶地快要走近他时，他又蹬蹬蹬地自个向前走了，一下又把我甩下几丈远。我实在没力气赶了，索性一个人在后面慢慢晃。不过这一次还好，他没让我撩得太远，但也不让我走近，总和我保持着丈把远的距离。我走快，他在前面大踏步向前；我走慢，他在前面就摇摇摆摆。奇怪的是，我从没见他回头看我一次，我不禁对这通讯员发生了兴趣。

刚才在团部我没注意看他，现在从背后看去，只看到他是高挑挑的个子，块头不大，但从他那副厚实实的肩膀看来，是个挺棒的小伙，他穿了一身洗淡了的黄军装，绑腿直打到膝盖上。肩上的步枪筒里，稀疏地插了几根树枝，这要说是伪装，倒不如算作装饰点缀。

没有赶上他，但双脚胀痛得像火烧似的。我向他提出了休息一会后，自己便在做田界的石头上坐了下来。他也在远远的一块石头上坐下，把枪横搁在腿上，背向着我，好像没我这个人似的。凭经验，我晓得这一定又因为我是个女同志的缘故。女同志下连队，就有这些困难。我着恼的带着一种反抗情绪走过去，面对着他坐下来。这时，我看见他那张十分年轻稚气的圆脸，顶多有十八岁。他见我挨他坐下，立即张惶起来，好像他身边埋下了一颗定时炸弹，局促不安，掉过脸去不好，不掉过去又不行，想站起来又不好意思。我拼命忍住笑，随便地问他是哪里人。他没回答，脸涨得像个关公，讷讷半晌，才说清自己是天目山人。原来他还是我的同乡呢！

"在家时你干什么？"

"帮人拖毛竹。"

我朝他宽宽的两肩望了一下，立即在我眼前出现了一片绿雾似的竹海，海中间，一条窄窄的石级山道，盘旋而上。一个肩膀宽宽的小伙，肩上垫了一块老蓝布，扛了几枝青竹，竹梢长长的拖在他后面，刮打得石级哗哗作响。……这是我多么熟悉的故乡生活啊！我立刻对这位同乡，越加亲热起来。

我又问："你多大了？"

"十九。"

"参加革命几年了？"

"一年。"

"你怎么参加革命的？"我问到这里自己觉得这不像是谈话，倒有些像审讯。不过我还是禁不住地要问。

"大军北撤时我自己跟来的。"

"家里还有什么人呢？"

"娘，爹，弟弟妹妹，还有一个姑姑也住在我家里。"

"你还没娶媳妇吧？"

"……"他飞红了脸，更加忸怩起来，两只手不停地数摸着腰皮带上的扣眼。半晌他才低下了头，憨憨地笑了一下，摇了摇头。我还想问他有没有对象，但看到他这样子，只得把嘴里的话，又咽了下去。

两人闷坐了一会，他开始抬头看看天，又掉过来扫了我一眼，意思是在催我动身。

当我站起来要走的时候，我看见他摘了帽子，偷偷地在用毛巾拭汗。这是我的不是，人家走路都没出一滴汗，为了我跟他说话，却害他出了这一头大汗，这都怪我了。

我们到包扎所，已是下午两点钟了。这里离前沿有三里路，包扎所设在一个小学里，大小六个房子组成品字形，中间一块空地长了许多野草，显然，小学已有多时不开课了。我们到时屋里已有几个卫生员在弄着纱布棉花，满地上都是用砖头垫起来的门板，算作病床。

我们刚到不久，来了一个乡干部，他眼睛熬得通红，用一片硬拍纸插在额前的破毡帽下，低低地遮在眼睛前面挡光。

他一肩背枪，一肩挂了一杆秤；左手挎了一篮鸡蛋，右手提了一口大锅，呼哧呼哧的走来。他一边放东西，一边对我们又抱歉又诉苦，一边还喘息地喝着水，同时还从怀里掏出一包饭团来嚼着。我只见他迅速地做着这一切。他说的什么我就没大听清。好像是说什么被子的事，要我们自己去借。我问清了卫生员，原来因为部队上的被子还没发下来，但伤员流了血，非常怕冷，所以就得向老百姓去借。哪怕有一二十条棉絮也好。我这时正愁工作插不上手，便自告奋勇讨了这件差事，怕来不及就顺便也请了我那位同乡，请他帮我动员几家再走。他踌躇了一下，便和我一起去了。

我们先到附近一个村子，进村后他向东，我往西，分头去动员。不一会，我已写了三张借条出去，借到两条棉絮，一条被子，手里抱得满满的，心里十分高兴，正准备送回去再来借时，看见通讯员从对面走来，两手还是空空的。

"怎么，没借到？"我觉得这里老百姓觉悟高，又很开通，怎么会没有借到呢？我有点惊奇地问。

"女同志，你去借吧！……老百姓死封建。……"

"哪一家？你带我去。"我估计一定是他说话不对，说崩了。借不到被子事小，得罪了老百姓影响可不好。我叫他带我去看看。但他执拗地低着头，像钉在地上似的，不肯挪步，我走近他，低声地把群众影响的话对他说了。他听了，果然就松松爽爽地带我走了。

我们走进老乡的院子里，只见堂屋里静静的，里面一间房门上，垂着一块蓝布红额的门帘，门框两边还贴着鲜红的对联。我们只得站在外面向里"大姐、大嫂"的喊，喊了几声，不见有人应，但响动是有了。一会，门帘一挑，露出一个年轻媳妇来。这媳妇长得很好看，高高的鼻梁，弯弯的眉，额前一溜蓬松松的留海。穿的虽是粗布，倒都是新的。我看她头上已硬挠挠的挽了髻，便大嫂长大嫂短的向她道歉，说刚才这个同志来，说话不好别见怪等等。她听着，脸扭向里面，尽咬着嘴唇笑。我说完了，她也不作声，还是低头咬着嘴唇，好像忍了一肚子的笑料没笑完。这一来，我倒有些尴尬了，下面的话怎么说呢！我看通讯员站在一边，眼睛一眨不眨的看着我，好像在看连长做示范动作似的。我只好硬了头皮，讪讪的向她开口借被子了，接着还对她说了一遍共产党的部队，打仗是为了老百姓的道理。这一次，她不笑了，一边听着，一边不断向房里瞅着。我说完了，她看看我，看看通讯员，好像在掂量我刚才那些话的斤两。半晌，她转身进去抱被子了。

通讯员乘这机会，颇不服气地对我说道："我刚才也是说的这几句话，她就是不借，你看怪吧！……"

我赶忙白了他一眼，不叫他再说。可是来不及了，那个媳妇抱了被子，已经在房门口了。被子一拿出来，我方才明白她刚才为什么不肯借的道理了。这原来是一条里外全新的新花被子，被面是假洋缎的，枣红底，上面撒满白色百合花。

她好像是在故意气通讯员，把被子朝我面前一送，说："抱去吧。"

我手里已捧满了被子，就一努嘴，叫通讯员来拿。没想到他竟扬起脸，装作没看见。我只好开口叫他，他这才绷了脸，垂着眼皮，上去接过被子，慌慌张张地转身就走。不想他一步还没有走出去，就听见"嘶"的一声，衣服挂住了门钩，在肩膀处，挂下一片布来，口子撕得不小。那媳妇一面笑着，一面赶忙找针拿线，要给他缝上。通讯员却高低不肯，挟了被子就走。

刚走出门不远，就有人告诉我们，刚才那位年轻媳妇，是刚过门三天的新娘子，这条被子就是她唯一的嫁妆。我听了，心里便有些过意不去，通讯员也皱起了眉，默默地看着手里的被子。我想他听了这样的话一定会有同感吧！果然，他一边走，一边跟我嘟哝起来了。

"我们不了解情况，把人家结婚被子也借来了，多不合适呀！……"我忍不住想给他开个玩笑，便故作严肃地说："是呀！也许她为了这条被子，在做姑娘时，不知起早熬夜，多干了多少零活，才积起了做被子的钱，或许她曾为了这条花被，睡不着觉呢。可是还有人骂她死封建。……"

他听到这里，突然站住脚，呆了一会，说："那！……那我们送回去吧！"

"已经借来了，再送回去，倒叫她多心。"我看他那副认真、为难的样子，又好笑，又觉得可爱。不知怎么的，我已从心底爱上了这个傻呼呼的小同乡。

他听我这么说，也似乎有理，考虑了一下，便下了决心似的说："好，算了。用了给她好好洗洗。"他决定以后，就把我抱着的被子，统统抓过去，左一条、右一条的披挂在自己肩上，大踏步地走了。

回到包扎所以后，我就让他回团部去。他精神顿时活泼起来了，向我敬了礼就跑了。走不几步，他又想起了什么，在自己挂包里掏了一阵，摸出两个馒头，朝我扬了扬，顺手放在路边石头上，说："给你开饭啦！"说完就脚不点地的走了。我走过去拿起那两个干硬的馒头，看见他背的枪筒里不知在什么时候又多了一枝野菊花，跟那些树枝一起，在他耳边抖抖地颤动着。

他已走远了，但还见他肩上撕挂下来的布片，在风里一飘一飘。我真后悔没给他缝上再走。现在，至少他要裸露一晚上的肩膀了。

包扎所的工作人员很少。乡干部动员了几个妇女，帮我们打水、烧锅，作些零碎活。那位新媳妇也来了，她还是那样，笑眯眯的抿着嘴，偶然从眼角上看我一眼，但她时不时的东张西望，好像在找什么。后来她到底问我说："那位同志弟到哪里去了？"我告诉她同志弟不是这里的，他现在到前沿去了。她不好意思地笑了一下说："刚才借被子，他可受我的气了！"说完又抿了嘴笑着，动手把借来的几十条被子、棉絮，整整齐齐的分铺在门板上、桌子上(两张课桌拼起来，就是一张床)。我看见她把自己那条白百合花的新被，铺在外面屋檐下的一块门板上。

天黑了，天边涌起一轮满月。我们的总攻还没发起。敌人照例是忌怕夜晚的，在地上烧起一堆堆的野火，又盲目地轰炸，照明弹也一个接一个地升起，好像在月亮下面点了无数盏的汽油灯，把地面的一切都赤裸裸地暴露出来了。在这样一个"白夜"里来攻击，有多困难，要付出多大的代价啊！

我连那一轮皎洁的月亮，也憎恶起来了。

乡干部又来了，慰劳了我们几个家做的干菜月饼。原来今天是中秋节了。

啊，中秋节，在我的故乡，现在一定又是家家门前放一张竹茶几，上面供一副香烛，几碟瓜果月饼。孩子们急切地盼那炷香快些焚尽，好早些分摊给月亮娘娘享用过的东西，他们在茶几旁边跳着唱着："月亮堂堂，敲锣买糖，……"或是唱着："月亮嬷嬷，照你照我，……"我想到这里，又想起我那个小同乡，那个拖毛竹的小伙，也许，几年以前，他还唱过这些歌吧！

……我咬了一口美味的家做月饼，想起那个小同乡大概现在正趴在工事里，也许在团指挥所，或者是在那些弯弯曲曲的交通沟里走着哩！……

一会儿，我们的炮响了，天空划过几颗红色的信号弹，攻击开始了。不久，断断续续地有几个伤员下来，包扎所的空气立即紧张起来。

我拿着小本子，去登记他们的姓名、单位，轻伤的问问，重伤的就得拉开他们的符号，或是翻看他们的衣襟。我拉开一个重彩号的符号时，"通讯员"三个字使我突然打了个寒战，心跳起来。我定了下神才看到符号上写着×营的字样。啊！不是，我的同乡他是团部的通讯员。但我又莫名其妙地想问问谁，战地上会不会漏掉伤员。通讯员在战斗时，除了送信，还干什么？我不知道自己为什么要问这些没意思的问题。

战斗开始后的几十分钟里，一切顺利，伤员一次次带下来的消息，都是我们突破第一道鹿砦，第二道铁丝网，占领敌人前沿工事打进街了。但到这里，消息忽然停顿了，下来的伤员，只是简单地回答说："在打。"或是"在街上巷战。"

但从他们满身泥泞，极度疲乏的神色上，甚至从那些似乎刚从泥里掘出来的担架上，大家明白，前面在进行着一场什么样的战斗。

包扎所的担架不够了，好几个重彩号不能及时送后方医院，耽搁下来。

我不能解除他们任何痛苦，只得带着那些妇女，给他们拭脸洗手，能吃得的喂他们吃一点，带着背包的，就给他们换一件干净衣裳，有些还得解开他们的衣服，给他们拭洗身上的污泥血迹。

做这种工作，我当然没什么，可那些妇女又羞又怕，就是放不开手来，大家都要抢着去烧锅，特别是那新媳妇。我跟她说了半天，她才红了脸，同意了。不过只答应做我的下手。

前面的枪声，已响得稀落了。感觉上似乎天快亮了，其实还只是半夜。

外边月亮很明，也比平日悬得高。前面又下来一个重伤员。屋里铺位都满了，我就把这位重伤员安排在屋檐下的那块门板上。担架员把伤员抬上门板，但还围在床边不肯走。一个上了年纪的担架员，大概把我当做医生了，一把抓住我的膀子说："大夫，你可无论如何要想办法治好这位同志呀！你治好他，我……我们全体担架队员给你挂匾……"他说话的时候，我发现其他的几个担架员也都睁大了眼盯着我，似乎我点一点头，这伤员就立即会好了似的。我心想给他们解释一下，只见新媳妇端着水站在床前，短促地"啊"了一声。我急拨开他们上前一看，我看见了一张十分年轻稚气的圆脸，原来棕红的脸色，现已变得灰黄。他安详地合着眼，军装的肩头上，露着那个大洞，一片布还挂在那里。

"这都是为了我们，……"那个担架员负罪地说道，"我们十多副担架挤在一个小巷子里，准备往前运动，这位同志走在我们后面，可谁知道狗日的反动派不知从哪个屋顶上撂下颗手榴弹来，手榴弹就在我们人缝里冒着烟乱转，这时这位同志叫我们快趴下，他自己就一下扑在那个东西上了。

……"

新媳妇又短促地"啊"了一声。我强忍着眼泪，给那些担架员说了些话，打发他们走了。我回转身看见新媳妇已轻轻移过一盏油灯，解开他的衣服，她刚才那种忸怩羞涩已经完全消失，只是庄严而虔诚地给他拭着身子，这位高大而又年轻的小通讯员无声地躺在那里。……我猛然醒悟地跳起身，磕磕绊绊地跑去找医生，等我和医生拿了针药赶来，新媳妇正侧着身子坐在他旁边。

她低着头，正一针一针地在缝他衣肩上那个破洞。医生听了听通讯员的心脏，默默地站起身说："不用打针了。"我过去一摸，果然手都冰冷了。

新媳妇却像什么也没看见，什么也没听到，依然拿着针，细细地、密密地缝着那个破洞。我实在看不下去了，低声地说："不要缝了。"她却对我异样地瞟了一眼，低下头，还是一针一针地缝。我想拉开她，我想推开这沉重的氛围，我想看见他坐起来，看见他羞涩的笑。但我无意中碰到了身边一个什么东西，伸手一摸，是他给我开的饭，两个干硬的馒头。……

卫生员让人抬了一口棺材来，动手揭掉他身上的被子，要把他放进棺材去。新媳妇这时脸发白，劈手夺过被子，狠狠地瞪了他们一眼。自己动手把半条被子平展展地铺在棺材底，半条盖在他身上。卫生员为难地说："被子……是借老百姓的。"

"是我的——"她气汹汹地嚷了半句，就扭过脸去。在月光下，我看见她眼里晶莹发亮，我也看见那条枣红底色上洒满白色百合花的被子，这象征纯洁与感情的花，盖上了这位平常的、拖毛竹的青年人的脸。

(选自《百合花》. 茹志鹃. 北京：人民文学出版社，1958)

【赏析】

短篇小说《百合花》是茹志鹃的成名之作，创作于 1958 年 3 月。作家写这篇小说时，不由得怀念起战时的生活和那时的同志关系。于是，这象征着纯洁与感情的"百合花"便在作家"匝匝忧虑""不无悲凉的思念"之中灿然开放，给当时文坛带来一股沁人的清香。茅盾评价这篇小说是"我最近读过的几十个短篇中间最使我满意，也最使我感动的一篇。"《百合花》的成功主要在于作家在表现革命战争、军民关系这类庄严主题时突破了当时流行的条条框框，显现出清新俊逸的风格，令人耳目一新。首先，作者选择的人物都是普通平凡的战士和老百姓，她们有血有肉、个性鲜明，与通常那种高大全式的英雄形象显然不同。小说中的小通讯员年仅 19 岁，参军才一年，他涉世不深。另一个人物是俏俊的新媳妇，过门才三天，浑身上下洋溢着喜气。她尽咬着嘴唇笑，好像忍了一肚子笑料没笑完。这是一个极普通的农村妇女，她善良纯朴。作者写出这样一个鲜亮的形象是想以"一个正处在爱情幸福之旋涡中的美神"来"反衬这个年轻、尚未涉足爱情的小战士"，从而谱写出一曲"没有爱情的爱情牧歌"。同时，小说的表现手法也有许多独到之处。从选材上讲，作者将战火纷飞的战斗场面选为背景，将小通讯员壮烈牺牲的情景通过民工的叙述从侧面表现出来，就连小通讯员第一次向新媳妇借被碰壁的冲突也是作暗场处理，不作正面描写。作品仅仅截取几个极为普通的生活横断面，从几件平凡的小事中深入开掘，展开对军民关系富有诗意的描写。作者的构思巧妙，"她以那条枣红底上洒满百合花的假洋缎被面作为贯穿全文的线索，以纯洁的百合花象征人物的美好心灵，把小说中的人物串连起来，从而构成一个完整的艺术整体，从一个特定的角度揭示了解放战争胜利的基础和力量源泉，以小见大，意味深长。"作者还擅长通过细腻而有层次的心理活动来刻画人物。例如作品中的"我"在刚刚接触小通讯员时，因赶路不及而"生起气来"，然后又对他奇怪的保持距离的做法而"发生兴趣"，以后是对小同乡"越加亲热"，接下去是"从心底上爱上这位傻乎乎的小同乡"。就这样，小说通过"我"的一系列心理变化，由远而近、由表及里、由淡而浓地刻画和凸现了小通讯员动人的形象。善于运用典型的细节描写也是这篇小说的特点，如小战士枪筒中插的树枝和野花，他衣肩上的破洞，给"我"

开饭的两个馒头。总之，这篇小说以朴素、自然、清新的笔调抒写和赞美了人与人之间最美好、最纯真的感情，创造出一种优美圣洁的意境，读后令人久久难忘。

思考与练习

1. 理解小说《百合花》的思想内容。
2. 感受小说中的人性美。

腊月·正月(梗概)

贾平凹

这地方狭小，偏远，却是商州的一大名镇。教了三十四年的书的韩玄子，将职务让高中毕业未考上大学的二儿子二贝顶了，寓居在故里，自称"商字山第五皓"。引以为荣的，是大儿子大贝大学毕业后在省报当了记者。自己退休后被公社委任为文化站长，乡人尊称为"老师""先生"，仍显山露水，不甘寂寞。

但从去年春天以来，许多人和事却不能使他称心如意。在家里，二贝越来越不听从他。特别是媳妇白银，地里活计不出力，家里的杂事没眼色，更使他不能忍受。在镇街上，也有他不顺心的事。最使他不快的是王才。王才曾经是他的学生，家境贫寒，身子弱小，夜里还尿床，读到初二就被迫退学当了农民，每天只拿六分工作。"王才是什么东西，全公社里，谁看得起他！"韩玄子总是那么说。土地承包之后，这王才先是在油坊干粗活，后贩卖商芝折了本，被城里一家街道办的食品加工厂收留当临时工。干了两个月，回乡也闹腾着办起了食品加工厂。凭着一肚子精明，人勤眼活，竟很快发展起来。二贝背着父亲也为王才出主意，帮手脚。

韩玄子跟儿子闹别扭，百无聊赖，就披着羊皮大袄上镇街去。在近镇的承包地旁，见光头狗剩在麦地里上炕土。狗剩向他透露说，王才家忙着搞加工厂，将三亩多地转让给他种了。韩玄子听后变脸失色："胡来，胡来！谁给他的政策？他要转你，你就敢接？"这话使狗剩慌了神，便将地退给了王才。

王才想走一条适合于这秦岭山地，适合于这镇子，适合于自己的道路。他谋算着要买台烘烤机，扩大作坊，增加品种。到了腊月，便开始动手了。他听说生产队要卖掉紧挨着自家的四间公房，便想买过来。但韩玄子向他的侄儿队长出了抓纸蛋儿，谁抓到公房归谁买的点子。结果，纸蛋儿被一个无意买房的姓李的社员抓到。姓李的便去讨好韩玄子，说："这是特意儿为你佬抓的。"韩玄子抓到了买房的权利，先是动员两个儿子买房，儿子不同意，他便让二贝转给了韩姓家族的秃子。谁知秃子又让给了王才。王才买到了公房，便扩展工厂，招人入股。韩玄子恶气在胸，几天病倒在床上。

春节将临，县上准备开社火比赛大会。公社王书记让韩玄子去办。韩玄子接了任务便要落实下去。但各队都不热心，关键是没有经费来源。按人头纳钱，又受到一些人的抵制。王才主动提出负责出一台社火蕊子，说："热闹是自发的，盛世丰年，让大家硬摊钱就不美气了。"但韩玄子坚决不同意："这不是晾全村的人吗？这不是拿他是几个钱烧燎别人吗？"

王才感到自己收入一天天多起来，人缘却似乎成反比例地下降，一个人先富，有多大的阻力。他思谋着要为村上、镇上办点好事。为社火蕊子的事被拒绝后，他准备在大年三十晚上包一场电影，向乡亲们祝贺春节。韩玄子得了消息，硬是让跟他称兄道弟的杂货店店主巩德胜也包一场。由于他亲自出面，巩德胜的一场放映的是新到的武打片《少林寺》，吸引了大半观众，令王才十分伤心。

正月，是民间的乐，人伦的乐。韩玄子在炮竹声中又增了一寿。他披上羊皮大袄，进这家，出那家，吃喝得没完没了。王才接连三次去韩家拜年，最后一次才见到韩伯，但只谈了些甜不甜、咸不咸的话。按习惯，春节晚上狮子队要上户"喝彩"。韩玄子关照西街狮子队头儿不要到王才那里去，说，王才会摆阔气，影响村里的团结。当晚，狮子队经西街、中街到东街，直奔韩玄子家喝彩。韩玄子又是递酒又是送烟，没有人不说这家体面的。王才请不到西街的狮子队，便到邻村白沟请来一队，热闹的场面胜过韩家。之后，狮子队还接连来了两次。韩玄子当然又不免生气。

正月十五，韩玄子要为女儿叶子"送路"。这是山地人家出嫁女儿的一件大事，待客的人体面，被待的人荣耀。王才早被韩玄子排除在送礼人之外。这天一早，韩玄子点着了第一声鞭炮，接着就开始接待客人。他是一家之主，此时却显示了一国之君的威风。十一时，韩玄子要临时去公社迎接来镇拜年的县委马书记，还告诉人说："说不定马书记要来咱这拜年。"但大伙等到十二时半，还不见韩玄子回来，却传来了马书记要给王才拜年，支持王才办厂的消息。一些客人就往王才那里跑。二贝娘只好叫开饭，安排客人入席。这时，韩玄子和四个公社大院的干部匆匆赶到。只见他脸色铁青，带着苦涩的笑。他心中暗想：王才通天了！

马书记参观了王才的加工厂，称赞王才说："我还以为咱山地没这个基础，你倒先闯出路子了。"同来的通讯干事还为马书记和王才合照了相。这之后，王才家里的人开始抬头挺胸，在镇街上逢人便讲厂里的事。王才为此大发雷霆："你们张狂什么呀！咱有多大本事？有多大能耐？咱能到了今天，多亏的是这形势，是这社会。咱要踏踏实实干事，本本分分做人！谁也不能在韩家老汉面前有什么不尊重的地方！"

正月十七，春节终于过去了，二、三月里是最困人的季节。韩玄子明显地衰老了，也越来越看重钱财，看重这个家了。为了挣钱，白银也进了王才的加工厂干活。韩玄子知道后，没表示什么，只将眼瞪得直直的。在四皓墓旁，他对来寻找他的老伴说："他娘，我不服啊，我到死不服啊，我到死不服啊，等着瞧吧，他王才不会有好落脚的！"

(选自《腊月·正月》. 贾平凹. 北京：北京十月文艺出版社，1985)

【赏析】

　　《腊月·正月》作者贾平凹，1953年生，陕西丹凤人。20世纪70年代初开始文学创作，既写小说，又作散文。著有中短篇小说集《山地笔记》《野火集》《小月前本》《腊月·正月》《太白》，长篇小说《浮躁》《废都》，散文集《月迹》《爱的踪迹》《心迹》《贾平凹散文自选集》等。贾平凹有影响的小说作品大都取材于商州故土上的现实生活，反映经济变革中农民思想意识、观念习惯的嬗变，散发出浓重的时代气息；同时又在对秦川山地细致逼真的描绘中呈现出古朴的人情世态。在艺术表现上，追求行文的"雄中有韵，秀中有骨"，用笔平实自然，凝重深厚。1983年后陆续发表的"商州系列小说"，以《小月前本》《鸡窝洼的人家》《腊月·正月》为代表，明显地反映了作者在"求变"心理支配下创作意识的深化和艺术追求的自觉。

　　作者确定"以商州作为一个点、详细地考察它、研究它"，并将这种考察、研究的着眼点放在商州这一特定地域的地理、风情、历史、风俗上，集中反映改革对农民生活观念、土地观念、道德伦理观念等的重大影响。《腊月·正月》表现了乡村能人间内容丰富的矛盾斗争。退休教师韩玄子，在知识、名望、家庭经济实力等方面远胜于出身贫寒、地位卑微的普通乡民王才。但王才顺应时代发展的潮流，积极参与经济变革，不无艰难；却一步步走上创业道路。虽然，韩玄子想方设法算计王才，竭力阻遏王才的发展，而最终陷入四面楚歌的却是他自己。而且，这一新旧替代的过程只经历了腊月到正月短短一个月的时间。小说对韩玄子在竞争中迅速败北的结局安排，充分显示出经济变革对农村社会的人际关系，对农民观念意识、习惯带来的重大变动和令人惊叹的变化。这部作品与同期一些反映农村经济变革的作品相比，主要着墨于农民的思想意识领域，而不是社会政治经济领域，主要表现在改革大潮冲击下的农民自身观念的演变和内心躁动，而不是改革与守旧两种社会力量的交锋；与作者本人的《小月前本》《鸡窝洼的人家》等作品相比，它更直接地从正面否定了传统观念、传统道德中落后、消极的成分，更有力地否定了时代的落伍者。作者坚定地站在新的社会力量一边，热烈称颂当今生活中与时代要求相适应的新的观念和新的人物，严厉鞭挞民族性格中带有封建文化积淀的种种劣性，表现了作者要从更高的立足点上反映社会变革和臧否人物的倾向。

　　作品着力刻画"社会最底层的小人物"，或者是经受住经济变革浪潮考验并脱颖而出的小人物，或者是观念陈旧、思想保守、落伍于时代的小人物。乡村退休教师韩玄子，原本属于小人物之列。但在偏僻、落后、贫困的山乡，他以社会名流及与乡镇干部的结交中获取了一种无形的权势和家长般的尊严，颐指气使，骄矜专横，在乡民眼里俨然成了庞然大物。不过，尽管他有几十年的教书生涯，却没有从骨子里清除根深蒂固的传统意识，在冠冕堂皇的言行背后时时流露出小生产者的狭隘、守旧，严重的封建宗法尊卑观念以及爱虚荣、讲排场、摆阔气、要面子等世俗习气。作为一种社会势力的象征，其最终走向没落是历史的必然。王才社会地位低下，属于最不起眼的乡间小民。在韩玄子面前，他自认卑微，小心规避，一再退让。他的拘谨谦恭、委曲求全，决不显山露水的自我要求，不仅反映了这一人物的个性，同时也反映了人物所处的特定社会环境和人文背景。作为秦岭山地的农民企业家，王才的事业才刚刚起步，加工厂还带有作坊性质，与现代企业相距甚远，但他精明能干，"踏踏实实干事，本本分分做人"，在改变自身命运的道路上步履维艰却不乏进取精神。新的时代、新的形势正在造就他成为农村新人。作者以底层小人物的个性塑造来探讨经济变革中必将涉及的道德伦理、人情世态的种种问题，显示出构思的深刻与成熟。

与上述特点相联系，作者力图"相应地寻出其表现方式和语言结构"。在《腊月·正月》的创作中，他更注重对生活作"近乎实录"的反映，并从秦川山财的乡风民俗、人情地理、服饰建筑等的描写中暗示出一种久远的民族文化。而作者的功力又使他能够将这种带有古朴情调的生活置于理性的层面，从而使作品显示出强烈的内在魅力。

《腊月·正月》成功地展示了韩玄子这一新乡绅丰富的内心世界，而对改革时代的弄潮儿王才形象的刻画则稍欠立体感；与作者不少作品的轻灵相比，这部中篇小说显得滞重了些。

思考与练习

1. 作者是如何刻画"社会最底层的小人物"的？
2. 对文章最后一段你是怎样理解的？

钢铁是怎样炼成的(节选)

苏联·奥斯特洛夫斯基

第一部分

第一章

"节前上我家去补考的，都给我站起来！"

一个脸皮松弛的胖神甫，身上穿着法衣，脖子上挂着沉甸甸的十字架，气势汹汹地瞪着全班的学生。

六个学生应声从板凳上站了起来，四个男生，两个女生。

神甫两只小眼睛闪着凶光，像要把他们一口吞下去似的。孩子们惊恐不安地望着他。

"你们俩坐下。"神甫朝女孩子挥挥手说。

她们急忙坐下，松了一口气。

瓦西里神甫那对小眼睛死盯在四个男孩子身上。

"过来吧，宝贝们！"

瓦西里神甫站起来，推开椅子，走到挤作一团的四个孩子跟前。

"你们这几个小无赖，谁抽烟？"

四个孩子都小声回答："我们不会抽，神甫。"

神甫脸都气红了。

"混帐东西，不会抽，那发面里的烟末是谁撒的？都不会抽吗？好，咱们这就来看看！把口袋翻过来，快点！听见了没有？快翻过来！"

三个孩子开始把他们口袋里的东西掏出来，放在桌子上。

神甫仔细地检查口袋的每一条缝，看有没有烟末，但是什么也没有找到，便把目光转到第四个孩子身上。这孩子长着一对黑眼睛，穿着灰衬衣和膝盖打补丁的蓝裤子。

"你怎么像个木头人，站着不动弹？"

黑眼睛的孩子压住心头的仇恨，看着神甫，闷声闷气地回答："我没有口袋。"他用手摸了摸缝死了的袋口。

"哼，没有口袋！你以为这么一来，我就不知道是谁干的坏事，把发面糟蹋了吗？你以为这回你还能在学校待下去吗？没那么便宜，小宝贝。上回是你妈求情，才把你留下的，这回可不行了。你给我滚出去！"他使劲揪住男孩子的一只耳朵，把他推到走廊上，随手关上了门。

教室里鸦雀无声，学生一个个都缩着脖子。谁也不明白保尔·柯察金为什么被赶出学校。只有他的好朋友谢廖沙·勃鲁扎克知道是怎么回事。那天他们六个不及格的学生到神甫家里去补考，在厨房里等神甫的时候，他看见保尔把一把烟末撒在神甫家过复活节用的发面里。

保尔被赶了出来，坐在门口最下一磴台阶上。他想，该怎么回家呢？母亲在税务官家里当厨娘，每天从清早忙到深夜，为他操碎了心，该怎么向她交代呢？

眼泪哽住了保尔的喉咙。

"现在我可怎么办呢？都怨这该死的神甫。我给他撒哪门子烟末呢？都是谢廖沙出的馊主意。他说，'来，咱们给这个害人的老家伙撒上一把。'我们就撒进去了。谢廖沙倒没事，我可说不定要给撵出学校了。"

保尔跟瓦西里神甫早就结下了仇。有一回，他跟米什卡·列夫丘科夫打架，老师罚他留校，不准回家吃饭，又怕他在空教室里胡闹，就把这个淘气鬼送到高年级教室，让他坐在后面的椅子上。

高年级老师是个瘦子，穿着一件黑上衣，正在给学生讲地球和天体。他说地球已经存在好几百万年了，星星也跟地球差不多。保尔听他这样说，惊讶得张大了嘴巴。他感到非常奇怪，差点没站起来对老师说："圣经上可不是这么说的。"

但是又怕挨骂，没敢做声。

保尔是信教的。他母亲是个教徒，常给他讲圣经上的道理。世界是上帝创造的，而且并非几百万年以前，而是不久前创造的，保尔对此深信不疑。

圣经这门课，神甫总是给保尔打满分。新约、旧约和所有的祈祷词，他都背得滚瓜烂熟。上帝哪一天创造了什么,他也都记得一清二楚。保尔打定主意,要向瓦西里神甫问个明白。等到上圣经课的时候,神甫刚坐到椅子上,保尔就举起手来,得到允许以后,他站起来说:"神甫,为什么高年级老师说,地球已经存在好几百万年了,并不像圣经上说的五千……"

他刚说到这里,就被瓦西里神甫的尖叫声打断了:"混帐东西,你胡说什么?圣经课你是怎么学的?"

保尔还没有来得及分辩,神甫就揪住他的两只耳朵,把他的头往墙上撞。一分钟之后,保尔已经鼻青脸肿,吓得半死,被神甫推到走廊上去了。

保尔回到家里,又挨了母亲好一顿责骂。

第二天,母亲到学校去恳求瓦西里神甫开恩,让她儿子回班学习。从那时起,保尔恨透了神甫。他又恨又怕。他不容许任何人对他稍加侮辱,当然也不会忘掉神甫那顿无端的毒打。他把仇恨埋在心底,不露声色。

保尔以后又受到瓦西里神甫多次小的侮辱:往往为了鸡毛蒜皮的小事,把他赶出教室,一连几个星期,天天罚他站墙角,而且从来不问他功课。因此,他不得不在复活节前,和几个不及格的同学一起,到神甫家里去补考。就在神甫家的厨房里,他把一把烟末撒到过复活节用的发面里了。

这件事谁也没有看到,可是神甫马上就猜出了是谁干的。

……下课了,孩子们一起拥到院子里,围住了保尔。他愁眉苦脸地坐在那里,一声不响。谢廖沙在教室里没有出来,他觉得自己也有过错,但是又想不出办法帮助他的伙伴。

校长叶夫列姆·瓦西里耶维奇的脑袋从教员室的窗口探了出来,他那低沉的声音吓得保尔一哆嗦。

"叫柯察金马上到我这儿来!"他喊道。

保尔朝教员室走去,心怦怦直跳。

车站食堂的老板是个上了年纪的人,面色苍白,两眼无神。他朝站在一旁的保尔瞥了一眼。

"他几岁了?"

"十二岁。"保尔的母亲回答。

"行啊,让他留下吧。工钱每月八个卢布,当班的时候管饭。顶班干一天一宿,在家歇一天一宿,可不准偷东西。"

"哪儿能呢,哪儿能呢,我担保他什么也不偷。"母亲惶恐地说。

"那让他今天就上工吧。"老板吩咐着,转过身去,对旁边一个站柜台的女招待说:"济娜,把这个小伙计领到洗刷间去,叫弗罗霞给他派活,顶格里什卡。"

女招待正在切火腿,她放下刀,朝保尔点了点头,就穿过餐室,朝通向洗刷间的旁门走去。保尔跟在她后面。母亲也赶紧跟上,小声嘱咐保尔:"保夫鲁沙,你可要好好干哪,别丢脸!"

她用忧郁的目光把儿子送走以后，才朝大门口走去。

洗刷间里正忙得不可开交。桌子上盘碟刀叉堆得像座小山，几个女工肩头搭着毛巾，在逐个地擦那堆东西。

一个长着乱蓬蓬的红头发的男孩，年纪比保尔稍大一点，在两个大茶炉跟前忙碌着。

洗家什的大木盆里盛着开水，满屋子雾气腾腾的。保尔刚进来，连女工们的脸都看不清。他站在那里，不知道该干什么，甚至不知道站在哪里好。

女招待济娜走到一个正在洗家什的女工跟前，扳着她的肩膀，说："弗罗霞，这个新来的小伙计是派给你的，顶格里什卡。你给他讲讲都要干些什么活吧。"

济娜又指着那个叫弗罗霞的女工，对保尔说："她是这儿的领班，她叫你干什么，你就干什么。"说完，转身回餐室去了。

"嗯。"保尔轻轻答应了一声，同时看了看站在面前的弗罗霞，等她发话。弗罗霞一面擦着额上的汗水，一面从上到下打量着他，好像要估量一下他能干什么活似的，然后挽起从胳膊肘上滑下来的一只袖子，用非常悦耳的、响亮的声音说："小朋友，你的活不难，就是一清早把这口锅烧开，一天别断了开水。当然，柴也要你自己劈。还有这两个大茶炉，也是你的活。再有，活紧的时候，你也得擦擦刀叉，倒倒脏水。小朋友，活不少，够你出几身汗的。"她说的是科斯特罗马方言，总是把"a"音发得很重。保尔听到这一口乡音，看到她那红扑扑的脸和翘起的小鼻子，不禁有点高兴起来。

"看样子这位大婶还不错。"他心里这样想，便鼓起勇气问弗罗霞："那我现在干些什么呢，大婶？"

他说到这里，洗刷间的女工们一阵哈哈大笑，淹没了他的话，他愣住了。

"哈哈哈！……弗罗霞这回捡了个大侄子……"

"哈哈！……"弗罗霞本人笑得比谁都厉害。

因为屋里全是蒸汽，保尔没有看清弗罗霞的脸，其实她只有十八岁。

保尔感到很难为情，便转身问那个男孩："我现在该干什么呢？"

男孩只是嬉皮笑脸地回答："还是问你大婶去吧，她会统统告诉你的，我在这儿是临时帮忙。"说完，转身朝厨房跑去。

这时保尔听见一个上了年纪的女工说："过来帮着擦叉子吧。你们笑什么？这孩子说什么好笑的啦？给，拿着，"她递给保尔一条毛巾。"一头用牙咬住，一头用手拉紧。再把叉齿在上头来回蹭，要蹭得干干净净，一点脏东西也没有才成。咱们这儿对这种事挺认真。那些老爷们很挑剔，总是翻过来覆过去，看了又看，只要叉子上有一点脏东西，咱们可就倒霉了，老板娘马上会把你撵出去。"

"什么老板娘？"保尔不解地问，"雇我的老板不是男的吗？"

那个女工笑了起来："孩子，我们这儿的老板是摆设，他是个草包。什么都是他老婆说了算。她今天不在，你干几天就知道了。"

洗刷间的门打开了，三个堂倌，每人捧着一大摞脏家什，走了进来。

其中有个宽肩膀、斜眼、四方大脸的堂倌说:"加紧点干哪,十二点的车眼看就要到了,你们还这么磨磨蹭蹭的。"

他看见了保尔,就问:"这是谁?"

"新来的。"弗罗霞回答。

"哦,新来的。"他说。"那好吧,"他一只手使劲按住保尔的肩膀,把他推到两个大茶炉跟前,说:"这两个大茶炉你得烧好,什么时候要水都得有,可是你看,现在一个已经灭了,另一个也快没火星了。今天饶了你,要是明天再这样,就叫你吃耳刮子,明白吗?"

保尔一句话也没有说,便烧起茶炉来。

保尔的劳动生涯就这样开始了。他是第一天上工,干活还从来没有这样卖过力气。他知道,这个地方跟家里不一样,在家里可以不听母亲的话,这里可不行。斜眼说得明白,要是不听话,就得吃耳刮子。

保尔脱下一只靴子,套在炉筒上,鼓起风来,能盛四桶水的大肚子茶炉立即冒出了火星。他一会儿提起脏水桶,飞快跑到外面,把脏水倒进坑里;一会儿给烧水锅添上劈柴,一会儿把湿毛巾搭在烧开的茶炉上烘干。总之,叫他干的活他都干了。直到深夜,保尔才拖着疲乏的身子,走到下面厨房去。有个上了年纪的女工,名叫阿尼西娅的,望着他刚掩上的门,说:"瞧,这孩子像个疯子似的,干起活来不要命。一定是家里实在没办法,才打发来的。"

"是啊,挺好个小伙子,"弗罗霞说。"干起活来不用催。"

"过两天跑累了,就不这么干了,"卢莎反驳说。"一开头都很卖劲……"

保尔手脚不停地忙了一个通宵,累得筋疲力尽。早晨七点钟,一个长着胖圆脸、两只小眼睛显得流里流气的男孩来接班,保尔把两个烧开的茶炉交给了他。

这个男孩一看,什么都已经弄妥了,茶炉也烧开了,便把两手往口袋里一插,从咬紧的牙缝里挤出一口唾沫,摆出一副不可一世的架势,斜着白不呲咧的眼睛看了看保尔,然后用一种不容争辩的腔调说:"喂,你这个饭桶,明天早上准六点来接班。"

"干吗六点?"保尔问。"不是七点换班吗?"

"谁乐意七点,谁就七点好了,你得六点来。要是再罗嗦,我立马叫你脑瓜上长个大疙瘩。你这小子也不寻思寻思,才来就摆臭架子。"

那些刚交了班的女工都挺有兴趣地听着两个孩子的对话。那个男孩的无赖腔调和挑衅态度激怒了保尔。他朝男孩逼近一步,本来想狠狠揍他一顿,但是又怕头一天上工就给开除,才忍住了。他铁青着脸说:"你老实点,别吓唬人,搬起石头砸自己脚。明天我就七点来,要说打架,我可不在乎你,你想试试,那就请吧!"

对手朝开水锅倒退了一步,吃惊地瞧着怒气冲冲的保尔。

他没有料到会碰这么大的钉子,有点不知所措了。

"好,咱们走着瞧吧。"他含含糊糊地说。

头一天总算平安无事地过去了。保尔走在回家的路上,感到自己已经是一个用诚实的劳动挣得了休息的人。现在他也工作了,谁也不能再说他吃闲饭了。

早晨的太阳从锯木厂高大的厂房后面懒洋洋地升起来。

保尔家的小房子很快就要到了。瞧,就在眼前了,列辛斯基庄园的后身就是。

"妈大概起来了,我呢,才下工回家。"保尔想到这里,一边吹着口哨,一边加快了脚步。"学校把我赶出来,倒也不坏,反正那个该死的神甫不会让你安生,现在我真想吐他一脸唾沫。"保尔这样思量着,已经到了家门口。他推开小院门的时候,又想起来:"对,还有那个黄毛小子,一定得对准他的狗脸狠揍一顿。要不是怕给撑出来,我恨不得立刻就揍他。早晚要叫他尝尝我拳头的厉害。"

母亲正在院子里忙着烧茶炊,一看见儿子回来,就慌忙问他:"怎么样?"

"挺好。"保尔回答。

母亲好像有什么事要关照他一下,可是他已经明白了。从敞开的窗户里,他看到了阿尔焦姆哥哥宽大的后背。

"怎么,阿尔焦姆回来了?"他忐忑不安地问。

"昨天回来的,这回留在家里不走了,就在机车库干活。"

保尔迟疑不决地打开了房门。

身材魁梧的阿尔焦姆坐在桌子旁边,背朝着保尔。他扭过头来,看着弟弟,又黑又浓的眉毛下面射出两道严厉的目光。

"啊,撒烟末的英雄回来了?好,你可真行!"

保尔预感到,哥哥回家后的这场谈话,对他准没个好。

"阿尔焦姆已经都知道了。"保尔心里想。"这回说不定要挨骂,也许要挨一顿揍。"

保尔有点怕阿尔焦姆。

但是,阿尔焦姆并没有打他的意思。他坐在凳子上,两只胳膊支着桌子,目不转睛地望着保尔,说不清是嘲弄还是蔑视。

"这么说,你已经大学毕业,各门学问都学到手了,现在倒起脏水来了?"阿尔焦姆说。

保尔两眼盯着一块破地板,专心地琢磨着一个冒出来的钉子头。可是阿尔焦姆却从桌旁站起来,到厨房去了。

"看样子不会挨揍了。"保尔松了一口气。

喝茶的时候,阿尔焦姆平心静气地详细询问了保尔班上发生的事情。

保尔一五一十地讲了一遍。

"你现在就这样胡闹,往后怎么得了啊。"母亲伤心地说。

"唉,可拿他怎么办呢?他这个样子究竟像谁呢?我的上帝,这孩子多叫我操心哪!"母亲诉苦说。

阿尔焦姆推开空茶杯，对保尔说："好吧，弟弟。过去的事就算了，往后你可得小心，干活别耍花招，该干的都干好；要是再从那儿给撵出来，我就要你的好看，叫你脱一层皮。这点你要记住。妈已经够操心的了。你这个鬼东西，到哪儿都惹事，到哪儿都得闯点祸。现在该闹够了吧。等你干上一年，我再求人让你到机车库去当学徒，老是给人倒脏水，能有什么出息？还是得学一门手艺。现在你年纪还小，再过一年我求求人看，机车库也许能收你。我已经转到这儿来了，往后就在这儿干活。妈再也不去伺候人了。见到什么样的混蛋都弯腰，也弯够了。可是保尔，你自己得争气，要好好做人。"

他站起来，挺直高大的身躯，把搭在椅背上的上衣穿上，然后关照母亲说："我出去个把钟头，办点事。"说完，一弯腰，跨出了房门。他走到院子里，从窗前经过的时候，又说："我给你带来一双靴子和一把小刀，妈会拿给你的。"

车站食堂昼夜不停地营业。

有六条铁路通到这个枢纽站。车站总是挤满了人，只有夜里，在两班火车的间隙，才能安静两三个钟头。这个车站上有几百列军车从各地开来，然后又开到各地去。有的从前线开来，有的开到前线去。从前线运来的是缺胳膊断腿的伤兵，送到前线去的是大批穿一色灰大衣的新兵。

保尔在食堂里辛辛苦苦地干了两年。这两年里，他看到的只有厨房和洗刷间。在地下室的大厨房里，工作异常繁忙，干活的有二十多个人。十个堂倌从餐室到厨房穿梭般地来回奔忙着。

保尔的工钱从八个卢布长到十个卢布。两年来他长高了，身体也结实了。这期间，他经受了许多苦难。在厨房打下手，烟熏火燎地干了半年。那个有权势的厨子头不喜欢这个犟孩子，常常给他几个耳光。他生怕保尔突然捅他一刀，所以干脆把他撵回了洗刷间。要不是因为保尔干起活来有用不完的力气，他们早就把他赶走了。保尔干的活比谁都多，从来不知道疲劳。

在食堂最忙的时候，他脚不沾地地跑来跑去，一会儿端着托盘，一步跨四五级楼梯，下到厨房去，一会儿又从厨房跑上来。

每天夜里，当食堂的两个餐室消停下来的时候，堂倌们就聚在下面厨房的储藏室里大赌特赌，打起"二十一点"和"九点"来。保尔不止一次看见赌台上堆着一沓沓钞票。他们有这么多钱，保尔并不感到惊讶。他知道，他们每个人当一天一宿班，能捞到三四十个卢布的外快，收一次小费就是一个卢布、半个卢布的。有了钱就大喝大赌。保尔非常憎恶他们。

"这帮该死的混蛋！"他心里想。"像阿尔焦姆这样的头等钳工，一个月才挣四十八个卢布，我才挣十个卢布；可是他们一天一宿就捞这么多钱，凭什么？也就是把菜端上去，把空盘子撤下来。有了钱就喝尽赌光。"

保尔认为，他们跟那些老板是一路货，都是他的冤家对头。"这帮下流坯，别看他们在这儿低三下四地伺候人，他们的老婆孩子在城里却像有钱人一样摆阔气。"

他们常常把穿着中学生制服的儿子带来，有时也把养得滚圆的老婆领来。"他们的钱大概比他们伺候的老爷还要多。"

保尔这样想。他对夜间在厨房的角落里和食堂的仓库里发生的事情也不大惊小怪。保尔清楚地知道，任何一个洗家什女工和女招待，要是不肯以几个卢布的代价把自己的肉体出卖给食堂里每个有权有势的人，她们在这里是干不长远的。

保尔向生活的深处，向生活的底层看去，他追求一切新事物，渴望打开一个新天地，可是朝他扑面而来的，却是霉烂的臭味和泥沼的潮气。

阿尔焦姆想把弟弟安置到机车库去当学徒，但是没有成功，因为那里不收未满十五岁的少年。保尔期待着有朝一日能摆脱这个地方，机车库那座熏黑了的大石头房子吸引着他。

他时常到阿尔焦姆那里去，跟着他检查车辆，尽力帮他干点活。

弗罗霞离开食堂以后，保尔就更加感到烦闷了。

这个爱笑的、快乐的姑娘已经不在这里了，保尔这才更深地体会到，他们之间的友谊是多么深厚。现在呢，早晨一走进洗刷间，听到从难民中招来的女工们的争吵叫骂，他就会产生一种空虚和孤独的感觉。

夜间休息的时候，保尔蹲在打开的炉门前，往炉膛里添劈柴。他眯起眼睛，瞧着炉膛里的火。炉火烤得他暖烘烘的，挺舒服。洗刷间就剩他一个人了。

他的思绪不知不觉地回到不久以前发生的事情上来，他想起了弗罗霞。那时的情景又清晰地浮现在眼前。

那是一个星期六。夜间休息的时候，保尔顺着楼梯下厨房去。在转弯的地方，他好奇地爬上柴堆，想看一看储藏室，因为人们通常聚在那里赌钱。

那里赌得正起劲，扎利瓦诺夫坐庄，他兴奋得满脸通红。

楼梯上传来了脚步声。保尔回过头，看见堂倌普罗霍尔从上边走下来。保尔连忙躲到楼梯下面，等他走过去。楼梯下面黑洞洞的，普罗霍尔看不见他。

普罗霍尔转了个弯，朝下面走去，保尔看见了他的宽肩膀和大脑袋。

正在这时候，又有人从上面轻轻地快步跑下来，保尔听到了一个熟悉的声音："普罗霍尔，你等一下。"

普罗霍尔站住了，掉头朝上面看了一眼。

"什么事？"他咕哝了一句。

有人顺着楼梯走了下来，保尔认出是弗罗霞。

她拉住堂倌的袖子，压低声音，结结巴巴地说："普罗霍尔，中尉给你的钱呢？"

普罗霍尔猛然挣脱胳膊，恶狠狠地说："什么？钱？难道我没给你吗？"

"可是人家给你的是三百个卢布啊。"弗罗霞抑制不住自己，几乎要放声大哭了。

"你说什么，三百个卢布？"普罗霍尔挖苦她说。"怎么，你想都要？好小姐，一个洗家什的女人，值那么多钱吗？照我看，给你五十个卢布就不少了。你想想，你有多走运吧！就是那些年轻太太，比你干净得多，又有文化，还拿不到这么多钱呢。陪着睡一夜，就挣五十个卢布，你得谢天谢地。哪儿有那么多傻瓜。行了，我再给你添一二十个卢布就算了事。只要你放聪明点，往后挣钱的机会有的是，我给你拉主顾。"

普罗霍尔说完最后一句话，转身到厨房去了。

"你这个流氓，坏蛋！"弗罗霞追着他骂了两句，接着便靠在柴堆上呜呜地哭起来。

保尔站在楼梯下面的暗处，听了这场谈话，又看到弗罗霞浑身颤抖，把头往柴堆上撞，他心头的滋味真是不可名状。

保尔没有露面，没有做声，只是猛然一把死死抓住楼梯的铁栏杆，脑子里轰的一声掠过一个清晰而明确的想法："连她也给出卖了，这帮该死的家伙。唉，弗罗霞，弗罗霞……"

保尔心里对普罗霍尔的仇恨更深更强了，他憎恶和仇视周围的一切。"唉，我要是个大力士，一定揍死这个无赖！我怎么不像阿尔焦姆那样大、那样壮呢？"

炉膛里的火时起时落，火苗抖动着，聚在一起，卷成了一条长长的蓝色火舌。保尔觉得，好像有一个人在讥笑他，嘲弄他，朝他吐舌头。

屋子里静悄悄的，只有炉子里不时发出的哔剥声和水龙头均匀的滴水声。

克利姆卡把最后一只擦得锃亮的平底锅放到架子上之后，擦着手。厨房里已经没有别人了。值班的厨师和打下手的女工们都在更衣室里睡了。夜里，厨房可以安静三个小时。

这个时候，克利姆卡总是跑上来跟保尔一起消磨时间。厨房里的这个小徒弟跟黑眼睛的小烧水工很要好。克利姆卡一上来，就看见保尔蹲在打开的炉门前面。保尔也在墙上看到了那个熟悉的头发蓬松的人影，他头也不回地说："坐下吧，克利姆卡。"

厨房的小徒弟爬上劈柴堆，躺了下来。他看了看坐在那里闷声不响的保尔，笑着说："你怎么啦？对火作法吗？"

保尔好不容易才把目光从火苗上移开。现在这一对闪亮的大眼睛直勾勾地望着克利姆卡。克利姆卡从他的眼神里看见了一种无言的悲哀。他还是第一次看到伙伴这种忧郁的神情。

"保尔，今天你有点古怪……"他沉默了一会儿，又问保尔："你碰到什么事了？"

保尔站起来，坐到克利姆卡身旁。

"没什么，"他闷声闷气地回答。"我在这儿呆着很不痛快。"他把放在膝上的两只手攥成了拳头。

"你今天是怎么了？"克利姆卡用胳膊支起身子，接着问。

"你问我今天怎么了？我从到这儿来干活的那天起，就一直不怎么的。你看看，这儿是个什么地方！咱们像骆驼一样干活，可得到的报答呢，是谁高兴谁就赏你几个嘴巴子，连一个护着你的人都没有。老板雇咱们，是要咱们给他干活，可是随便哪一个都有权揍你，只要他有劲。就算你有分身法，也不能一下子把人人都伺候到。一个伺候不到，就得挨揍。你就是拼命干，该做的都做得好好的，谁也挑不出毛病，你就是哪儿叫哪儿到，忙得脚打后脑勺，也总有伺候不到的时候，那又是一顿耳刮子……"

克利姆卡吃了一惊，赶紧打断他的话头："你别这么大声嚷嚷，说不定有人过来，会听见的。"

保尔抽身站了起来。

"听见就听见，反正我是要离开这儿的。到铁路上扫雪也比在这儿强，这儿是什么地方……是地狱，这帮家伙除了骗子还是骗子。他们都有的是钱，咱们在他们眼里不过是畜生。对姑娘们，他们想怎么干就怎么干。要是哪个长得漂亮一点，又不肯服服帖帖，马上就会给赶出去。她们能躲到哪儿去？她们都是些难民，吃没吃的，住没住的。她们总得填饱肚子，这儿好歹有口饭吃。为了不挨饿，只好任人家摆布。"

保尔讲起这些事情，是那样愤愤不平，克利姆卡真担心别人会听到他们的谈话，急忙站起来把通向厨房的门关好，可是保尔还是只管倾吐他那满腔的积愤。

"拿你来说吧，克利姆卡，人家打你，你总是不吭声。你为什么不吭声呢？"

保尔坐到桌旁的凳子上，疲倦地用手托着头。克利姆卡往炉子里添了些劈柴，也在桌旁坐下。

"今天咱们还读不读书啦？"他问保尔。

"没书读了，"保尔回答。"书亭没开门。"

"怎么，难道书亭今天休息？"克利姆卡惊讶地问。

"卖书的给宪兵抓走了，还搜走了一些什么东西。"保尔回答。

"为什么抓他？"

"听说是因为搞政治。"

克利姆卡莫名其妙地瞧了保尔一眼。

"政治是什么呀？"

保尔耸了耸肩膀，说："鬼才知道！听说，谁要是反对沙皇，这就叫政治。"

克利姆卡吓得打了个冷战。

"难道还有这样的人？"

"不知道。"保尔回答。

洗刷间的门开了，睡眼惺忪的格拉莎走了进来。

"你们怎么不睡觉呢，孩子们？趁火车没来，还可以睡上一个钟头。去睡吧，保尔，我替你看一会儿水锅。"

保尔没有想到，他这样快就离开了食堂，离开的原因也完全出乎他的意料。

这是一月的一个严寒的日子，保尔干完自己的一班，准备回家了，但是接班的人没有来。保尔到老板娘那里去，说他要回家，老板娘却不放他走。他虽然已经很累，还是不得不留下来，连班再干一天一宿。到了夜里，他已经筋疲力尽了。大家都休息的时候，他还要把几口锅灌满水，赶在三点钟的火车进站以前烧开。

保尔拧开水龙头，可是没有水，看来是水塔没有放水。他让水龙头开着，自己倒在柴堆上歇一会儿，不想实在支持不住，一下就睡着了。

过了几分钟，水龙头咕嘟咕嘟地响了起来，水流进水槽，不一会儿就漫了出来，顺着瓷砖滴到洗刷间的地板上。洗刷间里跟往常一样，一个人也没有。水越来越多，漫过地板，从门底下流进了餐室。

一股股水流悄悄地流到熟睡的旅客们的行李下面，谁也没有发觉。直到水浸醒了一个躺在地板上的旅客，他一下跳起来，大喊大叫，其他旅客才慌忙去抢自己的行李。食堂里顿时乱作一团。

水还是流个不停，越流越多。

正在另一个餐室里收拾桌子的普罗霍尔听到旅客的喊叫声，急忙跑过来。他跳过积水，冲到门旁，用力把门打开，原来被门挡住的水一下子全涌进了餐室。

喊叫声更大了。几个当班的堂倌一齐跑进了洗刷间。普罗霍尔径直朝酣睡的保尔扑过去。

拳头像雨点一样落在保尔头上。他简直疼糊涂了。

保尔刚被打醒，什么也不明白。眼睛里直冒金星，浑身火辣辣地疼。

他周身是伤，一步一步地勉强挪到了家。

早晨，阿尔焦姆阴沉着脸，皱着眉头，叫保尔把事情的经过告诉他。

保尔从头到尾讲了一遍。

"谁打的？"阿尔焦姆瓮声瓮气地问弟弟。

"普罗霍尔。"

"好，你躺着吧。"

阿尔焦姆穿上他的羊皮袄，一句话也没有说，走出了家门。

"我找堂倌普罗霍尔，行吗？"一个陌生的工人问格拉莎。

"请等一下，他马上就来。"她回答。

这个身材魁梧的人靠在门框上。

"好，我等一下。"

普罗霍尔端着一大摞盘子，一脚踢开门，走进了洗刷间。

"他就是普罗霍尔。"格拉莎指着他说。

阿尔焦姆朝前迈了一步，一只有力的手使劲按住堂倌的肩膀，两道目光紧紧逼住他，问："你凭什么打我弟弟保尔？"

普罗霍尔想挣开肩膀，但是阿尔焦姆已经狠狠一拳，把他打翻在地；他想爬起来，紧接着又是一拳，比头一拳更厉害，把他钉在地板上，他再也起不来了。

女工们都吓呆了，急忙躲到一边去。

阿尔焦姆转身走了出去。

普罗霍尔满脸是血，在地上挣扎着。

这天晚上，阿尔焦姆没有从机车库回家。

母亲打听到，阿尔焦姆被关进了宪兵队。

六天以后，阿尔焦姆才回到家里。那是在晚上，母亲已经睡了，保尔还在床上坐着。阿尔焦姆走到他跟前，深情地问："怎么样，弟弟，好点了吗？"他在弟弟身旁坐了下来。

"比这更倒霉的事也有的是。"沉默了一会儿，又接着说："没关系，你到发电厂去干活吧。我已经替你讲过了，你可以在那儿学门手艺。"

保尔双手紧紧地握住了阿尔焦姆的大手。

(选自《钢铁是怎样炼成的》. 尼古拉·奥斯特洛夫斯基. 梅益译.
北京：人民文学出版社，1955)

【赏析】

《钢铁是怎样炼成的》所描述的事件发生于1915年直到20世纪30年代初那一段历史时期。保尔·柯察金是作者着力塑造的中心人物，也是书中塑造得最为成功的共产主义战士的形象，他是在老布尔什维克朱赫莱的影响下从自发走向自觉的。

保尔总是把党和祖国的利益放在第一位，在那血与火的时代，保尔和父兄们一起驰骋于疆场，为保卫苏维埃政权，同外国武装干涉者和白匪进行了不屈不挠的斗争。在那医治战争创伤、恢复国民经济的年头，保尔又以全部热情投入到和平劳动之中，他的那种苦干精神和拼搏精神，正显示了当代建设者们的崇高品质。在修筑铁路中，保尔所在的潘克拉托夫小队"拼命走在前头"，以"疯狂的速度"工作着。保尔从未屈膝投降过。他总是随时准备承受对自己最沉重的打击。他经受住了一切考验，在对待友谊、爱情和家庭等问题上，他也经受住了考验，表现出崇高的共产主义道德原则。

保尔全身瘫痪、双目失明后，非常苦恼，不能自拔，他产生了自杀的念头。这时故事情节发展到了十分紧张的程度。自杀就等于背叛革命——正因为如此，手枪的枪口才那样"鄙夷地瞪着保尔的眼睛"，于是，他以冷酷无情的严峻态度谴责自己说："老兄，你平时说什么要干出一番英雄事业来，原来全是纸上谈兵！……你有没有尝试过战胜这种生活！……你已经尽了最大努力设法冲出这个铁环吗？即使到了生活实在难以忍受的时候，也要想办法活下去。要使生活变得更有益。没有比掉队更可怕的了。"对于一个双目失明的青年共产党员来说，他生命的全部需要，就是能够继续为党工作。他以坚强的毅力克服了悲剧命运的打击，开始了为争取归队而进行的斗争。保尔也以自己的毕生精力，实践了自己的原则："人最宝贵的是生命，生命每个人只有一次。人的一生应该这样度过：当他回首往事的时候，不因虚度年华而悔恨，也不因碌碌无为而羞愧；这样，在临死的时候他就能够说：'我的整个生命和全部精力，都献给了世界上最壮丽的事业——为人类的解放而斗争。'"这是保尔战斗一生的真实写照，也是他革命乐观主义的深刻概括。

作者在塑造保尔这一形象时，用内心独白、书信、格言警句的方式，揭示了主人公内心的全部复杂性和成长过程。保尔的形象是社会主义青年一代中最光辉最典型的代表。这也就是为什么保尔·柯察金这个名字能够响彻世界,《钢铁是怎样炼成的》能够成为青年生活教科书的根本原因。同时,无论从思想内容还是艺术形式来看,这部小说都可称之为 20 世纪 30 年代苏联文学中最优秀的作品之一,而就它对读者影响的力度和深度来说,在世界文学史上也是独一无二的。

思考与练习

1. 简要概述这一章的主要内容。
2. 结合文章,理解保尔的成长之路。

热 爱 生 命

杰克·伦敦

一切,总算剩下了这一点——
他们经历了生活的困苦颠连;
能做到这种地步也就是胜利,
尽管他们输掉了赌博的本钱。

他们两个一瘸一拐地,吃力地走下河岸,有一次,走在前面的那个还在乱石中间失足摇晃了一下。他们又累又乏,因为长期忍受苦难,脸上都带着愁眉苦脸、咬牙苦熬的表情。他们肩上捆着用毯子包起来的沉重包袱。总算那条勒在额头上的皮带还得力,帮着吊住了包袱。他们每人拿着一支来福枪。他们弯着腰走路,肩膀冲向前面,而脑袋冲得更前,眼睛总是瞅着地面。

"我们藏在地窖里的那些子弹,我们身边要有两三发就好了。"走在后面的那个人说道。

他的声调,阴沉沉的,干巴巴的,完全没有感情。他冷冷地说着这些话;前面的那个只顾一瘸一拐地向流过岩石、激起一片泡沫的白茫茫的小河里走去,一句话也不回答。

后面的那个紧跟着他。他们两个都没有脱掉鞋袜,虽然河水冰冷——冷得他们脚腕子疼痛,两脚麻木。每逢走到河水冲击着他们膝盖的地方,两个人都摇摇晃晃地站不稳,跟在后面的那个在一块光滑的圆石头上滑了一下,差一点没摔倒,但是,他猛力一挣,站稳了,同时痛苦地尖叫了一声。他仿佛有点头昏眼花,一面摇晃着,一面伸出那只闲着的手,好象打算扶着空中的什么东西。站稳之后,他再向前走去,不料又摇晃了一下,几乎摔倒。于是,他就站着不动,瞧着前面那个一直没有回过头的人。

他这样一动不动地足足站了一分钟,好象心里在说服自己一样。接着,他就叫了起来:"喂,比尔,我扭伤脚腕子啦。"

比尔在白茫茫的河水里一摇一晃地走着。他没有回头。

后面那个人瞅着他这样走去,脸上虽然照旧没有表情,眼睛里却流露着跟一头受伤的鹿一样的神色。

前面那个人一瘸一拐，登上对面的河岸，头也不回，只顾向前走去，河里的人眼睁睁地瞧着。他的嘴唇有点发抖，因此，他嘴上那丛乱棕似的胡子也在明显地抖动。他甚至不知不觉地伸出舌头来舔舔嘴唇。

"比尔！"他大声地喊着。

这是一个坚强的人在患难中求援的喊声，但比尔并没有回头。他的伙伴干瞧着他，只见他古里古怪地一瘸一拐地走着，跌跌冲冲地前进，摇摇晃晃地登上一片不陡的斜坡，向矮山头上不十分明亮的天际走去。他一直瞧着他跨过山头，消失了踪影。于是他掉转眼光，慢慢扫过比尔走后留给他的那一圈世界。

靠近地平线的太阳，像一团快要熄灭的火球，几乎被那些混混沌沌的浓雾同蒸气遮没了，让你觉得它好像是什么密密团团，然而轮廓模糊、不可捉摸的东西。这个人单腿立着休息，掏出了他的表，现在是四点钟，在这种七月底或者八月初的季节里——他说不出一两个星期之内的确切的日期——他知道太阳大约是在西北方。他瞧了瞧南面，知道在那些荒凉的小山后面就是大熊湖；同时，他还知道在那个方向，北极圈的禁区界线深入到加拿大冻土地带之内。他所站的地方，是铜矿河的一条支流，铜矿河本身则向北流去，通向加冕湾和北冰洋。他从来没到过那儿，但是，有一次，他在赫德森湾公司的地图上曾经瞧见过那地方。

他把周围那一圈世界重新扫了一遍。这是一片叫人看了发愁的景象。到处都是模糊的天际线。小山全是那么低低的。没有树，没有灌木，没有草——什么都没有，只有一片辽阔可怕的荒野，迅速地使他两眼露出了恐惧神色。

"比尔！"他悄悄地、一次又一次地喊道："比尔！"

他在白茫茫的水里畏缩着，好象这片广大的世界正在用压倒一切的力量挤压着他，正在残忍地摆出得意的威风来摧毁他。他象发疟子似地抖了起来，连手里的枪都哗啦一声落到水里。这一声总算把他惊醒了。他和恐惧斗争着，尽力鼓起精神，在水里摸索，找到了枪。他把包袱向左肩挪动了一下，以便减轻扭伤的脚腕子的负担。接着，他就慢慢地，小心谨慎地，疼得闪闪缩缩地向河岸走去。

他一步也没有停。他像发疯似地拼着命，不顾疼痛，匆匆登上斜坡，走向他的伙伴失去踪影的那个山头——比起那个瘸着腿，一瘸一拐的伙伴来，他的样子更显得古怪可笑。可是到了山头，只看见一片死沉沉的、寸草不生的浅谷。他又和恐惧斗争着，克服了它，把包袱再往左肩挪了挪，蹒跚地走下山坡。

谷底一片潮湿，浓厚的苔藓，像海绵一样，紧贴在水面上。他走一步，水就从他脚底下溅射出来，他每次一提起脚，就会引起一种吧唧吧唧的声音，因为潮湿的苔藓总是吸住他的脚，不肯放松。他挑着好路，从一块沼地走到另一块沼地，并且顺着比尔的脚印，走过一堆一堆的，像突出在这片苔藓海里的小岛一样的岩石。

他虽然孤零零的一个人，却没有迷路。他知道，再往前去，就会走到一个小湖旁边，那儿有许多极小极细的枯死的枞树,当地的人把那儿叫作"提青尼其利"——意思是"小棍子地"。而且,还有一条小溪通到湖里,溪水不是白茫茫的。

溪上有灯心草——这一点他记得很清楚——但是没有树木,他可以沿着这条小溪一直走到水源尽头的分水岭。他会翻过这道分水岭,走到另一条小溪的源头,这条溪是向西流的,他可以顺着水流走到它注入狄斯河的地方,那里,在一条翻了的独木船下面可以找到一个小坑,坑上面堆着许多石头。这个坑里有他那支空枪所需要的子弹,还有钓钩、钓丝和一张小鱼网——打猎钓鱼求食的一切工具。同时,他还会找到面粉——并不多——此外还有一块腌猪肉同一些豆子。

比尔会在那里等他的,他们会顺着狄斯河向南划到大熊湖。接着,他们就会在湖里朝南方划,一直朝南,直到麦肯齐河。到了那里,他们还要朝着南方,继续朝南方走去,那么冬天就怎么也赶不上他们了。让湍流结冰吧,让天气变得更凛冽吧,他们会向南走到一个暖和的赫德森湾公司的站头,那儿不仅树木长得高大茂盛,吃的东西也多得不得了。

这个人一路向前挣扎的时候,脑子里就是这样想的。他不仅苦苦地拼着体力,也同样苦苦地绞着脑汁,他尽力想着比尔并没有抛弃他,想着比尔一定会在藏东西的地方等他。

他不得不这样想,不然,他就用不着这样拼命,他早就会躺下来死掉了。当那团模糊的像圆球一样的太阳慢慢向西北方沉下去的时候,他一再盘算着在冬天追上他和比尔之前,他们向南逃去的每一寸路。他反复地想着地窖里和赫德森湾公司站头上的吃的东西。他已经两天没吃东西了,至于没有吃到他想吃的东西的日子,那就更不止两天了。他常常弯下腰,摘起沼地上那种灰白色的浆果,把它们放到口里,嚼几嚼,然后吞下去。这种沼地浆果只有一小粒种籽,外面包着一点浆水。一进口,水就化了,种籽又辣又苦。他知道这种浆果并没有养分,但是他仍然抱着一种不顾道理,不顾经验教训的希望,耐心地嚼着它们。

走到九点钟,他在一块岩石上绊了一下,因为极端疲倦和衰弱,他摇晃了一下就栽倒了。他侧着身子、一动也不动地躺了一会。接着,他从捆包袱的皮带当中脱出身子,笨拙地挣扎起来勉强坐着。这时候,天还没有完全黑,他借着留连不散的暮色,在乱石中间摸索着,想找到一些干枯的苔藓。后来,他收集了一堆,就升起一蓬火——一蓬不旺的,冒着黑烟的火——并且放了一白铁罐子水在上面煮着。

他打开包袱,第一件事就是数数他的火柴。一共六十六根。为了弄清楚,他数了三遍。他把它们分成几份,用油纸包起来,一份放在他的空烟草袋里,一份放在他的破帽子的帽圈里,最后一份放在贴胸的衬衫里面。做完以后,他忽然感到一阵恐慌,于是把它们完全拿出来打开,重新数过。

仍然是六十六根。

他在火边烘着潮湿的鞋袜。鹿皮鞋已经成了湿透的碎片。毡袜子有好多地方都磨穿了,两只脚皮开肉绽,都在流血。一只脚腕子胀得血管直跳,他检查了一下。它已经肿得和膝盖一样粗了。他一共有两条毯子,他从其中的一条撕下一长条,把脚腕子捆紧。此外,他又撕下几条,裹在脚上,代替鹿皮鞋和袜子。接着,他喝完那罐滚烫的水,上好表的发条,就爬进两条毯子当中。

他睡得跟死人一样。午夜前后的短暂的黑暗来而复去。

太阳从东北方升了起来——至少也得说那个方向出现了曙光,因为太阳给乌云遮住了。

六点钟的时候,他醒了过来,静静地仰面躺着。他仰视着灰色的天空,知道肚子饿了。当他撑住胳膊肘翻身的时候,一种很大的呼噜声把他吓了一跳,他看见了一只公鹿,它正在用机警好奇的眼光瞧着他。这个牲畜离他不过五十尺光景,他脑子里立刻出现了鹿肉排在火上烤得咝咝响的情景和滋味。他无意识地抓起了那支空枪,瞄好准星,扣了一下扳机。公鹿哼了一下,一跳就跑开了,只听见它奔过山岩时蹄子得得乱响的声音。

这个人骂了一句,扔掉那支空枪。他一面拖着身体站起来,一面大声地哼哼。这是一件很慢、很吃力的事。他的关节都像生了锈的铰链。它们在骨臼里的动作很迟钝,阻力很大,一屈一伸都得咬着牙才能办到。最后,两条腿总算站住了,但又花了一分钟左右的工夫才挺起腰,让他能够像一个人那样站得笔直。

他慢腾腾地登上一个小丘,看了看周围的地形。既没有树木,也没有小树丛,什么都没有,只看到一望无际的灰色苔藓,偶尔有点灰色的岩石,几片灰色的小湖,几条灰色的小溪,算是一点变化点缀。天空是灰色的。没有太阳,也没有太阳的影子。他不知道哪儿是北方,他已经忘掉了昨天晚上他是怎样取道走到这里的。不过他并没有迷失方向。

这他是知道的。不久他就会走到那块"小棍子地"。他觉得它就在左面的什么地方,而且不远——可能翻过下一座小山头就到了。

于是他就回到原地,打好包袱,准备动身。他摸清楚了那三包分别放开的火柴还在,虽然没有停下来再数数。不过,他仍然踌躇了一下,在那儿一个劲地盘算,这次是为了一个厚实的鹿皮口袋。袋子并不大。他可以用两只手把它完全遮没。他知道它有十五磅——相当于包袱里其他东西的总和——这个口袋使他发愁。最后,他把它放在一边,开始卷包袱。可是,卷了一会,他又停下手,盯着那个鹿皮口袋。他匆忙地把它抓到手里,用一种反抗的眼光瞧瞧周围,仿佛这片荒原要把它抢走似的。等到他站起来,摇摇晃晃地开始这一天的路程的时候,这个口袋仍然包在他背后的包袱里。

他转向左面走着,不时停下来吃沼地上的浆果。扭伤的脚腕子已经僵了,他比以前跛得更明显,但是,比起肚子里的痛苦,脚疼就算不了什么。饥饿的疼痛是剧烈的。它们一阵一阵地发作,好象在啃着他的胃,疼得他不能把思想集中在到"小棍子地"必须走的路线上。沼地上的浆果并不能减轻这种剧痛,那种刺激性的味道反而使他的舌头和口腔热辣辣的。

他走到了一个山谷,那儿有许多松鸡从岩石和沼地里呼呼地拍着翅膀飞起来。它们发出一种"咯儿、咯儿、咯儿"的叫声。他拿石子打它们,但是打不中。他把包袱放在地上,像猫捉麻雀一样地偷偷走过去。锋利的岩石穿过他的裤子,划破了他的腿,直到膝盖流出的血在地面上留下一道血迹；但是在饥饿的痛苦中，这种痛苦也算不了什么。他在潮湿的苔藓上爬着，弄得衣服湿透，身上发冷；可是这些他都没有觉得，因为他想吃东西的念头那么强烈。而那一群松鸡却总是在他面前飞起来，呼呼地转，到后来，它们那种"咯儿、咯儿、咯儿"的叫声简直变成了对他的嘲笑，于是他就咒骂它们，随着它们的叫声对它们大叫起来。

有一次，他爬到了一定是睡着了的一只松鸡旁边。他一直没有瞧见，直到它从岩石的角落里冲着他的脸窜起来，他才发现。他像那只松鸡起飞一样惊慌，抓了一把，只捞到了三根尾巴上的羽毛。当他瞅着它飞走的时候，他心里非常恨它，好像它做了什么对不起他的事。随后他回到原地，背起包袱。

时光渐渐消逝，他走进了连绵的山谷，或者说是沼地，这些地方的野物比较多。一群驯鹿走了过去，大约有二十多头，都呆在可望而不可及的来福枪的射程以内。他心里有一种发狂似的、想追赶它们的念头，而且相信自己一定能追上去捉住它们。一只黑狐狸朝他走了过来，嘴里叼着一只松鸡。这个人喊了一声。这是一种可怕的喊声，那只狐狸吓跑了，可是没有丢下松鸡。

傍晚时，他顺着一条小河走去，由于含着石灰而变成乳白色的河水从稀疏的灯心草丛里流过去。他紧紧抓住这些灯心草的根部，拔起一种好象嫩葱芽，只有木瓦上的钉子那么大的东西。这东西很嫩，他的牙齿咬进去，会发出一种咯吱咯吱的声音，仿佛味道很好。但是它的纤维却不容易嚼。

它是由一丝丝的充满了水份的纤维组成的：跟浆果一样，完全没有养份。他丢开包袱，爬到灯心草丛里，像牛似的大咬大嚼起来。他非常疲倦，总希望能歇一会——躺下来睡个觉；可是他又不得不继续挣扎前进——不过，这并不一定是因为他急于要赶到"小棍子地"，多半还是饥饿在逼着他。他在小水坑里找青蛙，或者用指甲挖土找小虫，虽然他也知道，在这么远的北方，是既没有青蛙也没有小虫的。

他瞧遍了每上个水坑，都没有用，最后，到了漫漫的暮色袭来的时候，他才发现一个水坑里有一条独一无二的、像鲦鱼般的小鱼。他把胳膊伸下水去，一直没到肩头，但是它又溜开了。于是他用双手去捉，把池底的乳白色泥浆全搅浑了。正在紧张的关头，他掉到了坑里，半身都浸湿了。现在，水太浑了，看不清鱼在哪儿，他只好等着，等泥浆沉淀下去。

他又捉起来，直到水又搅浑了。可是他等不及了，便解下身上的白铁罐子，把坑里的水舀出去；起初，他发狂一样地舀着，把水溅到自己身上，同时，因为泼出去的水距离太近，水又流到坑里。后来，他就更小心地舀着，尽量让自己冷静一点，虽然他的心跳得很厉害，手在发抖。这样过了半小时，坑里的水差不多舀光了。剩下来的连一杯也不到。

可是，并没有什么鱼；他这才发现石头里面有一条暗缝，那条鱼已经从那里钻到了旁边一个相连的大坑——坑里的水他一天一夜也舀不干。如果他早知道有这个暗缝，他一开始就会把它堵死，那条鱼也就归他所有了。他这样想着，四肢无力地倒在潮湿的地上。起初,他只是轻轻地哭,过了一会,他就对着把他团团围住的无情的荒原嚎啕大哭起来;后来,他又大声抽噎了好久。

他升起一蓬火,喝了几罐热水让自己暖和暖和,并且照昨天晚上那样在一块岩石上露宿。最后他检查了一下火柴是不是干燥,并且上好表的发条,毯子又湿又冷,脚腕子疼得在悸动。可是他只有饿的感觉,在不安的睡眠里,他梦见了一桌桌酒席和一次次宴会,以及各种各样的摆在桌上的食物。

醒来时,他又冷又不舒服。天上没有太阳。灰蒙蒙的大地和天空变得愈来愈阴沉昏暗。一阵刺骨的寒风刮了起来,初雪铺白了山顶。他周围的空气愈来愈浓,成了白茫茫的一片,这时,他已经升起火,又烧了一罐开水。天上下的一半是雨,一半是雪,雪花又大又潮。起初,一落到地面就融化了,但后来越下越多,盖满了地面,淋熄了火,糟蹋了他那些当作燃料的干苔藓。

这是一个警告,他得背起包袱,一瘸一拐地向前走;至于到哪儿去,他可不知道。他既不关心"小棍子地",也不关心比尔和狄斯河边那条翻过来的独木舟下的地窖。他完全给"吃"这个词儿管住了。他饿疯了。他根本不管他走的是什么路,只要能走出这个谷底就成。他在湿雪里摸索着,走到湿漉漉的沼地浆果那儿,接着又一面连根拔着灯心草,一面试探着前进。不过这东西既没有味,又不能把肚子填饱。

后来,他发现了一种带酸味的野草,就把找到的都吃了下去,可是找到的并不多,因为它是一种蔓生植物,很容易给几寸深的雪埋没。那天晚上他既没有火,也没有热水,他就钻在毯子里睡觉,而且常常饿醒。这时,雪已经变成了冰冷的雨。他觉得雨落在他仰着的脸上,给淋醒了好多次。天亮了——又是灰蒙蒙的一天,没有太阳。雨已经停了。刀绞一样的饥饿感觉也消失了。他已经丧失了想吃食物的感觉。他只觉得胃里隐隐作痛,但并不使他过分难过。他的脑子已经比较清醒,他又一心一意的想着"小棍子地"和狄斯河边的地窖了。

他把撕剩的那条毯子扯成一条条的,裹好那双鲜血淋淋的脚。同时把受伤的脚腕子重新捆紧,为这一天的旅行做好准备。等到收拾包袱的时候,他对着那个厚实的鹿皮口袋想了很久,但最后还是把它随身带着。

雪已经给雨水淋化了,只有山头还是白的。太阳出来了,他总算能够定出罗盘的方位来了,虽然他知道现在他已经迷了路。在前两天的游荡中,他也许走得过分偏左了。因此,他为了校正,就朝右面走,以便走上正确的路程。

现在,虽然饿的痛苦已经不再那么敏锐,他却感到了虚弱。他在摘那种沼地上的浆果,或者拔灯心草的时候,常常不得不停下来休息一会。他觉得他的舌头很干燥,很大,好像上面长满了细毛,含在嘴里发苦。他的心脏给他添了很多麻烦。他每走几分钟,心里就会猛烈地怦怦地跳一阵,然后变成一种痛苦的一起一落的迅速猛跳,逼得他透不过气,只觉得头昏眼花。

中午时分,他在一个大水坑里发现了两条鲦鱼。把坑里的水舀干是不可能的,但是现在他比较镇静,就想法子用白铁罐子把它们捞起来。它们只有他的小指头那么长,但是他现在并不觉得特别饿。胃里的隐痛已经愈来愈麻木,愈来愈不觉得了。他的胃几乎象睡着了似的。他把鱼生吃下去,费劲地咀嚼着,因为吃东西已成了纯粹出于理智的动作。他虽然并不想吃,但是他知道,为了活下去,他必须吃。

黄昏时候,他又捉到了三条鲦鱼,他吃掉两条,留下一条作第二天的早饭。太阳已经晒干了零星散漫的苔藓,他能够烧点热水让自己暖和暖和了。这一天,他走了不到十里路;第二天,只要心脏许可,他就往前走,只走了五里多地。但是胃里却没有一点不舒服的感觉。它已经睡着了。

现在,他到了一个陌生的地带,驯鹿愈来愈多,狼也多起来了。荒原里常常传出狼嗥的声音,有一次,他还瞧见了三只狼在他前面的路上穿过。

又过了一夜;早晨,因为头脑比较清醒,他就解开系着那厚实的鹿皮口袋的皮绳,从袋口倒出一股黄澄澄的粗金沙和金块。他把这些金子分成了大致相等的两堆,一堆包在一块毯子里,在一块突出的岩石上藏好,把另外那堆仍旧装到口袋里。同时,他又从剩下的那条毯子上撕下几条,用来裹脚。他仍然舍不得他的枪,因为狄斯河边的地窖里有子弹。

这是一个下雾的日子,这一天,他又有了饿的感觉。他的身体非常虚弱,他一阵一阵地晕得什么都看不见。现在,对他来说,一绊就摔跤已经不是稀罕事了。有一次,他给绊了一跤,正好摔到一个松鸡窝里。那里面有四只刚孵出的小松鸡,出世才一天光景——那些活蹦乱跳的小生命只够吃一口。他狼吞虎咽,把它们活活塞到嘴里,像嚼蛋壳似地吃起来,母松鸡大吵大叫地在他周围扑来扑去。他把枪当作棍子来打它,可是它闪开了。他投石子打它,碰巧打伤了它的一个翅膀。松鸡拍击着受伤的翅膀逃开了,他就在后面追赶。

那几只小鸡只引起了他的胃口。他拖着那只受伤的脚腕子,一瘸一拐,跌跌冲冲地追下去,时而对它扔石子,时而粗声吆喝;有时候,他只是一瘸一拐,不声不响地追着,摔倒了就咬着牙、耐心地爬起来,或者在头晕得支持不住的时候用手揉揉眼睛。

这么一追,竟然穿过了谷底的沼地,发现了潮湿苔藓上的一些脚印。这不是他自己的脚印,他看得出来。一定是比尔的。不过他不能停下,因为母松鸡正在向前跑。他得先把它捉住,然后回来察看。

母松鸡给追得精疲力尽,可是他自己也累坏了。它歪着身子倒在地上喘个不停,他也歪着倒在地上喘个不停,只隔着十来尺,然而没有力气爬过去。等到他恢复过来,它也恢复过来了,他的手才伸过去,它就扑着翅膀,逃到他抓不到的地方。这场追赶就这样继续下去。天黑了,它终于逃掉了。由于浑身软弱无力绊了一跤,头重脚轻地栽下去,划破了脸,包袱压在背上。他一动不动地过了好久,后来才翻过身,侧着躺在地上,上好表,在那儿一直躺到早晨。

又是一个下雾的日子。他剩下的那条毯子已经有一半做了包脚布。他没有找到比尔的踪迹。可是没有关系。饿逼得他太厉害了——不过——不过他又想,是不是比尔也迷了路。走到中午的时候,累赘的包袱压得他受不了。于是他重新把金子分开,但这一次只把其中的一半倒在地上。到了下午，他把剩下来的那一点也扔掉了，现在，他只有半条毯子、那个白铁罐子和那支枪。

一种幻觉开始折磨他。他觉得有十足的把握，他还剩下一粒子弹。它就在枪膛里，而他一直没有想起。可是另一方面，他也始终明白，枪膛里是空的。但这种幻觉总是萦回不散。他斗争了几个钟头，想摆脱这种幻觉，后来他就打开枪，结果面对着空枪膛。这样的失望非常痛苦，仿佛他真的希望会找到那粒子弹似的。

经过半个钟头的跋涉之后，这种幻觉又出现了。他于是又跟它斗争，而它又缠住他不放，直到为了摆脱它，他又打开枪膛打消自己的念头。有时候，他越想越远，只好一面凭本能自动向前跋涉，一面让种种奇怪的念头和狂想，像蛆虫一样地啃他的脑髓。但是这类脱离现实的逻思大都维持不了多久，因为饥饿的痛苦总会把他刺醒。有一次，正在这样瞎想的时候，他忽然猛地惊醒过来，看到一个几乎叫他昏倒的东西。他像酒醉一样地晃荡着，好让自己不致跌倒。在他面前站着一匹马。一匹马！他简直不能相信自己的眼睛。他觉得眼前一片漆黑，霎时间金星乱迸。他狠狠地揉着眼睛，让自己瞧瞧清楚，原来它并不是马，而是一头大棕熊。这个畜生正在用一种好战的好奇眼光仔细察看着他。

这个人举枪上肩，把枪举起一半，就记起来。他放下枪，从屁股后面的镶珠刀鞘里拔出猎刀。他面前是肉和生命。他用大拇指试试刀刃。刀刃很锋利。刀尖也很锋利。

他本来会扑到熊身上，把它杀了的。可是他的心却开始了那种警告性的猛跳。接着又向上猛顶，迅速跳动，头像给铁箍箍紧了似的，脑子里渐渐感到一阵昏迷。

他的不顾一切的勇气已经给一阵汹涌起伏的恐惧驱散了。处在这样衰弱的境况中，如果那个畜生攻击他，怎么办？

他只好尽力摆出极其威风的样子，握紧猎刀，狠命地盯着那头熊。它笨拙地向前挪了两步，站直了，发出试探性的咆哮。

如果这个人逃跑，它就追上去，不过这个人并没有逃跑。现在，由于恐惧而产生的勇气已经使他振奋起来。同样地，他也在咆哮，而且声音非常凶野，非常可怕，发出那种生死攸关、紧紧地缠着生命的根基的恐惧。

那头熊慢慢向旁边挪动了一下，发出威胁的咆哮，连它自己也给这个站得笔直、毫不害怕的神秘动物吓住了。可是这个人仍旧不动。他像石像一样地站着，直到危险过去，他才猛然哆嗦了一阵，倒在潮湿的苔藓里。

他重新振作起来，继续前进，心里又产生了一种新的恐惧。这不是害怕他会束手无策地死于断粮的恐惧，而是害怕饥饿还没有耗尽他的最后一点求生力，他已经给凶残地摧毁了。这地方的狼很多。狼嗥的声音在荒原上飘来飘去，在空中交织成一片危险的罗网，好像伸手就可以摸到，吓得他不由举起双手，把它向后推去，仿佛它是给风刮紧了的帐篷。

那些狼，时常三三两两地从他前面走过。但是都避着他。一则因为它们为数不多，此外，它们要找的是不会搏斗的驯鹿，而这个直立走路的奇怪动物却可能既会抓又会咬。

傍晚时他碰到了许多零乱的骨头，说明狼在这儿咬死过一头野兽。这些残骨在一个钟头以前还是一头小驯鹿,一面尖叫,一面飞奔,非常活跃。他端详着这些骨头,它们已经给啃得精光发亮,其中只有一部分还没有死去的细胞泛着粉红色。难道在天黑之前,他也可能变成这个样子吗?生命就是这样吗,呃?真是一种空虚的、转瞬即逝的东西。只有活着才感到痛苦。死并没有什么难过。死就等于睡觉。它意味着结束,休息。那么,为什么他不甘心死呢?

但是,他对这些大道理想得并不长久。他蹲在苔藓地上,嘴里衔着一根骨头,吮吸着仍然使骨头微微泛红的残余生命。甜蜜蜜的肉味,跟回忆一样隐隐约约,不可捉摸,却引得他要发疯。他咬紧骨头,使劲地嚼。有时他咬碎了一点骨头,有时却咬碎了自己的牙,于是他就用岩石来砸骨头,把它捣成了酱,然后吞到肚里。匆忙之中,有时也砸到自己的指头,使他一时感到惊奇的是,石头砸了他的指头他并不觉得很痛。

接着下了几天可怕的雨雪。他不知道什么时候露宿,什么时候收拾行李。他白天黑夜都在赶路。他摔倒在哪里就在哪里休息,一到垂危的生命火花闪烁起来,微微燃烧的时候,就慢慢向前走。他已经不再像人那样挣扎了。逼着他向前走的,是他的生命,因为它不愿意死。他也不再痛苦了。他的神经已经变得迟钝麻木,他的脑子里则充满了怪异的幻象和美妙的梦境。

不过,他老是吮吸着,咀嚼着那只小驯鹿的碎骨头,这是他收集起来随身带着的一点残屑。他不再翻山越岭了,只是自动地顺着一条流过一片宽阔的浅谷的溪水走去。可是他既没有看见溪流,也没有看到山谷。他只看到幻象。他的灵魂和肉体虽然在并排向前走,向前爬,但它们是分开的,它们之间的联系已经非常微弱。

有一天,他醒过来,神智清楚地仰卧在一块岩石上。太阳明朗暖和。他听到远处有一群小驯鹿尖叫的声音。他只隐隐约约地记得下过雨,刮过风,落过雪,至于他究竟被暴风雨吹打了两天或者两个星期,那他就不知道了。

他一动不动地躺了好一会,温和的太阳照在他身上,使他那受苦受难的身体充满了暖意。这是一个晴天,他想道。

也许,他可以想办法确定自己的方位。他痛苦地使劲偏过身子,下面是一条流得很慢的很宽的河。他觉得这条河很陌生,真使他奇怪。他慢慢地顺着河望去,宽广的河湾婉蜒在许多光秃秃的小荒山之间,比他往日碰到的任何小山都显得更光秃,更荒凉,更低矮。他于是慢慢地,从容地,毫不激动地,或者至多也是抱着一种极偶然的兴致,顺着这条奇怪的河流的方向,向天际望去,只看到它注入一片明亮光辉的大海。他仍然不激动。太奇怪了,他想道,这是幻象吧,也许是海市蜃楼吧——多半是幻象,是他的错乱的神经搞出来的把戏。后来,他又看到光亮的大海上停泊着一只大船,就更加相信这是幻象。他眼睛闭了一会再睁开。奇怪,这种幻象竟会这样地经久不散!然而并不奇怪,他知道,在荒原中心绝不会有什么大海,大船,正像他知道他的空枪里没有子弹一样。

他听到背后有一种吸鼻子的声音——仿佛喘不出气或者咳嗽的声音。由于身体极端虚弱和僵硬,他极慢极慢地翻一个身。他看不出附近有什么东西,但是他耐心地等着。

又听到了吸鼻子和咳嗽的声音，离他不到二十尺远的两块岩石之间，他隐约看到一只灰狼的头。那双尖耳朵并不像别的狼那样竖得笔挺；它的眼睛昏暗无光，布满血丝；脑袋好像无力地、苦恼地耷拉着。这个畜生不断地在太阳光里霎眼。它好像有时正当他瞧着它的时候，它又发出了吸鼻子和咳嗽的声音。

至少，这总是真的，他一面想，一面又翻过身，以便瞧见先前给幻象遮住的现实世界。可是，远处仍旧是一片光辉的大海，那条船仍然清晰可见。难道这是真的吗？他闭着眼睛，想了好一会，毕竟想出来了。他一直在向北偏东走，他已经离开狄斯分水岭，走到了铜矿谷。这条流得很慢的宽广的河就是铜矿河。那片光辉的大海是北冰洋。那条船是一艘捕鲸船，本来应该驶往麦肯齐河口，可是偏了东，太偏了东了，目前停泊在加冕湾里。他记起了很久以前他看到的那张赫德森湾公司的地图，现在，对他来说，这完全是清清楚楚，入情入理的。

他坐起来，想着切身的事情。裹在脚上的毯子已经磨穿了，他的脚破得没有一处好肉。最后一条毯子已经用完了。枪和猎刀也不见了。帽子不知在什么地方丢了，帽圈里那小包火柴也一块丢了，不过，贴胸放在烟草袋里的那包用油纸包着的火柴还在，而且是干的。他瞧了一下表。时针指着十一点，表仍然在走。很清楚，他一直没有忘了上表。

他很冷静，很沉着。虽然身体衰弱已极，但是并没有痛苦的感觉。他一点也不饿。甚至想到食物也不会产生快感。

现在，他无论做什么，都只凭理智。他齐膝盖撕下了两截裤腿，用来裹脚。他总算还保住了那个白铁罐子。他打算先喝点热水，然后再开始向船走去，他已经料到这是一段可怕的路程。

他的动作很慢。他好像半身不遂地哆嗦着。等到他预备去收集干苔的时候，他才发现自己已经站不起来了。他试了又试，后来只好死了这条心，他用手和膝盖支着爬来爬去。有一次，他爬到了那只病狼附近。那个畜生，一面很不情愿地避开他，一面用那条好像连弯一下的力气都没有的舌头舔着自己的牙床。这个人注意到它的舌头并不是通常那种健康的红色，而是一种暗黄色，好象蒙着一层粗糙的、半干的粘膜。

这个人喝下热水之后，觉得自己可以站起来了，甚至还可以像想象中一个快死的人那样走路了。他每走一两分钟，就不得不停下来休息一会。他的步子软弱无力，很不稳，就像跟在他后面的那只狼一样又软又不稳。这天晚上，等到黑夜笼罩了光辉的大海的时候，他知道他和大海之间的距离只缩短了不到四里。

这一夜，他总是听到那只病狼咳嗽的声音，有时候，他又听到了一群小驯鹿的叫声。他周围全是生命，不过那是强壮的生命，非常活跃而健康的生命，同时他也知道，那只病狼所以要紧跟着他这个病人，是希望他先死。早晨，他一睁开眼睛就看到这个畜生正用一种如饥似渴的眼光瞪着他。它夹着尾巴蹲在那儿，好像一条可怜的倒霉的狗。早晨的寒风吹得它直哆嗦，每逢这个人对它勉强发出一种低声咕噜似的吆喝，它就无精打采地呲着牙。

太阳亮堂堂地升了起来，这一早晨，他一直在绊绊跌跌地，朝着光辉的海洋上的那条船走。天气好极了。这是高纬度地方的那种短暂的晚秋。它可能连续一个星期。也许明后天就会结束。

下午，这个人发现了一些痕迹，那是另外一个人留下的，他不是走，而是爬的。他认为可能是比尔，不过他只是漠不关心地想想罢了。他并没有什么好奇心。事实上，他早已失去了兴致和热情。他已经不再感到痛苦了。他的胃和神经都睡着了。但是内在的生命却逼着他前进。他非常疲倦，然而他的生命却不愿死去。正因为生命不愿死，他才仍然要吃沼地上的浆果和鲦鱼，喝热水，一直提防着那只病狼。

他跟着那个挣扎前进的人的痕迹向前走去，不久就走到了尽头——潮湿的苔藓上摊着几根才啃光的骨头，附近还有许多狼的脚印他发现了一个跟他自己的那个一模一样的厚实的鹿皮口袋，但已经给尖利的牙齿咬破了。他那无力的手已经拿不动这样沉重的袋子了，可是他到底把它提起来了。比尔至死都带着它。哈哈！他可以嘲笑比尔了。

他可以活下去，把它带到光辉的海洋里那条船上。他的笑声粗厉可怕，跟乌鸦的怪叫一样，而那条病狼也随着他，一阵阵地惨嗥。突然间，他不笑了。如果这真是比尔的骸骨，他怎么能嘲笑比尔呢；如果这些有红有白，啃得精光的骨头，真是比尔的话？

他转身走开了。不错，比尔抛弃了他；但是他不愿意拿走那袋金子，也不愿意吮吸比尔的骨头。不过，如果事情掉个头的话，比尔也许会做得出来的，他一面摇摇晃晃地前进，一面暗暗想着这些情形。

他走到了一个水坑旁边。就在他弯下腰找鲦鱼的时候，他猛然仰起头，好象给戳了一下。他瞧见了自己反映在水里的脸。脸色之可怕，竟然使他一时恢复了知觉，感到震惊了。这个坑里有三条鲦鱼，可是坑太大，不好舀；他用白铁罐子去捉，试了几次都不成，后来他就不再试了。他怕自己会由于极度虚弱，跌进去淹死。而且，也正是因为这一层，他才没有跨上沿着沙洲并排漂去的木头，让河水带着他走。

这一天，他和那条船之间的距离缩短了三里；第二天，又缩短了两里——因为现在他是跟比尔先前一样地在爬；到了第五天末尾，他发现那条船离开他仍然有七里，而他每天连一里也爬不到了。幸亏天气仍然继续放晴，他于是继续爬行，继续晕倒，辗转不停地爬，而那头狼也始终跟在他后面，不断地咳嗽和哮喘。他的膝盖已经和他的脚一样鲜血淋漓，尽管他撕下了身上的衬衫来垫膝盖，他背后的苔藓和岩石上仍然留下了一路血渍。有一次，他回头看见病狼正饿得发慌地舐着他的血渍，他不由得清清楚楚地看出了自己可能遭到的结局——除非——除非他干掉这只狼。于是，一幕从来没有演出过的残酷的求生悲剧就开始了——病人一路爬着，病狼一路跛行着，两个生灵就这样在荒原里拖着垂死的躯壳，相互猎取着对方的生命。

如果这是一条健康的狼，那么，他觉得倒也没有多大关系。可是，一想到自己要喂这么一只令人作呕、只剩下一口气的狼，他就觉得非常厌恶。他就是这样吹毛求疵。现在，他脑子里又开始胡思乱想，又给幻象弄得迷迷糊糊，而神智清楚的时候也愈来愈少，愈来愈短。

有一次，他从昏迷中给一种贴着他耳朵喘息的声音惊醒了。那只狼一跛一跛地跳回去，它因为身体虚弱，一失足摔了一跤。样子可笑极了，可是他一点也不觉得有趣。他甚至也不害怕。他已经到了这一步，根本谈不到那些。不过，这一会，他的头脑却很清醒，于是他躺在那儿，仔细地考虑。

那条船离他不过四里路，他把眼睛擦净之后，可以很清楚地看到它；同时，他还看出了一条在光辉的大海里破浪前进的小船的白帆。可是，无论如何他也爬不完这四里路。这一点，他是知道的，而且知道以后，他还非常镇静。他知道他连半里路也爬不了。不过，他仍然要活下去。在经历了千辛万苦之后，他居然会死掉，那未免太不合理了。命运对他实在太苛刻了，然而，尽管奄奄一息，他还是不情愿死。也许，这种想法完全是发疯，不过，就是到了死神的铁掌里，他仍然要反抗它，不肯死。

他闭上眼睛，极其小心地让自己镇静下去。疲倦像涨潮一样，从他身体的各处涌上来，但是他刚强地打起精神，绝不让这种令人窒息的疲倦把他淹没。这种要命的疲倦，很像一片大海，一涨再涨，一点一点地淹没他的意识。有时候，他几乎完全给淹没了，他只能用无力的双手划着，漂游过那黑茫茫的一片；可是，有时候，他又会凭着一种奇怪的心灵作用，另外找到一丝毅力，更坚强地划着。

他一动不动地仰面躺着，现在，他能够听到病狼一呼一吸地喘着气，慢慢地向他逼近。它愈来愈近，总是在向他逼近，好像经过了无穷的时间，但是他始终不动。它已经到了他耳边。那条粗糙的干舌头正像砂纸一样地磨擦着他的两腮。他那两只手一下子伸了出来——或者，至少也是他凭着毅力要它们伸出来的。他的指头弯得象鹰爪一样，可是抓了个空。敏捷和准确是需要力气的，他没有这种力气。

那只狼的耐心真是可怕。这个人的耐心也一样可怕。

这一天，有一半时间他一直躺着不动，尽力和昏迷斗争，等着那个要把他吃掉，而他也希望能吃掉的东西。有时候，疲倦的浪潮涌上来，淹没了他，他会做起很长的梦；然而在整个过程中，不论醒着或是做梦，他都在等着那种喘息和那条粗糙的舌头来舐他。

他并没有听到这种喘息，他只是从梦里慢慢苏醒过来，觉得有条舌头在顺着他的一只手舐去。他静静地等着。狼牙轻轻地扣在他手上了；扣紧了；狼正在尽最后一点力量把牙齿咬进它等了很久的东西里面。可是这个人也等了很久，那只给咬破了的手也抓住了狼的牙床。于是，慢慢地，就在狼无力地挣扎着，他的手无力地掐着的时候，他的另一只手已经慢慢摸过来，一下把狼抓住，五分钟之后，这个人已经把全身的重量都压在狼的身上。他的手的力量虽然还不足以把狼掐死，可是他的脸已经紧紧地压住了狼的咽喉，嘴里已经满是狼毛。半小时后，这个人感到一小股暖和的液体慢慢流进他的喉咙。这东西并不好吃，就像硬灌到他胃里的铅液，而且是纯粹凭着意志硬灌下去的。后来，这个人翻了一个身，仰面睡着了。

捕鲸船"白德福号"上，有几个科学考察队的人员。他们从甲板上望见岸上有一个奇怪的东西。它正在向沙滩下面的水面挪动。他们没法分清它是哪一类动物，但是，因为他们都是研究科学的人，他们就乘了船旁边的一条捕鲸艇，到岸上去察看。接着，他们发现了一个活着的动物，可是很难把它称作人。它已经瞎了，失去了知觉。它就像一条大虫子在地上蠕动着前进。它用的力气大半都不起作用，但是它老不停，它一面摇晃，一面向前扭动，照它这样，一点钟大概可以爬上二十尺。

三星期以后，这个人躺在捕鲸船"白德福号"的一个铺位上，眼泪顺着他的削瘦的面颊往下淌，他说出他是谁和他经过的一切。同时，他又含含糊糊地、不连贯地谈到了他的母亲，谈到了阳光灿烂的南加利福尼亚，以及桔树和花丛中的他的家园。

没过几天，他就跟那些科学家和船员坐在一张桌子旁边吃饭了，他馋得不得了地望着面前这么多好吃的东西，焦急地瞧着它溜进别人口里。每逢别人咽下一口的时候，他眼睛里就会流露出一种深深惋惜的表情。他的神志非常清醒，可是，每逢吃饭的时候，他免不了要恨这些人。他给恐惧缠住了，他老怕粮食维持不了多久。他向厨子，船舱里的服务员和船长打听食物的贮藏量。他们对他保证了无数次，但是他仍然不相信，仍然会狡猾地溜到贮藏室附近亲自窥探。

看起来，这个人正在发胖。他每天都会胖一点。那批研究科学的人都摇着头，提出他们的理论。他们限制了这个人的饭量，可是他的腰围仍然在加大，身体胖得惊人。

水手们都咧着嘴笑。他们心里有数。等到这批科学家派人来监视他的时候，他们也知道了。他们看到他在早饭以后萎靡不振地走着，而且会象叫花子似地，向一个水手伸出手。那个水手笑了笑，递给他一块硬面包，他贪婪地把它拿住，像守财奴瞅着金子般地瞅着它，然后把它塞到衬衫里面。别的咧着嘴笑的水手也送给他同样的礼品。

这些研究科学的人很谨慎。他们随他去。但是他们常常暗暗检查他的床铺。那上面摆着一排排的硬面包，褥子也给硬面包塞得满满的；每一个角落里都塞满了硬面包。然而他的神志非常清醒。他是在防备可能发生的另一次饥荒——就是这么回事。研究科学的人说，他会恢复常态的；事实也是如此，"白德福号"的铁锚还没有在旧金山湾里隆隆地抛下去，他就正常了。

(选自《热爱生命》. 杰克·伦敦. 张明浩，余杰译.
上海：上海人民美术出版社，2008)

【赏析】

《热爱生命》创作于19世纪末20世纪初，首次发表于1907年，是美国小说家杰克·伦敦北方小说系列中震撼人心的短篇。小说以雄健、粗犷的笔触，叙述了一个淘金者在渺无人迹的荒原上，在孤立无助、极端衰竭的情况下，与严寒、饥饿、伤痛，与野兽进行顽强搏斗的悲壮历程，生动地展示了人性的伟大和坚强，寄寓了作者的人格理想和审美追求，具有深刻的寓言性和强烈的震撼力。

《热爱生命》呈现在我们面前的是茫茫无边的荒原。荒原里充满绊脚的石头、光秃秃的小山、连绵的山谷、暴戾的野兽。这些描写使我们深深感受到了它的阴森、恐怖。在荒原面前，主人公一次又一次地感受到挤压而来的强大压力，一种吞噬一切生命的压力。这里，荒原已成了强大自然界的象征，荒原的力量象征了自然界客观存在的原始力量。

孤独的淘金者挣扎在充满危险的荒原上，生命的力量在与荒原的交锋中得到了充分的展示，生命的价值也在生命力量的展示中达到了实现。从这个意义上说，小说表现的不仅仅是淘金者与荒原的较量，而是人与自然界的较量，淘金者成了面对自然界而拥有强健生命力的人类的象征，淘金者与荒原的搏斗，也就象征了人与自然界的搏斗。

淘金者最终走出了荒原——透过寓言式的情节，作品传达出一种博大的生命力量，一种坚强的生命意志，一种悲壮的人生美，从而揭示了深刻的哲理：热爱生命，适者生存，学会抗争，敢于胜利，只要生存的意念不灭，只要永不放弃，生命就会放射出耀眼的光辉。

高尔基称赞杰克·伦敦"善于刻画毅力坚强的人"。在《热爱生命》中，杰克·伦敦以巨大的艺术力量平静地叙述了一个惊心动魄的生命与死亡抗争的故事，充分展现出人性的光辉，奏响了一曲悲壮而永恒的人性颂歌。

面对死亡，主人公不断战胜恐惧，拖着扭伤的脚腕和血肉模糊的脚挣扎前行。他幻想着比尔会等待自己，他发疯地寻找食物，他抛弃所有却小心地保存着火柴，他对着无情的荒原号啕大哭，他对着袭来的大棕熊发出生死攸关的紧紧缠着生命根基的恐惧咆哮，他吮吸、咀嚼狼啃剩下的驯鹿的残骨，他日夜兼程，只有摔倒时才停下脚步，但只要垂危的生命火花闪烁起来微微燃烧，他就继续艰难地向前走、向前爬、向前扭动，只因为他的"生命"不愿意死去。正是对生命的强烈渴望，支撑着他向前挣扎，并在与狼的殊死搏斗中取得了胜利。生存的决心最终挽救了他，生命最终战胜了死亡，小说热情地歌颂了顽强的生命力和不屈的人性。而面对比尔的骸骨时的粗厉可怕的笑声和矛盾的心理，则表现出人性中最可贵的东西：即使在垂危、绝望之中，他仍然坚守了做人的道德良知。这可贵的人性，震撼着读者的灵魂。

作为杰克·伦敦最著名的小说之一，《热爱生命》融合了多种艺术手法，创作出一部精彩纷呈的文学精品。

成功的环境描写，烘托出生命意志的坚韧和顽强。小说把人物置于困苦险恶到极点的生存环境中，渺无人烟的荒原、寸草不生的浅谷、漫无边际的风雪、凶残暴戾的野兽……与淘金者严重伤病、极度虚弱、弹尽粮绝的境况相互衬托，生与死的抉择在险恶的背景下更为悲壮。

细腻的心理描写与逼真的细节刻画，展示出生命意志的冲突和刚毅。如主人公在等待中的幻想、对生与死的思索、对方位和路线的判断，如火柴数了又数、在水池边舀鱼、与熊和狼的较量，表现了面对死神决不放弃的抗争精神。

层递式的情节安排，扣人心弦。由伤痛，到饥饿、寒冷，到棕熊的威胁、病狼的攻击，历程越艰难，遭遇越凶险，情节环环相扣，使读者一直保持在紧张的状态，为他提心吊胆。而主人公与熊和狼的生死较量，则把故事推向了高潮。

　　杰克·伦敦所写的这个故事已经过去一百多年了，但主人公热爱生命的坚强信念、战胜一切的顽强意志，却时时给我们以奋进的力量和无穷的启示。

思考与练习

　　1. 有人认为，《热爱生命》是对达尔文生物进化论"物竞天择，适者生存"理论的诠释，你认为有道理吗？谈谈你的理解。

　　2. 西方许多文学作品的象征意味非常浓厚，杰克·伦敦就常常喜欢用"狼"自比。请揣摩文中的"狼"具有怎样的象征意义。

走 出 沙 漠

沈 宏

　　他们四人的眼睛都闪着凶光，并且又死死盯住那把挂在我胸前的水壶。而我的手始终紧紧攥住水壶带子，生怕一放松就会被他们夺去。

　　在这死一般沉寂的沙漠上，我们对峙着。这样的对峙，今天中午已经发生过了。

　　望着他们焦黄的面庞与干裂的嘴唇，我也曾产生过一种绝望，真想把水壶给他们，然后就……可我不能这样做！

　　半个月前，我们跟随肇教授沿着丝绸之路进行风俗民情考察。可是在七天前，谁也不知道怎么会迷了路，继而又走进了眼前这片杳无人烟的沙漠。干燥炎热的沙漠消耗了我们每个人的体力。食物已经没有了。最可怕的是干渴。谁都知道，在沙漠上没有水，就等于死亡。迷路前，我们每人都有一壶水；迷路后，为了节省水，肇教授把大家的水壶集中起来，统一分配。可昨天夜里，肇教授死了，临死前，他把挂在脖子上的最后一个水壶给我说："你们走出沙漠全靠它了，不到万不得已时，千万……千万别动它。坚持着，一定要走出沙漠。"

　　这会儿他们仍死死盯着我胸前的水壶。

　　我不知道什么时候能走出这片沙漠，而这水壶是我们的支柱。所以，不到紧要关头，我是决不会取下这水壶的，可万一他们要动手呢？看到他们绝望的神色，我心里很害怕，我强作镇静地问道："你们……""少啰唆！"满脸络腮胡子的孟海不耐烦地打断我，"快把水壶给我们。"说着一步一步向我逼近。他身后的三个人也跟了上来。

　　完了！水壶一旦让他们夺去，我会……我不敢想像那即将发生的一幕。突然，我跪了下来，"求求你们不要这样！你们想想教授临死前的话吧。"

　　他们停住了，一个个垂下脑袋。

　　我继续说："目前我们谁也不知道什么时候能走出沙漠，而眼下我们就剩下这壶水了。所以不到紧要关头还是别动它，现在离黄昏还有两个多小时，乘大家体力还行，快走吧。相信我，到了黄昏，我一定把水分给大家。"

大伙又慢慢朝前艰难地行走。这一天总算又过去了，可黄昏很快会来临。过了黄昏还有深夜，还有明天，到时……唉，听天由命吧。

茫茫无际的沙漠简直就像如来佛的手掌，任你怎么走也走不出，当我们又爬上一个沙丘时，已是傍晚了。

走在前面的孟海停了下来，又慢慢地转过身。

天边的夕阳渐渐地铺展开来，殷红殷红的，如流淌的血。那景色是何等壮观！夕阳下的我与孟海他们再一次对峙着，就像要展开一场生死的决斗。我想此时已无路可走，还是把水壶给他们。一种真正的绝望从心头闪过，就在我要摘下水壶时，只听郁平叫道："你们快听，好像有声音！"

大伙赶紧趴下，凝神静听，从而判断出声音是从左边的一个沙丘后传来的，颇似流水声。我马上跃起："那边可能有绿洲，快跑！"

果然，左边那高高的沙丘下出现一个绿洲。大家发疯似地涌向湖边……

夕阳西沉，湖对岸那一片绿色的树林生机勃勃，湖边开满了种种芬芳的野花。孟海他们躺在花丛中，脸上浮现出满足的微笑。也许这时他们已忘掉了还挂在我胸前的那个水壶。可我心里却非常难受，我把他们叫起来："现在我要告诉你们一件事。为什么我一再不让你们喝这壶水呢？其实里面根本没有水，只是一壶沙。"我把胸前的水壶摘下来，拧开盖。霎时，那黄澄澄的细沙流了出来。

大伙都惊住了。

我看了他们一眼，沉重地说："从昨天上午开始，我们已经没有水了。可教授没把真相告诉我们。他怕我们绝望，所以在胸前挂了一个水壶，让我们以为还有水。为了不让我们看出是空的，他偷偷地灌上一壶沙。事后，教授知道自己不行了，因为他已好几天不进水了，他把自己的一份水都给了我们。教授把事情告诉我并又嘱咐，千万别让大家知道这水壶的真相。它将支撑着我们走出沙漠。万一我不行了，你就接替下去……"

我再也说不下去了。孟海他们已泣不成声。当大家回头望着身后那片死一般沉寂的长路时，才明白是怎样走出了沙漠……

(选自《微型小说精品》．金萍，潘鸿愔编著．武汉：武汉出版社，1995)

杭州路10号

于德北

我讲一个我的故事。

今年的夏天对我来说很重要。

随着待业天数的不断增加，我愈发相信百无聊赖也是一种合理的生活方式。这当然是从前。很多故事都发生在从前，但未必从前的故事都可以改变一个人。我是人。我母亲给我讲的故事无法述诸数字，我依旧一天到晚吊儿郎当。

所以，我说改变一个人不容易。

夏初那个中午，我从一场棋战中挣脱出来，不免有些乏味。吃饭的时候，我忽然想出这样一种游戏：闭上眼睛在心里描绘自己所要寻找的女孩的模样，然后，把她当做自己的上帝，向她诉说自己的苦闷。这一定很有趣。

我激动。

名字怎么办？信怎么寄？

我潇洒地耸耸肩，洋腔洋味地说："都随便。"

乌——拉——！

万岁！这游戏。

我找了一张白纸，在上边一本正经地写了"雪雪，我的上帝"几个字。这是发向天国的一封信。我颇为动情地向她诉说我的一切，其中包括所谓的爱情经历(实际上是对邻家女儿的单相思)，包括待业始末，包括失去双腿双手的痛苦(这是撒谎！)。

杭州路10号袁小雪。

有没有杭州路我不知道，也不必知道。我说过，这是游戏，是一封类似乡下爷爷收的信。

信寄出去了。

我很快便把它忘却。

生活中竟有这么巧的事，巧的让人害怕。

几天之后，我正躺在床上看书，突然一阵急切的敲门声把我惊起，我打开门，邮递员的手正好触到我的鼻子上。

"信。"

"我的？"我不相信是因为从来没有人给我写信。

杭州路10号。

我惊坐在沙发上，仿佛有无数只小手在信封里捣鬼，我好半天才把它拆开，字很清丽，一看就是女孩子。信很短：谢谢您信任我向我诉说您的痛苦，我不是上帝，但我理解您，别放弃信念，给生活以时间，您的朋友雪雪。

人都有良心。我也有良心。从这封信可以知道袁小雪是个善良的女孩子，欺骗善良无疑是犯罪。我不回信，不能回信，不敢回信。

这里边有一种崇敬。

我认为这件事会过去，只要我再闭口不言。

但是，从那封信开始，我每个月初都能收到一封袁小雪的信。信都很短，执著、感人。她还寄两本书给我：《张海迪的故事》《生命的诗篇》。

我渐渐自省。

袁小雪，你这是为什么，为什么，为什么呀？

我渐渐不安。

四个月过去了，你知道我无法再忍受这种折磨。我决定去看看袁小雪，也算负荆请罪。告诉她我是个小混蛋，不值她这样为我牵肠挂肚。我想知道袁小雪是大姐姐还是小妹妹还是阿姨老大娘。我必须亲自去，不然的话我不可能再平静地生活。

秋天了。

窄窄的小街上黄叶飘零。

杭州路10号。

我轻轻地叩打这个小院的门，心中充满少有的神圣和庄严。门开了，老奶奶的一头花发映入我的眼帘。我想：如果可以确定她就是袁小雪，我一定会跪下去叫一声奶奶。

"您是？"

"我，我找袁小雪。"

"袁？……噢，您就是那个……写信的人？"

"是，是他的朋友。"

"噢，您，进来吧。"

我随着她走过红砖铺的小道走进一间整洁明亮的屋子里，不难看出是书房。就在这间屋子，我被杀死了。从那里出来，我就是另外一个人了。

"她不在么？"

"……"她转过身去，从书柜里拿出一沓信封款式相同的信，声音蓦然喃喃："人，死了，已经有两个月了，这些信，让我每个月寄一封……"

我的血液开始变凉。这是死的征兆。

"她？"

"骨癌。"

她指了指桌子让我看。

在一个黑色的木框里镶嵌着一张三寸黑白照片。照片是新的。照片上的人的微笑很健康很慈祥。照片上的人，是一位白发苍苍的老爷爷。

他叫骆瀚沙。

他是著名的病残心理学教授。

(选自《中国当代小小说作家精品阅读》．于德北．长春：北方妇女儿童出版社，2003)

【赏析】

《走出沙漠》《杭州路10号》共同的特点，都是采用了侧面描写的方法来塑造人物。

这两篇作品塑造的主人公都没有出场，一句正面描写都没有，全部是通过侧面描写来完成对人物的塑造的。《走出沙漠》里的肇教授，在面对死亡的威胁时，他想出了用装满沙子的水壶伴为一壶水的主意来让大家走出沙漠，挽救了考察队队员的生命。这个人物没有出场，但从这个计谋来看，这个人物的胸怀、品德和谋略，一下子全部在读者的面前得以充分展现。

《杭州路 10 号》里的骆教授，也没有出场，全篇没有一句正面描写他的语言。他在病重、病危的半年时间里，特别是在他生命最后的两个月里，还写下了一批鼓励、规劝主人公勇敢地面对生活，甚至是改变了主人公一生的信件。骆教授为人的善良，励志的艺术，以及他从容豁达的精神境界，令读者肃然起敬。

这两个人物虽然都是侧面描写，但人物的精神和生活境界，人物的品德和为人，都可以在脑海里想象出来。

这两篇作品侧面描写的主人公之所以能够成活，得力于它们的表层故事。就是说，在这表层故事里面，主人公思想剧变的情节，依托了一个表层突转的故事。人物精神与品德是这个故事发展的动力。这个故事在发生突转之后，我们才看到这个人的精神面貌和他的生活境界。

《走出沙漠》中的"我"，为了一壶水与其他四个同伴对峙了一整天。当"我"对生的绝望已达到最顶点时，故事也一步一步发展到了高潮。作品中考察队队员由绝望到希望的突转，全部靠那一壶假水的支撑。

《杭州路 10 号》中的"我"也一样。在"我"待业的苦闷当中，由"百无聊赖"到"获得新生"，这是骆教授在生命最后的日子里写下的一批信件促成的。

可以说，主人公虽然没有出场，但是我们看到的表面的故事当中，主人公是用了伴随着生命代价的特殊的、机智的行为促成了叙述主人公的人生转折。所以侧面描写的人物，它必须包含一个巨大的情节突变的表层故事作为基础。这两篇作品的共同处，在于主人公的经历都有一个巨大的转折。这个转折是如何产生的呢？就是因为没有出场的要正面歌颂的主人公的精神境界和他的行为特征导致的。这样，表面上写的是一个故事，实际上折射的是另一个没有出场的正面人物。所以这两篇作品，虽然没有一笔是对人物的正面描写，但人物的精神境界却已显现。

这两篇作品为了制造这种故事情节的突转，都采用了一种"叙述跳移"的手法。什么是"叙述跳移"呢？就是把故事里正常的情节链中的某一个重要情节挪移到最后才快速补出。因为故事进程中有个很重要的情节被抽出来了，便制造了情节的空白和叙述的悬念，因为重要的情节在故事的结尾会被快速补出，这样，故事的真相突然展示就形成情节的突变，给读者制造了阅读的震撼。这两篇作品的叙述突转是如何产生的呢？把情节抽出来，放到最后快速补出，让大家知道真相以后才形成开头与结尾的巨大变化。

《走出沙漠》一开头就讲"我"为了这壶水和四个同伴进行了紧张的对峙，然后，再回溯到他们之所以落到今天这个境地，是因为半个月以前他们跟随肇教授来这里考察风土人情，迷路了，不久便缺水，由此叙述了迷路和缺水的原因。本来这时候就该讲他们没有水了，肇教授为了鼓励大家对生不要绝望，对走出沙漠要有信心，就用一壶沙佯作一壶水，这本应是第二个情节。但这里没有讲，作者省略了，有意把这个情节挪到最后再讲。然后马上就跳到第三个情节，也就是作品里的第四段，他们坚持到了黄昏。第五个情节是他们发现了绿洲。最后才讲出了事情的真相——肇教授的精心安排。肇教授在临死前有意地安排了一壶沙伴作水，让大家不要陷入绝望。因此，从《走出沙漠》这个情节流程图来讲，它的叙述结构是从中间讲起，然后把前面的内容天衣无缝地加进去，再把中间省略掉的情节放到结尾快速补出。这就是叙述的跳移。

《杭州路10号》也一样。一开始就概述"我"很无聊，"我"待业了半年，无聊到"我"想玩一个游戏，给想象中的人写一封信——收信人：袁小雪，地址：杭州路10号——这全部是想象出来的。本来故事讲到这里，到了情节"3"的话，马上就讲这封信，真的有个杭州路10号，杭州路10号没有袁小雪，有个骆翰沙教授。骆教授于是顺水推舟冒充袁小雪，给他回了信。但这时骆教授已患骨癌病危了。这本属于情节"3"的。但把这个情节撤出来不讲，移到最后，却讲"我非常惊讶地"真的收到了杭州路10号"袁小雪"的信。不但一封，以后每个月都准时收到信，从此导致了他的生活、人生的转折。最后他的生活态度改变了，去寻找"袁小雪"的时候才知道，给他写信的人不叫"袁小雪"，叫骆翰沙，人已去世两个月了。在他死之前嘱交一沓信，让老伴每个月都寄给"我"，鼓励"我"面对这个困境，勇敢地生活下去。到了最后揭示出真相，才使读者大吃一惊，了解到整个故事的谜底。因此，从以上所归纳的两个流程图来说，这两篇作品最重要的叙述特征，是将关键性的情节单元在第一人称限制视角的遮掩下跨越过去，达到了让读者震惊的阅读效果。请回忆一下，中学里所学过的课文《麦琪的礼物》《警察与赞美诗》《最后的常春藤叶》这几篇作品不也是把关键性的情节移到最后再讲，制造令人震惊的结局吗？

这两篇作品分别采用了第一人称现在时叙述与第一人称过去时叙述。《走出沙漠》是第一人称现在时叙述。故事的经历者和故事的叙述者都是一个人，这样容易写出故事当时的紧张气氛和主人公强烈的感觉。

《杭州路10号》中，故事的经历者是过去的"我"，故事的叙述者是现在的"我"，所以在叙述的过程当中，叙述者有许多主观介入式的叙述和主观评论式的叙述。它一开头就讲"今年的夏天对我来说太重要了""这是撒谎""就在这个屋子里，我被杀死了。从那里出来，我就成了另外一个人"。这些都是评论式的话语。一方面突出故事的惊人效果，另一方面提示了故事的内涵，增强了故事主题的理性色彩。第一人称现在时叙述与第一人称过去时叙述的区别就在这里。

思考与练习

1. 一只被宣称装了水的空水壶，是如何鼓舞着沙漠中的跋涉者走出了死亡的？
2. 在《杭州路10号》中，作者为什么说改变一个人不容易？

第四章 散文欣赏

第一节 散文概述

"散文是文学的根底",它在文学中的地位不可轻视。

散文的发端,历史久远,据科学考证,在我国的殷商时期就产生了散文,如甲骨文等。几经发展,成为现在极其重要的一种文学体裁。

一、古代散文及其发展

古代散文,是指不押韵,不重排偶的散体文章(区别于韵文和骈文),包括经、传、史、书在内,一律称为散文。

我国古代散文的发展大致经历了五个历程。

(一)先秦散文

包括诸子散文和历史散文。诸子散文以论说为主,如《论语》《孟子》《庄子》等;历史散文是以历史题材为主的散文,凡记述历史事件、历史人物的文学和书籍都属历史散文范畴,如《左传》等。

(二)西汉散文

西汉司马迁的《史记》把传记散文发展到前所未有的高度。东汉以后,除子、史、专著以外,开始出现了书、记、碑、铭、论、序等个体单篇散文。

(三)唐宋散文

在古文运动的推动下,散文构造形象的方式日益繁复,出现了文学散文,产生了不少优秀的山水、游记、寓言、传记、杂文等作品。代表人物有唐宋八大家。

(四)明代散文

先有前后七子以拟古为主，后有唐宋派主张，作品"皆自胸中流出"，较有名的有归有光。

(五)清代散文

以桐城派为代表的清代散文，更注重"义理"的表现。桐城派的代表作家姚鼐对我国古代散文文体加以总结，并将其分为 13 类，包括序跋、论辩、奏议、书说、赠序、诏令、传状、碑志、杂说、铭、颂赞、辞赋、哀祭。

二、现代散文及其分类

(一)含义与特点

现代散文是指与诗歌、小说、戏剧并称的文学样式。其特点是通过对现实生活中某些片断或生活事件的描述，表达作者的观点、感情，并揭示其社会意义。它要求写真人真事，允许在此基础上进行适当的艺术加工，加工的程度也不像报告文学那样严格，不一定具有完整的故事情节和人物形象，而是着重于表现作者的生活感受，具有选材、构思的灵活性和较强的抒情性。散文中的"我"通常是作者自己；语言不受韵律的拘束，表达方式多种多样，能将叙事、抒情、议论熔于一炉，也可以有所侧重；根据内容和主题的需要，它可以像小说那样通过对典型性的细节与生活片断，作形象描写、心理刻画、环境渲染、气氛烘托，也可以像诗歌那样，运用象征等艺术手法，创造一定的艺术意境。散文的表现形式多种多样，杂感、短评、小品、随笔、速写、特写、游记、书信、日记、回忆录等。

(二)散文的分类

散文根据其内容和性质可以分为以下四种。

1. 叙事散文

叙事散文是指以写人记事为主的散文。这类散文以对人或事物的具体叙述和描绘为突出特色，同时表现作者的认识和感受，也带有浓厚的抒情成分。这是因为叙事散文所写的人和事，大多与作者有密切的关系。所写的人，或是亲人，或是师长，或是战友，或是所敬佩爱戴的人；所写的事，或是亲身经历，或是教育大、影响深的事。因此作者对这些人和事，必然带有饱满的感情。叙事散文侧重于以叙述人物和事件的发展变化过程反映事物的本质，具有时间、地点、人物、事件等因素，以一个角度选取题材，表现作者的思想感情。

如老舍《我的母亲》这篇叙事散文，读来感人至深，就是因为作者对往事的深情追述，表现出母亲博大无私的爱和"我"对母亲情真意切的怀念，使得读者无不"心有戚戚焉"。

2. 抒情散文

抒情散文是指注重表现作者的思想感受，抒发作者的思想感情。这类散文有对具体事物的记叙和描绘，但通常没有贯穿全篇的情节，强烈的抒情性为其突出特点。它或者直抒胸臆，或者触景生情，一般都洋溢着浓郁的诗情画意，即使描写的是自然景物，作者也赋予其深刻的社会内涵和思想感情。优秀的抒情散文感情真挚，语言生动，同时还运用象征、比拟等手法，把思想寓于形象之中，因而具有强烈的艺术感染力。

如朱自清的《桨声灯影里的秦淮河》，是情景交融的散文精品，作者用清达娴雅、平正通达的语言，对秦淮河的月色灯影等，以浓艳笔触，深钩细描，穷形尽态，给人们展现了一幅幅浓得化不开的风景画面，使人如醉如痴。而其中又蕴含着丰富的思想情怀，暗示作者对社会和生活的态度，那真挚的情思更感人肺腑。

3. 写景散文

这是以描写景物为主的散文。这类文章是在描写景物的同时抒发感情，采用的方式或是借景抒情，或是寓情于景。写景散文一般都能抓住景物的特征，按照空间的转换为顺序，运用移步换景的写法，把观察点的多样化交代得清清楚楚。对景物加以生动的描绘，可以起到交代背景、渲染气氛、烘托人物的思想感情，更好地表现主题的作用。

4. 议论性散文

这类散文侧重于以议论的方式表达，阐明一个"理"字，突出对生命、社会、历史的思考。其议论形式不同于一般的议论文，灵活自如，汪洋恣肆，有情致和况味，能传达一种富有厚重情感的思想。

第二节　散文的欣赏技巧

散文，尤其是现代散文，其文学性大为增强，它的文学地位和作用日益彰显，被誉为文学的"轻骑兵"。它崇尚"自然之节奏"，那意态如"散步""闲谈"，如"行云流水"，呈现出情致之美，给人以审美的愉悦和享受，它崇尚理趣之幽美，作者把自己对生命、生活的切实体验和感悟，诉诸形式多样、表达丰富、意蕴深刻的文字，给人深沉的思考和启迪。那么怎样阅读和欣赏散文呢？

一、抓住文脉，理清思路

散文取材丰富多样，所谓宇宙之大，苍蝇之微皆可入文。表达灵活自由，所谓"行于当行，止于当止"，如行云流水，体现出散文"散"的特色，但文脉贯通，文意分明应当是领悟散文作品的前提和基础。

散文的文脉——线索，是我们探寻散文美的源头和一把钥匙。阅读散文首先要紧紧把握住它的线索。就像放风筝一样，只要牢牢地牵住了丝线，即便风筝飞得再高，也逃脱不掉我们的掌心。一般来讲，一篇散文中心线索只有一条，有的以思想感情为线索，有的以人物为线索，有的以事件或事物为线索等。其形态或隐或现，或抽象或具体，其标记位置也可能有诸多变化，有的在题目中就已标明，有的暗含于字里行间，但只要认真阅读，定能将其挖掘出来，线索分明了，散文的构思立意也就一目了然了。如老舍的散文《养花》，从爱好养花，写到养花辛苦，交织着悲欢，然而全文离不开"养花乐趣"四个字，以此去芜存精，删繁就简，锤炼语言，结构全篇，线索分明。再如唐代散文家刘禹锡的《陋室铭》，开头两句由山水兴起，蜿蜒引出所描写的对象，入题后又很快荡漾开去：从陋室的环境清幽，来往客人的儒雅，室中主人志趣的高洁，宣示出："陋室不陋"；再以诸葛庐、子云亭陪衬，孔子之言点穴："何陋之有？"把陋室的美好芳香写得淋漓尽致，无以复加。陋室何以不陋：因为主人德高行好。因而本文的中心线索应为"惟吾德馨"。如果简单地理解为本文的线索是"陋室"，那不免有失恰当。

有的散文出于表达的需要有两条线索：一实一虚，或一明一暗。明线和暗线一在构思上起作用，一在结构上起作用，并行发展，互相依存，不可偏废。如秦牧的《土地》，土地是明线，对祖国大好河山所涌起的强烈感情是暗线；再如鲁迅的《藤野先生》，作者与藤野先生的交往是明线，融于字里行间作者强烈的爱国感情是暗线。

如此之类不一而足，在阅读和欣赏散文时，务求牵住线索，理清文脉，把握中心，因为它的确是欣赏散文最基本的前提和基础。

二、领略意境，感受醇美

意境美是构成一篇优秀散文艺术生命的重要因素，所以品味散文的意境是欣赏散文不可或缺的一步。所谓意境，就是作者的主观感情和客观景象高度融合所产生的一种境界，也就是饱含着作者丰富感情的艺术画面，它能引起读者强烈的共鸣。其特点是情景交融，形神兼备，物我归一。

要体味意境之美，需从三个方面理解。

(一)体味象外传神

唐代著名文学家刘禹锡曾有"境生于象外"之说，此中"象"指的是作品中具体的形象，"境"指的是产生于具体意象之外的意境形象，意境不在作品意象本身，而在意象之外。严阵的《峨嵋清音》是一篇意境幽美的散文，作者有机会登临峨嵋，但未能直薄金顶，引以为憾。可是后来夜宿清音阁，有意外的发现和收获，转愁为喜：虽未"看到峨嵋"，却"听到了峨嵋"。

那是在清音阁佛寺住过的那夜里。当万籁俱寂云雾四合的午夜，一种不可挡的声音突然把我从梦中惊醒。它沸腾辽阔，犹如万马自天而过，又像一场遥远的暴风雨正在拍击着震撼着这隆起的山地，和这山地的每一朵花，每一棵草，每一片叶子！这就是清音阁下日夜奔流不息的黑白二水的声音。从它们彻夜不息的声音里，深切地感觉到它那可贵的力。那种冲击力，弹跳力和爆发力，以及它不错过一分一秒永远奔腾向前的开拓精神，创造精神，和它那置弃一切于不顾的追求精神。

作者不写"看峨嵋"，却别出心裁写"听峨嵋"，把现实中无感情的死峨嵋，变成了有感觉的活峨嵋，可谓得"峨嵋之神"，读者以"黑白"二水运动，在富有冲击爆发力的描写中，可以作个人的或社会的"创造""开拓""追求精神"的种种联想，这就是虚幻之类，这就是"神"。作者如果不从"清音"方面提炼题旨，没有鲜活的"象"，断然没有沁人的"神"。

读者应透以种种"象"，去领悟潜在的"神"。

(二)揣摩化理为象

体味意境需要着意于虚境，如象外传神，但这仅仅是一个方面，不可由此而夸大虚境的作用。"境生于象"，没有象哪来境？如果脱离"象"，一味追求"虚"或"神"，那样的幻境虚无缥缈，不着边际。所以领悟美感，还要借助意象的刻画，理解作者寄寓意象的认识、思考和情感。著名散文家宗璞的《紫藤萝瀑布》意境幽美：

从来未见过开提这样盛的藤萝，只见一片辉煌的淡紫色像一条瀑布，从空中垂下，不见其发端，也不见其终极，只是深深浅浅的紫，仿佛在流动，在欢笑，在不停地生长。紫色的大条幅上，泛着点点银花，就像迸溅的水花。

…………

我抚摸了一下那小小的紫色的花舱，那里满装着生命的酒酿，它张满了帆，在这闪光的花的河流上航行。它是万花中的一朵，也正是由每一个花朵组成了万花灿烂的流动的瀑布。

作者对藤萝的"瀑布"的描写是细致的，给人的感受是具体的：那紫色"条幅上""泛着银花""迸溅水花"，那紫色花舱里"装满生命的酒酿"，张满了帆在闪光的"花的河流上航行"；这瀑布不断地"流向人的心底"，像生命之河永无止境。要是没有这出色的实境描写，我们就无法欣赏那有花灿烂的流动瀑布的美，而紫藤萝瀑布之所以美，是因为它是情理化的"意象"，使我们从中得到一种领悟，一种深层享受。(我们可以从中领略到作者的写作用意：以物写人，即拟人化手法，笔法委婉含蓄动人)。意境中的实境就是一座"桥"，它把读者从有形之境引向无形之境。从实境引渡到虚境，从浅层美渡向深层美。所以每个欣赏者，都要精心领会这座情理化的艺术之"桥"。

(三)求得融之以情

一篇散文能否构成意境，关键在于能否以情统一画面，融化意象。作为欣赏者一方面要洞悉作者的情感表现，成为欣赏作品的必要前提，另一方面要具有一定的情感体验能力，当其撞击发生共鸣时，才能真正达成对作品意境的欣赏。

不妨看一看刘白羽的《天池》一文，境界很美，它的独特之处就在于以心境融化物境，以心境统摄整个文境。全文着力表现一种"静"境。

的确，天池是非常之美的。但奇怪的是这里并不是没有游人欢乐的喧哗，也不是没有呼啸的树声和啁啾和鸟鸣，但这一切似乎都给这山和湖吸收了，却使你静得连一点声音也听不见，如果让我用一个字来形容天池之美，那就是——静。

其实，偌大天池，群山环绕，碧波荡漾，雪水潺潺，木林飒飒，不可能静得一点声音也没有。

但在宁静之中，却似乎回旋着一支无声的乐曲。我不知在哪儿，也许在天空，也许在湖面，也许在林中，也许在我的心灵深处，"此时无声胜有声"。不过这乐曲不是莫扎特，不是舒曼，而是贝多芬，只有贝多芬的深沉和雄浑，才和天池的风度相称。

之所以作者以为没有声音，应该说是被"我"的心湖吸收了，是一种超凡脱俗的心境的"静"，之所以产生雄壮深沉的天籁，更反衬出"静"得出奇的形态。读者不禁为这种"静"的氛围所感染、所陶醉，那种"我"融入自然山水之中，自然山水融入"我"心中的幽美意境呼之欲出。

两情相融是美感产生的必备条件。

三、领悟意趣，升华主旨

从散文的功用来看，散文呈现给读者的启迪、教益是享用不尽的精神财富，精神得到陶冶，思想得以开化，是每个散文欣赏者共同的精神诉求。禅悟意趣则是实现这种诉求的重要手段和方法。

概括起来，领悟意趣，洞察散文熔铸和哲理，需要解剖以下创作方法。

(一) 点化法

点化法即作者在叙述一段故事、描绘一片风景及一个物体的同时，用议论的手法将故事、风物作纵深开掘，妙笔点化出它的历史和人生要义，使读者从中得到深刻领悟。如日本一个散文家观察院子里的树木，发觉每到冬天，枯枝上挂着一片黄叶，不久黄叶落地，就在原来枝丫上生出一叶嫩芽，它慢慢在体内积攒着力量，默默等待着春天。春天终于来了，万物复苏，嫩叶浮绿泛金，渐渐织成浓荫。而冬天的陈叶早已腐烂，化作泥土。到了冬季，绿叶复又枯谢飘零在地，所在枝丫上又冒出了一叶嫩芽。作者从一片树叶的荣枯轮回现象中得到这样的启示：世上万物都有一个相同的归宿，"正是这片片黄叶，换来了整个大树的盎然生机。这一片树叶诞生和消亡，正标志着生命在四季里的不停转换。""同样，一个人的生死关系着整个人类的生死，固然是人所不欢迎的。但是只要你珍爱自己的生命，同时也珍爱他人的生命，那么，当你生命渐尽，行将回归大地的时候，你应当感到庆幸。"这最后的点化，可谓画龙点睛，揭示人生的要义，是主旨的升华和深化。的确给人以深刻的启迪。

在形式上，点化方法有的边叙边议，边渲染边点化，有的层层渲染铺叙，篇终点化。前者，如秦牧的《花市》，在叙事写景的同时，作者屡以慧心点拨，即景抒情，抽绎哲理；后者，如范仲淹的《岳阳楼记》，文章的前半部分极尽渲染之能事，最后卒章点志，揭示出作者先天下之忧而忧，后天下之乐而乐的伟大政治抱负——全文主旨。

鉴于此，我们在阅读欣赏散文时，应当注意分析这种方法的应用，领悟主旨。

(二)暗示法

所谓暗示法，是指在描摹事物时，不直接揭示其蕴含的内在深意，而是让人自己去玩味、思索，使文章表现的张力更大，可读性更强。特别是短小的散文，采取侧面的暗示写法，往往要比采取正面的平铺直叙，其艺术效果更佳。这不仅能为我们提供一个新颖的视角，而且能更大限度地发挥我们的想象力，从而更进一步拓宽和丰富散文描写的境界和意趣。如老舍的《小麻雀》，就带有很深刻的暗示性。作者对于社会人生的感悟，渗透在对小麻雀的描写里。"它被人毁坏了，可是还想依靠人，多么可怜！""因为那小猫出世也才有四个来月，还没有捉住过大老鼠，大概还不曾学会杀生，只是把小鸟衔来玩玩罢了。""它不预备反抗了，可是并非全无勇气，因为它敢在猫的面前一动也不动呢。"字里行间充满作者对于被毁坏、被凌辱的弱小者的同情，并寄寓着对弱小者能以抗争求生存的期望，同时还蕴含着一些发人深思的人生哲理。

但应注意的是，读这类暗示写法的作品，一定要注意根据作品的实际，认真、仔细地思索体味，切忌牵强附会地去"发掘"作品的"言外之意""象外之味"，以免造成误读。为此对作家的风格、作品的背景、语言特色等要有深思熟虑地考究，唯其如此，才能获得真正的感悟，领受真正的启迪！

四、联想想象，并驾齐驱

散文有美文之誉，散文之美有赖于联想和想象。联想和想象是通往美的散文的桥梁，散文的创作和欣赏都离不开联想和想象。

(一)欣赏散文，追寻联想的缘起和目的，丰富审美内涵

所谓联想，就是从某一事物想到与之有一定联系的别的事物。例如朱自清的《荷塘月色》，由眼前荷塘里的荷花，想到了"采莲的事情"，又记起了"《西洲曲》里的句子"如"采莲南塘秋"等，由眼前荷塘"不见一些流水的影子"而"令我到底惦着江南了"——因为故乡一带多水。再如朱自清《绿》的联想更有特色，"我曾见过北京什刹海拂地的绿杨，脱不了鹅黄的底子，似乎太淡了，我又见过杭州虎跑寺近旁高峻而深密的'绿壁'。

丛叠着无穷的碧草与绿叶的,那又似乎太浓了。其余的呢,西湖的波太明了,秦淮河的也太暗了。"通过联想,作者把眼前之景既有共同点又有不同点的浓淡明暗的不同光色"引入"作品,不但为写眼前的"绿"平添了多层次多角度的"立体感",而且也能在广阔的背景中,引导读者透过作品的语言文字,展开再创造的想象力,与作者一起领略祖国山水无比秀丽可爱的风光。浮篇的联想,把读者带入了幽美的境界,读者在欣赏中,激情为之点燃,精神为之激奋,欢愉为之勃发。沉浸在联想所构筑的艺术氛围里,如若没有联想的参与,内涵丰富、品位高雅的审美情趣不知要逊色多少,甚至荡然无存。

  登山,则情满于山;观海,则情溢于海。在欣赏散文时,要努力探究联想的缘起和目的,以获得更好的美的享受。

  还要注意联想不要停留在事物的表层,要透过表层揭示其内在的深意。如巴金的《灯》,由眼前的"灯"联想到有过的"经验"。从现在想到过去,从在黑夜的风雪中行路,想到了在黑夜徘徊的"心"因"灯光"而"找到归路",这就赋予了"灯光"象征的意义。作者为什么又写到了灯塔。哈里希岛上的孤灯,希洛点燃的火炬,以往友人在灯光中获救的往事呢?如果说前边写"灯","我"还只是"受惠者",点灯人可能并不意识到自己的作用,那么后边则主要写"灯"的"施动者"——为了亲人、爱人、别的人,不是有人在主动地点着"灯"吗?这样,"在人间,灯火是不会灭的",这句话的内涵,就大为丰富、充实了;作品的思想力量,就得到了充分而不是就事论事的发挥。

  可见深层次的联想,对挖掘作品深刻的主题,增强作品的力量有着重大意义,所以欣赏散文不可轻视联想的作用。

(二)欣赏散文,努力调遣想象力,丰满审美形象

  在欣赏散文时,除了探寻作者联想的缘起和目的之外,还要注重调遣我们自己的想象力。文字是沟通作者和读者的一道桥梁。作者着手于创作,必然对人生或生活先有所见,先有所感,他想做到的是写下来的文字正好传达出他的所见所感,作为读者看到这些文字并不是目的,而是要通过文字接触作者的所见所感。如果仅仅停留于字面解释,是断然达不到阅读目的的,更不消说欣赏。驱遣想象便成为推究作者创作本意的重要途径。唐代杰出诗人王维曾有名句传世:"大漠孤烟直,长河落日圆。"单就字面解释,恐怕索然无味。但我们在想象中来看,这十个字构成了一幅绚丽的图画:在北方旷远荒凉的大沙漠,没有一丝风,听不到朔风怒吼的声息,只望见一缕的烟径直冲向高天,圆圆的火红的太阳落在长河的背后。好一幅大漠风光图!景物不多,虽有些单薄,但配合浑然天成,加上我们丰富的想象,意境顿生,给人留下了丰满的审美形象,叫人难以忘怀,彰显出长久的艺术魅力。

  想象,对于散文作品的欣赏同样具有重要作用,欣赏散文,努力调遣我们的想象力,可以丰满审美形象,更大地获得审美愉悦感。

  此外,欣赏散文,还应该分析和把握各种表现手法的运用,如象征、比喻、比拟、衬

托等，以及结构美、语言美、音乐美等艺术特色，这对体味散文的艺术意境，感悟作品的意趣和哲理大有裨益。

总之，阅读和欣赏散文，是一项综合性的审美活动，它涉及诸多因素，不过因文而异，各有侧重。从整体来说，既要细心领会作者对人生或自然的感悟，又要认真分析作者用以表达这种感悟的形式。一篇散文是作者主观感悟的结晶，这种主观感悟就是对事物的特殊意义和美的发现，是一杯作者用生活经验酿成的酒。在饮这杯"酒"时，越是细细品尝，越能够体会出其中丰富而复杂的滋味，感受情致美，得到启迪、思考。

所以散文的美，不只在一般意义上的语言文字的精练和优美，而更在于由作者的个性同语言美所共同融合成的特殊的文调。读散文应该留心：作者怎样在正确使用语言文字的前提下去积极修辞，灵活的结构和安排语句，使语言产生特殊的审美效应，体察作者见微知著和匠心独运的手法。我们留心这一切，归根结底还是为了更深更细地体味出作品内含的情、理、意、味，即作者对人生或自然、社会、历史的特殊感悟。

散文，"是将作者思索体验的世界，只暗示于细心的注意深微的读者们"。

第三节　散文作品赏析

酒　箴

汉·杨雄

子犹瓶矣[1]。观瓶之居，居井之眉[2]。外高临深，动常近危。酒醪不入口[3]，臧水满怀[4]。不得左右，牵于墨徽[5]。一旦专碍[6]，为当所垒[7]；身提黄泉[8]，骨肉为泥。自用如此，不如鸱夷[9]。

鸱夷滑稽[10]，腹如大壶。尽日盛酒，人复借酤[11]。常为国器[12]，托于属车[13]。出入两宫[14]，经营公家[15]。由是言之，酒何过乎？

(选自《中华古典散文赏析丛书·哲理政论卷》. 邹湘瑶. 北京：北京图书馆出版社，1998)

【注释】

[1] 瓶：古代时候的一种陶制的汲水罐子，这里是借物喻人。

[2] 眉：通"湄"，水边。

[3] 醪(láo)：浊酒。

[4] 臧：同"藏"。

[5] 墨徽：绳索。

[6] 专碍：阻碍，指绳索被井壁挂着。专：悬挂的意思。

[7] 当：井壁的砖。垒：碰撞。

[8] 提：抛掷。黄泉：指罐被碰得粉身碎骨。

[9] 鸱夷：指盛酒的皮袋。

[10] 滑(gǔ)稽：古代的注酒器，这里喻指鸱夷表面圆滑可笑。

[11] 酤：买酒。

[12] 国器：国家的重要器具。

[13] 属车：皇帝出行时随行的车。

[14] 两宫：指皇帝、皇后出入的宫室。

[15] 经营：往来周旋。公家：指官府。

【赏析】

　　幽默、讽刺、愤世嫉俗都在这一篇极富有幽默情趣的文章中表现出来了，读来既饶有兴味，又让人颇有心得，反讽的语言表达的是一种人世间的某种真谛。

　　水是自然的、无色的、透明的，装水的瓶子也朴实无华，可是，装水的瓶子却容易碎，用它放到井里去盛水，一不小心就会碰在井壁的砖石上，变得粉身碎骨。然而酒就完全不一样，酒是有色的、浑浊的、不透明的，装酒的器具也与水瓶完全不一样，表面上看来有点滑稽可笑，可是它肚大腹如壶，尽管整天整天地往里边装东西，却总是装不满，那就是装酒的皮袋，然而这种东西却深受人们的喜欢，成为国家的重要器具，经常随从皇帝的车马出游，出入于皇帝和皇后的宫门，在官府进出而穿行无阻。

　　水瓶在文章中喻指心地纯明，不会吹牛拍马，不会阿谀奉承的人。朴实无华、心地善良的人也是这样，他装不下浑浊的东西，他也经不起碰撞，在复杂的社会权力网中，也容易碰得粉身碎骨。而酒囊则喻指社会上那些善于投机钻营、逢迎拍马、不顾廉耻、黑心肠厚脸皮的人们。越是浑浊的地方，他们越能生存，越是充满权力争斗的地方，他们越能升官发财。这是对社会上两种截然不同的人的逼真刻画和辛辣讽刺。

　　一百字的文章把人世间的两种人物写得惟妙惟肖，借物以喻人，寓嘲讽和讥笑于形象之中，寓深刻的社会哲理于幽默诙谐之中，文笔犀利，思考冷峻，哲理隽永，充分体现了杨雄既才学满腹又仕途坎坷的人生体味，也蕴涵着杨雄不满当时的社会政治，又不愿同流合污的思想意向。

思考与练习

1. 简要分析说明本文主要运用了什么表现手法？
2. 联系实际，你认为本文有何现实意义？

五柳先生传

东晋·陶渊明

　　先生不知何许人也，亦不详其姓字。宅边有五柳树，因以为号焉。闲静少言，不慕荣利。好读书，不求甚解；每有会意，便欣然忘食。性嗜酒，家贫不能常得。亲旧知其如此，或置酒而招之。造饮辄尽，期在必醉；既醉而退，曾不吝情去留。环堵萧然，不蔽风日，短褐穿结，箪瓢屡空，晏如也。常著文章自娱，颇示己志。忘怀得失，以此自终。

赞曰：黔娄有言："不戚戚于贫贱，不汲汲于富贵。"其言兹若人之俦乎？衔觞赋诗，以乐其志，无怀氏之民欤？葛天氏之民欤？

(选自《阅读》. 张伟忠. 山东：山东艺术出版社，2002)

【赏析】

《五柳先生传》是晋末宋初陶渊明的散文杰作。梁代萧统在《陶渊明传》中说："尝著《五柳先生传》以自况，时人谓之实录。"可见作者陶渊明为自称五柳先生的自己立传，并作出历史评价，确是古代散文史上的创举，堪称值得共赏的奇文。

陶渊明写这篇自况的五柳先生传记，旨在认真地公开声明，他陶渊明是个真正的隐士，不要世俗荣利，不受伪善约束，甘心于贫穷生活，立志做正直文士。从体裁看，这是人物史传，由传记正文和传赞评论两部分组成。从内容看，它的主题是介绍评论五柳先生这个隐士，而主题思想则是通过述评五柳先生来表明自己的情怀意志。

文章首先介绍了五柳先生的姓名爵里。"先生不知何许人也，亦不说其姓氏。"这位先生不仅佚姓氏，而且无名字，是一位隐姓埋名的人。"上品无寒门，下品无世族"，是富贵荣华的特权标志和政治依据。五柳先生竟与这种风气背道而驰，就突出了他真正隐士的品格。

在介绍了五柳先生的名字以后，接着写他的禀性志趣。"闲静少言，不慕荣利"，点出了五柳先生隐者的心境。"闲静"是他的性格；"少言"是不爱多说话；"不慕荣利"是不爱富贵，不愿做官。但这种"少言闲静"并不是说他没有志趣。他"好读书，不求甚解"，是不必读懂。相反，他要求在读懂的基础上，有自己的心得体会，即所谓的"会意""有得"。从陶渊明的实际情况来看，他读书广泛，而心得体会却多针对时世。他对当时的混乱、丑恶的现实有更清醒的认识，对人生有更深刻的了解。他所反对的，就是门阀空谈文学、追逐名利的污浊风气。这从他的一些诗作中可以得到证实。

五柳先生"性嗜酒"。他爱喝酒是一种天性，然而他"家贫不能常得"。他对嗜酒有清醒的认识和自觉的约束，不致失志损节。他没有为满足这种嗜好，去追求荣华富贵。然后，写亲友请他喝酒。他领情应邀，一去就喝，喝足喝醉，一醉就走。不管主人挽留与否、态度如何。可见五柳先生嗜酒，只是一个贫寒隐士的饮食爱好，未见特别高雅，也不可厚责，其可贵在坦率认真。

传记正文的最后一节，介绍了五柳先生的日常生活和情怀。"环堵萧然，不蔽风日；短褐穿结，箪瓢屡空，晏如也。"这五句写他居住破陋，衣食拮据，却怡然自得。这显然是在描述他安贫乐道的精神。后四句："常著文章自娱，颇示己志。忘怀得失，以此自终。"是写他著作言志，情怀坦荡，终生不渝，精神充实而乐观，含蓄而明确地表示五柳先生的情怀就是要坚持儒家志士的节操。

文章对五柳先生的生活、志趣作了概括描述后，用"赞"来评论他的主要功德。"不戚戚于贫贱，不汲汲于富贵"是这个赞语的实质。指出了五柳先生"不慕荣利"的禀性志趣，更暗示他是一位乱世归隐以求仁义的志士，突出了真隐士的节操。

文章最后两句"无怀氏之民欤？葛天氏之民欤？"表明作者很欣赏远古时代的生活，欣然于自己的内心世界，仿佛自觉成为那个理想社会的人，而不属于这个门阀腐朽、政治混乱、道德败坏、风气恶浊的东晋社会。

全文不足二百字，主题思想明确，锋芒指向黑暗；艺术表现平淡含蓄，富于独创。

思考与练习

1. 本文刻画了五柳先生的哪些性格特征？
2. 与《桃花源记》比较，本文所崇尚的理想社会是什么样子。

墨池记[1]

宋·曾巩[2]

临川[3]之城东，有地隐然而高，以临于溪，曰新城。新城之上，有池洼然[4]而方以长，曰王羲[5]之墨池者，荀伯子[6]《临川记》云也。羲之尝慕张芝[7]，临池学书，池水尽黑，此为其故迹，岂信然邪[8]？

方羲之之不可强以仕[9]，而尝极东方，出沧海，以娱其意于山水之间；岂其徜徉肆恣，而又尝自休于此邪？羲之之书晚乃善，则其所能，盖亦以精力自致者，非天成也。然后世未有能及者，岂其学不如彼邪？则学固岂可以少哉，况欲深造道德者邪？

墨池之上，今为州学舍。教授王君盛恐其不章也，书'晋王右军墨池'之六字于楹间以揭之。又告于巩曰："愿有记"。推王君之心，岂爱人之善，虽一能不以废，而因以及乎其迹邪？其亦欲推其事以勉其学者邪？夫人之有一能而使后人尚之如此，况仁人庄士[10]之遗风余思被于来世者何如哉！

庆历八年九月十二日，曾巩记。

(选自《曾巩集》. 曾巩. 北京：中华书局，2004)

【注释】

[1] 本文是作者应抚州州学教授王君之请而写的一篇叙记。文章先由墨池的传闻推出王羲之书法系由苦练造就的结论，然后引申到为学修身要靠后天勤奋深造的普遍道理。全文因小见大，语简意深，多设问句，辞气委婉，体现了作者独特的文风。

[2] 曾巩(1019年9月30日－1083年4月30日，天禧三年八月二十五日－元丰六年四月十一日)，字子固，世称"南丰先生"。汉族，建昌南丰(今属江西)人，后居临川(今

江西抚州市西)。曾致尧之孙，曾易占之子。嘉祐二年(1057 年)进士。北宋政治家、散文家，"唐宋八大家"之一，为"南丰七曾"(曾巩、曾肇、曾布、曾纡、曾纮、曾协、曾敦)之一。在学术思想和文学事业上贡献卓越。

[3] 临川：宋临川县。即今江西临川市。

[4] 洼然：低陷的样子。

[5] 王羲之：字逸少，东晋著名书法家，世称王右军，后人号为"书圣"，称他的字"飘若浮云，矫若惊龙"。

[6] 荀伯子：南朝宋人，曾任临川内史，有《临川记》。《太平寰宇记》卷一一○载其记叙王羲之官临川及墨池的事。

[7] 张芝：字伯英，东汉酒泉人，著名书法家，善草书，人称"草圣"。

[8] 岂信然邪：难道是真的吗？

[9] "方羲之"句：王羲之当时与王述齐名，羲之任会稽内史，朝廷又命王述为扬州刺史，会稽属扬州，羲之耻位于王述下，便辞职隐居，誓不再仕。事见《晋书·王羲之传》。

[10] 仁人庄士：有道德修养、为人楷模的人。

【赏析】

名为《墨池记》，着眼点却不在"池"，而在于阐释成就并非天成，要靠刻苦学习的道理，以此勉励学者勤奋学习。文章以论为纲，以记为目，记议交错，纲目统一，写法新颖别致，见解精譬，确是难得之佳作。

本文意在写论，但发议之前，又不能不记叙与墨池有关的材料。否则，议论使无所附丽，显得浮泛，流于空洞说教。如记之过详，又会喧宾夺主，湮没题旨。故作者采用了记议结合、略记详论的手法，以突出文章的题旨。开头，大处落笔，以省险的笔墨，根据荀伯子《临川记》所云，概括了墨池的地理位置、环境和状貌。

"临川之城东，有地隐然而高，以临于溪，曰新城。新城之上，有池洼然而方以长"。同时，又根据王羲之仰慕张芝，"临池学书，池水尽黑"的传说，指出墨池名字的由来。其实，有关墨池的传说，除《临川记》所述之外，还有诸种说法，因本文的目的在于说理，不在于记池，所以皆略而未提。文辞之简约，可谓惜墨如金。对于墨池的记叙，虽要言不烦，却铺设了通向议论的轨道。接着文章由物及人，追述王羲之退离官场的一段生活经历。据《晋书》记载，骠骑将军王述，少时与羲之齐名，而羲之甚轻之。羲之任会稽内史时，述为杨川刺史，羲之成了他的部属。后王述检察会稽郡刑改，羲之以之为耻，遂称病去职，并于父母墓前发誓不再出来做官。对于王羲之的这一段经历，作者只以"方羲之之不可强以仕"一语带过，略予交代，随之追述了王羲之随意漫游、纵情山水的行踪："尝极东方，出沧海，以娱其意于山水之间；岂有徜徉肆恣，而又尝自休于此邪？"这一段简略追述，也至关重要。它突出了王羲之傲岸正直、脱尘超俗的思想，这是王羲之学书法的思想基础和良好的精神气质,不能不提。从结构上讲,"又尝自休于此邪?"一语,用设问句式肯定了王羲之曾在临川学书,既与上文墨池挂起钩来,又为下文的议论提供了依据。随后,在记的基础上,文章转入了议:"羲之之书晚乃善,则其所能,盖亦以精力自致者,非天成也。"虞和《论书表》云:"羲之书在始末有奇,殊不胜庾翼,迨其末年,乃造其极。尝以章草书十纸,过亮,亮以示翼。翼叹服,因与羲之书云:'吾昔有伯英章草书十纸,过江亡失,常痛妙迹永绝。忽见足下答家兄书,焕若神明,顿还旧观'。"这说明王羲之晚年已与"草圣"张芝并驾齐驱,可见"羲之之书晚乃成"之说有事实根据,令人信服。那么,羲之书法所以"善"的根本原因是什么?那就是专心致志、勤学苦练的结果,而不是天生的。至此,原因在于缺乏勤奋精神,进一步说明了刻苦学习的重要性。最后,又循意生发,引申到封建士大夫的道德修养上去,指出"深造道德",刻苦学习也是不可少的。就这样,正面立论,反面申说,循意生发,一层深似一层地揭示了文章的题旨。然而,作者对题旨的开拓并未就此止步。在简略记叙州学教授王君向他索文的经过以后,文章再度转入议论:"推王君之心,岂爱人之善,虽一能不以废,而因以及乎其迹邪?其亦欲推其事以勉其学者邪?"这虽是对王君用心的推测,实则是作者作记的良苦用心,接着,又随物赋意,推而广之,进一步议论道:"夫人之有一能而使后人尚之如此,况仁人庄士之遗风余思被于来世者何如哉。"作者由王羲之的善书法之技,推及到"仁人庄士"的教化、德行,勉励人们不仅要有"一能",更要刻苦学习封建士大夫的道德修养,从而把文意又引深一层。曾巩是"正统派"古文家,文章的卫道气息较浓厚,这里也明显地流露了他卫道的传统思想。

在宋代以"记"为体裁的说理散文中,像《墨池记》这样以记为附、以议为主的写法还是不多见的。《醉翁亭记》的思想意境是"醉翁之意不在酒""在乎山水之间也"。但这种"意",不是靠发"议"表达出来的,而是随着山水相映、朝暮变比、四季变幻的自然景物描写透露出来的;《岳阳楼记》的重心不在记楼,在于表露个人"先天下之忧而忧,后天下之乐而乐"的襟怀,在抒情方式上,作者采用的是触景生情的方法,因而文章铺排笔墨,以较长的篇幅描写了岳阳楼变幻莫测的景色。而《墨池记》用于记"池"的文字较少,议论文字却很多。它不是在记叙之后再发议论,而是记事、议论错杂使用,浑然一体。尽管议多于记,却无断线风韵,游离意脉之弊,读来自然天成。可以说《墨池记》脱尽了他人窠臼,辟出了自家蹊径。

 思考与练习

1. 简述《墨池记》的教育意义。
2. 分析《墨池记》与《岳阳楼记》在写作手法上的不同之处。

银　　杏

郭沫若

　　银杏，我思念你，我不知道你为什么又叫公孙树。但一般人叫你是白果，那是容易了解的。

　　我知道，你的特征并不专在乎你有这和杏相仿佛的果实，核皮是纯白如银，核仁是富于营养——这不用说已经就足以为你的特征了。

　　但一般人并不知道你是有花植物中最古的先进，你的花粉和胚珠具有着动物般的性态，你是完全由人力保存了下来的奇珍。

　　自然界中已经是不能有你的存在了，但你依然挺立着，在太空中言唱着人间胜利的凯歌。

　　你这东方的圣者，你这中国人文的有生命的纪念塔，你是只有中国才有呀，一般人似乎也并不知道。

　　我到过日本，日本也有你，但你分明是日本的华侨，你侨居在日本大约已有中国的文化侨居在日本的那样久远了吧？

　　你是真应该称为中国的国树的呀，我喜欢你，我特别的喜欢你。

　　但也并不是因为你是中国的特产，我才特别的喜欢，是因为你美，你真，你善。

　　你的株干是多么的端直，你的枝条是多么的蓬勃，你那折扇形的叶片是多么的青翠，多么的莹洁，多么的精巧呀！

　　在暑天你为多少的庙宇戴上了巍巍的云冠，你也为多少的劳苦人撑出了清凉的华盖。

　　梧桐虽有你的端直而没有你的坚牢。

　　白杨虽有你的葱笼而没有你的庄重。

　　熏风会媚妩你，群鸟时来为你欢歌；上帝百神——假如是有上帝百神，我相仿每当皓月当空，他们会在你脚下来聚会。

　　秋天到来，蝴蝶已经死了的时候，你的碧叶要翻成金黄，而且又会飞出满园的蝴蝶。

　　你不是一位巧妙的魔术师吗？但你丝毫也没有令人掩鼻的那种江湖气息。

　　当你那解脱了一切，你那槎的枝干挺撑在太空中的时候，你对于寒风霜雪毫不避易。

　　那是多么的嶙峋而又洒脱呀，恐怕自有佛法以来再也不曾产生过像你这样的高僧。

　　你没有丝毫依阿取容的姿态，但你也并不荒伧；你的美德像音乐一样洋溢八荒，但你也并不骄傲，你的名讳似乎就是"超然"，你超然于一切的草木之上，你超然于一切之上，但你并不隐遁。

　　你的果实不是可以滋养人；你的木质不是坚实的器材，就是你的落叶不也不是绝好的引火的燃料吗？

　　可是我真有点奇怪了：奇怪的是中国人似乎大家都忘记了你，而且忘记得很久远，似乎是从古以来。

我在中国的经典中找不出你的名字,我很少看到中国的诗人咏赞你的诗,也很少看到中国的画家描写你的画。

这究竟是怎么一回事呀,你是随中国文化以俱来的亘古的证人,你不也是以为奇怪吗?

银杏,中国人是忘记了你呀,大家虽然都在吃你的白果,都喜欢白吃你的白果,但的确是忘记了你呀。

世间上也尽有不辨菽麦的人,但把你忘记得这样普遍,这样久远的例子,从来也不曾有过。

真的啦,陪都不是首善之区吗?但我就很少看见你的影子。为什么遍街都是洋槐,满园都是幽加里树呢?

我是怎样的思念你呀,银杏!我可希望你不要把中国忘记呀。

这事情是有点危险的,我怕你一不高兴,会从中国的地面上隐遁下去。

在中国的领空中会永远听不着你赞美生命的欢歌。

银杏,我真希望呀,希望中国人单为能更多吃你的白果,总有能更加爱慕你的一天。

(选自《中国散文名著快读》. 范昌灼主编. 成都:四川文艺出版社,2004)

【赏析】

这是一篇托物言志、咏物寄情的散文,写于1942年。作者将所咏的"物"和欲言的"志"巧妙融合,写得自然贴切。文章一开始就写道:"银杏,我思念你。"直接抒发对银杏的深情。随即便从银杏的俗称,概括一般人所能了解的表面特征。之后,再从历史的角度,叙写银杏"是有花植物中最古的先进","是只有中国才有的树种",这是一般人并不知道的。文章从这两处入手,非常自然地引申到银杏是自然界中的"奇珍",称誉它是"东方的圣者",是"中国人文的有生命的纪念塔",赞美它"是真应该称为中国的国树"。这里用比喻对银杏进行总的抒写和评价,意在赋予它具有我们民族固有的精神品格的特征。

接着,作者把银杏的形象特征概括为"美""真""善",并进行具体评价和细致描绘。先写它株干端直,枝条蓬勃,叶片青翠莹洁,精巧的外形"美"。再按不同的季节着重写它的品格"美"。炎热的盛夏,它为庙宇戴上云冠,为劳苦人撑出华盖。并用比较的方法,突出它的坚牢、庄重,再借熏风的妩媚、群鸟的欢歌,以及皓月流空之夜上帝百神前来聚会的幻想仙境,烘托衬现它的圣洁形象。寒秋严冬时节,它能将碧叶翻成金黄,使已死的蝴蝶复活,充满勃勃生机;即使自己的叶子落尽,只剩下光秃秃的枝干,也不惧风雪的侵凌而依然挺立,永不衰息。以下又连用三个排比的分句,进一步抒写它的气韵美质:"没有丝毫依阿取容的姿态",但"也并不荒伧";它的"美德像音乐一样洋溢八荒",但"也并不骄傲";它的品格高于"一切的草木之上",但"并不隐遁"。作者对银杏的敬慕之意、歌咏之情，在作者饱含诗意的笔下，哪里是"美"、哪里是"真"、哪里是"善"，难解难分。引人遐想，令人沉思。

最后，文章笔锋一转，令作者"奇怪的是"：如此银杏，竟被中国人"忘记的很久远了"。作品写于抗日战争正处于极端困难境地的时候，"忘记"是有着特殊寓意的。它寓指一般人民族意识淡薄，主要寓托作者对国民党政府中那些消极抗日、积极反共、阴谋卖国投敌的民族败类的愤恨和抨击。

结尾仍落墨于银杏。作者通过对未来的"希望"，委婉地抒发自己坚信抗战必胜的爱国情怀，激励人们保持银杏一样的高风亮节，自豪、自信、自强，高唱人间的胜利凯歌，迎接新时代的到来。

文章采用第二人称的叙述角度，描绘银杏形象，笔调亲切，热情洋溢，壮怀激烈，回荡着赞歌般的旋律，使抒情、议论具有极强的艺术魅力。语言明朗洗练，和谐流畅，富有激情和诗意。

思考与练习

1. 银杏的象征意义何在？作者是从哪些方面加以理解的？
2. 试从结构及表达主旨方面比较本文与茅盾的《白杨礼赞》的异同。

灯

巴 金

我半夜从噩梦中惊醒，感觉到室闷，便起来到廊上去呼吸寒夜的空气。

夜里漆黑的一片，在我的脚下仿佛横着沉睡的大海，但是渐渐地像浪花似地浮起来灰白的马路。然后夜的黑色逐渐减淡。哪里是山，哪里是房屋，哪里是菜园，我终于分辨出来了。

在右边，傍山建筑的几处平房里射出几点灯光，它们给我扫淡了黑暗的颜色。

我望着这些灯，灯光带着昏黄色，似乎还在寒气的袭击中微微颤抖。有一两次我以为灯会灭了。但是一转眼昏黄色的光又在前面亮起来。这些深夜还燃着的灯，它们(似乎只有它们)默默地在散布一点点的光和热，不仅给我，而且还给那些寒夜里不能睡眠的人，和那些这时候还在黑暗中摸索的行路人。是的，那边不是起了一阵急促的脚步声吗？谁从城里走回乡下来了？过了一会儿，一个黑影在我眼前晃一下。影子走得极快，好像在跑，又像在溜，我了解这个人急忙赶回家去的心情。那么，我想，在这个人的眼里、心上，前面那些灯光会显得是更明亮、更温暖罢。

我自己也有过这样的经验。只有一点微弱的灯光，就是那一点仿佛随时都会被黑暗扑灭的灯光也可以鼓舞我多走一段长长的路。大片的飞雪飘打在我的脸上，我的皮鞋不时陷在泥泞的土路中，风几次要把我摔倒在污泥里。我似乎走进了一个迷阵，永远找不到出口，看不见路的尽头。但是我始终挺起身子向前迈步，因为我看见了一点豆大的灯光。灯光，不管是哪个人家的灯光，都可以给行人——甚至像我这样的一个异乡人——指路。

这已经是许多年前的事了。我的生活中有过了好些大的变化。现在我站在廊上望山脚的灯光，那灯光跟好些年前的灯光不是同样的么？我看不出一点分别！为什么？我现在不是安安静静地站在自己楼房前面的廊上么？我并没有在雨中摸夜路。但是看见灯光，我却忽然感到安慰，得到鼓舞。难道是我的心在黑夜里徘徊，它被噩梦引入了迷阵，到这时才找到归路？

我对自己的这个疑问不能够给一个确定的回答。但是我知道我的心渐渐地安定了，呼吸也畅快了许多。我应该感谢这些我不知道姓名的人家的灯光。

他们点灯不是为我，在他们的梦寐中也不会出现我的影子。但是我的心仍然得到了益处。我爱这样的灯光。几盏灯甚或一盏灯的微光固然不能照彻黑暗，可是它也会给寒夜里一些不眠的人带来一点勇气，一点温暖。

孤寂的海上的灯塔挽救了许多船只的沉没，任何航行的船只都可以得到那灯光的指引。哈里希岛上的姐姐为着弟弟点在窗前的长夜孤灯，虽然不曾唤回那个航海远去的弟弟，可是不少捕鱼归来的邻人都得到了它的帮助。

再回溯到远古的年代去。古希腊女教士希洛点燃的火炬照亮了每夜泅过海峡来的利安得尔的眼睛。有一个夜晚暴风雨把火炬弄灭了，让那个勇敢的情人溺死在海里。但是熊熊的火光至今还隐约地亮在我们的眼前，似乎那火炬并没有跟着殉情的古美人永沉海底。

这些光都不是为我燃着的，可是连我也分到了它们的一点点恩泽——一点光，一点热。光驱散了我心灵里的黑暗，热促成我心灵的发育。一个朋友说："我们不是单靠吃米活着。"我自然也是如此。我的心常常在黑暗的海上飘浮，要不是得着灯光的指引，它有一天也会永沉海底。

我想起了另一位友人的故事：他怀着满心难治的伤痛和必死之心，投到江南的一条河里。到了水中，他听见一声叫喊（"救人啊！"），看见一点灯光，模糊中他还听见一阵喧闹，以后便失去知觉。醒过来时他发觉自己躺在一个陌生人的家中，桌上一盏油灯，眼前几张诚恳、亲切的脸。"这人间毕竟还有温暖，"他感激地想着，从此他改变了生活态度。"绝望"没有了，"悲观"消失了，他成了一个热爱生命的积极的人。这已经是二三十年前的事了。我最近还见到这位朋友。那一点灯光居然鼓舞一个出门求死的人多活了这许多年，而且使他到现在还活得健壮。我没有跟他重谈灯光的话，但是我想，那一点微光一定还在他的心灵中摇晃。

在这人间，灯光是不会灭的——我想着，想着，不觉对着山那边微笑了。

1942年2月在桂林

（选自《巴金名作欣赏》. 陈丹晨主编. 北京：中国和平出版社，2001）

第四章　散文欣赏

【赏析】

1923年10月，刚刚离开家庭步入社会的巴金曾在《妇女杂志》上发表过一首题为《黑夜行舟》的小诗：

　　天暮了，

　　在这渺渺的河中，

　　我们的小舟究竟归向何处？

　　远远的红灯呵，

　　请挨近一些儿罢！

巴金后来曾介绍说，这首小诗是据他乘船出川时的感触写成的，他说："我看见远方一盏红灯闪闪发光，我不知道灯在哪里，但是它牵引着我的心，仿佛有人在前面指路。"（《巴金论创作·序》）当时尚不满19岁的巴金，就已经把灯作为光明与未来的象征，作为人生航标的象征。后来，"灯"也一直指引着他探索前进。因此，在许多作品中，作者追求光，歌颂太阳，歌颂光明，1942年2月创作的散文《灯》便是一曲灯的赞歌。

一开篇，作者描绘了噩梦醒后所见的一幅自然景象："夜是漆黑的一片，在我的脚下仿佛横着沉睡的大海，但是渐渐地像浪花似地浮起来灰白色的马路。然后夜的黑色逐渐减淡。哪里是山，哪里是房屋，哪里是菜园，我终于分辨出来了。"那么，是什么东西使"夜的黑色逐渐减淡"呢？在激起读者的期待心理后，作者才郑重地推出所要赞美的对象：灯光，"傍山建筑的几处平房里射出来几点灯光"。在读者的期待得到满足后，巴金又迅速地把视野引入对灯光的观察：这带着昏黄的灯光虽然在寒气的袭击中"微微颤抖"，但却"默默地在散布一点点的光和热"，给"我"、给寒夜中不能睡眠的人和黑暗中摸索的行路人带来"明亮"与"光明"。这一开头初步显现了作品的抒情特点，即在对客观景物的描绘中融入作者的主观感受，通过情景交融画面的创作来抒发作者赞美灯光的情怀。画面中，大海是作者心中的大海，因此它才"仿佛横着沉睡"；马路是作者笔下的马路，所以才会"像浪花似地浮起来"；而灯光实际上也是通过作者心灵折射过的灯光，不然它怎么是"默默地"散发着光和热呢！这种缘情写景、情景交融的写法使作品一开始就具有较强的艺术感染力。

在借景抒情的散文中，作者对特定景物的描摹无非是为了创造抒写感情的艺术氛围，一旦这种氛围形成，他即可乘着艺术的翅膀，舒展自己的情怀。因此，紧接着眼前的灯光，巴金迅速地转入了对记忆里的灯光和传说中的灯光的描述，进而展开关于灯光的遐思，抒写自己对灯光特有的认识和特有的感情。在记忆中，一点微弱的灯光可以鼓舞"我"走一段长长的路，一点豆大的灯光也曾指引"我"挺身向前。如今，当"我"的心在黑夜里徘徊时，灯光又指引"我"找到了归路，在传说里，哈里希岛上的长夜孤灯帮助过不少捕鱼人，希洛的火炬曾照亮利安得尔的眼睛，因此，作者觉得记忆里的灯光给过"我"安慰与鼓舞，传说中的灯虽不是为"我"点燃，但它的光也驱散过我心灵里的黑暗。巴金满怀深情地写道："我的心常常在黑暗的海上飘浮，要不是得着灯光的指引，它有一天也会永沉海底。"不难看出，随着作者思绪的展开，灯已从具体的逐渐转变为抽象的，从开始时所见的实际的灯转变为心目中的灯。灯这一具体的物象也就升华为具有哲理含义的意象，它象征着光明，象征着温暖，象征着不断进取的生活信念。

《灯》的最后，作者又讲述了一个一点灯光改变一个出门求死者的故事。这在构思上有着双重的作用。一方面，它承接了文章第二个层次的思绪，从反面印证了如果没有光的指引，飘浮的人将沉入海底；如果推动理想与追求，他也必将为生活所吞没。另一方面，通过朋友的得救与转变揭示出另一个生活哲理：在人间，灯光是不会灭的，理想也是不会消失的。

从上述的分析可以看出，这篇散文的成功之处包括了如下几个方面。首先，它紧扣灯的命题，从眼前的灯到记忆的灯，从传说里的灯到朋友心中的一盏油灯，一层一层地揭示了永不熄灭的灯在人们前进中的指引作用，从而表达了作者热爱光明、追求理想的执着情怀。其次，对灯的描写从具体物象落笔，由实而虚，从具体到抽象，最后使灯升华为光明与人生信念的艺术象征。最后，移情入境，在创造情景交融的艺术画面之后，交替穿插对记忆与传说的叙述，穿插关于灯与生活信念的相关议论，融记叙、描写、议论、抒情于一体，从而使作品散发出独有的艺术魅力。

思考与练习

1. 众所周知，巴金从青年时期就有叛逆精神，追求进步，歌颂光明，可以说这是贯穿其一生的一条红线，那么本文是怎样歌颂光明的？请结合本文的内容加以说明。
2. 你以为欣赏这篇散文，从哪方面着手为好？

笑

冰 心

雨声渐渐的住了，窗帘后隐隐地透进清光来，推开窗户一看，呀！凉云散了，树叶上的残滴，映着月儿，好似萤光千点，闪闪烁烁的动着。——真没想到苦雨孤灯之后，会有这么一幅清美的图画！

凭窗站了一会儿，微微的觉得凉意侵入。转过身来，忽然眼花缭乱，屋子里的别的东西，都隐在光云里；一片幽辉，只浸着墙上画中的安琪儿。——这白衣的安琪儿，抱着花儿，扬着翅儿，向着我微微的笑。

"这笑容仿佛在哪儿看见过似的，什么时候，我曾……"我不知不觉的便坐在窗口下想，——默默的想。

严闭的心幕，慢慢的拉开了，涌出五年前的一个印象。——一条很长的古道。驴脚下的泥，兀自滑滑的。田沟里的水，潺潺的流着。近村的绿树，都笼在湿烟里。弓儿似的新月，挂在树梢。一边走着，似乎道旁有一个孩子，抱着一堆灿白的东西。驴儿过去了。无意中回头一看。——他抱着花儿，赤着脚儿，向着我微微的笑。

"这笑容又仿佛是哪儿看见过似的！"我仍是想——默默的想。

又现出一重心幕来，也慢慢的拉开了，涌出十年前的一个印象。——茅檐下的雨水，一滴一滴的落到衣上来。土阶边的水泡儿，泛来泛去的乱转。门前的麦陇和葡萄架子，都濯得新黄嫩绿的非常鲜丽。——一会儿好容易雨晴了，连忙走下坡儿去。迎头看见月儿从海面上来了，猛然记得有件东西忘下了，站住了，回过头来。这茅屋里的老妇人——她倚着门儿，抱着花儿，向着我微微的笑。

这同样微妙的神情，好似游丝一般，飘飘漾漾的合了拢来，绾在一起。

这时心下光明澄静，如登仙界，如归故乡。眼前浮现的三个笑容，一时融化在爱的调和里看不分明了。

(选自《现代诗文导读》．白雪松主编．济南：山东人民出版社，2001)

【赏析】

《笑》是冰心的第一篇白话散文，曾被称为新文学运动中"最初的美文"。

早期的冰心十分崇敬泰戈尔，并信奉他的爱的哲学。在冰心早期的创作里，都是充满爱的内容，但涉及两性间的爱却很少触及，她把爱的情怀都奉献给了父母、弟兄、小朋友、异国的弱小儿女以及大自然。《笑》便是把这种"爱的哲学"诗化的结晶，是作者追求的一种理想境界的具体描述。

"微笑看世界"是冰心早期作品的主旋律，而清新的情趣则是冰心风格的核心要素。700字的一篇短文，不施藻饰，不加雕琢，只是随意点染，勾画了三个画面：一是作者在雨后月夜的屋子里，朦胧所见的墙上画中安琪儿的微笑，二是作者五年前在村野古道新月下见到的孩童的微笑，三是作者十年前在海边月升茅屋门旁，见到的老妇人的微笑。作品通过以上三幅画写了三个不同的形象：安琪儿是神圣的爱的天使，小孩子是纯洁的童真的化身，老妇人是慈爱的母亲的象征。他们都是作者热情讴歌的对象，是通过将他们设置在一种特殊的意境中展现的。

意境美是本文最大的特色。《笑》始终是以质朴、清新、甜柔的情味，通向读者的心灵的，它将物境与我情融为一体，构成了如诗如画的意境。在这篇散文里，大部分篇幅是写大自然的美景，作者好似一个高明的画家，充分运用透视感，描绘了一幅幅美丽的图画。开篇写道："雨声渐渐的住了，窗帘后隐隐的透进清光来"，从听觉写到了视觉，月光本就具有神秘美，但透过窗帘发出的"清光"更带梦幻的色彩。如果说整个窗口的基调是柔和美丽的，那么作者一开始就为我们渲染了这一气氛。这时候，当"我""转过身来"发现屋内墙上"向我微微的笑"的安琪儿，心里就如平静的湖水投入一块小小的石头，顿时荡起层层涟漪，这微笑的安琪儿，不就是安详、美丽、充满着爱的生动形象的集中体现吗？在这里，作者虽不在画中，但画面上分明渗透着作者的涓涓情思，画中之景与作者之情交融在一起。

安琪儿的笑容，引起了作者思绪的流动，这样作者便一层深一层地推出五年前与十年前的两幅图画，这两幅画，同样色彩鲜明，清新柔美，纯净自然，如同万籁无声中，分明又隐约地听到一支婉转轻盈的抒情小夜曲，琴声不绝如缕，低回倾诉，使人悠悠然于心动神摇中不知不觉地随它步入一片宁谧澄静的天地，被深深地陶醉了。待你定睛寻觅时，琴声却戛然而止。曲终人不见，只有三张笑靥，三束白花，一片空灵，空灵中似乎飘浮着若远若近的渺茫的笑声，那么轻柔、那么甜美，洋溢着纯真的爱，于是，你沉入无限遐思，眼前是一片澄静。"如登仙界，如归故乡"，恍惚间，你找到了真、善、美——人们追求的最高境界。正如 1941 年巴金在《冰心著作集·后记》里所说"过去我们都是孤寂的孩子，从她的作品里，我们得到了不少温暖和安慰。我们知道了爱星、爱海，而且我们从那些亲切而美丽的语句里重温了我们永久失去了的母爱。"

能够淋漓尽致地以这种意境展现主题，还当归功于这篇文章的结构。巧妙地借鉴西方现代派小说意识流的写法，侧重写自己意识流动的过程。文章以作者的联想为线，把镜头由现在转回过去，借助美好的回忆，从现在，五年前，十年前，将意境层层开拓，三个不同时间的笑的镜头组接在一起，形成了一个别致、和谐的艺术天国。整篇文章，看起来不过就是由这样三个彼此独立而又互相联系的镜头构成的，在具体的组接方法上，颇类似于电影的蒙太奇手法，集中又各具诗意地表现了作者的"爱的哲学"。这种蒙太奇结构所形成的艺术效果，不仅使文章在形式上具有了新颖的结构特点，而且在内容上压缩了烦琐的交代，删去了中间过程，使读者能够集中精力感受爱的潜流的波动，同时，高度凝练的，以跳跃形式出现的画面，又为我们鉴赏的"再创造"提供了广阔的天地。

的确，《笑》是我国新文学运动初期的一篇不可多得的白话"美文"。700 字的一篇短文，字字珠玑。在冰心个人创作的道路上，这篇《笑》也具有特殊意义，它促成了以《往事》《寄小读者》为总题的两组散文的创作，突出表现了冰心散文创作的艺术才华。从此，现代文学史上便有了"冰心体"散文这一名词。

 思考与练习

1. 欣赏散文崇尚意境之美，你觉得本文有何意境，美在哪里？
2. 冰心可谓是美的化身，《笑》是美的外观，《笑》的内涵何在？

愿

许地山

南普陀寺里底大石，雨后稍微觉得干净，不过绿苔多长一些，天涯底淡霞好像给我们一个天晴底信。树林里底虹气，被阳光分成七色。树上，雄虫求雌底声，凄凉得使人不忍听下去。

妻子坐在石上，见我来，就问："你从哪里来？我等你许久了。"

"我领着孩子们到海边捡贝壳咧。阿琼捡着一个破贝,虽不完全,里面却像藏着珠子底样子。等他来到,我教他拿出来给你看一看。"

"在这树荫下坐着,真舒服呀!我们天天到这里来,多么好呢!"

妻说:"你哪里能够……"

"为什么不能?"

"你应当作荫,不应当受荫。"

"你愿我作这样底荫么?"

"这样底荫算什么!我愿你作无边宝华盖,能普荫一切世间诸有情;愿你为如意净明珠,能普照一切世间诸有情;愿你为降魔金刚杵,能破坏一切世间诸障碍;愿你为多宝盂兰盆,能盛百味,滋养一切世间诸饥渴者;愿你有六手,十二手,百手,千万手,无量数那由他如意手,能成全一切世间等等美善事。"

我说:"极善,极妙!但我愿作调味底精盐渗入等等食品中,把自己底形骸融散,且回复当时在海里底面目,使一切有情得尝咸味,而不见盐体。"

妻子说:"只有调味就能使一切有情都满足吗?"

我说:"盐底功用,若只在调味,那就不配称为盐了。"

(选自《现代诗文导读》. 白雪松主编. 济南:山东人民出版社,2001)

【赏析】

要读懂文章,一定要知人论世。孤立地看一篇作品,有时很难把它读懂、读透。许地山(1893—1941)的前期散文,主要表现他对社会现实和人生意义的思考。最为典型的是《落花生》。"花生"是"有用的",不是"伟大的,好看的东西",所以做人要"像花生","做有用的人,不是伟大的、体面的人"。《愿》与《落花生》有异曲同工之妙,只是不像《落花生》那样通俗易懂。这与许地山的思想经历有关。他一生对宗教、民俗和哲学颇有研究,基督教的"博爱"思想,佛教的淡泊名利、不求闻达、"普度众生"的教义毫不牵强地融入他早期的思想中,自然地潜入了他的作品《愿》中。

《愿》以禅院夏荫夫妻闲话引入,文字简练,语言平淡朴素,但又蕴涵着一种自然的情感,一种纯真的心愿。

夏日雨后,一家人到南普陀寺游玩,寺里的大石长满了微长的绿苔;远处天边有着淡淡的霞色,近处树林里飘着轻微的虹气;树上雄虫求雌的声音,听起来凄凉一片。这一段景物描写,有声有色,使人置身于一个清幽静谧、超脱凡俗的清凉世界。沐浴在这禅意浓郁的氛围中,佛家"普度众生"的博爱之愿油然而生。

文中"愿"有三重,层层深入,逐渐升华。

第一层为"作荫",直接从眼前话题引出,有感而发,己之所欲,推之于人,使大众(诸有情)免遭烈日炙烤之苦。博爱之心,已见一斑。

但文章并未就此展开,而是借妻子之口加以拓展,用佛家宝器做喻,道出第二重"愿",深化博爱主旨。

"我愿你作无边宝华盖,能普荫一切世间诸有情;愿你为如意净明珠,能普照一切世间诸有情;愿你为降魔金刚杵,能破坏一切世间诸障碍;愿你为多宝盂兰盆,能盛百味,滋养一切世间诸饥渴者;愿你有六手、十二手、百手、千万手,无量数那由他如意手,能成全一切世间等等美善事。""无边宝华盖""如意净明珠""降魔金刚杵""多宝盂兰盆""如意手",都是造福大众、普度众生的佛教宝器,这五个愿望表明了妻子、作者同情大众、愿意帮助他们的至诚心愿。这也正是一种思想深处受到熏陶感染而自然流露出来的博爱情怀。可谓诸般愿心,皆生于博爱之心。

对于妻子的宏愿,"我"非常赞赏,但文章并没有就此停笔,而是笔锋一转,又更加深入了一层,引出第三层"愿"。

"极善,极妙!但我愿作调味底精盐渗入等等食品中,把自己底形骸融散,且回复当时在海里底面目,使一切有情得尝咸味,而不见盐体。""精盐"是最普通的调味品,调到菜里,只能觉其美味可口,却无处寻找盐迹;而海中的盐更是无处不在却又无形无色,只给人以可感的帮助。和光芒四射、万人景仰的宝器相比,盐或海水都更为普通,但从功用来讲,后者似乎又更高一筹。这正是受之有情而求之无形的博爱之心的最高境界。不由令人想到佛祖舍身饲鹰之举,舍己一身,施救于生灵万物,这便是博爱,这便是普度众生。当然,这里的朴素的献身精神,也会让我们想到《落花生》。"花生"有用而不"伟大""体面",不正如盐之须臾不可离而又形骸无存吗?《落花生》之所以比《愿》解读起来通俗直白,是因为许地山的散文文风在发展过程中逐渐将思想中的玄虚沉淀,更加现实、质朴化了。

总之,文章虽短,却无一处没有作者博爱、普度众生思想的影子。孩子们在海边捡的"破贝","虽不完全,里面却像藏着珠子底样子",什么"珠子"?许是"如意净明珠"吧。便是一个完整的贝壳,他都要赋予它一颗珠子,赋予它一个孕育"宝物"的身份,不嫌它的破残,在妻子面前夸耀、赞美。"博爱""世间诸有情"的心,在这里便已先有表露了。

综观全文,尺幅千里。语言虽平淡无奇,其中蕴涵的思想感情却足以感化世界,正所谓以芥子藏须弥。而这一切,都源于许地山复杂的宗教思想中"博爱""普度众生"与淡泊名利、不求闻达理念的交织渗透。

 思考与练习

1. 本文语言清晰优美,真真如行云流水,质朴自然,请举例说明。
2. "言为心声",透过平实率真的语言表面,你能体察作者哪些深邃的思想?

翡冷翠[1]山居闲话

徐志摩

在这里出门散步去，上山或是下山，在一个晴好的五月的向晚，正像是去赴一个美的宴会，比如去一果子园，那边每株树上都是满挂着诗情最秀逸的果实，假如你单是站着看还不满意时，只要你一伸手就可以采取，可以恣尝鲜味，足够你性灵的迷醉。阳光正好暖和，决不过暖；风息是温驯的，而且往往因为他是从繁花的山林里吹度过来他带来一股幽远的淡香，连着一息滋润的水气，摩挲着你的颜面，轻绕着你的肩腰，就这单纯的呼吸已是无穷的愉快；空气总是明净的，近谷内不生烟，远山上不起霭，那美秀风景的全部正像画片似的展露在你的眼前，供你闲暇的鉴赏。

作客山中的妙处，尤在你永不须踌躇你的服色与体态；你不妨摇曳着一头的蓬草，不妨纵容你满腮的苔藓；你爱穿什么就穿什么；扮一个牧童，扮一个渔翁，装一个农夫，装一个走江湖的桀卜闪[2]，装一个猎户；你再不必提心整理你的领结，你尽可以不用领结，给你的颈根与胸膛一半日的自由，你可以拿一条这边颜色的长巾包在你的头上，学一个太平军的头目，或是拜伦那埃及装的姿态；但最要紧的是穿上你最旧的旧鞋，别管他模样不佳，他们是顶可爱的好友，他们承着你的体重却不叫你记起你还有一双脚在你的底下。

这样的玩顶好是不要约伴，我竟想严格的取缔，只许你独身；因为有了伴多少总得叫你分心，尤其是年轻的女伴，那是最危险最专制不过的旅伴，你应得躲避她像你躲避青草里一条美丽的花蛇！平常我们从自己家里走到朋友的家里，或是我们执事的地方，那无非是在同一个大牢里从一间狱室移到另一间狱室去，拘束永远跟着我们，自由永远寻不到我们；但在这春夏间美秀的山中或乡间你要是有机会独身闲逛时，那才是你福星高照的时候，那才是你实际领受，亲口尝味，自由与自在的时候，那才是你肉体与灵魂行动一致的时候；朋友们，我们多长一岁年纪往往只是加重我们头上的枷，加紧我们脚胫上的链，我们见小孩子在草里在沙堆里在浅水里打滚作乐，或是看见小猫追他自己的尾巴，何尝没有美慕的时候，但我们的枷，我们的链永远是制定我们行动的上司！所以只有你单身奔赴大自然的怀抱时，像一个裸体的小孩扑入他母亲的怀抱时，你才知道灵魂的愉快是怎样的，单是活着的快乐是怎样的，单就呼吸单就走道单就张眼看竖耳听的幸福是怎样的。因此你得严格的为己，极端的自私，只许你，体魄与性灵，与自然同在一个脉搏里跳动，同在一个音波里起伏，同在一个神奇的宇宙里自得。我们浑朴的天真是像含羞草似的娇柔，一经同伴的抵触，他就卷了起来，但在澄静的日光下，和风中，他的姿态是自然的，他的生活是无阻碍的。

你一个人漫游的时候，你就会在青草里坐地仰卧，甚至有时打滚，因为草的和暖的颜色自然的唤起你童稚的活泼；在静僻的道上你就会不自主的狂舞，看着你自己的身影幻出种种诡异的变相，因为道旁树木的阴影在他们纡徐的婆娑里暗示你舞蹈的快乐；你也会得信口的歌唱，偶尔记起断片的音调，与你自己随口的小曲，因为树林中的莺燕告诉你春光是应得赞美的；更不必说你的胸襟自然会跟着漫长的山径开拓，你的心地会看着澄蓝的天空静定，你的思想和着山壑间的水声，山罅里的泉响，有时一澄到底的清澈，有时激起成章的波动，流，流，流入凉爽的橄榄林中，流入妩媚的阿诺河[3]去……

并且你不但不须应伴，每逢这样的游行，你也不必带书。书是理想的伴侣，但你应得带书，是在火车上，在你住处的客室里，不是在你独身漫步的时候。什么伟大的深沉的鼓舞的清明的优美的思想的根源不是可以在风籁中，云彩里，山势与地形的起伏里，花草的颜色与香息里寻得？自然是最伟大的一部书，葛德[4]说，在他每一页的字句里我们读得最深奥的消息。并且这书上的文字是人人懂得的；阿尔帕斯[5]与五老峰，雪西里[6]与普陀山，来因河[7]与扬子江，梨梦湖[8]与西子湖，建兰与琼花，杭州西溪的芦雪与威尼市[9]夕照的红潮，百灵与夜莺，更不提一般黄的黄麦，一般紫的紫藤，一般青的青草同在大地上生长，同在和风中波动——他们应用的符号是永远一致的，他们的意义是永远明显的，只要你自己心灵上不长疮瘢，眼不盲，耳不塞，这无形迹的最高等教育便永远是你的名分，这不取费的最珍贵的补剂便永远供你的受用；只要你认识了这一部书，你在这世界上寂寞时便不寂寞，穷困时不穷困，苦恼时有安慰，挫折时有鼓励，软弱时有督责，迷失时有南针[10]。

一九二五年七月

(选自《中国散文名著快读》. 范昌灼主编. 成都：四川文艺出版社，2004)

【注释】

[1] 翡冷翠：通译佛罗伦萨，意大利中部城市，文艺复兴时期欧洲最著名的艺术中心。

[2] 桀卜闪：通译吉卜赛人，以过游荡生活为特点的一个民族。原居印度西北部，公元十世纪前后开始到处流浪，几乎遍布全球。

[3] 阿诺河：流经佛罗伦萨的一条河流。

[4] 葛德：通译歌德，德国诗人。

[5] 阿尔帕斯：通译阿尔卑斯，欧洲南部的山脉，有多处景色迷人的山口，为著名旅游胜地。

[6] 雪西里：通译西西里，地中海最大的岛屿，属意大利。

[7] 来因河：通译莱茵河，欧洲的一条大河，源出瑞士境内的阿尔卑斯山，流经列支敦士登、奥地利、法国、西德、荷兰等国，注入北海。

[8] 梨梦湖：通译莱蒙湖，即日内瓦湖，在瑞士西南与法国东部边境，是著名的风景区和疗养地。

[9] 威尼市，通译威尼斯，意大利东北部城市。

[10] 南针，即指南针。

【赏析】

《翡冷翠山居闲话》是徐志摩散文中的一篇佳作名篇，发表于 1925 年 7 月 4 日《现代评论》第二卷第 30 期上，后收入《巴黎的鳞爪》(新月书店 1931 年版)；描写了在意大利名城翡冷翠(佛罗伦萨)山居的冥想、思绪和感受，洋溢着浪漫的情调。作者写"山居"，却未着重具体写山野的秀美风光和居于此间的生活情况，而是"闲话"其妙处、意义，抒写情怀，袒露心志。因此，它是一篇地道的抒情随笔。

文章一开头，就写在那里"山居"的美妙所在，反映了作者对大自然美的追求：晴好的五月的向晚，出门散步，上山下山，如赴宴会，如去果园或看或采摘"诗情最秀逸的果实"，足够"性灵的迷醉"；阳光暖和，风息温驯，还带来繁花的山林里幽远的淡香；还有湿润的水汽摩挚颜面、轻绕肩腰；空气明净，秀美的风景像画片展露眼前供鉴赏。这些山间风物，不是直接、客观写出，而是主观融于其中，作者欣然畅然的愉悦心情一下子表现了出来。

接着写作客山中的妙处，更在于完全可以自由自在、无拘无束，不讲究穿戴、体态、装扮，无须掩饰行游。他强调春夏间秀美的山林，要独身闲逛。那"才是福星高照"，"实际领受、亲口尝味""肉体与灵魂行动的一致"；才知道灵魂的愉快、活着的快乐，才知道单就呼吸、走路、眼看、耳听是怎样的。总之，作者从不同的角度，以铺张的语句，抒写那时的真正自我与大自然一体的自得。仅这样还不够，他进一步写独自漫游，会在青草里坐地仰卧、打滚；在静僻的道上狂舞，看身影幻出诡异的变相；会信口歌唱，胸襟会跟着漫长的山径开拓，心地会看着蓝天静定，思想会和山里的水声泉响，有时一澄到底的清澈……陶醉于大自然的快感与幸福，超然畅然之情，由此写透写够了。

徐志摩有返璞归真的个体与追求，对大自然有崇高的领悟。他曾说自己"是个自然的崇拜者"，在此作品中又说"自然是最伟大的一部书"。因此，他认为"山居"不但不须约游伴，"也不必带书"。"什么伟大的深沉的鼓舞的清明的优美的思想的根源不是可以在风籁中、云彩里，山势与地形的起伏里、花草的颜色与香息里寻得？"而且它的"文字是人人懂得的"，认识了它，就会产生伟大的、奇特的力量。这在作品的结尾，警句似地作了概括与升华。

全篇紧扣自我感受展开抒写，具有浓厚的感情色彩。作者以诗人的气质与心灵写散文，神驰意纵，笔调轻盈，语句飘逸，辞藻华丽，笔路铺张，比喻、排比、对偶、重叠等修辞性句式大量运用，将情志抒写得酣畅淋漓、风姿多态，建构了一种独特的情境，也给人以旷达放浪的美感。这正如阿英所评：他善写冥想的小品，以宁静的心，抓住一个中心，发展下去，而且发展很远。本文正是这样来"经营"一种冥想心境的。它无疑是一篇成功之作、超凡之作。

思考与练习

1. 文笔洗练、质朴明快是徐志摩散文的风格，请结合本文语言表达加以印证。
2. 阅读《再别康桥》，体会作者表达的感情与本文有何不同？

囚绿记

陆 蠡

这是去年夏间的事情。

我住在北平的一家公寓里。我占据着高广不过一丈的小房间，砖铺的漫漫的地面，纸糊的墙壁和天花板，两扇木格子嵌玻璃的窗，窗上有很灵巧的纸卷帘，这在南方是少见的。

窗是朝东的。北方的夏季天亮得快，早晨五点钟左右太阳便照进我的小屋，把可畏的光线射个满室，直到十一点半才退出，令人感到炎热。这公寓里还有几间空房子，我原有选择的自由的，但我终于选定了这朝东房间，我怀着喜悦而满足的心情占有它，那是有一个小小理由。

这房间靠南的墙壁上，有一个小圆窗，直径一尺左右。窗是圆的，却嵌着一块六角形的玻璃。并且左下角是打碎了，留下一个大孔隙，手可以随意伸进伸出。圆窗外面长着常春藤。当太阳照过它繁密的枝叶，透到我房里来的时候，便有一片绿影。我便是欢喜这片绿影才选定这房间的。当公寓里的伙计替我提了随身小提箱，领我到这房间来的时候，我瞥见这绿影，感觉到一种喜悦，便毫不犹疑地决定下来，这样直截爽直使公寓里伙计都惊奇了。

绿色是多宝贵的啊！它是生命，它是希望，它是慰安，它是快乐。我怀念着绿色把我的心等焦了。我欢喜看水白，我欢喜看草绿。我疲累于灰暗的都市的天空，和黄漠的平原，我怀念绿色，如同涸辙的鱼盼等着雨水！我急不暇择的心情即使一枝之绿也视同至宝。当我在这小房中安顿下来，我移徙小台子到圆窗下，让我的面朝墙壁和小窗。门虽是常开着，可没人来打扰我，因为在这古城中我是孤独而陌生。但我并不感到孤独。我忘记了困倦的旅程和已往的许多不快的记忆。我望着这小圆洞，绿叶和我对语。我了解自然无声的语言，正如它了解我的语言一样。

我快活地坐在我的窗前。度过了一个月，两个月，我留恋于这片绿色。我开始了解渡越沙漠者望见绿洲的欢喜，我开始了解航海的冒险家望见海面飘来花草的茎叶的欢喜。人是在自然中生长的，绿是自然的颜色。

我天天望着窗口常春藤的生长。看它怎样伸开柔软的卷须，攀住一根缘引它的绳索，或一茎枯枝；看它怎样舒开折叠着的嫩叶，渐渐变青，渐渐变老，我细细观赏它纤细的脉络，嫩芽，我以揠苗助长的心情，巴不得它长得快，长得茂绿。下雨的时候，我爱它渐沥的声音，婆娑的摆舞。

忽然有一种自私的念头触动了我。我从破碎的窗口伸出手去，把两枝浆液丰富的柔条牵进我的屋子里来，教它伸长到我的书案上，让绿色和我更接近，更亲密。我拿绿色来装饰我这简陋的房间，装饰我过于抑郁的心情。我要借绿色来比喻葱茏的爱和幸福，我要借绿色来比喻猗郁的年华。我囚住这绿色如同幽囚一只小鸟，要它为我作无声的歌唱。

绿的枝条悬垂在我的案前了，它依旧伸长，依旧攀缘，依旧舒放，并且比在外边长得更快。我好像发现了一种"生的欢喜"，超过了任何种的喜悦。从前我有个时候，住在乡间的一所草屋里，地面是新铺的泥土，未除净的草根在我的床下茁出嫩绿的芽苗，蕈菌在地角上生长，我不忍加以剪除。后来一个友人一边说一边笑，替我拔去这些野草；我心里还引为可惜，倒怪他多事似的。

可是每天早晨，我起来观看这被幽囚的"绿友"时，它的尖端总朝着窗外的方向。甚至于一枝细叶，一茎卷须，都朝原来的方向。植物是多固执啊！它不了解我对它的爱抚，我对它的善意。我为了这永远向着阳光生长的植物不快，因为它损害了我的自尊心。可是我囚系住它，仍旧让柔弱的枝叶垂在我的案前。

它渐渐失去了青苍的颜色，变成柔绿，变成嫩黄；枝条变成细瘦，变成娇弱，好像病了的孩子。我渐渐不能原谅我自己的过失，把天空底下的植物移锁到暗黑的室内；我渐渐为这病损的枝叶可怜，虽则我恼怒它的固执，无亲热，我仍旧不放走它。魔念在我心中生长了。

我原是打算七月尾就回南去的。我计算着我的归期，计算这"绿囚"出牢的日子。在我离开的时候，但是它恢复自由的时候。

卢沟桥事件发生了。担心我的朋友电催我赶速南归。我不得不变更我的计划，在七月中旬，不能再留连于烽烟四逼中的旧都，火车已经断了数天，我每日须得留心开车的消息。终于在一天早晨候到了。临行时我珍重地开释了这永不屈服于黑暗的囚人。我把瘦黄的枝叶放在原来的位置上，向它致诚意的祝福。愿它繁茂苍绿。

离开北平一年了。我怀念着我的圆窗和绿友。有一天，得重和它们见面的时候，会和我面生么？

(选自《中国散文名著快读》. 范昌灼主编. 成都：四川文艺出版社，2004)

【赏析】

陆蠡善于从琐细的生活情节中，用清新流利的文字，细腻委婉的描写，表达比较潜藏的意念，蕴含着深沉的思想容量，形成独特的艺术风格。《囚绿记》就是具有这种艺术风格的作品。

文章写作者对绿色的爱恋和怀念，从中寄托着自己对自由的向往、对光明的追求和对幸福的憧憬，曲折地抒发对破坏和平安宁生活的日本侵略者的抑郁愤懑感情。但作者的这种感情并不表露于外，而是深藏于对常春藤的叙述和感受之中。

文章的开头部分，写"我"旅居北平时，特意选了能透进绿影的居住房间，经常在窗前观赏常春藤的生长。看着它的嫩叶渐渐变青，就会忘记旅程的困倦和不愉快的往事，即使是只身一人生活在陌生的古城中，也"并不感到孤独"。因为在"我"的心中，宝贵的绿色，"它是生命，它是希望，它是慰安，它是快乐。"这些文字，分明是写"我"困居"孤岛"，"如同涸辙的鱼盼等着雨水"一样，渴求光明自由、热爱和平安宁，但作者却深藏若虚，全把它蕴藉于"贪绿"之中。

　　文章的第二部分，先写"我"在自私念头的驱动下，把常春藤的两枝柔条从窗口外牵进到自己的房间里，"让绿色和我更接近，更亲密"，引之为"绿友"，"要它为我作无声的歌唱"，安慰"我过于抑郁的心情"。悬垂在书桌前的绿色枝条，"依旧伸长，依旧攀缘，依旧舒放"，使"我"从它"长得茂绿"的勃勃生机中，发现了"生的欢喜"，超过了任何种的喜悦。点染"我"对绿色的钟爱矫情，表明作者内心情愫的进一步发展。接着，描述幽囚在室内的"绿友"，"渐渐失去了青苍的颜色"，"好像病了的孩子"。然而，"它的尖端总朝着窗外的方向"，"永远向着阳光生长"。常春藤的这种"固执"习性，以及"我"此时对执拗"绿友"的复杂感情，在作者笔下都是实有所指，但又不外露，而是运用拟人手法，借物表情，把自己和"绿友"融为一体，引出更深层的意蕴，使作者内心情愫再度升华。最后，写"我"决定在七月末南归时，才开释"绿囚""出牢"。卢沟桥事件的突发，使"我""不能再留连于烽烟四逼中的旧都"，不得不提前到七月中旬"赶速南归"。临行时"我"开释这"永不屈服于黑暗的囚人"，并"向它致诚意的祝福，愿它繁茂苍绿"。笔墨不多，却蕴涵着极其丰富的内容。从作品的结构角度看，这段文字是作者的"兜底"，但又没有直截了当地和盘托出创作这篇文章的命意和赋予常春藤的寓意，而是通过舒缓的娓娓叙述，含蓄地抒发对生活的热爱和对光明的渴求，委婉地赞美永不屈服于黑暗的民族精神，曲折地表达对日寇的愤懑和对抗战必胜的信念。这种深敛而不显露的感情，流贯于全篇，熔铸在对常春藤的描写之中，读来倍感亲切，引人思索和想象。

　　文章的第三部分，写"我"离开北平一年后，借"有一天"和"圆窗的绿友"重逢的期望，表达作者亟盼沦亡的祖国河山早日获得解放的心情和对抗战前景的乐观精神。

　　文章的另一个显著特点是，构思精巧，结构严谨。开头写"我"对绿色所产生的留恋。中间写"我"由留恋绿色而囚禁绿色最后开释"绿友"。结尾写"我"离开北平一年以后对"绿友"的怀念。全文以"恋绿—囚绿—释绿—念绿"为行文线索，重点写"囚绿"。作者依循这一线索，抓住常春藤的自然习性特征，把咏绿的感情深深地蕴藉在对"绿友"的形象里，从它"永不屈服于黑暗""永远向着阳光生长"的"固执"中，醒悟到了"自己的过失"，决定放"绿友""出牢"。这就生动形象地说明了生命之绿是囚不住的，从而阐发了既深邃又朴素的人生哲理，给人以极大的启发。文章的三个部分，开头从窗外"绿影"写起，中间着力描写"囚绿"的经过，末尾以怀念"绿友"作结。全篇紧扣"绿"字叙事、抒情，线索清晰，主次分明，首尾照应，承接自然而紧凑，构成一个充满诗韵的完整意境。

作者托物言志，运用象征和拟人手法，以叙事带动抒情，描写细腻，情思缠绵缜密，文笔清新流畅，语言凝练典雅。

思考与练习

1. 本文的线索是什么？仔细阅读本文，加以体会。
2. "形散而神凝"常被认为是散文的一个主要特点，本文的"神"是什么？它是怎样表现这个"神"的？

第五章 戏剧文学欣赏

第一节 戏剧文学概述

一、戏剧与戏剧文学

　　戏剧是一种综合艺术。它不仅包含文学的因素，还包含着绘画、雕塑、音乐、舞蹈等艺术成分。一般说来，这种艺术手段在戏剧里，都不具独立的艺术价值，而只是被综合地用来塑造戏剧艺术形象。只有戏剧中的文学因素——即供舞台演出用的文学剧本，才有独立的艺术价值，被称为戏剧文学。

　　戏剧文学的分类，因标准不同可以分成各种不同的类别。根据剧本容量的大小，可以分成多幕剧和独幕剧；根据表现形式的不同，可以分成话剧、歌剧和戏曲(如京剧、评剧、沪剧、越剧、川剧等)；根据剧本反映的矛盾冲突的性质和所运用的表现手段，以及它对读者的感染作用，则可以分为悲剧、喜剧和正剧。下面着重谈一谈悲剧、喜剧和正剧的一般特点。

　　悲剧大都展示重大的或有深刻社会意义的矛盾冲突，表现在善恶两种势力的严重斗争中，邪恶势力对善的势力的暂时胜利。鲁迅说：“悲剧将人生的有价值的东西毁灭给人看”[①]。在社会实践活动中，人类合乎自身发展趋势的行为，难免会受到自然界的惩罚或逆历史潮流而动的势力的扼杀，这就会形成这样或那样的悲剧。所以，在悲剧中，矛盾冲突的实质在于"历史的必然要求和这个要求的实际上不可能实现"[②]。喜剧同悲剧不同，它的矛盾冲突的特点在于"正大于负"。随着历史的不断前进，旧事物已经失去了昔日的力量和威势，它企图阻止社会发展的种种努力，不再对人们构成威胁，因此不仅不会使人

---

① 选自鲁迅的《再论雷峰塔的倒掉》。
② 选自恩格斯的《致斐迪南·拉萨尔》。

感到害怕，反而令人觉得滑稽、荒唐、可笑。鲁迅说"喜剧将那无价值的撕破给人看"①就是这个意思。正剧是悲剧因素与喜剧因素交织在一起的戏剧。正剧可以让悲喜两种感情因素相互转化，这与人们的现实生活更加接近，因此它是最普通、最常见的一种戏剧。

二、中西戏剧的起源与形成

中西戏剧都具有悠久的历史，无论是西方还是中国，戏剧都是起源于民间，是和原始人祭祀神灵、欢庆节日的仪式密切联系在一起的。但由于地理环境、社会的经济、政治情况不同，民族习惯、文化意识、艺术传统的区别，中西戏剧在发展中走着不同的历史道路，在内容和艺术形式上呈现出很大的差异。

西方戏剧是从古希腊戏剧开始的。古希腊的戏剧是由民间的宗教仪式演变而来的，具体来说，就是起源于农村祭酒神的颂歌。相传酒神曾周游世界，受过许多磨难，但他战胜一切困难，在老师西靳诺斯、半人半山羊侍者萨提耳和狂女的随从下，乘着一辆兽拉的车子，到处传授酿酒的方法，获得了人们对他的崇拜。对酒神的崇拜后来形成一种宗教，每到举行祭奠的时候，人们就组成合唱队，在山羊的供品周围，轮番地唱着颂扬酒神的赞美歌，边歌边舞。神话以至祭祀，是原始人心理的产物，在古希腊人心中，狄奥倪索斯是一个富有精神和阳气的神，是生命力坚强的象征。他们对酒神的崇拜，实际上是对生命的精灵的崇拜，是对人类的生命力的崇拜。这种祭祀酒神的歌舞，有的表现人们对酒神的畏惧和敬仰，雄浑悲壮；有的则唱着颂扬酒神的歌曲，举行欢乐歌舞的游行表演，这就是后来古希腊悲剧和喜剧的雏形。世界上任何古剧的产生都是走歌、舞、故事表演结合的道路的。古希腊人赞美酒神的颂歌之所以能成为后来戏剧的源体，是和神话中酒神受难的传说分不开的。酒神颂就是以狄奥倪索斯的遭遇为题材的。它虽然是以歌舞的形式出现，但已不是一般的歌和舞，而是具有浓厚的宗教意识，是和有关酒神的简单的故事联系在一起的。在古希腊，首先使圆舞台合唱形式的酒神颂歌具有艺术上的表演因素的是阿瑞翁。他是一个合唱队的指挥者，在担任合唱队指挥时，一面指挥，一面把自己当作酒神似地说唱，回答合唱队的问话，表演酒神狄奥倪索斯受难的样子，而合唱队员则身穿羊皮，头戴羊角，扮成半人半山羊的样子，象征酒神的随从。这就使合唱队的合唱开始具有戏剧表演的因素，有了对话和简单情节的萌芽。后来雅典僭主庇西斯特拉妥把民间的酒神祭典引入雅典城内，将其变成固定的全民性的节庆，并且在酒神节庆中举行"悲剧竞赛会"，但那时的"悲剧"并不是真正的悲剧，而是一种抒情诗的分体。大约在公元前534年，雅典人忒斯庇斯在竞赛会上发展了阿瑞翁创造的说唱和表演的形式，把合唱队歌唱的故事扩大到酒神以外的传说，自己轮流扮演几个角色，与合唱队员对话，成为古希腊第一个登台表演的演员。因为他一个人要扮演几个人，就使用了假面具；为了方便更换服装和面具，便把

---

① 选自鲁迅的《再论雷峰塔的倒掉》。

原来合唱队的中心点移到一旁，把演出者和观众分开，出现了最早的"舞台"，这就使原来以歌舞为主的酒神祭典逐步向戏剧演变。

  古希腊戏剧产生于公元前 6 世纪，形成于公元前 5 世纪，而且很快就达到繁盛期。古希腊三大悲剧诗人都出现在这个时期。埃斯库罗斯的《被缚的普罗米修斯》《俄瑞斯忒斯》，索福克勒斯的《俄狄浦斯王》《安提戈涅》，欧里庇得斯的《美狄亚》等著名作品，都是在这个时期创作的。到了公元前 4 世纪，出现了亚里士多德的《诗学》，从理论上对戏剧艺术，特别是悲剧艺术做了详细的阐述，是古希腊唯一有系统的戏剧理论著作，也是欧洲戏剧理论的奠基之作。从公元前 7 世纪在农村流传的酒神祭祀，到公元前 4 世纪亚里士多德的《诗学》，前后不过三个世纪。而公元前 6 世纪酒神祭典被引进雅典城内，到公元前 5 世纪三大悲剧诗人的出现，则只有一个多世纪的时间。这个过程，古希腊戏剧像是在一条笔直的康庄大道上迅跑，它不但形成的时间短，而且发展快，成就高，在世界上的影响也很大。

  同西方戏剧的起源相比，中国戏剧的起源是一个比较复杂的问题。中国戏剧也是起源于民间，由于它形式特殊，包括说、唱、念、打等因素，是更为综合的艺术，因而是多源的，寻起"根"来，不像西方戏剧那么"单一"和明确。中国戏剧歌舞成分很浓，在这方面，它的源头可以溯到原始时代的歌舞。我国古代歌舞早在原始时代就已出现。《书经·舜典》上说："予击石拊石，百兽率舞。"《吕氏春秋·古乐》篇中也说："葛天氏之乐，三人操牛尾，投足而歌八阕。"前者写的是一群原始猎人披着各种兽皮跳舞，用击石和打石作为节奏；后者写的是原始人手持牛尾，边跳边唱的情景。这种歌舞可能是原始人打猎前后的一种宗教仪式和庆祝仪式，带有祈祷和酬谢神祇的性质。到了奴隶社会，歌舞被奴隶主用于娱神敬祖，也为自己歌功颂德。周朝的颂舞，是祭祀时的一种仪式，《周颂》就是它的歌词。但是在民间仍然保留有一些旧有的节日和敬神的歌舞，例如"傩"舞，就是当时农村的一种逐鬼除疫的仪式，舞者都戴假面具，这种舞蹈对后来农村的歌舞、戏曲有很深的影响。又如"巫"舞，也是一种祭祀鬼神的歌舞，它是由上古的巫祝仪式演变而来的。春秋的楚国，巫风很盛，屈原的《九歌》就是为了楚怀王祀鬼神而将民间"巫"舞的歌词加以改作而成的。从《九歌》中，我们可以看到当时的乐器、舞蹈和歌唱的种类与形式，已有明显的审美意识，而不只是祭祀的歌舞，孕育了后来戏剧的一些基本因素。

  中国戏剧中喜剧基因特别发达，那种借助语言、动作，诙谐笑谑、插科打诨的喜剧传统，主要是来自古代的优人，所以古优也是中国戏剧的源。由贵族豢养的"优"在西周末年就已出现，春秋战国时已有优人活动的记载，最初见于《国语·郑语》。古代的优，也称"倡优"或"俳优"，都由男子充任，他们是我国最早的"艺人"。《国语·晋语》中有一段关于优施的详细记载，从记载中我们可以看到当时的优人是能歌又能舞的。《史记·滑稽列传》中，也有楚国优孟扮已故宰相孙叔敖形象的记载，从中可以看出，优不但能歌能舞，还能模仿别人的言语行动。后世把优孟扮孙叔敖这件事，叫"优孟衣冠"，有人还把这当作中国戏剧的起源；但根据记载的材料，优孟模仿孙叔敖，目的是为了对楚庄王进行讽谏，并没有什么故事情节，只能说是出现了戏剧中变身为他者的表演因素的萌芽。古代优人的活动，更多的是以俏皮的语言来进行嘲讽和讥谏。《滑稽列传》中还有优旃谏秦始皇的一段记载："优旃者，秦倡侏儒也，善为言笑，然合于大道。……始皇尝欲广大苑囿，东至函谷关，西至雍陈仓。优旃曰：'善，多纵禽兽于其中，寇从东方来，令麋鹿触之足矣！'始皇以故缀止。"此外，也有长于竞技的优。《国语·晋语》中说："侏儒扶卢。"就是说侏儒以爬矛戟的把为游戏，供人笑乐。古代优人的职业，除了歌舞外，最主要的是供人取乐，所以多是侏儒担任，因为侏儒身材短小，更能引人发笑。优人供人取乐的技艺很多，但突出的特点是语言上的幽默讽刺。古代歌舞和古优作为中国戏剧的源，在时间上有远近之差，对中国戏剧形成所起的作用也不一样，前者主要是提供歌舞表演的因素，后者则提供语言、动作模仿的因素。优人的调戏歌舞和古代歌舞有一定的继承关系，但古代歌舞带有浓厚的宗教色彩，而优人的表演艺术却纯粹是娱人的。优人的出现，说明古代人的审美观念已发生了变化，由幻想的鬼神世界转到面向人生。

中国戏剧是多种艺术的综合，有歌、舞、乐以及诙谐嘲笑等因素，也有杂技、武术和故事表演的因素。无论从戏剧中的杂技、武术因素，还是从故事表演的因素看，都和中国古代的"百戏"有着直接的关系。古代的"百戏"，是乐舞杂技表演的总称，秦汉时已出现，又称"角抵戏"。角抵，就是两个人摔跤或拳斗。广义的角抵戏，不只是指摔跤，而是指各项技艺汇集一起，彼此竞赛，互争优胜。这些，后来同歌唱、舞蹈等合流，成为中国戏剧中的一个重要因素："打"。从故事表演来说，对后来戏剧有深刻影响的是那些"敷衍故事"的狭义的角抵戏。后来三国有《辽东妖妇》，南北朝有《代面》《踏摇娘》等，都是这一传统的演变和发展。王国维在《宋元戏曲考》中指出，中国戏剧最早溯源于巫，战国时和俳优合流，到汉的角抵，又增加了故事情节，至南北朝时，出现《代面》《踏摇娘》，才合歌舞于演，随成为后世戏曲之起源。这一论断，除溯源于巫的看法过于简单，不够准确外，总的来看，揭示了中国戏剧起源的若干本质方面的问题。

同古希腊戏剧比较，中国戏剧发端虽早，但形成和成熟较迟，中间经历了很长时间，有如在一条曲折的小径上慢步前行。中国戏剧的形成，是歌、舞、乐、诙谐嘲笑、武术、故事表演等各种因素发展和互相结合的结果。我国歌舞起源很早，故事表演却是从西汉的角抵戏《东海黄公》开始的，而歌舞和故事表演的结合则始见于南北朝时北方的《踏摇娘》。到了隋唐，各种艺术形式有了大的发展和提高，并且有了彼此走向结合的趋势，是中国戏剧形成过程中的一个重要转折时期。据记载：隋炀帝大业二年(606 年)，在洛阳举行大规模的百戏盛会，此后，每年正月举行一次，于端门外，建国门内，绵亘八里，列为剧场，沿途搭起看棚，日夜观赏，献技者身着锦绣衣衫，热闹非常。这个时期，音乐成就很高，歌舞表演也逐渐有了地位。唐代是历史上文事武功极盛的一个时代，由于社会安定，生产发展，统治者讲究享乐，宫廷里还设有"梨园"组织，训练艺人，音乐、歌舞、滑稽戏等都很兴盛。带有故事性的歌舞表演这时也有了长足的发展，据唐代段安节所著的

《乐府杂录》的记载，当时"鼓架部"中的歌舞戏有《代面》《拨头》和《苏中朗》(即《踏摇娘》)。这三个节目都有歌曲和舞蹈动作，也有简单的故事情节，演的都是现实生活中的故事，其中故事比较完整的是《苏中郎》，它是唐代舞戏中最著名的节目。晚唐时，宫中艺人还模仿角抵为基础的歌舞剧，创造了《樊哙排君难戏》，表演"鸿门宴"的故事。此外，参军戏在唐代也很流行，参军戏是从古代优人嘲弄犯官的传统发展起来的。唐代的参军戏，也叫"弄参军"，表演形式是：两个俳优，一个痴愚，一个机智，一问一答，逗人笑乐，和现在的相声相似。这时的参军戏已有固定的角色——"苍鹘"和"参军"。"苍鹘"是戏弄者，"参军"是被戏弄者，有不同的扮相，已比较戏剧化了。参军戏是一种"科白戏"，只有动作和说白。后来，参军戏和《踏摇娘》一类的歌舞戏参合，具有了中国戏剧的雏形。

宋金时期，随着社会新的经济因素的出现，杂剧兴起，演出规模较大，角色也由唐代参军戏中的两人增至四人或五人，并且有了固定的演出场地"瓦舍"。北宋的杂剧，有讽刺朝政的，也有表演故事的。内廷的杂剧，多是因题设事，有如当今的问题戏，主要是讥讽朝政，是唐代参军戏的继续和发展，如讽刺当时宰相蔡京的剧目《当十钱》；民间的杂剧，则多以表演故事为主，在形式上有歌唱、舞蹈、诙谐取笑、杂技、武术等，是《踏摇娘》一类节目的继续和发展。北宋时期的杂剧，是中国戏剧形成中的一个过渡阶段。南宋时期，有了专业性的卖艺戏班，出现了最早的"剧本"。在民间还有一种由落魄文人组成专门撰写脚本的组织——"书会"，那些"书会先生"，就是职业的剧作者。至此，中国戏剧才真正形成。其中，南宋温州杂剧的兴起，《赵贞女蔡二郎》《王魁》等底本的出现，是中国戏剧形成的标志。《赵贞女蔡二郎》，演赵五娘、蔡伯喈的故事，是元末明初高则诚所撰写的《琵琶记》的祖本。这本戏写蔡伯喈上京赴试，得中状元，背弃父母妻室，入招相府，父母在家乡饿死，妻子赵五娘上京寻夫，蔡伯喈拒认五娘，还放马将五娘踩死，最后蔡伯喈为暴雷震死。《王魁》演的是殷桂英为王魁所弃，死后变鬼活捉王魁的故事，是元代尚仲贤所撰写《海神庙王魁负桂英》杂剧、明代王玉峰所撰写《焚香记》传奇的祖本。这两本戏剧都是指责那些当官以后忘恩负义的知识分子，是当时社会现实的真实反映，可惜剧本今已失传。这一时期说唱艺术"诸宫调"也很盛行，如董解元的《西厢记》，已能通过伴唱与说白表达出一个长篇的完整的故事，并且已注意到对人物性格的刻画。到了元代，出现了曲词、宾白和科泛相结合的杂剧，而且剧目繁多，体制齐备。元杂剧是一种独立的综合性艺术，它的出现，说明中国戏剧已经完全成熟。元剧作品，流传到现在的本子有140多种，根据元末钟嗣成所著《录鬼簿》记载的作家，共111人，作品有500多种。元杂剧的四大家关汉卿、白朴、马致远、郑光祖的作品，是元剧繁荣时期的代表作，它们是中国戏剧成熟的标志。

戏剧是一种多种要素构成的综合艺术，构成戏剧的基本要素是：演员、剧本、观众和使戏剧得以实现的剧场。其中演员是最本质的要素，戏剧演员扮演剧中人物和表演戏剧性情节是戏剧艺术必不可少的条件。在戏剧形成过程中，只是一个演员的时候，很难表演戏剧性情节，因为戏剧性情节是由戏剧冲突产生的，必须有两个以上的演员，戏剧冲突才能展开，戏剧性情节才会出现，真正的戏剧才能完成。在古希腊，舞台上第二个演员的出现，是从著名悲剧诗人埃斯库罗斯开始的。埃斯库罗斯是古希腊第一个悲剧诗人，他创作悲剧，还亲自上台表演，担任第一演员。由于第二个演员的出现，合唱队的抒情成分减少了，有了正式的对话，有了戏剧冲突，戏剧表演就向前迈进了一步。所以，古希腊戏剧的形式是以埃斯库罗斯为标志的。第三个演员的出现，是从古希腊的另一位著名悲剧诗人索福克勒斯开始的，演员人数增加到三个，悲剧的情节和人物的性格可以充分展开，使希腊悲剧得以发展和完善。在古希腊第三位著名悲剧诗人欧里庇得斯的戏剧里，合唱队只作为一种传统的形式被保存下来，和剧情没有密切的关系，故事表演已成为戏剧的主要内容。古希腊喜剧发展比悲剧晚一些，大约在公元前 486 年前后，雅典开始有了喜剧竞赛会，从此喜剧就逐渐发展和繁荣起来。古希腊喜剧的代表作家是阿里斯托芬。

  戏剧得以实现的物理空间是剧场，有了剧场，演员才能演出，观众才能观看，所以剧场的出现和改善，也是戏剧形成、发展的一个标志。在原始"戏剧"出现时，演出的地方都是在酒神神坛附近，在神坛和安置供品的地方围一个圆圈，后来才有了固定的地点。及至公元前 5 世纪，在民主派领袖伯里克利执政期间，为了适应全民性的戏剧竞赛活动的需要，在阿库罗伯里斯丘陵的斜坡上，建造了一个规模宏大的露天大剧场，观众的座位一排一排地沿着山坡上升。演员们在露天剧场演戏，为了加强戏剧效果，都戴假面具，穿厚底靴，借以扩大声音、面部和形体。伯里克利执政时期，是雅典的"黄金时代"，也是古希腊戏剧最繁荣的时期。当时在酒神节庆所举行的悲剧竞赛会规模很大，每年这个时候，雅典城的大多数公民都到剧场看戏，观众很多；他们看到好的戏就叫好，看到不满意的戏就起哄；有的戏不受欢迎，演不下去，不得不中断演出。在剧场里，观众不是被动的鉴赏者，常常能左右戏剧的效果，成为刺激和促进戏剧创造的积极因素。

  从戏剧的源头看，中国戏剧也是源远流长的，但它诞生、形成较迟，约在 12 世纪，到了 13 世纪才达到成熟和繁荣。比较中国和古希腊戏剧的形成过程，古希腊戏剧早出、早熟，中国戏剧晚出、晚熟。古希腊戏剧的形成过程，自始至终是和国家的全民性庆典联系在一起的，而且一直是作为国家全民性庆典中的一项重要活动内容，它是从下到上、从上到下，在上下一致的支持下迅速形成和成熟起来的。中国戏剧从汉唐到宋金始告形成，这是个过程，主要在民间发展，而且始终是一种娱乐性的活动，在它形成过程中的各种形态，都是以文娱为主，长期不为上层统治者所重视，所以发育和成长的时间很长。古希腊戏剧是在一次又一次酒神节庆中走进人类的文化史册的，所以，在戏剧领域里，神的观念很强，在一些著名的剧作里，都与神有直接间接的关系，实际上是一种民族宗教行为的戏剧化。中国戏剧基本上是民间的一种娱乐活动，戏剧的题材多是史话和民间流传的故事，常常是寓教于乐，本质上是一种民族伦理观念和心理的戏剧化。在艺术上，古希腊戏剧的形成过程，是通过逐渐减少合唱队的歌舞因素，增加故事表演，突出人物性格和故事情节来实现的，所以在他们的戏剧中，情节的构成和人物性格的真实再现，成为非常重要的因素。中国戏剧的形成过程，则是通过各种艺术形式——歌、舞、乐、说白、武术和故事表演的结合来实现的，这个过程，不但没有减少歌舞的因素，而且使歌舞在戏剧中变得更为精美，使戏剧中所表演的故事音乐化、舞蹈化，所以中国戏剧歌舞因素浓，声诗的传统也特别发达。

中国戏剧形成、成熟较迟，跟古希腊戏剧的形成和繁荣时期相比，相距十六七个世纪。那么，中西戏剧的形成在时间上为什么会有这么长的距离？古希腊戏剧为什么早出、早熟？中国戏剧为什么晚出、晚熟？它们各自有哪些特殊的条件和原因？彼此的差异在哪里？

中西社会历史状况和文化背景很不相同，古希腊戏剧和中国戏剧各自植根在不同的土壤中。古希腊是欧洲文化的摇篮、西方戏剧的发源地。公元前12世纪，希腊进入了辉煌的荷马时代，神话、史诗、琴歌、寓言等先后出现，其中又以神话和史诗最为发达，这些艺术形式产生于原始社会向奴隶社会的过渡时期，反映那个时代人们对社会、对历史、对人的认识。公元前6世纪末，氏族制度消亡，希腊社会在一场民主改革运动中建立了奴隶主民主制，在民主运动期间，有些僭主为了获得农民的拥护，而提倡崇拜酒神狄奥倪索斯，创办"酒神大节"，在雅典城内举行大规模的全民性庆典，古希腊戏剧就是在这种全民性庆典中破土而出的，所以古希腊戏剧的诞生和古希腊民主运动的兴起有密切的关系。

古希腊包括许多大小不一的城邦，各城邦的政治和经济的发展情况很不相同。公元前5世纪，发生了著名的希波战争，由于雅典的海军在战争中发挥了很大的作用，使希腊人得以击败波斯侵略者。战争结束后，雅典就成为许多城邦的盟主，是古希腊的文化中心，工商业和农业都比较繁荣，政治生活也十分活跃。由于雅典的民主政治倡导全民性的集体活动，史诗和抒情诗都不能适应这一要求，而戏剧是一种群众性很强的活动，所以得到重视。在伯里克利执政时期，是希腊的极盛时期，他和其他奴隶主民主制的领袖们非常重视戏剧的社会作用，不但建立了宏伟的露天剧场，还给公民们发"戏剧津贴"，使穷人们也能看戏，所以每年戏剧节举行戏剧比赛的时候，场面十分热烈。戏剧节前，戏剧诗人报名参加比赛，交出他们的作品，然后由执政官从中选出入选作品进行比赛。评判员由各区推选，演出前宣誓必须公正评判，演出后投票评定，舞弊者处死刑。这种全民性的戏剧比赛活动，对希腊戏剧的发展起着很大的催化作用。古希腊戏剧主要是表现英雄人物的故事，大多数取材于神话和英雄传说，但戏剧诗人常常在剧本中寄托他们对现实的看法，借以宣传自己对一些社会问题的观点，所以剧场成为自由民主的政治讲坛和文化活动中心，古希腊戏剧就是在这样的社会背景和政治文化氛围中诞生，并迅速成长发展起来的。

古希腊戏剧的早出、早熟，与当时奴隶主民主政治下较自由的社会气氛有密切关系。统治者重视戏剧是其中的一个非常重要的因素，同时也跟希腊城邦经济发达，市民已成为城邦人数众多的社会阶层有关。而中国戏剧之所以晚出、晚熟，正是因为在它赖于生长的社会土壤上，这些方面都是十分欠缺的。中国社会是一个宗法式和农业性的社会，政治上很早就形成了君王统治的大一统帝国，经济上是自给自足的小农经济。在这种社会背景下，文学多以感物抒情为主，兼之受儒家思想的禁锢，对很早就发源于民间的"百戏"等艺术并不重视。长期以来，小说、戏剧是都被视为"末伎"，登不了大雅之堂。戏剧一直是民间的艺术，朝廷的科举考试，向来是以诗文为准，知识分子为了进身，主要是攻经史和诗文，不会到民间的戏剧去寻找出路。一直到宋代以后，商品经济比较发达，城市开始繁荣，有了市民阶层，戏剧这种市民艺术才应时而生。但是，在南宋温州杂剧兴起，中国戏剧已作为一种独立的艺术门类出现之后，封建统治者和知识分子仍然视之为俗物，不屑一顾。所以它只能在民间自然地、缓慢地发展，没有像古希腊戏剧那样迅速发展和成熟起来。

元代蒙古人入侵中国，使中国历史出现了断裂，人们的心理、情绪、观念、风尚产生了变化，又因为元统治者在初期对文化思想的控制比较弱，儒家的传统受到一定的冲击，唐宋以来"文以载道"的文学观念动摇了，一直被压在底层的杂剧得到了发展的机会。与此相联系的，还有元代统治者对汉族知识分子的排斥和压制，当时有"八娼九儒十丐"的说法，可见知识分子地位极低，而且元朝灭金以后，一度废除科举取士制度，中下层知识分子没有出路，他们只好走向民间，他们中的一部分人就把自己的才能贡献给杂剧创作，这对元杂剧的成熟和繁荣起了很大的作用。

中西戏剧是两种不同特质的戏剧。西方的戏剧是剧作家的剧场，剧本是整个戏剧的灵魂，有了剧本，有了演员，就可以演戏。古希腊的戏剧有对话、有合唱，演出时也需要歌队和乐师，但音乐很简单，戏剧的演出主要是靠演员的姿势和声章来表达情感和展开剧情，所以剧本中的语言因素显得特别重要。中国戏剧是多种艺术因素的结合，包括歌唱、舞蹈、对白、武术等，演员在舞台上表演，是这些艺术因素的综合体现，而这些艺术因素的结合，必须在各方面都有一定的艺术积累才能实现。中国戏剧"艺术化"的过程，从酝酿、生长、发展到成熟，需要相当长的时间。中国歌舞的发源很早，武技的表演一直就在民间流传，对白从有"优人"算起也有悠久的历史，但在很长的一段时间里，它们都是各自独立发展的，到了唐代，才出现彼此结合进行故事表演的趋势。这些艺术因素的逐渐结合和它们的日趋完善，就是中国戏剧形成的过程。元杂剧的成熟繁荣，正是在我国丰富的古代文化基础上，综合了前人词曲、歌舞和各种讲唱文学的成就，又直接吸取了金院本的舞台艺术成果而逐渐成熟的。元杂剧的主要组成部分是乐曲，唐宋词曲、诸宫调和大曲对元杂剧的影响很大。宋代以后说唱艺术流行，"说话人"在说书时，绘声绘色地描述人物的衣着、性格、状貌、口音，这些都为元杂剧中人物性格的塑造准备了条件。中国戏剧"艺术化"过程的复杂性，也是造成中国戏剧晚出、晚熟的一个重要原因。

西方人的社会是一个商业性和宗教性的社会，西方人有较深广的哲学和浓郁的宗教情结，古希腊的戏剧，特别是悲剧，和宗教关系十分密切。古希腊悲剧多取材于神话和英雄传说，而这些神话和传说流露着古代人的智慧，悲剧诗人借助它们表达自己对社会的观点，具有较强的生命力，社会影响大。中国社会基本上是伦理的世界，中国人伦理观念很强，但哲学思想平易，宗教观念淡薄。中国戏剧基本上是娱乐剧，也有道德剧，是典型的市民阶层艺术，而传统的社会工商业经济并不发达，市民阶层的力量还不够大，这就使戏剧艺术在发展上有所局限。元杂剧的繁荣和它的社会影响，是在一种非常特殊的历史条件下出现的。元代是外族入主中国的悲剧时代，在民族压迫下，人们为了维护自身的生存，同外族统治者进行不屈的斗争，剧作家充分利用戏剧这一形式，将生活中的矛盾冲突，加以集中概括，深刻揭露当时黑暗的统治和反常的社会生活，表现民族不屈的精神，鼓舞人们为反抗强暴、坚持美好的理想而斗争。这就使在民间文学土壤上成长起来的元杂剧，具有了深刻、丰富的社会内容，不仅在艺术上赢得广大群众的喜爱，而且在内容上也和人民的命运有密切的联系，给人以崇高的美感和体验，使中国戏剧进入了一个绚烂辉煌的成熟阶段，成为中国文学史上光辉的里程碑。

三、戏剧文学的特征

戏剧文学作为演出用的剧本，其艺术独立性也是相对的，它不能不服从戏剧塑造人物形象的需要。所以，戏剧文学的特征同戏剧的特征是不可分割的。其特征主要有以下几个方面。

(一)分幕、分场，高度集中

戏剧受舞台条件和演出时间的限制，它的场景和容量都不能过于繁复，这就决定了剧本的篇幅不能过长，人物不能过多，情节不宜太复杂，场景不宜变化太多。所以，集中性是戏剧文学的一个很重要特点，它的分场、分幕，正是适应了人物、情节、场景的集中的需要。曹禺的《雷雨》和《日出》，把相当丰富的社会生活内容集中在几个人物的一天或几天的生活里来表现，因而特别突出、特别强烈，深深地打动了读者和观众的心。即使像老舍的《茶馆》这类描绘了一个漫长的历史阶段的作品，它也把人物和情节集中在尽可能少的场面中，通过某一时代富有典型意义的人物的活动，来揭示时代特征和本质，使人们窥一斑而知全豹，而不是像小说那样连贯地叙述故事情节和细致地展示人物一生的兴衰际遇。

(二)戏剧冲突强烈紧张

"没有冲突就没有戏剧"，是戏剧和戏剧文学的一般规律。戏剧要有"戏"，所谓"戏"，一般就是指引人入胜的矛盾冲突；没有冲突，也就没有戏。一方面，戏剧文学里的人物，只有通过一定的矛盾冲突，其性格才能得到鲜明的表现，因为，在戏剧文学里，剧作家不能采用叙述人的语言来描绘性格，而只能抓住人物的性格差异，"把各个人物用更加对立的方式彼此区别得更加鲜明些"。另一方面，剧本中的情节，也只有经过人物之间的矛盾冲突，才能获得充分地展示。所以，严格说来，没有矛盾冲突的戏剧是没有的。

(三)戏剧语言富表现力

在戏剧文学中，除了少量的动作提示和布景说明外，主要靠人物的对白来塑造形象和提示情节，因此，戏剧文学的语言有不同于其他文学体裁的语言的特殊要求。首先，高度的个性化和充分的表现力。高尔基说："剧中人物之所以被创造出来，仅仅是依靠他们的台词，即纯粹的口语，而不是叙述的语言。"因此，戏剧文学中人物的语言，不仅要准确、生动地表达人物的思想感情，而且要符合人物的身份、性格、年龄以及他所处的特定的环境，达到高度的个性化，使人物形象得以鲜明地表现出来。其次，富有行动性。艺术形象的塑造，人物性格的差异，在小说里可以通过人物的语言、行动表现出来，也可以通过人物内心的剖析来提示和完成；在戏剧里，这种差异则只能通过人物的语言、行动来表现，而不能长久地停留在人物的内心深处，否则让舞台上的人物一味各自思考自己的问题，戏就无法演下去。所以，戏剧文学里人物的说白和对话，都应该考虑到他们在舞台上行动的需要，富有行动性，不能不顾舞台演出的效果，让人物发表长篇的演说或进行大段大段的辩论。不然，不仅无法演出，而且在阅读时也会令人感到沉闷。再次，语言明朗动听又含蓄深邃。戏剧文学的语言，要演员便于"上口"，观众听来"入耳"。人物语言要含蓄、有潜台词，给观众和读者留下充分想象的余地。戏剧文学在语言上的这些特点，使剧本成为文学体裁中最难运用的一种形式。因此要创作出优秀的剧本来，除了在其他方面进行努力外，必须在锤炼语言上狠下苦功。

第二节 戏剧文学的欣赏技巧

一、分析戏剧冲突

戏剧冲突主要指剧本中所展示的人物之间、人物自身以及人与环境之间的矛盾冲突，其主要表现为剧中人物的性格冲突。欣赏戏剧作品，首先要善于把握作品中的戏剧冲突。要弄清冲突发展过程，要弄清冲突的主要原因，主次顺序，进而分析冲突是怎样造成的，冲突的实质是什么，最终明确这样的冲突表现了怎样的主题。这里把握作品的写作时代背景、作者的创作意图，对于正确把握作品的戏剧冲突是必须的。

人们在现实生活中由于立场、观点、思想感情的不同，本来就存在着矛盾冲突，戏剧冲突就是从诸如此类的矛盾中提炼出来的。它比前者更高、更鲜明、更集中，在戏剧中各种人物之间的冲突不仅是构成情节的基础，而且是表现人物思想性格，从而揭示社会生活本质的重要手段。能把握戏剧冲突，才能逐步深入地认识到作品的艺术特色和思想意义。

《雷雨》中有两场冲突：周朴园和鲁侍萍在分手30年后不期而遇；周朴园和鲁大海在罢工问题上进行了尖锐的斗争。这两场冲突对揭示周朴园、鲁侍萍、鲁大海这三个人物的性格特征具有重要的作用。

《茶馆》的冲突则采取了特殊的表现形式，剧中的情节不像《雷雨》中那样一环紧扣一环，似乎有些散漫，所有登场人物都仿佛是按自己的意愿行事，彼此间有时有点小小的冲突——严格地说，不过是纠葛，所有的冲突在很短的时间内即告结束。然而这一切仅仅是表面现象，因为所有人物的行事都受时代的制约，都是在特定的社会背景下发生的，剧作者真正的意图是，通过这些现象来说明军阀的反动统治是怎样使人民陷入了痛苦的深渊。因此，剧中的主要冲突是人民跟旧时代的冲突，能把握这个冲突，则全剧内容洞若观火。

二、品味戏剧语言

语言是构成剧本的基础。戏剧语言包括人物语言和舞台说明。人物语言也叫台词，包括对话、独白、旁白等，是人物心理、动作的外现。剧作家通过人物语言来展开戏剧冲突，塑造人物形象，揭示戏剧主题，表达自己对生活的认识。舞台说明是一种叙述语言，用来说明人物的动作、心理、舞台布景、环境等，直接展示人物的性格和戏剧的情节，舞台说明是戏剧语言不可缺少的组成部分，但同人物语言相比，它只是一种辅助手段。因此鉴赏剧本时，品味人物语言至关重要。

个性化语言能够准确地表达人物的思想感情，所谓个性化，是指受人物的年龄、身份、经历、教养、环境等影响而形成的个性特点。剧本对人物语言个性化的要求非常高，正像高尔基说："在剧本里他(指作者)不能对观众提示什么。剧中人物被创造出来，仅仅是依靠他们的台词，而不是叙述的语言。"要品味富有动作性的人物语言，动作性有时表现为人物之间的动作冲突，如周萍打鲁大海；有时表现为人物内心活动，如鲁侍萍看见周萍打鲁大海后那种痛苦的心理等。也就是说，动作性包括外部动作，也包括内部动作，即心理活动。我们常常说"言为心声"，语言是人的内在感情的一种外在表现形式，从这个角度说，人物语言的动作性主要指由人物内心发出，能够展示人物丰富的内心世界。例如《雷雨》第二幕，当周朴园说死去的侍萍和周家"有点亲戚"关系时，有下边一段对话：

  鲁侍萍 亲戚？
  周朴园 嗯，——我们想把她的坟修一修。
  鲁侍萍 哦，——那用不着了。

这一"嗯"一"哦"语言很简单，但却是发自人物内心，揭示出人物丰富的内心世界，表现了这两个人物在特定情境下的特殊心态。

最后，还要品味人物语言中蕴含的丰富的潜台词。所谓潜台词，也就是话语字面意义以外的一种深层意义或言外之意。好的台词总是以最少的语言表达最丰富的内容，给人以品味、想象的空间。比如《雷雨》中，周朴园听出侍萍的无锡口音后，便问起往事，称当时的侍萍为"梅小姐"，说她"很贤慧，也很规矩"。已知实情的侍萍听到他的谎言，想起自己的遭遇，满怀悲愤，于是语带嘲讽而又意味深长地反复说，"她不是小姐，她也不贤慧，并且听说是不大规矩的"，表现了她痛苦的内心和对周朴园的不满。潜台词往往是与语言的个性化和动作性联系在一起的，即如上例，实际上也包含着侍萍丰富的内心活动。

三、把握"人物塑造"

　　戏剧是要塑造人物的。剧中所塑造的人物是否真实可信，对人物的描写是否精雕细刻，这也是评价戏剧好坏的重要尺码。戏剧作品十分注重塑造具有鲜明生动的个性而又能体现社会某些本质方面的人物，也就是具有某种典型意义的人物。一个人是由社会因素、心理因素和形体外貌三个方面组成的。社会因素主要是指阶级成分、家庭出身、教育、教养、职业、社会地位、社会关系、政治态度、宗教信仰等，心理因素包括思想、感情、意志、气质、想象力、兴趣爱好、趣味素养等。这两个方面有密切的关系，社会因素往往在很大的程度上决定心理因素，而心理因素又往往是社会因素的具体体现。除这两方面外，人的外形、身材、容貌、性别、年龄、姿态、表情、服饰、习惯性动作(包括某种遗传特征)等，是人的具体形象。这三个方面构成一个具体的、有血有肉、有性格的活生生的人。我们在阅读戏剧文学时要注意发现剧作家在塑造人物方面的用心。

　　由于戏剧艺术受时空的限制，因而在人物形象的塑造方面就具有与小说人物塑造不同的特点。

　　在戏剧作品中，人物性格必须突出地表现性格的主要方面。在戏剧作品中，不可能像在中长篇小说中那样对人物作面面俱到、精雕细琢的刻画和描绘。戏剧中的人物要求鲜明，能一下子给观众以具体深刻的印象，如安提戈涅的勇敢、倔强、不畏强暴；哈姆雷特的谨慎和优柔寡断；奥赛罗的轻信、嫉妒；阿巴贡的爱财如命；繁漪的如火一样可以烧毁一切的热情，爱得深、恨得狠等，都是极鲜明地突出了他们性格的主要方面。当然这并不是说戏剧人物性格简单。

　　戏剧中的人物感情色彩更为强烈。戏剧中的人物要在很短的时间内给予观众感情上的影响和作用，那就首先要求人物有鲜明的态度和强烈的感情。美狄亚杀死丈夫再娶的新娘，和自己与丈夫所生的一双儿女，以惩罚背叛爱情、见异思迁的丈夫。繁漪的性格和美狄亚有某种相似，她的爱情像火山爆发时"喷出的炽热的岩浆，能烧毁一切"。人物感情的强烈，正如同戏剧冲突的尖锐一样，为的是能抓住观众的注意力，能激发观众的感情，产生使人哭、使人笑、使人悲伤、使人欢乐的巨大感染力。

　　正因为戏剧文学在塑造人物方面的独特性，决定了在阅读中可从以下几点入手来把握剧本中所塑造的人物形象。

1. 注意人物及人物间的关系

(1) 人物数量。

戏剧受时空限制，因此在人物数量上，首先应该确定少而精的观念。当然人多人少还要看所写的题材。戏剧作品中人数都比较少，如中国传统戏曲《西厢记》主要人物只有崔莺莺、张君瑞、红娘、老夫人四个。当然也有《大闹天宫》《群英会》等场面大、人物多的戏。话剧《雷雨》只有八个人物，而《茶馆》中有名有姓的人物就有五六十个。

(2) 人物关系。

戏剧里的主要人物往往是戏剧冲突的双方主要当事人，这主要当事人之间的关系有对立敌对的关系，有的虽对立但只是内部矛盾。这种矛盾也可能成为不可调和的、尖锐的冲突，但并不一定是敌对的关系。《哈姆雷特》中王子哈姆雷特和他那个杀了自己父亲并篡夺了王位的叔父克劳狄斯之间，存在不共戴天之仇，是敌对的矛盾冲突；《玩偶之家》中娜拉和丈夫海尔茂，有着无法调和的思想观点上的对立，但并不是敌对的关系；《白蛇传》中白素贞和许仙是一对恩爱夫妻，但由于许仙性格上的软弱和不坚定，造成了和白素贞的矛盾。无论是敌对或非敌对的，矛盾的双方当事人都有着某种对立关系。

除对立关系外，还有中间关系。这些中间关系就是一些次要人物，但这些中间关系的人物，也是必不可少的，有时甚至还是非常重要的，例如我国传统戏曲中丫鬟的形象，就是很典型的这种关系的人物，凡戏中有小姐的，就必定有丫鬟，这不是形式，也并非多余。在戏曲中，人物再节省，一个贴身丫鬟是不可少的，如果崔莺莺身边没有红娘，她和张生独来独往，这是不可想象也不能成立的。白素贞虽属蛇仙，身边也得有个小青陪伴。戏中的次要人物使戏剧具有浓厚的生活气息，使人们感到戏剧像生活一样丰富多彩。

中间关系人物对调节戏剧冲突也有着重要作用。如果只有矛盾双方当事人，双方剑拔弩张，矛盾冲突一触即发，这样就不可能有波澜起伏，也说不上有什么节奏，甚至可以说没有什么戏可看。假若哈姆雷特听完父王阴魂的诉说，马上持剑赶回宫中，将仇人一剑杀死，干脆倒很干脆，可这还有什么戏可看呢？戏中奥菲莉娅这个次要人物，她是大臣波洛涅斯的女儿，又是哈姆雷特的心上人。哈姆雷特装疯试探叔父，而叔父也狡猾地利用奥菲莉娅试探哈姆雷特是真疯还是假疯，这就演出了在复仇过程中一场精彩的好戏。既使戏剧冲突得到调节，又使情节曲折生动。

次要人物即中间关系人物还能起到调节戏剧气氛的作用，使悲剧中有喜剧气氛，喜剧中有悲剧气氛。特别是戏中的一些丑角常常起到这样的作用。话剧《日出》是一出悲剧，但其中的顾八奶奶、胡四、张乔治等人物，很有点像戏曲中的丑角，戏中有了这样一些人物，可表现出丰富复杂、无奇不有的生活画面，对这些庸俗不堪的人物进行了讽刺，同时这些人物也给这出悲剧增添了喜剧气氛和喜剧色彩，从而更衬托出正直人的不幸和悲惨。

2. 人物性格之间的对比与陪衬

在现实生活中，任何事物都是在与其他事物的比较中显示出各自不同的特色。在戏剧里往往有这样的情况，主要人物一个正直，一个阴险；一个高尚，一个卑劣；一个勇敢，一个胆怯懦；一个慷慨，一个吝啬；一个聪明，一个愚蠢；一个严肃，一个放荡。这样的安排和处理，都是为了使双方的性格在对比中表现得更为鲜明突出。性格具有强烈对比的人物，有时是敌对人物，有时也可以是同一营垒的，例如在三国的戏曲中，诸葛亮和周瑜，代表刘备和孙权联合抗曹。两个都极聪明，运筹帷幄，但诸葛亮心胸宽阔，沉着大度，而周瑜却心胸狭窄，猜忌多疑。又如《将相和》中的廉颇与蔺相如，一武一文，两人都是有功之臣，但前者性格急躁，妒贤嫉能，而后者大度宽容，有谦让之风。

戏中一个人物也可能存在两个以上的性格对比。《雷雨》中的周朴园，一方面以蘩漪火辣辣热情奔放的性格对比出他的冷酷无情，另一方面又以侍萍的正直、善良，有穷人的骨气对比出周朴园的虚伪、势利和狠心。

陪衬是性格一致而又有差别，同中有异，以显示出一种层次来表现性格特点的手法。对比是差异明显对立，陪衬烘托则是协调、温和差别，陪衬也可称帮衬，所谓"一个好汉三个帮"。《白蛇传》中白娘子和小青，两人的思想感情基本一致，小青全力支持白娘子和许仙的爱情婚姻，也同样对许仙的懦弱动摇十分气恼；但白素贞性格温和，小青则性格刚烈，小青真想一剑刺死薄情的许仙，而白娘子虽又气又恼，但又疼又爱，替许仙向小青求情，小青的刚烈衬托出白素贞的温柔深情。

3. 注意人物的行为动作

戏剧作为行动的艺术，从它诞生之时起，就是以动作的模仿来再现生活的。一出戏是一个庞大的动作体系。通过动作、行动来塑造人物形象是戏剧作品中塑造人物的重要艺术手段。一个人一个微小的动作，往往能生动地表现人物的某些性格特点。人的动作主要是指人体外部的动作，也可称为形体动作，是指看得见的身体各部分的动作，如头部、颈部、腰部、背部、四肢等的动作，人的面部表情也可算作形体动作，人的内心活动也总是要通过表情和形体动作来表现，所以这些形体动作和人的性格密切有关，它能表现出人物的个性。

当然一个动作往往在极短的一瞬间就完成，只有一系列的动作构成的行动才能更具体更清楚地表现人物性格。《雷雨》中周朴园逼蘩漪喝药，蘩漪说自己没有病，不肯喝，周朴园就让儿子周冲劝母亲喝，最后竟让大儿子周萍跪下求继母喝，并口口声声要蘩漪在孩子面前做一个服从的榜样，他的这一行动充分表现出他专制、冷酷，一心维持自己在家庭中绝对权威的个性，同时也造成家庭中夫妻之间、父子之间的矛盾和冲突。

最后，要注意人物的语言。戏剧文学中除少量舞台指示外，几乎全部是人物的对话，也就是人物的语言。每个人都有自己的个性，每个人的语言也都表现人物的性格，因而戏剧作品中的语言，特别要求个性化，通过个性化的语言来塑造人物性格是极为重要的艺术手段。

第三节 戏剧作品赏析

西厢记(第四本第三折)

元·王实甫

[夫人长老上,云][1]今日送张生赴京,就十里长亭,安排下筵席[2]。我和长老先行,不见张生小姐来到。

[旦、末、红同上][3][旦云]今日送张生上朝取应[4],早是离人伤感,况值那暮秋天气,好烦恼人也呵!"悲欢聚散一杯酒,南北东西万里程。"[旦唱]

[正宫·端正好]碧云天,黄花地,西风紧,北雁南飞。晓来谁染霜林醉?总是离人泪[5]。

[滚绣球]恨相见得迟,怨归去得疾。柳丝长玉骢难系[6],恨不倩疏林挂住斜晖[7]。马儿迍迍的行,车儿快快的随,却告了相思回避,破题儿又早别离[8]。听得道一声"去也",松了金钏[9];遥望见十里长亭,减了玉肌。此恨谁知?

[红云]姐姐今日怎么不打扮?[旦云]你哪知我的心里呵![旦唱]

[叨叨令]见安排着车儿、马儿,不由人熬熬煎煎的气;有甚么心情花儿、靥儿[10],打扮得娇娇滴滴的媚。准备着被儿、枕儿,则索昏昏沉沉的睡;从今后衫儿、袖儿,都揾做重重叠叠的泪[11]。兀的不闷杀人也么哥!兀的不闷杀人也么哥!久已后书儿、信儿,索与我凄凄惶惶的寄[12]。

[做到] [见夫人科] [夫人云]张生和长老坐,小姐这壁坐,红娘将酒来[13]。张生,你向前来,是自家亲眷,不要回避。俺今日将莺莺与你,到京师休辱没了俺孩儿,挣揣一个状元回来者[14]。[末云]小生托夫人余荫,凭着胸中之才,视官如拾芥耳[15]。[洁云][16]夫人主见不差,张生不是落后的人。[把酒了坐][17][旦长吁科] [唱]

[脱布衫]下西风黄叶纷飞,染寒烟衰草萋迷。酒席上斜签着坐的,蹙愁眉死临侵地[18]。

[小梁州]我见他阁泪汪汪不敢垂,恐怕人知[19];猛然见了把头低,长吁气,推整素罗衣[20]。

[幺篇]虽然久后成佳配,奈时间怎不悲啼[21]。意似痴,心如醉,昨宵今日,清减了小腰围。

[夫人云]小姐把盏者![红递酒,旦把盏长吁科][云]请吃酒![旦唱]

[上小楼]合欢未已,离愁相继。想着俺前暮私情,昨夜成亲,今日别离。我谂知这几日相思滋味,却原来此别离情更增十倍[22]。

[幺篇]年少呵轻远别,情薄呵易弃掷。全不想腿儿相挨,脸儿相偎,手儿相携。你与俺崔相国做女婿,妻荣夫贵,但得一个并头莲,煞强如状元及第[23]。

[夫人云]红娘把盏者![红把酒科。旦唱]

[满庭芳]供食太急,须臾对面,顷刻别离[24]。若不是酒席间子母每当回避,有心待与

他举案齐眉[25]。虽然是厮守得一时半刻，也合着俺夫妻每共桌而食[26]。眼底空留意，寻思起就里，险化做望夫石[27]。

[红云]姐姐不曾吃早饭，饮一口儿汤水。[旦云]红娘，甚么汤水咽得下！

[快活三]将来的酒共食，尝着似土和泥。假若便是土和泥，也有些土气息、泥滋味。

[朝天子]暖溶溶玉醅，白泠泠似水，多半是相思泪[28]。眼面前茶饭怕不待要吃，恨塞满愁肠胃。蜗角虚名，蝇头微利，拆鸳鸯在两下里[29]。一个这壁，一个那壁，一递一声长吁气。

[夫人云]辆起车儿，俺先回去，小姐随后和红娘来[30]。[下。末辞洁科。洁云]此一行别无话儿，贫僧准备买登科录看，做亲的茶饭少不得贫僧的[31]。先生在意，鞍马上保重者！从今经忏无心礼，专听春雷第一声[32]。[下。旦唱]

[四边静]霎时间杯盘狼藉，车儿投东，马儿向西，两意徘徊，落日山横翠。知他今宵宿在那里？在梦也难寻觅。

张生，此一行得官不得官，疾便回来[33]。[末云]小生这一去白夺一个状元，正是"青霄有路终须到，金榜无名誓不归[34]"。[旦云]君行别无所谓，口占一绝，为君送行："弃掷今何在，当时且自亲。还将旧来意，怜取眼前人[35]。"[末云]小姐之意差矣，张珙更敢怜谁？谨赓一绝，以剖寸心[36]："人生长远别，孰与最关亲？不遇知音者，谁怜长叹人？"[旦唱]

[耍孩儿]淋漓襟袖啼红泪，比司马青衫更湿[37]。伯劳东去燕西飞，未登程先问归期[38]。虽然眼底人千里，且尽生前酒一杯[39]。未饮心先醉，眼中流血，心内成灰。

[五煞]到京师服水土，趁途程节饮食，顺时自保揣身体[40]。荒村雨露宜眠早，野店风霜要起迟！鞍马秋风里，最难调护，最要扶持。

[四煞]这忧愁诉与谁？相思只自知，老天不管人憔悴。泪添九曲黄河溢，恨压三峰华岳低[41]。到晚来闷把西楼倚，见了些夕阳古道，衰柳长堤。

[三煞]笑吟吟一处来，哭啼啼独自归。归家若到罗帏里，昨宵个绣衾香暖留春住，今夜个翠被生寒有梦知。留恋你别无意，见据鞍上马，阁不住泪眼愁眉[42]。

[末云]有甚言语嘱咐小生咱？[旦唱]

[二煞]你休忧文齐福不齐，我则怕你停妻再娶妻[43]。休要"一春鱼雁无消息"！我这里"青鸾有信频须寄[44]"，你却休"金榜无名誓不归"。此一节君须记，若见了那异乡花草，再休似此处栖迟[45]。

[末云]再谁似小姐？小生又生此念？[旦唱]

[一煞]青山隔送行，疏林不做美，淡烟暮霭相遮蔽。夕阳古道无人语，禾黍秋风听马嘶[46]。我为甚么懒上车儿内，来时甚急，去后何迟？

[红云]夫人去好一会，姐姐，咱家去！[旦唱]

[收尾]四围山色中，一鞭残照里。遍人间烦恼填胸臆，量这些大小车儿如何载得起[47]？

[旦、红下。末云]仆童赶早行一程儿,早寻个宿处。泪随流水急,愁逐野云飞。[下]

(选自《西厢记》.王实甫.北京:人民文学出版社,2005)

【注释】

[1] 长老:寺院住持僧的通称。这里指普救寺的法本长老。

[2] 十里长亭:古代驿路上约十里设一长亭,五里设一短亭,供行人休息。送别的人也总在此分手。

[3] 旦、末、红:旦,指扮演莺莺的女角。末,指扮演张生的男角。红,莺莺的侍女红娘。

[4] 上朝取应:上朝,即上都,指京城。取应,应试。

[5] 霜林醉:形容经霜的树叶像人酒醉脸红一样。

[6] 玉骢(cōng):马的美称。

[7] 倩:请、使。这句意谓:恨不能使斜阳一直挂在疏林上。

[8] 迍(zhūn)迍:行动迟缓的样子。却告了相思回避:意为相思刚告结束。却:通"恰"。破题儿:开始,起头。

[9] 松了金钏:因人消瘦,手镯松落。金钏,金镯子。

[10] 靥(yè)儿:靥,靥饰。古代妇女点搽面部的妆饰。

[11] 则索:只须。揾(wèn):揩拭。

[12] 索:必须。凄凄惶惶:急急忙忙。

[13] 这壁:这边。将:拿。

[14] 辱末:同"辱没"。挣揣:努力争取。者:用在句末表示希望或命令的语气词,有时也作"咱"。

[15] 芥(jiè):小草。如拾芥:就像拾取小草一样容易。

[16] 洁:元杂剧中称和尚为洁郎,简称为洁。这里指普救寺的长老。

[17] 把酒了坐:斟酒完毕,坐下。

[18] 斜签着坐的:侧着身坐的,指张生。蹙(cù):皱起。死临侵:无精打采、呆呆发愣的样子。

[19] 阁:同"搁"。阁泪:眼泪含在眼里。

[20] 推:假托。素罗衣:素色的绸衣。

[21] 幺(yāo)篇:凡重复前曲的叫幺篇。奈时间:无奈眼前这时候。

[22] 谂(shěn)知:深知,熟知。

[23] 妻荣夫贵:"夫荣妻贵"本是封建社会中一句成语,这里反用其意,认为张生既做了相国女婿,因妻而贵,不必再去求取功名。煞:表示极度的意思。

[24] 须臾(yú):片刻。

[25] 每:相当于现代汉语中的"们"字,有时放在名词后表示复数。举案齐眉:东汉

梁鸿与妻孟光，感情融洽。每食，孟光总是举案齐眉，以示尊敬。案：食器。

[26] 厮守：相聚。也合着：也算是。

[27] 就里：内情。望夫石：传说有一妇人天天到山上望夫归来，后竟变成石头，人称"望夫石"。

[28] 玉醅(péi)：美酒之称。

[29] 蜗角虚名：《庄子·则阳》篇载，有两个建于蜗牛左右角的国家，时因争地而厮杀。这里以蜗角形容虚名的微不足道。

[30] 辆起：套上。

[31] 登科录：科举考试后登载录取者的名单。

[32] 经忏(chàn)：指念经礼忏之事。春雷第一声：指夺魁的捷报。

[33] 疾便：立即。

[34] 青霄：高空，喻科举中第。金榜：古代参加科举得中者，称金榜题名。

[35] 眼前人：指新欢。

[36] 赓(gēng)：续、酬和。剖：表白。

[37] 红泪：王嘉《拾遗记》载，魏文帝时，薛灵芸被选入宫，离别父母时，她以玉唾壶承泪，壶即现红色，不久泪凝如血。后以"红泪"泛称女子眼泪。司马青衫：白居易《琵琶行》："座中泣下谁最多，江州司马青衫湿。"

[38] 伯劳：鸟名。

[39] 眼底：眼前。

[40] 趁途程：赶路程。顺时自保揣身体：顺应时令保重自己的身体。保揣：保护、爱惜。

[41] 九曲黄河：黄河河道多曲折，故称。或说是实指黄河自积石山到龙门一段有九曲。三峰华岳：指西岳华山三个著名高峰：莲花峰、毛女峰、松桧峰。

[42] 阁不住：忍不住的意思。

[43] 文齐福不齐：当时俗语，意为有才学而无福气。

[44] 一春鱼雁无消息：这里借用秦观《鹧鸪天》"一春鱼鸟无消息"句子，表示一去没有音讯。青鸾：神话传说中为西王母报信的神鸟。

[45] 异乡花草：喻他乡女子。栖迟：留恋。

[46] 暮霭(ǎi)：傍晚时的云气。

[47] 这些大小车儿：意为这样大的小车子。

【赏析】

《西厢记》的第四本第三折，一般称作"长亭送别"，是写张生在老夫人的逼迫下，离别莺莺进京赶考；莺莺、红娘、老夫人等在十里长亭为张生饯行送别。这一折戏情节比较简单，主要是写莺莺和张生的离别之情。按照元杂剧的体制，一折戏里只能有一个角色演唱，其他角色只能道白。"长亭送别"是由莺莺主唱。这折戏基本上是通过莺莺所唱的曲词，来刻画莺莺和张生离别时的痛苦心情和怨恨情绪。

作者把这折戏安排在一个凄凉的暮秋天气里，这一特定环境的气氛很能勾起愁人的离情别绪。莺莺一上场唱的第一支曲子《正宫·端正好》就把这个特定环境生动地描绘出来。"碧云天，黄花地，西风紧，北雁南飞"四句，每一句描写秋天的一个景物：蔚蓝的高空飘荡着几朵白云；地上到处是零落的黄花；萧瑟的秋风阵阵吹过；避寒的北方大雁向南飞去。这些具有深秋时节特征的景物所造成的气氛，正好衬托出莺莺为离愁别恨所烦恼的痛苦压抑的心情。接下来，"晓来谁染霜林醉？总是离人泪"两句，是莺莺的反问和自答：是什么在一夜之间把这一片树林染红了呢？都是离别之人的伤心泪水！秋天的树叶变红，这本来是大自然的客观现象，与人的主观感情毫无关系，眼泪也不能把树叶染红，但是在为离别的痛苦而流了一夜眼泪的莺莺心目中，这一片树林似乎也为她的离情感动得完全变成血红颜色了。这一段曲词，借景抒情，情景交融，具有浓郁的诗情画意。

这段曲词的语言典雅华丽，含蓄委婉，有丰富的想象力。"碧云天，黄花地"，来自宋代范仲淹《苏幕遮》词开头的两句，原词是"碧云天，黄叶地"，王实甫把"黄叶"改成了"黄花"。这不仅与后面"晓来谁染霜林醉"所写的红叶不重复、不矛盾；而且满地的黄花，配上满树的红叶，更能表现出秋色的凄凉。"谁染霜林醉"这种反问语气，使得大自然的景色带上了离人的主观色彩。一个动词"染"字，把这种主观色彩刻画得更加形象，更加突出。

《端正好》之后，紧接着是一支名为《滚绣球》的曲子。这支曲子，是莺莺在赴长亭的路上唱的，主要以途中的景物为线索来抒情写意，从不同的侧面展示主人公复杂的内心世界。

"柳丝长玉骢难系，恨不倩疏林挂住斜晖"，莺莺看到长长的柳丝就想到它系不住张生骑的马儿；看到疏朗的树林就想请它们挂住流逝的阳光，让时间走得慢一点。"马儿迍迍的行，车儿快快的随"，张生骑马在前，莺莺坐车在后，莺莺要马儿慢慢地走，车儿快快地跟上，好让自己同张生更靠近些，也能有更多一点的时间待在一起。"却告了相思回避，破题儿又早别离"，这两句是说，刚逃过了情人之间的相思之苦，才开始在一起又要很快地分离。"听得道一声去也，松了金钏，遥望见十里长亭，减了玉肌。此恨谁知？"莺莺刚听见张生要走，手腕上带的金镯子就松下来了；远远看见送别的十里长亭，人马上就瘦下来了。这种离恨有谁能知道啊？这里作者运用了高度夸张的表现手法，来形容当时莺莺和张生缠绵欲绝的离别之情。

这支曲词与《端正好》相比，在情景的铺设上是不一样的。《端正好》主要采用因景生情的手法，以凄凉的暮秋景象来引出莺莺的离恨。《滚绣球》这支曲词，更多地采用了由情及景的手法，柳丝系马儿、疏林挂斜晖、马慢走车快行、松金钏减玉肌等描写，都是由莺莺对张生的依恋惜别之情引发出来的。

对莺莺内心活动的刻画，不是依仗苍白空泛的言辞，而是借助鲜明生动的形象。作者把天地景物乃至车马首饰统统拿来，赋予丰富的联想和夸张，作为表情达意的手段。这就使抽象的人物感情表现得十分具体真实，细腻动人。

以上两支曲子都是莺莺的内心独白。接下去，作者通过红娘之口，问莺莺今天为什么不梳妆打扮，莺莺唱了一支《叨叨令》来回答她。这个时候，张生也在场。这支曲子，运用了一连串的排比句，先说莺莺看见送行的车马，心中非常难过、闷气；进而又说无心梳妆打扮，从今后只能用昏睡和哭泣来熬度时光。紧接着，是无可奈何的悲叹：怎么不闷死人啊？怎么不闷死人啊？然而烦闷和悲叹也无法挽回她和张生的离别，所以最后只好叮嘱张生分别后赶紧寄书信回来。

这段曲词是莺莺在张生和最知心的丫鬟红娘面前尽情倾诉离别的痛苦心情，因此在描写上与前面两曲委婉含蓄的内心独白不一样，整段曲词无遮无拦，直抒胸臆，用的都是一些普通的口语，如车儿马儿、花儿靥儿、被儿枕儿、衫儿袖儿、熬熬煎煎、昏昏沉沉。作者把这些日常的口语巧妙地组合起来，用一连串的排比、重叠，造成音节和声韵的回环流转，产生"一唱三叹"的艺术效果。

送别的酒宴上，当着严厉无情的老夫人，莺莺不能尽情表露自己的感情，她只能感叹、悲伤。酒宴完毕后，老夫人先走了。这时莺莺和张生能说说知心话了。《耍孩儿》这支曲子，开头作者借用"红泪""司马青衫湿"这两个典故来极力渲染莺莺内心的悲戚，接下来又用比喻的手法进一步抒写莺莺的心绪：伯劳和燕子就要一个飞东一个飞西了，还没有起飞分开就问今后相会的日子。经过这些铺张描写，人物的感情已成奔腾之势向高潮发展。这时，作者却避过潮头，另敷新笔：纵然马上就要相别千里，姑且在聚合时再饮一杯送行酒吧。这是由极度悲哀转向无可奈何时的一句宽慰话。这一笔，虽在意想之外，却在情理之中，它使得整段曲词错落有致，人物的内心活动波澜起伏。经过这样的跌宕回旋，作者才放纵笔墨把人物的感情推向高潮：哪里还要饮什么送行酒啊，还没饮酒，心早已如痴如醉了！眼泪流尽继之以血，这颗心早已被折磨得像死灰一样了。这同上面"虽然眼底人千里，且尽生前酒一杯"相对照，是感情上的一个突变，由一刹那间的宽慰，转到痛不欲生的悲哀。实际上，前两句是后三句的映衬和对比，是一种欲放先收、欲高先低的手法。

尽管莺莺和张生难舍难分，张生还是上马走了。这时莺莺流连徘徊，极目远送，思绪万端，不忍回去。作者在这里安排了一支名为《一煞》的曲子。这段曲词有景有情，景为情设，情由景生，浑然一体。这里的青山疏林，淡烟暮霭，夕阳古道，禾黍秋风，构成了一幅黄昏时候秋天郊外的画面。这幅画面与《端正好》中蓝天白云，黄花满地，秋风阵阵，大雁南飞的秋天早晨的景象相比，又是一种不同的情调。然而这两种不同的秋色，都能引起愁人的离情别绪。青山疏林和淡烟暮霭都是莺莺眼里的景物，可以说这些景物是为情而设的，却又是随手拾来，自然贴切，没有一点牵强、雕琢的痕迹。"夕阳古道无人语，禾黍秋风听马嘶"，表面看来，这是对当时景物的客观描写，实则紧扣莺莺此时此地的心理活动。"无人语"有两层意思：一是指在寂寞的夕阳古道上听不到一点人说话的声音；二是指莺莺感叹张生离去，欲语无人。夕阳古道，本来就够冷落凄凉的了，偏偏在这个时刻,从秋风中传来马叫的声音,它打破了夕阳古道上的寂静,也撕裂了莺莺本来就破碎的心。因为这马鸣之处,正是张生所在之地!听到马叫声而看不到骑马的张生,这心情就不难想象了。"无人语""听马嘶"是运用"无声"和"有声"两相映照的手法,这更能烘托当时环境的凄凉和莺莺痛不欲生的悲哀。

《西厢记》"长亭送别"一折以优美精湛的语言,十分精心地刻画了莺莺和张生离别时的心情,是我国古典戏曲中的杰作,有很高的艺术价值。

思考与练习

1. 莺莺的心理感受是如何体现的?
2. 仔细体会这出戏的艺术特色。

茶馆(节选)

老 舍

第一幕

时间　一八九八年(戊戌)初秋,康梁等的维新运动失败了。早半天。

地点　北京,吴裕泰大茶馆。

人物

　　王利发　刘麻子
　　庞太监　唐铁嘴　康　六　小牛儿
　　松二爷　黄胖子
　　宋恩子　常四爷
　　秦仲义　吴祥子
　　李　三　老　人　康顺子　二德子
　　乡　妇　茶客甲、乙、丙、丁　马五爷
　　小　妞　茶房一二人

[幕启:这种大茶馆现在已经不见了。在几十年前,每城都起码有一处。这里卖茶,也卖简单的点心与菜饭。玩鸟的人们,每天在溜够了画眉、黄鸟等之后,要到这里歇歇腿,喝喝茶,并使鸟儿表演歌唱。商议事情的,说媒拉纤的,也到这里来。那年月,时常有打群架的,但是总会有朋友出头给双方调解;三五十口子打手,经调人东说西说,便都喝碗茶,吃碗烂肉面(大茶馆特殊的食品,价钱便宜,作起来快当),就可以化干戈为玉帛了。总之,这是当日非常重要的地方,有事无事都可以来坐半天。]

[在这里,可以听到最荒唐的新闻,如某处的大蜘蛛怎么成了精,受到雷击。奇怪的意见也在这里可以听到,像把海边上都修上大墙,就足以挡住洋兵上岸。这里还可以听到某京戏演员新近创造了什么腔儿,和煎熬鸦片烟的最好的方法。这里也可以看到某人新得

到的奇珍——一个出土的玉扇坠儿，或三彩的鼻烟壶。这真是个重要的地方，简直可以算作文化交流的所在。]

[我们现在就要看见这样的一座茶馆。]

[一进门是柜台与炉灶——为省点事，我们的舞台上可以不要炉灶；后面有些锅勺的响声也就够了。屋子非常高大，摆着长桌与方桌，长凳与小凳，都是茶座儿。隔窗可见后院，高搭着凉棚，棚下也有茶座儿。屋里和凉棚下都有挂鸟笼的地方。各处都贴着"莫谈国事"的纸条。]

[有两位茶客，不知姓名，正眯着眼，摇着头，拍板低唱。有两三位茶客，也不知姓名，正入神地欣赏瓦罐里的蟋蟀。两位穿灰色大衫的——宋恩子与吴祥子，正低声地谈话，看样子他们是北衙门的办案的(侦缉)。]

[今天又有一起打群架的，据说是为了争一只家鸽，惹起非用武力解决不可的纠纷。假若真打起来，非出人命不可，因为被约的打手中包括着善扑营的哥儿们和库兵，身手都十分厉害。好在，不能真打起来，因为在双方还没把打手约齐，已有人出面调停——现在双方在这里会面。三三两两的打手，都横眉立目，短打扮，随时进来，往后院去。[马五爷在不惹人注意的角落，独自坐着喝茶。]

[王利发高高地坐在柜台里。]

[唐铁嘴踏拉着鞋，身穿一件极长极脏的大布衫，耳上夹着几张小纸片，进来。]

王利发　唐先生，你外边蹓跶吧！

唐铁嘴　(惨笑)王掌柜，捧捧唐铁嘴吧！送给我碗茶喝，我就先给您相相面吧！手相奉送，不取分文！(不容分说，拉过王利发的手来)今年是光绪二十四年，戊戌。您贵庚是……

王利发　(夺回手去)算了吧，我送给你一碗茶喝，你就甭卖那套生意口啦！用不着相面，咱们既在江湖内，都是苦命人！(由柜台内走出，让唐铁嘴坐下)坐下！我告诉你，你要是不戒了大烟，就永远交不了好运！这是我的相法，比你的更灵验！

[松二爷和常四爷都提着鸟笼进来，王利发向他们打招呼。他们先把鸟笼子挂好，找地方坐下。松二爷文诌诌的，提着小黄鸟笼；常四爷雄赳赳的，提着大而高的画眉笼。茶房李三赶紧过来，沏上盖碗茶。他们自带茶叶。茶沏好，松二爷、常四爷向邻近的茶座让了让。]

松二爷　您喝这个！(然后，往后院看了看)

常四爷

松二爷　好象又有事儿？

常四爷　反正打不起来！要真打的话，早到城外头去啦，到茶馆来干吗？

[二德子，一位打手，恰好进来，听见了常四爷的话。]

二德子　(凑过去)你这是对谁甩闲话呢？

常四爷　(不肯示弱)你问我哪？花钱喝茶，难道还教谁管着吗？

松二爷　(打量了二德子一番)我说这位爷,您是营里当差的吧?来,坐下喝一碗,我们也都是外场人。

二德子　你管我当差不当差呢!

常四爷　要抖威风,跟洋人干去,洋人厉害!英法联军烧了圆明园,尊家吃着官饷,可没见您去冲锋打仗!

二德子　甭说打洋人不打,我先管教管教你!(要动手)

[别的茶客依旧进行他们自己的事。王利发急忙跑过来。]

王利发　哥儿们,都是街面上的朋友,有话好说。德爷,您后边坐!

[二德子不听王利发的话,一下子把一个盖碗搂下桌去,摔碎。翻手要抓常四爷的脖领。]

常四爷　(闪过)你要怎么着?

二德子　怎么着?我碰不了洋人,还碰不了你吗?

马五爷　(并未立起)二德子,你威风啊!

二德子　(四下扫视,看到马五爷)喝,马五爷,您在这儿哪?我可眼拙,没看见您!(过去请安)

马五爷　有什么事好好地说,干吗动不动地就讲打?

二德子　嗻!您说的对!我到头坐坐去。李三,这儿的茶钱我候啦!(往后面走去)

常四爷　(凑过来,要对马五爷发牢骚)这位爷,您圣明,您给评评理!

马五爷　(立起来)我还有事,再见!(走出去)

常四爷　(对王利发)邪!这倒是个怪人!

王利发　您不知道这是马五爷呀?怪不得您也得罪了他!

常四爷　我也得罪了他?我今天出门没挑好日子!

王利发　(低声地)刚才您说洋人怎样,他就是吃洋饭的。信洋教,说洋话,有事情可以一直地找宛平县的县太爷去,要不怎么连官面上都不惹他呢!

常四爷　(往原处走)哼,我就不佩服吃洋饭的!

王利发　(向宋恩子、吴祥子那边稍一歪头,低声地)说话请留点神!(大声地)李三,再给这儿沏一碗来!(拾起地上的碎磁片)

松二爷　盖碗多少钱?我赔!外场人不作老娘们事!

王利发　不忙,待会儿再算吧!(走开)

[纤手刘麻子领着康六进来。刘麻子先向松二爷、常四爷打招呼。]

刘麻子　您二位真早班儿!(掏出鼻烟壶,倒烟)您试试这个!刚装来的,地道英国造,又细又纯!

常四爷　唉!连鼻烟也得从外洋来!这得往外流多少银子啊!

刘麻子　咱们大清国有的是金山银山,永远花不完!您坐着,我办点小事!(领康六找了个座儿)

[李三拿过一碗茶来。]

刘麻子　说说吧，十两银子行不行？你说干脆的！我忙，没工夫专伺候你！

康　六　刘爷！十五岁的大姑娘，就值十两银子吗？

刘麻子　卖到窑子去，也许多拿一两八钱的，可是你又不肯！

康　六　那是我的亲女儿！我能够……

刘麻子　有女儿，你可养活不起，这怪谁呢？

康　六　那不是因为乡下种地的都没法子混了吗？一家大小要是一天能吃上一顿粥，我要还想卖女儿，我就不是人！

刘麻子　那是你们乡下的事，我管不着。我受你之托，教你不吃亏，又教你女儿有个吃饱饭的地方，这还不好吗？

康　六　到底给谁呢？

刘麻子　我一说，你必定从心眼里乐意！一位在官里当差的！

康　六　宫里当差的谁要个乡下丫头呢？

刘麻子　那不是你女儿的命好吗？

康　六　谁呢？

刘麻子　庞总管！你也听说过庞总管吧？侍候着太后，红的不得了，连家里打醋的瓶子都是玛瑙作的！

康　六　刘大爷，把女儿给太监作老婆，我怎么对得起人呢？

刘麻子　卖女儿，无论怎么卖，也对不起女儿！你胡涂！你看，姑娘一过门，吃的是珍馐美味，穿的是绫罗绸缎，这不是造化吗？怎样，摇头不算点头算，来个干脆的！

康　六　自古以来，哪有……他就给十两银子？

刘麻子　找遍了你们全村儿，找得出十两银子找不出？在乡下，五斤白面就换个孩子，你不是不知道！

康　六　我，唉！我得跟姑娘商量一下！

刘麻子　告诉你，过了这个村可没有这个店，耽误了事别怨我！快去快来！

康　六　唉！我一会儿就回来！

刘麻子　我在这儿等着你！

康　六　(慢慢地走出去)

刘麻子　(凑到松二爷、常四爷这边来)乡下人真难办事，永远没个痛痛快快！

松二爷　这号生意又不小吧？

刘麻子　也甜不到哪儿去，弄好了，赚个元宝！

常四爷　乡下是怎么了？会弄得这么卖儿卖女的！

刘麻子　谁知道！要不怎么说，就是一条狗也得托生在北京城里嘛！

常四爷　刘爷，您可真有个狠劲儿，给拉拢这路事！

刘麻子　我要不分心，他们还许找不到买主呢！(忙岔话)松二爷，(掏出个小时表来)

您看这个!

松二爷 (接表)好体面的小表!

刘麻子 您听听,嘎登嘎登地响!

松二爷 (听)这得多少钱?

刘麻子 您爱吗?就让给您!一句话,五两银子!您玩够了,不爱再要了,我还照数退钱!东西真地道,传家的玩艺!

常四爷 我这儿正哐摸这个味儿:咱们一个人身上有多少洋玩艺儿啊!老刘,就着你身上吧:洋鼻烟,洋表,洋缎大衫,洋布裤褂……

刘麻子 洋东西可是真漂亮呢!我要是穿一身土布,像个乡下脑壳,谁还理我呀!

常四爷 我老觉乎着咱们的大缎子,川绸,更体面!

刘麻子 松二爷,留下这个表吧,这年月,戴着这么好的洋表,会教人另眼看待!是不是这么说,您哪?

松二爷 (真爱表,但又嫌贵)我……

刘麻子 您先戴两天,改日再给钱!

[黄胖子进来。]

黄胖子 (严重的沙眼,看不清楚,进门就请安)哥儿们,都瞧我啦!我请安了!都是自己弟兄,别伤了和气呀!

王利发 这不是他们,他们在后院哪!

黄胖子 我看不大清楚啊!掌柜的,预备烂肉面。有我黄胖子,谁也打不起来!(往里走)

二德子 (出来迎接)两边已经见了面,您快来吧!

[二德子同黄胖子入内。]

[茶房们一趟又一趟地往后面送茶水。老人进来,拿着些牙签、胡梳、耳挖勺之类的小东西,低着头慢慢地挨着茶座儿走;没人买他的东西。他要往后院去,被李三截住。]

李 三 老大爷,您外边蹓跶吧!后院里,人家正说和事呢,没人买您的东西!(顺手儿把剩茶递给老人一碗)

松二爷 (低声地)李三!(指后院)他们到底为了什么事,要这么拿刀动杖的?

李 三 (低声地)听说是为一只鸽子。张宅的鸽子飞到了李宅去,李宅不肯交还……唉,咱们还是少说话好,(问老人)老大爷您高寿啦?

老 人 (喝了茶)多谢!八十二了,没人管!这年月呀,人还不如一只鸽子呢!唉!(慢慢走出去)

[秦仲义,穿得很讲究,满面春风,走进来。]

王利发 哎哟!秦二爷,您怎么这样闲在,会想起下茶馆来了?也没带个底下人?

秦仲义 来看看,看看你这年轻小伙子会作生意不会!

王利发 唉,一边作一边学吧,指着这个吃饭嘛。谁叫我爸爸死的早,我不干不行啊！好在照顾主儿都是我父亲的老朋友，我有不周到的地方，都肯包涵，闭闭眼就过去了。在街面上混饭吃，人缘儿顶要紧。我按着我父亲遗留下的老办法，多说好话，多请安，讨人人的喜欢，就不会出大岔子！您坐下，我给您沏碗小叶茶去！

秦仲义 我不喝！也不坐着！

王利发 坐一坐！有您在我这儿坐坐，我脸上有光！

秦仲义 也好吧！(坐)可是，用不着奉承我！

王利发 李三，沏一碗高的来！二爷，府上都好？您的事情都顺心吧？

秦仲义 不怎么太好！

王利发 您怕什么呢？那么多的买卖，您的小手指头都比我的腰还粗！

唐铁嘴 (凑过来)这位爷好相貌，真是天庭饱满，地阁方圆，虽无宰相之权，而有陶朱之富！

秦仲义 躲开我！去！

王利发 先生，你喝够了茶，该外边活动活动去！(把唐铁嘴轻轻推开)

唐铁嘴 唉！(垂头走出去)

秦仲义 小王，这儿的房租是不是得往上提那么一提呢？当年你爸爸给我的那点租钱，还不够我喝茶用的呢！

王利发 二爷，您说的对，太对了！可是，这点小事用不着您分心，您派管事的来一趟，我跟他商量，该长多少租钱，我一定照办！是！喒！

秦仲义 你这小子，比你爸爸还滑！哼，等着吧，早晚我把房子收回去！

王利发 您甭吓唬着我玩，我知道您多么照应我，心疼我，决不会叫我挑着大茶壶，到街上卖热茶去！

秦仲义 你等着瞧吧！

[乡妇拉着个十来岁的小妞进来。小妞的头上插着一根草标。李三本想不许她们往前走，可是心中一难过，没管。她们俩慢慢地往里走。茶客们忽然都停止说笑，看着她们。]

小　妞 (走到屋子中间，立住)妈，我饿！我饿！

[乡妇呆视着小妞，忽然腿一软，坐在地上，掩面低泣。]

秦仲义 (对王利发)轰出去！

王利发 是！出去吧，这里坐不住！

乡　妇 哪位行行好？要这个孩子，二两银子！

常四爷 李三，要两个烂肉面，带她们到门外吃去！

李　三 是啦！(过去对乡妇)起来，门口等着去，我给你们端面来！

乡　妇 (立起，抹泪往外走，好象忘了孩子；走了两步，又转回身来，搂住小妞吻她)宝贝！宝贝！

王利发 快着点吧！

[乡妇、小妞走出去。李三随后端出两碗面去。]

王利发　(过来)常四爷，您是积德行好，赏给她们面吃！可是，我告诉您：这路事儿太多了，太多了！谁也管不了！(对秦仲义)二爷，您看我说的对不对？

常四爷　(对松二爷)二爷，我看哪，大清国要完！

秦仲义　(老气横秋地)完不完，并不在乎有人给穷人们一碗面吃没有。小王，说真的，我真想收回这里的房子！

王利发　您别那么办哪，二爷！

秦仲义　我不但收回房子，而且把乡下的地，城里的买卖也都卖了！

王利发　那为什么呢？

秦仲义　把本钱拢在一块儿，开工厂！

王利发　开工厂？

秦仲义　嗯，顶大顶大的工厂！那才救得了穷人，那才能抵制外货，那才能救国！(对王利发说而眼看着常四爷)唉，我跟你说这些干什么，你不懂！

王利发　您就专为别人，把财产都出手，不顾自己了吗？

秦仲义　你不懂！只有那么办，国家才能富强！好啦，我该走啦。我亲眼看见了，你的生意不错，你甭再耍无赖，不长房钱！

王利发　您等等，我给您叫车去！

秦仲义　用不着，我愿意蹓跶蹓跶！

[秦仲义往外走，王利发送。]

[小牛儿搀着庞太监走进来。小牛儿提着水烟袋。]

庞太监　哟！秦二爷！

秦仲义　庞老爷！这两天您心里安顿了吧？

庞太监　那还用说吗？天下太平了，圣旨下来，谭嗣同问斩！告诉您，谁敢改祖宗的章程，谁就掉脑袋！

秦仲义　我早就知道！

[茶客们忽然全静寂起来，几乎是闭住呼吸地听着。]

庞太监　您聪明，二爷，要不然您怎么发财呢！

秦仲义　我那点财产，不值一提！

庞太监　太客气了吧？您看，全北京城谁不知道秦二爷！您比作官的还厉害呢！听说呀，好些财主都讲维新！

秦仲义　不能这么说，我那点威风在您的面前可就施展不出来了！哈哈哈！

庞太监　说得好，咱们就八仙过海，各显其能吧！哈哈哈！

秦仲义　改天过去给您请安，再见！(下)

庞太监　(自言自语)哼，凭这么个小财主也敢跟我逗嘴皮子，年头真是改了！(问王利发)刘麻子在这儿哪？

王利发　总管，您里边歇着吧！

[刘麻子早已看见庞太监，但不敢靠近，怕打搅了庞太监、秦仲义的谈话。]

刘麻子　喝，我的老爷子！您吉祥！我等了您好大半天了！(挽庞太监往里面走)

[宋恩子、吴祥子过来请安，庞太监对他们耳语。]

[众茶客静默了一阵之后，开始议论纷纷。]

茶客甲　谭嗣同是谁？

茶客乙　好象听说过！反正犯了大罪，要不，怎么会问斩呀！

茶客丙　这两三个月了，有些作官的，念书的，乱折腾乱闹，咱们怎能知道他们搞的什么鬼呀！

茶客丁　得！不管怎么说，我的铁杆庄稼又保住了！姓谭的，还有那个康有为，不是说叫旗兵不关钱粮，去自谋生计吗？心眼多毒！

茶客丙　一份钱粮倒叫上头克扣去一大半，咱们也不好过！

茶客丁　那总比没有强啊！好死不如赖活着，叫我去自己谋生，非死不可！

王利发　诸位主顾，咱们还是莫谈国事吧！

[大家安静下来，都又各谈各的事。]

庞太监　(已坐下)怎么说？一个乡下丫头，要二百银子？

刘麻子　(侍立)乡下人，可长得俊呀！带进城来，好好地一打扮、调教，准保是又好看，又有规矩！我给您办事，比给我亲爸爸作事都更尽心，一丝一毫不能马虎！

[唐铁嘴又回来了。]

王利发　铁嘴，你怎么又回来了？

唐铁嘴　街上兵荒马乱的，不知道是怎么回事！

庞太监　还能不搜查搜查谭嗣同的余党吗？唐铁嘴，你放心，没人抓你！

唐铁嘴　嗻，总管，您要能赏给我几个烟泡儿，我可就更有出息了。

[有几个茶客好象预感到什么灾祸，一个个往外溜。]

松二爷　咱们也该走啦吧！天不早啦！

常四爷　嗻！走吧！

[二灰衣人——宋恩子和吴祥子走过来。]

宋恩子　等等！

常四爷　怎么啦？

宋恩子　刚才你说"大清国要完"？

常四爷　我，我爱大清国，怕它完了！

吴祥子　(对松二爷)你听见了？他是这么说的吗？

松二爷　哥儿们，我们天天在这儿喝茶。王掌柜知道：我们都是地道老好人！

吴祥子　问你听见了没有？

松二爷　那，有话好说，二位请坐！

宋恩子　你不说，连你也锁了走！他说"大清国要完"，就是跟谭嗣同一党！

松二爷　我，我听见了，他是说……
宋恩子　(对常四爷)走！
常四爷　上哪儿？事情要交代明白了啊！
宋恩子　你还想拒捕吗？我这儿可带着"王法"呢！(掏出腰中带着的铁链子)
常四爷　告诉你们，我可是旗人！
吴祥子　旗人当汉奸，罪加一等！锁上他！
常四爷　甭锁，我跑不了！
宋恩子　量你也跑不了！(对松二爷)你也走一趟，到堂上实话实说，没你的事！

[黄胖子同三五个人由后院过来。]

黄胖子　得啦，一天云雾散，算我没白跑腿！
松二爷　黄爷！黄爷！
黄胖子　(揉揉眼)谁呀？
松二爷　我！松二！您过来，给说句好话！
黄胖子　(看清)哟，宋爷，吴爷，二位爷办案啊？请吧！
松二爷　黄爷，帮帮忙，给美言两句！
黄胖子　官厅儿管不了的事，我管！官厅儿能管的事呀，我不便多嘴！(问大家)是不是？
众　　　嗻！对！

[宋恩子、吴祥子带着常四爷、松二爷往外走。]

松二爷　(对王利发)看着点我们的鸟笼子！
王利发　您放心，我给送到家里去！

[常四爷、松二爷、宋恩子、吴祥子同下。]

黄胖子　(唐铁嘴告以庞太监在此)哟，老爷在这儿哪？听说要安份儿家，我先给您道喜！
庞太监　等吃喜酒吧！
黄胖子　您赏脸！您赏脸！(下)

[乡妇端着空碗进来，往柜上放。小妞跟进来。]

小　妞　妈！我还饿！
王利发　唉！出去吧！
乡　妇　走吧，乖！
小　妞　不卖妞妞啦？妈！不卖啦？妈！
乡　妇　乖！(哭着，携小妞下)

[康六带着康顺子进来，立在柜台前。]

康　六　姑娘！顺子！爸爸不是人，是畜生！可你叫我怎办呢？你不找个吃饭的地方，你饿死！我不弄到手几两银子，就得叫东家活活地打死！你呀，顺子，认命吧，积德吧!

康顺子　我，我……(说不出话来)

刘麻子　(跑过来)你们回来啦？点头啦？好！来见见总管！给总管磕头！

康顺子　我……(要晕倒)

康　六　(扶住女儿)顺子！顺子！

刘麻子　怎么啦？

康　六　又饿又气，昏过去了！顺子！顺子！

庞太监　就要活的，可不要死的！

[静场]

茶客甲　(正与乙下象棋)将！你完啦！——幕落

(选自《茶馆》. 老舍. 天津：天津人民出版社，2005)

【赏析】

《茶馆》写于1957年，是老舍话剧创作的高峰。曹禺称它为"中国话剧史中的经典。"《茶馆》以北京吴裕泰大茶馆为中心场景，展示了清末、民国初年、抗战胜利后三个不同时代的社会生活。三幕话剧《茶馆》，一幕写一个时代，每一幕敲响一个时代的丧钟，表现了旧中国必然崩溃的历史命运。

《茶馆》的第一幕可分为六个场面，主要写清朝末年的社会生活，具体时间是1898年的秋天，正是戊戌政变失败之后，维新派人物谭嗣同被杀害不久，通过吴裕泰大茶馆里形形色色的人物的种种活动，透视了戊戌政变发生与失败的前因后果，具体描绘了帝国主义扩张渗透、流氓地痞横行、市民阶级混乱、农民破产、宫廷生活腐败荒淫、爱国者横遭迫害的社会形态，逼真地勾勒出晚清统治的真实图景。最后一句台词"将！你完啦！"无疑是对这个社会作出的历史判决。

剧作成功地塑造了众多的艺术典型。常四爷、秦仲义、王利发便是第一幕中刻画得最为鲜明突出的人物。常四爷是个爱国者的形象，他热爱祖国，痛恨洋人，痛恨腐败无能的清王朝。对穷苦人和弱者，他慷慨相助，见义勇为，对特务、爪牙、地痞流氓充满蔑视，勇于抗争。他敢于憎，敢于怒，敢于当众宣布"大清国要完"，是个有血气、有铮铮铁骨的硬汉子，是正义和人民反抗力量的代表。秦仲义是民族资产阶级的代表，他财大气粗，自命不凡，对穷苦人很少同情，考虑着多赚钱，想搞实业救国。他对清王朝的统治存在着阶级本能上的对立，在与庞太监的对话中，软中有硬，绵里藏针，表现了新兴阶级的一种挑战和锐气，从而真实地揭示了资产阶级的本质特征。王利发在第一幕里也成功地显示了自己的性格特征，他精明能干，能说会道，八面玲珑，四方讨好。在强者面前，他忍气吞声；在弱者面前，他虽无害人之心，但也没有多少同情，是个圆滑自私的小业主的典型。

在结构上，剧本采用的是一种"人像展览式"结构。它不追求完整的故事，而是由每一个人物自身的遭遇和命运形成一个个相互交织的戏剧片断，从而最广泛地反映了社会风貌，揭示了时代特征。剧中也没有贯穿始终的对立面的斗争，而是以人民大众与旧时代的矛盾为总纲，并由这个总纲将分散的、片断的、既不互相制约又不连续发展的各种矛盾串联起来。一句话，作者用"埋葬旧时代"这个主题，把众多的人物、事件组织成了一台统一的话剧。

剧作还展示了富有个性的语言魅力。周扬曾经说过："老舍先生写出了真正生动的，经过提炼的，性格化的，有思想的语言。"从第一幕中可以看出，作品的语言不仅简洁明快，幽默含蓄，而且承担着多项功能，诸如，刻画人物性格，推动情节发展，字里行间流溢着浓郁的北京地方文化色彩等，充分显示了作为"语言艺术大师"的老舍深厚的艺术功力。

思考与练习

1. 这出戏的语言有什么特点？
2. 《茶馆》表现的主题是什么？

罗密欧与朱丽叶(节选)

英·莎士比亚

第三场

同前。凯普莱特家坟茔所在的墓地

帕里斯及侍童携鲜花火炬上。

帕里斯 孩子，把你的火把给我；走开，站在远远的地方；还是灭了吧，我不愿给人看见。你到那边的紫杉树底下直躺下来，把你的耳朵贴着中空的地面，地下挖了许多墓穴，土是松的，要是有跟跄的脚步走到坟地上来，你准听得见；要是听见有什么声息，便吹一个唿哨通知我。把那些花给我。照我的话做去，走吧。

侍　童 (旁白)我简直不敢独自一个人站在这墓地上，可是我要硬着头皮试一下。(退后。)

帕里斯 这些鲜花替你铺盖新床；
惨啊，一朵娇红永委沙尘！
我要用沉痛的热泪淋浪，
和着香水浇溉你的芳坟；
夜夜到你墓前散花哀泣，
这一段相思啊永无消歇！

(侍童吹口哨)

这孩子在警告我有人来了。哪一个该死的家伙在这晚上到这儿来打扰我在爱人墓前的凭吊？什么！还拿着火把来吗？——让我躲在一旁看看他的动静。(退后。)

罗密欧及鲍尔萨泽持火炬锹锄等上。

罗密欧　把那锄头跟铁钳给我。且慢，拿着这封信；等天一亮，你就把它送给我的父亲。把火把给我。听好我的吩咐，无论你听见什么瞧见什么，都只好远远地站着不许动，免得妨碍我的事情。要是动一动，我就要你的命。我所以要跑下这个坟墓里去，一部分的原因是要探望探望我的爱人，可是主要的理由却是要从她的手指上取下一个宝贵的指环，因为我有一个很重要的用途。所以你赶快给我走开吧。要是你不相信我的话，胆敢回来窥伺我的行动，那么，我可以对天发誓，我要把你的骨胳一节一节扯下来，让这饥饿的墓地上散满了你的肢体。我现在的心境非常狂野，比饿虎或是咆哮的怒海都要凶猛无情，你可不要惹我性起。

鲍尔萨泽　少爷，我走就是了，决不来打扰您。

罗密欧　这才像个朋友。这些钱你拿去，愿你一生幸福。再会，好朋友。

鲍尔萨泽　(旁白)虽然这么说，我还是要躲在附近的地方看着他；他的脸色使我害怕，我不知道他究竟打算做出什么事来。(退后。)

罗密欧　你无情的泥土，吞噬了世上最可爱的人儿，我要擘开你的馋吻，(将墓门掘开)索性让你再吃一个饱！

帕里斯　这就是那个已经放逐出去的骄横的蒙太古，他杀死了我爱人的表兄，据说她就是因为伤心他的惨死而夭亡的。现在这家伙又要来盗尸发墓了，待我去抓住他。(上前)万恶的蒙太古！停止你的罪恶的工作，难道你杀了他们还不够，还要在死人身上发泄你的仇恨吗？该死的凶徒，赶快束手就捕，跟我见官去！

罗密欧　我果然该死，所以才到这儿来。年轻人，不要激怒一个不顾死活的人，快快离开我走吧；想想这些死了的人，你也该胆寒了。年轻人，请你不要激动我的怒气，使我再犯一次罪；啊，走吧！我可以对天发誓，我爱你远过于爱我自己，因为我来此的目的，就是要跟自己作对。别留在这儿，走吧；好好留着你的生命，以后也可以对人家说，是一个疯子发了慈悲，叫你逃走的。

帕里斯　我不听你这种鬼话；你是一个罪犯，我要逮捕你。

罗密欧　你一定要激怒我吗？那么好，来，朋友！(二人格斗。)

侍童　哎哟，主啊！他们打起来了，我去叫巡逻的人来！(下。)

帕里斯　(倒下)啊，我死了！——你倘有几分仁慈，打开墓门来，把我放在朱丽叶的身旁吧！(死。)

罗密欧　好，我愿意成全你的志愿。让我瞧瞧他的脸；啊，茂丘西奥的亲戚，尊贵的帕里斯伯爵！当我们一路上骑马而来的时候，我的仆人曾经对我说过几句话，那时我因为心绪烦乱，没有听得进去；他说些什么？好像他告诉我说帕里斯本来预备娶朱丽叶为妻；他不是这样说吗？还是我做过这样的梦？或者还是我神经错乱，听见他说起朱丽叶的名字，所以发生了这一种幻想？啊！把你的手给我，你我都是登录在恶运的黑册上的人，我要把你葬在一个胜利的坟墓里；一个坟墓吗？啊，不！被杀害的少年，这是一个灯塔，因为朱丽叶睡在这里，她的美貌使这一个墓窟变成一座充满着光明的欢宴的华堂。死了的人，躺在那儿吧，一个死了的人把你安葬了。(将帕里斯放下墓中)人们临死的时候，往往反会觉得心中愉快，旁观的人便说这是死前的一阵回光返照；啊！这也就是我的回光返照吗？啊，我的爱人！我的妻子！死虽然已经吸去了你呼吸中的芳蜜，却还没有力量摧残你的美貌；你还没有被他征服，你的嘴唇上、面庞上，依然显着红润的美艳，不曾让灰白的死亡进占。提伯尔特，你也裹着你的血淋淋的殓衾躺在那儿吗？啊！你的青春葬送在你仇人的手里，现在我来替你报仇来了，我要亲手杀死那杀害你的人。原谅我吧，兄弟！啊！亲爱的朱丽叶，你为什么仍然这样美丽？难道那虚无的死亡，那枯瘦可憎的妖魔，也是个多情种子，所以把你藏匿在这幽暗的洞府里做他的情妇吗？为了防止这样的事情，我要永远陪伴着你，再不离开这漫漫长夜的幽宫；我要留在这儿，跟你的侍婢，那些蛆虫们在一起；啊！我要在这儿永久安息下来，从我这厌倦人世的凡躯上挣脱恶运的束缚。眼睛，瞧你的最后一眼吧！手臂，作你最后一次的拥抱吧！嘴唇，啊！你呼吸的门户，用一个合法的吻，跟网罗一切的死亡订立一个永久的契约吧！来，苦味的向导，绝望的领港人，现在赶快把你的厌倦于风涛的船舶向那巉岩上冲撞过去吧！为了我的爱人，我干了这一杯！(饮药)啊！卖药的人果然没有骗我，药性很快地发作了。我就这样在这一吻中死去。(死。)

劳伦斯神父持灯笼、锄、锹自墓地另一端上。

劳伦斯 圣芳济保佑我！我这双老脚今天晚上怎么老是在坟堆里绊来跌去的！那边是谁？

鲍尔萨泽 是一个朋友，也是一个跟您熟识的人。

劳伦斯 祝福你！告诉我，我的好朋友，那边是什么火把，向蛆虫和没有眼睛的骷髅浪费着它的光明？照我辨认起来，那火把亮着的地方，似乎是凯普莱特家里的坟茔。

鲍尔萨泽 正是，神父；我的主人，您的好朋友，就在那儿。

劳伦斯 他是谁？

鲍尔萨泽 罗密欧。

劳伦斯 他来多久了？

鲍尔萨泽 足足半点钟。

劳伦斯　陪我到墓穴里去。

鲍尔萨泽　我不敢,神父。我的主人不知道我还没有走;他曾经对我严辞恐吓,说要是我留在这儿窥伺他的动静,就要把我杀死。

劳伦斯　那么你留在这儿,让我一个人去吧。恐惧临到我的身上;啊!我怕会有什么不幸的祸事发生。

鲍尔萨泽　当我在这株紫杉树底下睡了过去的时候,我梦见我的主人跟另外一个人打架,那个人被我的主人杀了。

劳伦斯　(趋前)罗密欧!嗳哟!嗳哟,这坟墓的石门上染着些什么血迹?在这安静的地方,怎么横放着这两柄无主的血污的刀剑?(进墓)罗密欧!啊,他的脸色这么惨白!还有谁?什么!帕里斯也躺在这儿,浑身浸在血泊里?啊!多么残酷的时辰,造成了这场凄惨的意外!那小姐醒了。(朱丽叶醒。)

朱丽叶　啊,善心的神父!我的夫君呢?我记得很清楚我应当在什么地方,现在我正在这地方。我的罗密欧呢?(内喧声。)

劳伦斯　我听见有什么声音。小姐,赶快离开这个密布着毒氛腐臭的死亡的巢穴吧;一种我们所不能反抗的力量已经阻挠了我们的计划。来,出去吧。你的丈夫已经在你的怀中死去;帕里斯也死了。来,我可以替你找一处地方出家做尼姑。不要耽误时间盘问我,巡夜的人就要来了。来,好朱丽叶,去吧。(内喧声又起)我不敢再等下去了。

朱丽叶　去,你去吧!我不愿意走。(劳伦斯下)这是什么?一只杯子,紧紧地握住在我的忠心的爱人的手里?我知道了,一定是毒药结果了他的生命。唉,冤家!你一起喝干了,不留下一滴给我吗?我要吻着你的嘴唇,也许这上面还留着一些毒液,可以让我当作兴奋剂服下而死去。(吻罗密欧)你的嘴唇还是温暖的!

巡丁甲　(在内)孩子,带路;在哪一个方向?

朱丽叶　啊,人声吗?那么我必须快一点了结。啊,好刀子!(攫住罗密欧的匕首)这就是你的鞘子;(以匕首自刺)你插了进去,让我死了吧。(扑在罗密欧身上死去。)

巡丁及帕里斯侍童上。

侍童　就是这儿,那火把亮着的地方。

巡丁甲　地上都是血;你们几个人去把墓地四周搜查一下,看见什么人就抓起来。(若干巡丁下)好惨!伯爵被人杀了躺在这儿,朱丽叶胸口流着血,身上还是热热的好像死得不久,虽然她已经葬在这里两天了。去,报告亲王,通知凯普莱特家里,再去把蒙太古家里的人也叫醒了,剩下的人到各处搜搜。(若干巡丁续下)我们看见这些惨事发生在这个地方,可是在没有得到人证以前,却无法明了这些惨事的真相。

若干巡丁率鲍尔萨泽上。

巡丁乙 这是罗密欧的仆人；我们看见他躲在墓地里。

巡丁甲 把他好生看押起来，等亲王来审问。

若干巡丁率劳伦斯神父上。

巡丁丙 我们看见这个教士从墓地旁边跑出来，神色慌张，一边叹气一边流泪，他手里还拿着锄头铁锹，都给我们拿下来了。

巡丁甲 他有很重大的嫌疑；把这教士也看押起来。

亲王及侍从上。

亲　王 什么祸事在这样早的时候发生，打断了我的清晨的安睡？

凯普莱特、凯普莱特夫人及余人等上。

凯普莱特 外边这样乱叫乱喊，是怎么一回事？

凯普莱特夫人 街上的人们有的喊着罗密欧，有的喊着朱丽叶，有的喊着帕里斯；大家沸沸扬扬地向我们家里的坟上奔去。

亲　王 这么许多人为什么发出这样惊人的叫喊？

巡丁甲 王爷，帕里斯伯爵被人杀了躺在这儿；罗密欧也死了；已经死了两天的朱丽叶，身上还热着，又被人重新杀死了。

亲　王 用心搜寻，把这场万恶的杀人命案的真相调查出来。

巡丁甲 这儿有一个教士，还有一个被杀的罗密欧的仆人，他们都拿着掘墓的器具。

凯普莱特 天啊！——啊，妻子！瞧我们的女儿流着这么多的血！这把刀弄错了位置了！瞧，它的空鞘子还在蒙太古家小子的背上，它却插进了我的女儿的胸前！

凯普莱特夫人 嗳哟！这些死的惨象就像惊心动魄的钟声，警告我这风烛残年，快要不久于人世了。

蒙太古及余人等上。

亲　王 来，蒙太古，你起来虽然很早，可是你的儿子倒下得更早。

蒙太古 唉！殿下，我的妻子因为悲伤小儿的远逐，已经在昨天晚上去世了；还有什么祸事要来跟我这老头子作对呢？

亲　王 瞧吧，你就可以看见。

蒙太古 啊，你这不孝的东西！你怎么可以抢在你父亲的前面，自己先钻到坟墓里去呢？

亲　王 暂时停止你们的悲恸，让我把这些可疑的事实审问明白，知道了详细的原委以后，再来领导你们放声一哭吧；也许我的悲哀还要远远胜过你们呢！——把嫌疑犯带上来。

劳伦斯 时间和地点都可以作不利于我的证人；在这场悲惨的血案中，我虽然是一个能力最薄弱的人，但却是嫌疑最重的人。我现在站在殿下的面前，一方面要供认我自己的罪过，一方面也要为我自己辩解。

亲　王　那么快把你所知道的一切说出来。

劳伦斯　我要把经过的情形尽量简单地叙述出来，因为我短促的残生还不及一段冗烦的故事那么长。死了的罗密欧是死了的朱丽叶的丈夫，她是罗密欧的忠心的妻子，他们的婚礼是由我主持的。就在他们秘密结婚的那天，提伯尔特死于非命，这位才做新郎的人也从这城里被放逐出去；朱丽叶是为了他，不是为了提伯尔特，才那样伤心憔悴。你们因为要替她解除烦恼，把她许婚给帕里斯伯爵，还要强迫她嫁给他，她就跑来见我，神色慌张地要我替她想个办法避免这第二次的结婚，否则她要在我的寺院里自杀。所以我就根据我的医药方面的学识，给她一服安眠的药水；它果然发生了我所预期的效力，她一服下去就像死了一样昏沉过去。同时我写信给罗密欧，叫他就在这一个悲惨的晚上到这儿来，帮助把她搬出她寄寓的坟墓，因为药性一到时候便会过去。可是替我带信的约翰神父却因遭到意外，不能脱身，昨天晚上才把我的信依然带了回来。那时我只好按照着预先算定她醒来的时间，一个人前去把她从她家族的墓茔里带出来，预备把她藏匿在我的寺院里，等有方便再去叫罗密欧来；不料我在她醒来以前几分钟到这儿来的时候，尊贵的帕里斯和忠诚的罗密欧已经双双惨死了。她一醒过来，我就请她出去，劝她安心忍受这一种出自天意的变故；可是那时我听见了纷纷的人声，吓得逃出了墓穴，她在万分绝望之中不肯跟我去，看样子她是自杀了。这是我所知道的一切，至于他们两人的结婚，那么她的乳母也是与闻。要是这一场不幸的惨祸，是由我的疏忽所造成，那么我这条老命愿受最严厉的法律的制裁，请您让它提早几点钟牺牲了吧。

亲　王　我一向知道你是一个道行高尚的人。罗密欧的仆人呢？他有什么话说？

鲍尔萨泽　我把朱丽叶的死讯通知了我的主人，因此他从曼多亚急急地赶到这里，到了这座坟茔的前面。这封信他叫我一早送去给我家老爷；当他走进墓穴里的时候，他还恐吓我，说要是我不离开他赶快走开，他就要杀死我。

亲　王　把那封信给我，我要看看。叫巡丁来的那个伯爵的侍童呢？喂，你的主人到这地方来做什么？

侍　童　他带了花来散在他夫人的坟上，他叫我站得远远的，我就听他的话；不一会儿工夫，来了一个拿着火把的人把坟墓打开了。后来我的主人就拔剑跟他打了起来，我就奔去叫巡丁。

亲　王　这封信证实了这个神父的话，讲起他们恋爱的经过和她的去世的消息；他还说他从一个穷苦的卖药人手里买到一种毒药，要把它带到墓穴里来准备和朱丽叶长眠在一起。这两家仇人在哪里？——凯普莱特！蒙太古！瞧你们的仇恨已经受到了多大的惩罚，上天借手于爱情，夺去了你们心爱的人；我为了忽视你们的争执，也已经丧失了一双亲戚，大家都受到惩罚了。

凯普莱特　啊，蒙太古大哥！把你的手给我；这就是你给我女儿的一份聘礼，我不能再作更大的要求了。

蒙太古　但是我可以给你更多的；我要用纯金替她铸一座像，只要维洛那一天不改变它的名称，任何塑像都不会比忠贞的朱丽叶那一座更为卓越。

凯普莱特　罗密欧也要有一座同样富丽的金像卧在他情人的身旁，这两个在我们的仇恨下惨遭牺牲的可怜的人儿！

亲　王　清晨带来了凄凉的和解，太阳也惨得在云中躲闪。大家先回去发几声感慨，该恕的、该罚的再听宣判。古往今来多少离合悲欢，谁曾见这样的哀怨辛酸！（同下。）

（选自《罗密欧与朱丽叶》. 莎士比亚. 北京：人民文学出版社，2001）

【赏析】

写于 1595 年《罗密欧与朱丽叶》是莎士比亚戏剧名作，体现了莎士比亚的创作思想和艺术风格。高中新课本节选该剧的最后一场戏，是全剧的精华部分。品读这场戏，可以管中窥豹，揣摩、领悟全剧的主题思想、矛盾冲突、人物性格和语言风格。下面试着做些赏析。

我们先看对莎士比亚创作的经典论述："莎士比亚的全部作品的基本思想是人文主义或人道主义，用他的语言说，就是'爱'。他的作品就是'爱'的观念多方面的表现。人文主义是新兴资产阶级反封建的思想武器。莎氏作品反映了新兴资产阶级的理想。"(《中国大百科全书·外国文学》)这些言论可以为我们理解《罗密欧与朱丽叶》这部作品的意义提供参照。

罗密欧和朱丽叶是代表莎士比亚时代的人文主义理想的贵族青年，他们与贵族家庭的斗争映现着人文主义与封建主义的斗争。斗争是尖锐、残酷而悲壮的。年轻的一代带着"爱"的理念和精神走上历史舞台，尽管体现了人文主义精神萌芽生长的必然性和社会进步的必然要求，但他们毕竟稚嫩，无力抵抗封建势力的遏制和扼杀，他们的"爱"也是缺乏现实基础的"海市蜃楼"。他们为了"爱"和自由付出了生命的代价。从这个意义上说，人文主义的悲剧是必然的。然而斗争又是以人文主义在一定程度上的胜利而告结束，因为两位青年之死终于唤醒了顽固、守旧的贵族阶级的良知，两个世仇家庭和解了。这也可以理解为是人文主义"爱"的胜利。结局并不像有些古典悲剧那样过分地渲染悲沉、死寂的气氛，而是带有一些乐观情调，这又体现莎士比亚剧作人文主义精神中的乐观倾向。这种所谓"曲终奏雅"，使得本剧的锋芒不是那么锐利了，也许是莎士比亚式的人文主义思想的妥协性、博爱性和平和性的表现。

本章节选的是全剧行将结束的一场戏，场上气氛紧张，情节一波三折，矛盾冲突达到高潮。其中有多重矛盾：罗密欧与帕里斯的矛盾，罗密欧与凯普莱特家族的矛盾，朱丽叶与自己家族的矛盾，蒙太古与凯普莱特两大家族的矛盾……这么多的矛盾在一场戏里同时发生，具有很好的戏剧性效果。

凡戏剧总要有种种巧合，凡巧合都有戏剧性。巧合是矛盾冲突发生的契机。帕里斯、罗密欧和劳伦斯三者不约而同地来到朱丽叶的墓地；罗密欧与朱丽叶差点儿可以活着相逢，可惜生离死别，有情人终不能成眷属；帕里斯和罗密欧两方的仆人恰好目睹了两人的格斗，成为"惨案"的见证人；劳伦斯目睹了罗朱二人爱情的全过程，成为罗朱爱情故事大白于天下的见证人；亲王、蒙太古和凯普莱特同时赶到"惨案"现场……这些都是巧合，也是矛盾冲突得以发生的基础。

矛盾集中爆发之时，也正是它们结束之时。最后象征着政权的亲王调解两大家族的矛盾冲突，意义是多重的：封建主义开始进化，良心发现，向人文主义理想精神妥协和认同；人文主义斗争不彻底，对封建主义抱有幻想；现实政权在维持社会稳定、社会发展，维护"公正合理"的社会秩序方面起着极为重要的作用。这就是矛盾的多重性导致作品意义的多元性。

尽管有不同势力、不同方面的矛盾冲突，但全剧的发展最后落到人心向善的归结点上，表现了矛盾冲突的同一性和人群根性的同一性。在这种同一性之下，人物性格丰富多彩，值得玩味。

同是人文主义化身的罗朱二人，性格有较大的不同。罗密欧性本温和，热情、直率、善良，不够沉稳，缺乏心计。直率的本性和残酷的现实迫使他走向极端的道路。他杀死凯普莱特家族的人(提伯尔特)，杀死帕里斯，都是忍无可忍的，或是出于仗义，或是出于自卫。在本文中，我们看到他亲手杀死帕里斯，表现出一个垂死者不可理喻的疯狂。但即使是这样，他还是表现了一个具有崇高理想的人文主义者的品格：他对对手表达了爱心，实在不愿杀死对手；他是为了美好的爱情而死的，死得壮烈，可歌可泣。他的性格既直率，又不乏多样性。他是一个勇敢而不成熟的理想主义青年。

朱丽叶美丽纯洁，忠贞不屈，同时善良温和，也不乏某些心计。她有如一株亭亭玉立的水莲花，虽根植于污浊的泥淖却保持着纯洁与明净，虽经摧残仍飘散着经久的芬芳。她不顾家族宿怨的禁忌，大胆地接受罗密欧的爱情，表现了她"离经叛道"的精神。为实现美满的婚姻，她用心良苦，靠假死躲过与帕里斯的婚姻，以期待与真正所爱的人结成良缘。从"死亡"中醒来的第一句话是询问自己的"夫君"，当得知"夫君"已死，便毅然殉情，决不苟活，把爱情看得高于生命。她的理想最终不能如愿，是因为她太天真稚嫩，毕竟才 14 岁，也是因为现实太黑暗残酷，使她实在无法抵抗命运的错误安排。她是一个热情而柔弱的理想主义青年。

劳伦斯神父是本场剧中一个穿针引线的重要人物。他性本善良，而又驽钝怯弱。他是僧侣，却过多过深地介入世俗事务。当罗密欧前来求援时，他秘密地为他们二人主持婚礼，并决心帮助化解蒙太古和凯普莱特两大家族之间的矛盾；当得知给罗密欧的信未能送到时，他不得不亲自来挖朱丽叶的坟墓。这些都表现了他具有世俗人士般的热情善良。但他也有过于"俗"的地方：在墓地救出朱丽叶时胆战心惊，当听到有巡夜的人来了的时候，他吓得丢下朱丽叶不管自己逃跑了，又可见其如俗人一般怯弱猥琐的一面。更值得注意的是，他作为神父，却始终没有一句歌颂神灵的话语，也不见他用神教启迪人心、教人忏悔。他是莎士比亚所理解所描画的并带着莎士比亚既怜又爱情感的神父，看来莎士比亚不愿写出一个尽神教职守的神父。他是一个世俗化的神父。

莎士比亚剧作语言的鲜明个性，高妙的艺术华采，以及丰富的内涵，是历来为人所称道的。歌德说："莎士比亚用活的字句影响着我们，而字句最好通过诵读来传达……闭目倾听人们用自然正确的声调来诵读，而不是演员般地朗诵一篇莎士比亚的作品，世界上再没有比这件事情更高尚更纯粹的享受了。""发生世界大事时秘密地在空气中动荡着的一切，巨大事件发生的时刻在人心中隐藏着的一切，都说出来了；心灵中生怕别人看见的密封着的事物，在这里自由畅快地被采掘出来。"(歌德《说不尽的莎士比亚》)歌德以一个杰出作家和一个高明鉴赏家的敏感与深思，将莎士比亚作品语言的丰富与生动、自然与贴切描述出来，堪称莎氏知音。

莎剧人物的语言都恰到好处地表现出人物的身份、性格和当时的心情，成为人物个性化的标志。罗密欧与帕里斯的身份、教养基本相似，他们都爱恋着朱丽叶，但是语言的深情和力度有所不同：帕里斯的话只是一般性的哀悼和思念；罗密欧的话更为激情澎湃，是从一个行将殉葬者口里说出来的，更为感人。而且罗密欧的话在剧情的进展中可以看出不同的感情层次，以及人格的不同侧面，例如即使要杀死帕里斯，也说出爱对方胜过爱自己的发自内心的话。

另外，剧中人物的语言可分为诗意的和非诗意的两种：有身份有教养的人物常说诗意的话，下层人常说非诗意的话；人物在抒发感情的时候说诗意的话，不动情的时候说非诗意的话。剧中许多话语真如诗语，或铿锵有力，或激情飞扬，或委婉深沉。例如帕里斯和罗密欧在朱丽叶墓前的倾诉，充满激情和感伤，全是华美的诗语；亲王最后的宣示也是华美的诗语，所不同的是，他是以权威的口气向全体人、也为全剧作的总结，虽然抒情意味不如帕罗二人的话语，但有哲理，这又是胜出的地方。这些诗语有些是以诗行排列的，有些是以散行排列的，但都值得认真诵读、品味。

 思考与练习

1. 体会人物语言对人物形象塑造的帮助。
2. 剧中的矛盾冲突是什么？

日出(节选)

曹　禺

…………

第二幕

(忽然电话铃响)

李石清　(拿起耳机)喂,你哪儿?哦!你是报馆张先生。你找潘四爷,他不在这儿,……我是石清。跟我说,一样是。是什么?金八也买了这门公债了,多少!三百万!奇怪,哦,……哦,怪不得我们经理也买了呢!……是,是,本来公债等于金八自己家里的东西,操纵完全在他手里……是,是,那么要看涨了……好……我就告诉经理去,再见,张先生!再见!

[放下耳机。沉吟一下,正预备向左门走。]

[黄省三由中门进。]

黄省三　(胆小地)李……李先生。

李石清　怎么?(吃了一惊)是你!

黄省三　是,是,李先生。

李石清　又是你,谁叫你到这儿来找我的?

黄省三　(无力地)饿,家里的孩子大人没有饭吃。

李石清　(冷冷地)你到这儿就有饭吃么?这是旅馆,不是粥厂。

黄省三　李,李先生,可当的都当干净了。我实在没有法子,不然,我决不敢再找到这儿来麻烦您。

李石清　(烦恶地)吓,我跟你是亲戚?是老朋友?或者我欠你的,我从前占过你的便宜?你这一趟一趟地,我走哪儿你跟哪儿,你这算怎么回事?

黄省三　(苦笑,很凄凉地)您说哪儿的话,我都配不上。李先生,我在银行里一个月才用您十三块来钱,我这儿实在是无亲无故,您辞了我之后,我在哪儿找事去?银行现在不要我,等于不叫我活着。

李石清　(烦厌地)照你这么说,银行就不能辞人啦。银行用了你,就算跟你保了险,你一辈子就可以吃上银行啦,嗯?

黄省三　(又卷弄他的围巾)不,不,不是,李先生,我……我,我知道银行待我不错,我不是不领情。可是……您是没有瞧见我家里那一堆孩子,活蹦乱跳的孩子,我得每天找食物给他们吃。银行辞了我,没有进款,没有米,他们都饿得直叫。并且房钱有一个半月没有付,眼看着就没有房子住。(嗫嚅地)李先生,您没有瞧见我那一堆孩子,我实在没有方法,我只好对他们——哭。

李石清　可是谁叫你们一大堆一大堆养呢?

黄省三　李先生，我在银行没做过一件错事。我总天亮就去上班，夜晚才回来，我一天干到晚，李先生——

李石清　(不耐烦)得了，得了，我知道你是个好人，你是安分守己的。可是难道不知道现在市面萧条，经济恐慌？我跟你说过多少遍，银行要裁员减薪，我并不是没有预先警告你！

黄省三　(踌躇地)李先生，银行现在不是还盖着大楼，银行里面还添人，添了新人。

李石清　那你管不着！那是银行的政策，要繁荣市面。至于裁了你，又添了新人，我想你做了这些年的事，你难道这点世故还不明白？

黄省三　我……我明白，李先生。(很凄楚地)我知道我身后面没有人挺住腰。

李石清　那就得了。

黄省三　不过我当初想，上天不负苦心人，苦干也许能补救我这个缺点。

李石清　所以银行才留你四五年，不然你会等到现在？

黄省三　(乞求)可是，李先生；我求求您，您行行好。我求您跟潘经理说说，只求他老人家再让我回去。就是再累一点，再加点工作，就是累死我，我也心甘情愿的。

李石清　你这个人真麻烦。经理会管你这样的事？你们这样的人，就是这点毛病。总把自己看得太重，换句话，就是太自私。你想潘经理这样忙，会管你这样小的事，不过，奇怪，你干了三四年，就一点存蓄也没有？

黄省三　(苦笑)存蓄？一个月十三块来钱，养一大家子人？存蓄？

李石清　我不是说你的薪水。从薪水里，自然是挤不出油水来。可是你不能放开点眼睛，我说在别的地方，你难道没有得到一点的好处？

黄省三　没有，什么也没有，我做事凭心，我总有良心。

李石清　你这个傻子，这时候你还讲良心！怪不得你现在这么可怜了。好吧，你走吧。

黄省三　(着慌)可是，李先生——

李石清　有机会，再说吧。(挥挥手)现在是毫无办法。你走吧。

黄省三　李先生，您不能——

李石清　并且，我告诉你，你以后再要狗似地老跟着我，我到哪儿，你到哪儿，我就不跟你这么客气了。

黄省三　李先生，那么，事还是一点办法也没有？

李石清　快走吧！回头，一大堆太太小姐们进来，看到你跑到这儿找我，这算是怎么回事？

黄省三　好啦！(泪汪汪的，低下头)李先生，真对不起您老人家。(苦笑)一趟一趟地来麻烦您，我走啦。

李石清　你看你这个麻烦劲儿，走就走得啦。

黄省三　(长长地叹一口气，走了两步，忽然跑回来，沉痛地)可是，您叫我到哪儿去？您叫我到哪儿去？我没有家，我拉下脸跟您说吧，我的女人都跟我散了，没有饭吃，她一个人受不了这样的苦，她跟人跑了。家里有三个孩子，等着我要饭吃。我现在口袋里只有两毛钱，我身上又有病，(咳嗽)我整天地咳嗽！李先生，您叫我回到哪儿去？您叫我回到哪儿去？

李石清　(可怜他，但又厌恶他的软弱)你愿意上哪儿去，就上哪儿去吧。我跟你讲，我不是不想周济你，但是这个善门不能开，我不能为你先开了例。

黄省三　我没有求您周济我，我只求您赏给我点事情做。我为着我这群孩子，我得活着！

李石清　(想了想，翻着白眼)其实，事情很多，就看你愿意不愿意做。

黄省三　(燃着了一线希望)真的？

李石清　第一，你可以出去拉洋车去。

黄省三　(失望)我……我拉不动(咳嗽)您知道我有病。医生说我这边的肺已经(咳)——靠不住了。

李石清　哦，那你还可以到街上要——

黄省三　(脸红，不安)李先生我也是个念过书的人，我实在有点——

李石清　你还有点叫不出口，是么？那么你还有一条路走，这条路最容易，最痛快，——你可以到人家家里去(看见黄的嘴喃喃着)——对，你猜的对。

黄省三　哦，您说，(嘴唇颤动)您说，要我去——(只见唇动，听不见声音)

李石清　你大声说出来，这怕什么？"偷！""偷！"这有什么做不得，有钱的人的钱可以从人家手里大把地抢，你没有胆子，你怎么不能偷？

黄省三　李先生，真地我急的时候也这么想过。

李石清　哦，你也想过去偷？

黄省三　(惧怕地)可是，我怕，我怕，我下不了手。

李石清　(愤慨地)怎么你连偷的胆量都没有，那你叫我怎么办？你既没有好亲戚，又没有好朋友，又没有了不得的本领。好啦，叫你要饭，你要顾脸，你不肯做；叫你拉洋车，你没有力气，你不能做；叫你偷，你又胆小，你不敢做。你满肚子的天地良心，仁义道德，你只想凭着老实安分养活你的妻儿老小，可是你连自己一个老婆都养不住，你简直就是个大废物，你还配养一大堆孩子！我告诉你，这个世界不是替你这样的人预备的。(指窗外)你看见窗户外面那所高楼么？那是新华百货公司，十三层高楼，我看你走这一条路是最稳当的。

黄省三　(不明白)怎么走，李先生？

李石清　(走到黄面前)怎么走？(魔鬼般地狞笑着)我告诉你，你一层一层地爬上去。到了顶高的一层，你可以迈过栏杆，站在边上。你只再向空、向外多走一步，那时候你也许有点心跳，但是你只要过一秒钟，就一秒钟，你就再也不可怜了，你再也不愁吃，不愁穿了。——

黄省三　(呆若木鸡，低得几乎听不见的声音)李先生，您说顶好，我"自——"(忽然爆发地悲声)不，不，我不能死，李先生，我要活着！我为着我的孩子们，为我那没了妈的孩子们我得活着！我的望望，我的小云，我的——哦，这些事，我想过。可是，李先生，您得叫我活着！(拉着李的手)您得帮帮我，帮我一下！我不能死，活着再苦我也死不得，拚命我也得活下去啊！(咳嗽)

[左门大开。里面有顾八奶奶、胡四、张乔治等的笑声。潘月亭露出半身，面向里面。]

潘月亭　你们先打着。我就来。

李石清　(甩开黄的手)你放开我。有人进来，不要这样没规矩。

[黄只得立起，倚着墙，潘月亭进。]

潘月亭　啊？

黄省三　经理！

潘月亭　石清，这是谁？他是干什么的？

黄省三　经理，我姓黄，我是大丰的书记。

李石清　他是这次被裁的书记。

潘月亭　你怎么跑到这里来，(对李)谁叫他进来的？

李石清　不知道他怎么找进来的。

黄省三　(走到潘面前，哀痛地)经理，您行行好，您要裁人也不能裁我，我有三个小孩子，我不能没有事。经理，我跟您跪下，您得叫我活下去。

潘月亭　岂有此理！这个家伙，怎么能跑到这儿来找我求事。(厉声)滚开！

黄省三　可是，经理，——

李石清　起来！起来！走！走！走！(把他一推倒在地上)你要再这样麻烦，我就叫人把你打出去。

[黄望望李，又望望潘。]

潘月亭　滚，滚，快滚！真岂有此理！

黄省三　好，我起来，我起来，你们不用打我！(慢慢立起来)那么，你们不让我再活下去了！你！(指潘)你！(指李)你们两个说什么也不叫我再活下去了。(疯狂似地又哭又笑地抽咽起来)哦，我太冤了。你们好狠的心哪！你们给我一个月不过十三块来钱，可是你们左扣右扣的，一个月我实在领下的才十块二毛五。我为着这辛辛苦苦的十块二毛五，我整天给你们伏在书桌上写；我抬不起头，喘不出一口气地写；我从早到晚地写；我背上出着冷汗，眼睛发着花，还在写；刮风下雨，我跑到银行也来写！(做势)五年哪！我的潘经理！五年的工夫，你看看，这是我！(手捶着胸)几根骨头，一个快死的人！我告诉你们，我的左肺已经坏了，哦，医生说都烂了！(尖锐的声音，不顾一切地)我跟你说，我是快死的人，我为着我的可怜的孩子，跪着来求你们。叫我还能够跟你们写，写，写，再给我一碗饭吃。把我这个不值钱的命再换几个十块二毛五。可是你们不答应我！你们不答应我！你们自己要弄钱，你们要裁员，一定要裁我！(更沉痛地)可是你们要这十块二毛五够干什么的！我不是白拿你们的钱，我是拿命跟你们换哪！(苦笑)并且我也拿不了你们几个十块二毛五，我就会死的。(愤恨地)你们真是没有良心的，你们这样对待我，——是贼，是强盗，是鬼呀！你们的心简直比禽兽还不如——

潘月亭　这个混蛋，还不跟我滚出去！

黄省三　(哭着)我现在不怕你们啦！我不怕你们啦！(抓着潘经理的衣服)我太冤了，我非要杀了——

潘月亭　(很敏捷地对着黄的胸口一拳)什么！(黄立刻倒在地上)

[半晌。]

李石清　经理，他是说他要杀他自己——他这样的人是不会动手害人的。

潘月亭　(擦擦手)没有关系，他这是晕过去了。福升！福升！

[福升上。]

潘月亭　把他拉下去。放在别的屋子里面，叫金八爷的人跟他拍拍捏捏，等他缓过来，拿三块钱给他，叫他滚蛋！

王福升　是！

[福升把黄省三拖下去。]

(选自《曹禺选集》．曹禺．北京：人民文学出版社，2004)

【赏析】

剧本《日出》第二幕中介绍了小职员黄省三向李石清求取职务的过程。通过黄省三和李石清、银行家潘月亭的对话描写，在强烈的对比和冲突中很好地表现了"有余者"和"不足者"的对立，让人们深刻地看到了"损不足以奉有余"的"人之道"的"残忍"。通过黄省三对潘月亭这些"有余者"不顾一切的揭露——"是贼，是强盗，是鬼呀"，深刻地揭示了当时纸醉金迷、荒淫无耻的金钱社会是一个吃人的社会这一鲜明主题。

戏剧是用以反映现实生活和矛盾冲突的，没有冲突就没有戏剧。本幕戏围绕黄省三想复职的问题展开矛盾冲突。开篇即写黄省三非常卑怯地向李石清求请，理由是：银行每月只发十三块钱，孩子饿得直叫，银行还在盖大楼，银行还添了新人，让我回来，"就是再累一点，再加点工作，就是累死我，我也心甘情愿的。"这些遭到了李石清的反驳：没饭吃，这不是粥厂，银行可以辞人，你讲良心，怪不得你现在可怜，谁叫你一大堆一大堆地养孩子。见求情无望，黄省三只好泪汪汪地告辞。看似矛盾冲突已经不存在了，可是刚走两步，黄省三忽然跑回来，因为他无路可走，无处可去，为了饥饿的孩子，他只有再次乞求李石清，别无他法。因此受到了李石清的无情羞辱，给他指出了四条路：去拉洋车、上街要饭、去偷，最后竟唆使他去跳楼自杀。如果说前三条是生路，那么第四条则是一条绝路。听了李石清的一番冷酷无情的话，黄省三忽然爆发地悲声："帮帮我，我不能死，我要活着！我为看我的孩子们……活着再苦我也死不得"。到这里黄省三与李石清发生了一场大冲突。一个残忍冷酷、毫无人性，一个卑怯、懦弱；一个冷言冷语将人往绝路上逼，一个苦苦哀求、呼天抢地。矛盾此时无从化解。接着潘月亭上场，黄省三的下跪求情惹恼了他，厉声地让黄滚开。这时黄省三内心积压已久的怨恨突然暴发出来，他"疯狂似的又哭又笑地抽噎起来""两手捶胸""尖锐的声音，不顾一切地""愤恨地"指责："你们真是没有良心，你们是贼，是强盗，是鬼啊！你们的心简直比禽兽还不如。"这下完全激怒了潘月亭，矛盾达到了白热化的程度，当潘月亭狠狠地给了李石清当胸一拳时，矛盾冲突才得以解决。

本幕戏的又一特点是成功塑造了极富个性化的人物形象。戏剧要求剧中人物不仅要表达人物的意图和思想感情，而且要符合人物的身份、特点和所处的特定环境。本幕主要刻画了三个人物形象。

黄省三：是一个处于社会下层的小职员形象。他非常卑怯、懦弱。从他的神态动作可以看出，他与李石清的对话过程显得非常"胆怯"；他只会"苦笑""他凄凉地""又卷弄他的围巾""嗫嚅地"，不断地"乞求"。被愚弄了，竟还会燃起一线希望"脸红、不安""嘴唇自动""惧怕地"。但为了他的孩子，为了那每月的十三块钱他也会发出愤怒的吼叫。"我现在不怕你们啦！我不怕你们啦！(抓住潘经理的衣服)我太冤了，我非要杀了——"，可以看出他也有反抗、刚强的一面，但只是被逼无奈所为。

李石清：是一个冷酷无情、阴险卑劣的典型。他以他个人的所谓经验，无情嘲笑黄省三。他"魔鬼般地狞笑着"告诉黄省三："你一层一层地爬上去，到了顶高的一层，就可以迈过栏杆，站在边上。你只再向空、向外多走一步，那时候你也许有点心跳，但是只要过一秒钟，就一秒钟，你就再也不可怜了，你再也不愁吃，不愁穿了……"这段话说起来是那样的轻松自在，那么的冷静理智，真是个毫无人性的冷血动物。但是李石清的性格也有他复杂的一面，他训斥黄省三"你这个傻子！这时候你还讲良心！怪不得你现在这么可怜了。""有钱人的钱可以从人家手里大把地抢，你没有胆子，你怎么不能偷？""你满肚子的天地良心，仁义道德，你只想凭着老实安份养活你的妻儿老小，可是连自己一个老婆都养不住，你简直是个大废物，你还配养一大堆孩子！我告诉你，这个世界不是替你这样的人预备的。"这些话也掺杂了"愤世嫉俗"的情绪在里面，表达了他对现实的不满。在剧本第四幕中，升为银行襄理的李石清也被老板无情地解雇了，成了又一个"黄省三"，真是无情的讽刺。

潘月亭：是唯利是图、凶狠残忍的典型。在剧本中，对潘月亭的描写用得最多的词是"滚"，表现出他的狠毒、无人性。"(很敏捷地对着黄的胸口一拳)什么！(黄立刻倒在地上)""(擦擦手)没有关系，他这是晕过去了。""把他拉下去。放在别的屋子里面，……等他缓过来，拿三块钱给他，叫他滚蛋。"这些表现出他作为上层阶级人物的那种狠毒、残忍的丑恶人性。

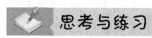 思考与练习

1. 这出戏的矛盾冲突是什么？
2. 潘月亭、李石清人物形象的特点是什么？

牡丹亭·闺塾

明·汤显祖

第七出 闺塾

(末上)"吟余改抹前春句，饭后寻思午晌茶。蚁上案头沿砚水，蜂穿窗眼咂瓶花。"我陈最良杜衙高帐[1]，杜小姐家传《毛诗》[2]。极承老夫人管待。今日早膳已过，我且把毛注潜玩一遍。(念介)"关关雎鸠，在河之洲。窈窕淑女，君子好逑[3]。"好者好也，逑者求也。(看介)这早晚了[4]，还不见女学生进馆。却也娇养的凶。待我敲三声云板。(敲云板介)春香，请小姐解书。

[绕池游](旦引贴捧书上)素妆才罢，缓步书堂下。封净儿明窗潇洒。(贴)《昔氏贤文》[5]，把人禁杀，恁时节则好教鹦哥唤茶[6]。(见介)(旦)先生万福。(贴)先生少怪。(末)凡为女子，鸡初鸣，咸盥、漱、栉、笄，问安于父母[7]。日出之后，各供其事。如今女学生以读书为事，须要早起。(旦)以后不敢了。(贴)知道了。今夜不睡，三更时分，请先生上书。(末)昨日上的《毛诗》，可温习？(旦)温习了。则待讲解。(末)你念来。(旦念书介)"关关雎鸠，在河之洲。窈窕淑女，君子好逑。"(末)听讲。"关关雎鸠"，雎鸠是只鸟，关关鸟声也。(贴)怎样声儿？(末作鸠声)(贴学鸠声诨介)[8](末)此鸟性喜静，在河之洲。(贴)是了。不是昨日是前日，不是今年是去年，俺衙内关著只斑鸠儿，被小姐放去，一去去在何知州家[9]。(末)胡说，这是兴[10]。(贴)兴个甚的那？(末)兴者起也。起那下头窈窕淑女，是幽闲女子，有那等君子好好的来求他。(贴)为甚好好的求他？(末)多嘴哩。(旦)师父，依注解书，学生自会。但把《诗经》大意，敷演一番[11]。

[掉角色](末)论《六经》，《诗经》最葩[12]，闺门内许多风雅：有指证，姜嫄产哇[13]；不嫉妒，后妃贤达[14]。更有那咏鸡鸣，伤燕羽，泣江皋，思汉广[15]，洗净铅华[16]。有风有化[17]，宜室宜家[18]。(旦)这经文偌多？(末)《诗》三百[19]，一言以蔽之，没多少，只"无邪"两字，会与儿家。书讲了。春香取文房四宝来模字[20]。(贴下取上)纸、墨、笔、砚在此。(末)这甚么墨？(旦)丫头错拿了，这是螺子黛，画眉的。(末)这甚么笔？(旦作笑介)这便是画眉细笔。(末)俺从不曾见。拿去，拿去！这是甚么纸？(旦)薛涛笺[21]。(末)拿去，拿去。只拿那蔡伦造的来[22]。这是甚么砚？是一个是两个？(旦)鸳鸯砚。(末)许多眼[23]？(旦)泪眼[24]。(末)哭什么子？一发换了来。(贴背介)好个标老儿[25]！待换去。(下换

上)这可好？(末看介)着。(旦)学生自会临书。春香还劳把笔[26]。(末)看你临。(旦写字介)(末看惊介)我从不曾见这样好字。这甚么格？(旦)是卫夫人传下美女簪花之格[27]。(贴)待俺写个奴婢学夫人[28]。(旦)还早哩。(贴)先生，学生领出恭牌[29]。(下)(旦)敢问师母尊年？(末)目下平头六十[30]。(旦)学生待绣对鞋儿上寿，请个样儿。(末)生受了。依《孟子》上样儿，做个"不知足而为几履"罢了[31]。(旦)还不见春香来。(末)要唤他么？(末叫三度介)(贴上)害淋的。(旦作恼介)劣丫头那里来？(贴笑介)溺尿去来。原来有座大花园。花明柳绿，好耍子哩。(末)哎也，不攻书，花园去。待俺取荆条来。(贴)荆条做甚么？

[前腔]女郎行[32]那里应文科判衙[33]？止不过识字儿书涂嫩鸦[34]。(起介)(末)古人读书，有囊萤的，趁月亮的[35]。(贴)待映月，耀蟾蜍眼花；待囊萤，把虫蚁儿活支煞[36]。(末)悬梁、刺股呢[37]？(贴)比似你悬了梁，损头发；刺了股，添疤痕。有甚光华[38]！(内叫卖花介)(贴)小姐，你听一声声卖花，把读书声差。(末)又引逗小姐哩。待俺当真打一下。(末做打介)(贴闪介)[39]你待打、打这哇哇，桃李门墙[40]，险把负荆人唬煞[41]。(贴抢荆条投地介)(旦)死丫头，唐突了师父[42]，快跪下。(贴跪介)(旦)师父看他初犯，容学生责认一遭儿。

[前腔]手不许把秋千索拿，脚不许把花园路踏。(贴)则瞧罢。(旦)还嘴，这招风嘴[43]，把香头来绰疤[44]；招花眼，把绣针儿签瞎[45]。(贴)瞎了中甚用？(旦)则要你守砚台，跟书案，伴"诗支"，陪"子曰"，没的争差[46]。(贴)争差些罢。(旦抓贴发介)[47]则问你几丝儿头发，几条背花[48]？敢也怕些夫人堂上那些家法[49]。(贴)再不敢了。(旦)可知道？(末)也罢，饶这一遭儿，起来。(贴起介)

[尾声](末)女弟子则争个不求闻达[50]，和男学生一般儿教法。你们工课完了，方可回衙。咱和公相陪话去(合)怎辜负这一弄明窗新绛纱[51]。(末下)(贴作背后指末骂介)村老牛[52]，疑老狗，一些趣也不知。(旦作扯介)死丫头，"一日为师，终身为父"，他打不得你？俺且问你那花园在那里？(贴作不说)(旦做笑问介)兀那不是[53]！(旦)可有什么景致？(贴)景致么，有亭台六七座，秋千一两架。绕的流觞曲水[54]，面著太湖山石[55]。名花异草，委实华丽。(旦)原来有这等一个所在，且回衙去。

(旦)也曾飞絮谢家庭[56]，李山甫(贴)欲化西园蝶未成。张泌

(旦)无限春愁莫相问，赵颔(合)绿阴终借暂时行。张祜

(选自《牡丹亭》. 汤显祖. 太原：山西古籍出版社，2005)

【注释】

[1] 高帐：教书。东汉经学家马融，扶风(今陕西省兴平县东南)人。他坐在绛纱帐内教学生。见《后汉书》卷十上本传。

[2] 《毛诗》：战国时代毛亨著《毛诗故训传》。这是解释《诗经》的一部书。此

外，鲁人申培、齐人辕固、燕人韩婴都传《诗》。三家诗先后亡失，只有毛传独存。后来《毛诗》用作《诗经》的代称。

[3] 关关雎鸠……君子好逑：《诗经》的第一首诗《关雎》的头四句。《关雎》是一首爱情诗。

[4] 早晚：时候。

[5]《昔氏贤文》：书名，用格言编成的一种初学读本。

[6] 恁时节：这时候。意思是说听了《昔氏贤文》的教训以后。鹦哥，鹦鹉。

[7] 鸡初鸣，咸盥、漱、栉、笄，问安于父母：这是载于《礼记·内则》篇的旧时代做子女的生活守则之一。

[8] 诨：打诨。打诨的语句由赏自己添加。它们往往富于幽默的情味，机智泼辣，但也有流于低级趣味。

[9] 知州：州的地方行政长官。何知州与"河之洲"谐音，调笑用。

[10] 兴：风、雅、颂、赋、比、兴称为《诗》的六义。风、雅、颂指《诗》的不同体制；赋、比、兴指《诗》的作法。兴，即物起兴，民歌的开头。

[11] 敷演：这里是解释的意思。

[12] 论《六经》，《诗经》最葩：《六经》中以《诗经》最有文采。《易》《诗》《书》《礼》《乐》《春秋》都是儒家的经典著作，合称《六经》。葩，花，此作华丽有文采。韩愈进学解"《诗》正而葩"。后来《葩经》被用作《诗经》的代称。

[13] 姜嫄产哇：古代传说，姜嫄是黄帝的曾孙帝喾的妃子。她在天帝的大脚趾印上踏了一脚，因而有孕。生下来的儿子就是后稷。见《诗·大雅·生民》。哇：通娃。

[14] 不嫉妒，后妃贤达：《诗·周南》中的《蓼木》《虫斯》等篇，诗序、朱熹注都牵强附会地认为它们是写后妃不妒忌，其实这些都是古代恋歌。

[15] 咏鸡鸣，伤燕羽，泣江皋，思汉广：咏鸡鸣，指《诗·齐风·鸡鸣》。伤燕羽，指《诗·邶风·燕燕》："燕燕于飞，差池其羽。之子于归，远送于野。瞻望弗及，泣涕如雨。"这是一首离别的诗。思汉广，指《诗·周南·汉广》，是一首思念爱人的诗。泣江皋，指《诗经》中的哪一首诗，无从确定。

[16] 洗净铅华：归之于朴素。铅华：铅粉，搽脸用。

[17] 有风有化：有教育意义。

[18] 宜室宜家：女儿在夫家一家和顺。语本《诗·周南·桃夭》："子之于归，宜其室家。"室：两夫妻的住房。家：整个家庭。

[19]《诗》三百：《诗经》有诗三百零五篇，三百篇是约数。全句本《论语·为政》："《诗》三百，一言以蔽之，曰：思无邪。"

[20] 文房四宝：即下文所说的纸、墨、笔、砚。

[21] 薛涛笺：唐代名妓薛涛制的笺纸。

[22] 蔡伦：东汉时代人，纸的发明者。见《后汉书》卷一零八本传。

[23] 眼：砚眼，砚石经磨制后出现的天然石纹，圆晕如眼，有白、赤、黄等不同颜色。

[24] 泪眼：广东省高要县端溪出产的砚叫端砚。端砚的眼不很清润明朗的叫泪眼。泪眼次于活眼，比死眼好。死眼又比没有好。见棟亭本《砚笺》卷一。

[25] 标老儿：不知趣的人，犹如说土老儿。

[26] 把笔：孩子初学写字，不会使毛笔，教师以右手握(把)住孩子的右手帮着写，叫把笔，也叫把字。

[27] 美女簪花之格：美女簪花，本来用来形容书法娟秀，见《金石萃编·杨震碑跋》。格，范本、式样。

[28] 奴婢学夫人：原来是学不像的意思。《说郛》卷二十三引《宾退录》："羊欣书似婢作夫人，不堪位置。而举止羞涩，终不似真。

[29] 出恭牌：请假上厕所。明代试场不让考生擅离座位，设有出恭入敬牌。考生上厕所，凭牌出入。

[30] 平头：凡计数逢十，叫做齐头数。平与齐同。白居易诗："火销灯尽天明后，便是平头六十人。"见《通俗编》卷三十二。

[31] 不知足而为几履：履，鞋子。语本《孟子·告子》。这是写陈最良书呆子气。

[32] 行：用在人称词之后，有"辈""家"的意思。女郎行犹言女儿家。有时也作那边、跟前解释。

[33] 应文科判衙：去应考，(考取后)做官坐堂办事。

[34] 书涂嫩鸦：随便写几个字儿。涂鸦，乱涂，字写不好，一个个像乌老鸦。

[35] 趁月亮的：南齐江泌点不起灯，晚上在月亮下读书。见《南齐书》卷五十五本传。

[36] 虫蚁儿：泛指昆虫，此指萤火虫。活支煞：活活地弄杀。

[37] 刺股：战国时苏秦刻苦学习，怕自己倦极睡去用钻子刺大腿。见《战国策·齐策·苏秦始将连横》章。

[38] 光华：光彩。

[39] 闪：躲避。

[40] 门墙：指师门。《论语·子张》："夫子这墙数仞。不得其门而入。"

[41] 负荆人：身背荆条向人请罪的人，这里指有过错的人。

[42] 唐突：冒犯。

[43] 招风：招惹是非。下文招花(眼)的意思和这差不多。

[44] 把香头来绰疤：用点着的香来戳，灼一个疤。绰，同"戳"。

[45] 签：刺。

[46] 没有争差：这里是不要出差错的意思。争差，一般的用法是指相差、不同。有时只用个争字，义同。

[47] 抓：用手指扯、拔。

[48] 背花：背上被鞭打的伤痕。

[49] 家法：封建家长责打家人的用具，如鞭子。

[50] 女弟子则争个不求闻达：女学生不要做官，只有这一点(和男的)不一样。闻达：原来是名声传出受人抬举的意思。

[51] 一弄：一派、一带。

[52] 村：粗野。

[53] 兀那：兀，兀的，犹言这的。兀那，兀谁，意思就是那、谁，但语气较强。

[54] 流觞曲水：宜于游宴的曲水。流觞：古代人在修禊的日子，把装着酒的杯子(觞)放在水上，顺水流下去。遇到水湾(曲水)停下来，就拿来喝。

[55] 太湖山石：太湖石堆叠的假山。太湖石，产于太湖。石多孔洞，宜于作园林假山之用。

[56] 也曾飞絮谢家庭：说自己像谢道韫一样有诗才。

【赏析】

《闺塾》是《牡丹亭》中的一场重头戏。人们常激赏汤显祖文辞的清丽细腻，其实，他的艺术成就远不止于此。《闺塾》一出，在戏剧冲突的处理、人物说白、细节描写等方面，就足以使人拍案叫绝。

《闺塾》后被称为《春香闹学》。这"闹"字，颇能道出戏的喜剧气氛。

帷幕开时，作者设置了一个非常独特的场景。

我国古代戏曲中没有舞台布置，环境气氛依靠人物角色在表演中传出。《闺塾》开场，塾师陈最良走了出来，念了四句定场诗，然后在那里摇头晃脑地备课。这是一个啃了不少诗书，却又落到绝粮境地的腐儒。感恩知遇，是要准备严格执行杜宝交给他约束青年身心的使命的。他把毛诗潜玩一番，却未见学生动静，认为"娇养得紧"，便敲打云板，催促杜丽娘上课。

陈最良开口"子曰"，闭口"诗云"，迂得可笑。此人又神经麻木，"从来不晓得个伤春"。作者让他首先上场，咿咿呜呜地吟咏，就使书房里面平添又霉又酸的气息，把人压抑得不易喘气。

不过，在书房外边，却是春光明媚，"蚁上案头沿砚水，蜂穿窗眼咂瓶花"。虫蚁儿正趁着春光喧喧嚷嚷。窗外，不时传进"卖花声"，响起了春天的呼唤。作者还让观众知道，紧靠着书房，就有座大花园，"绕的流觞曲水，面著太湖山石""花明柳绿""委实华丽"。一堵墙隔着一重天，书房内外的气氛，构成了鲜明的对比。

有一幅名画，画面上一个穿着全黑衣裙的寡妇，呆滞地凝望着一堆五颜六色的鲜花。气氛的不协调，产生了异常奇妙的艺术效果。《闺塾》对氛围的处理与此相类。不协调的场景，既推进戏剧冲突，又较好地衬托出人物内心的矛盾。

在《闺塾》中，作者从正面酣写春香闹学，写她和陈最良的性格冲突。

春香对读书本来就不感兴趣，她诅咒"昔氏贤文，把人禁杀"，嘟哝着上场。陈最良用大道理把她们训斥一通，春香不以为然，回嘴道："知道了。今夜不睡，三更时分，请先生上书。"话中带刺，木讷的陈最良被弄得无言以对。这一段，是上课前的"闹"。笼罩在书房内使人窒息的气氛，开始被顽皮尖锐的春香打破。

陈最良讲述《诗经》的起始，春香还算留心，她不懂就问：那雎鸠是"怎样声儿"？在这里，剧本规定了一个绝妙的细节：

(末作鸠声。贴学鸠声诨介)

请读者掩卷想想，一个正儿八经的老头，下意识地像孩子那样叽叽咕咕叫了起来，不是十分滑稽吗？春香一见老师的憨态，也乐不可支，乘机诨闹。这时候，满台"鸟"叫，令人喷饭。

春香觉得听书颇为好玩，越发认真，老师讲一句，她要问一句，并且自作聪明地对"在河之洲"作了极为有趣的诠释。当她问到那些"幽闲女子"、君子们"为甚好好的求他"时，陈最良狼狈不堪，只好把她喝住。学生天真，先生尴尬，在观众的哄笑声中，书房里严肃宣讲的气氛被闹得烟消云散。

如果说，春香在拜见老师时是有意给他一点颜色看看的话，那么，这一次，她的"闹"却是无意的，她是实心实意地想弄清诗书的意思，谁知反弄出连篇笑话。李渔曾认为："我本无心说笑话，谁知笑话逼人来，斯为科诨之妙境耳"。由于汤显祖根据人物性格发展喜剧性冲突，从而达到"水到渠成，天机自露"的妙境。

书讲完了，又要模字，春香兴味索然，便说"学生领出恭牌"，乘机溜下。溺尿回来，她告诉小姐：外面"原来有座大花园，花明柳绿，好耍子哩！"陈最良一听，立即要打；春香毫不客气，针锋相对。这一来，舞台上热闹得够瞧了：

(末做打介)，(贴闪介)，(贴抢荆条投地介)。

这场戏，虽然不像武戏的"开打"，但老师抢起荆条，丫头东躲西闪，一连串大幅度的动作，却是十分火爆。特别是当春香缴了陈最良的械，把它掷之于地时，喜剧性的冲突进入了高潮。这一掷，充分表现出春香对陈最良的轻蔑，什么封建礼法、师道尊严，统统被她掷到东洋大海。

春香的几次诨闹，动机、分寸各不相同。作者通过不同的"闹"，把陈最良的迂腐气，小丫头的泼辣劲，清晰地勾勒出来了。

《闺塾》只有三个角色，戏中春香与陈最良闹得不可开交，杜丽娘插嘴不多，骤然看来，它似乎是以表现春香为主，其实，作者笔在此而意在彼，他写这场戏的真意，主要是刻画那一位貌似旁观者的杜丽娘。

杜丽娘对读书并不热心，陈最良催她上课，她还慢慢吞吞，"素妆才罢，款步书堂下，封净儿明窗潇洒。"春日迟迟，春意阑珊，她是带着惜春的心情进入书房的。陈最良讲《关雎》，她提出"依注解书，学生自会。"

请勿忽视"学生自会"四个字，它表明杜丽娘平静的心翻起了波澜，为什么君子要去求那些幽闲的女子，春香弄不清，老师不好说，杜丽娘却"为诗章，讲动情肠"。后来她感叹"关关了的雎鸠，尚有河洲之兴，可以人不如鸟乎！"(《肃苑》)她的母亲也敏感地觉察到女儿的改变："怪她裙衩上，花鸟绣双双。"这些，都证实杜丽娘受到古代情诗强烈的感染。我们知道，杜丽娘父母之所以给女儿延师进学，是因为发现了她白日睡眠，有违家教，认为有必要用诗书拘束她的身心。谁知道上课的第一天，开讲的第一课，反开启了女儿心灵之锁。禁锢者成了启发者。这样的处理，实在是对封建礼教尖刻的嘲弄。

作为大家闺秀，杜丽娘对老师的态度是恭谨的。不过，在听了讲解《关雎》以后，她的心情有了微妙的变化。她对老师提出："这经文偌多！"轻轻一语，意味深长，它透露出杜丽娘不耐烦的情绪。后来春香把眉笔当作写字的笔拿了出来，陈最良不懂得是什么东西，她"作笑介"。这抿然一笑，包含了对老师酸腐的窃笑。等到春香在写字时说："待俺写个奴婢学夫人"时，她竟然当着老师的面和丫头打趣："还早哩！"从作者这些很有分寸的描绘中，我们可以看到人物思想感情发展的轨迹，分析外表平静的杜丽娘内心的颤动。

杜丽娘在写字前一直没有理会春香的诨闹，甚至近于默许。后来春香闹得太过分了，她只好出面干预。春香顶嘴不服，她发起狠来，扯着春香的头发说："敢也怕些夫人堂上那些家法！"给陈最良挽回了面子。

杜丽娘果真是大发雷霆吗？当然不是。由于春香闹过了头，万一老师向父母告状，后果则不堪设想。因此，她必须赶快拿出小姐的尊严，镇住春香。老师一走，她就赶紧询问："那花园在那里？"看到这里，人们恍然大悟。原来，她最关注的，恰恰是春香为之受责的那句话，是那个她不曾去过的花园；原来，刚才她抖出小姐的威风，不过是在"演戏"。她演得是那样的逼真，岂止诓了陈最良，连春香也蒙住了，所以春香才有赌气不说，让她一再央求的举动。就装模作样欺骗老师这一点而言，杜丽娘其实也是在"闹学"。与春香相比，她不过是闹得含蓄，闹得机巧而已。

"那花园在那里？"一位在邸宅里居住多时的姑娘，竟不知道家里有一个花园，这事情本身就相当滑稽。同时也使人体会到封建礼教对青年禁锢到什么程度。然而，人们从杜丽娘拉着春香陪笑追问花园在哪儿的神态中发现，她那沉睡的灵魂，已经被从远古传来的雎鸠之声唤醒，她开始憧憬"紫姹嫣红开遍"的花园，憧憬青春的生命。春色满园关不住，月移花影上楼台，从此，杜丽娘在人生的道路上踏上了新的阶梯。

如上所述，《牡丹亭》的《闺塾》一场，设置了几组不同性质的矛盾：例如书房内外景色气氛的矛盾，淘气的春香与迂腐的陈最良性格矛盾，杜丽娘平静的外表与激动的内心矛盾等。几组矛盾在情节上聚焦，便出现了所谓"闹学"。确实，作者在"闹"字上做了功夫，但要注意的是，"闹"者，并非只是春香。王思任在《批点玉茗堂牡丹亭叙》中说：汤显祖这部杰作，"笔笔风来，层层空到"，"无不从筋节窍髓以探其七情生动之微。"《闺塾》一场，环绕着讲解诗书这一筋节，丫头搅闹，塾师胡闹，春光喧闹，这一切，又促使杜丽娘内心腾闹。剧中人物七情生动之微，就从筋节窍髓中婉曲地传出。

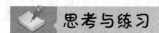

思考与练习

1. 杜丽娘的性格特征是什么？
2. 这出戏的艺术特色是什么？

雷 电 颂

郭沫若

屈原(向风及雷电)风！你咆哮吧！咆哮吧！尽力地咆哮吧！在这暗无天日的时候，一切都睡着了，都沉在梦里，都死了的时候，正是应该你咆哮的时候了，应该你尽力咆哮的时候！

尽管你是怎样的咆哮，你也不能把他们从梦中叫醒，不能把死了的吹活转来，不能吹掉这比铁还沉重的眼前的黑暗，但你至少可以吹走一些灰尘，吹走一些沙石，至少可以吹动一些花草树木。你可以使那洞庭湖，使那长江，使那东海，为你翻波浪，和你一同地大声咆哮呵！

啊，我思念那洞庭湖，我思念那长江，我思念那东海，那浩浩荡荡的无边无际的波澜呀！那浩浩荡荡的无边无际的伟大的力呀！那是自由，是跳舞，是音乐，是诗！

啊，这宇宙中的伟大的诗！你们风，你们雷，你们电，你们在这黑暗中咆哮着的，闪耀着的一切的一切，你们都是诗，都是音乐，都是跳舞。你们宇宙中伟大的艺人们呀，尽量发挥你们的力量吧。发泄出无边无际的怒火把这黑暗的宇宙，阴惨的宇宙，爆炸了吧！爆炸了吧！

雷！你那轰隆隆的，是你车轮子滚动的声音？你把我载着拖到洞庭湖的边上去，拖到长江的边上去，拖到东海的边上去呀！我要看那滚滚的波涛，我要听那鞺鞺鞳鞳的咆哮，我要飘流到那没有阴谋、没有污秽、没有自私自利的没有人的小岛上去呀！我要和着你，和着你的声音，和着那茫茫的大海，一同跳进那没有边际的没有限制的自由里去！

啊，电！你这宇宙中最犀利的剑呀！我的长剑是被人拔去了，但是你，你能拔去我有形的长剑，你不能拔去我无形的长剑呀。电，你这宇宙中的剑，也正是，我心中的剑。你劈吧，劈吧，劈吧！把这比铁还坚固的黑暗，劈开，劈开，劈开！虽然你劈它如同劈水一样，你抽掉了，它又合拢来，但至少你能使那光明得到暂时的一瞬的显现，哦，那多么灿烂的、多么眩目的光明呀！

光明呀，我景仰你，我景仰你，我要向你拜手，我要向你稽首。我知道，你的本身就是火，你，你这宇宙中的最伟大者呀，火！你在天边，你在眼前，你在我的四面，我知道你就是宇宙的生命，你就是我的生命，你就是我呀！我这熊熊地燃烧着的生命，我这快要使我全身炸裂的怒火，难道就不能迸射出光明了吗？

炸裂呀，我的身体！炸裂呀，宇宙！让那赤条条的火滚动起来，像这风一样，像那海一样,滚动起来,把一切的有形,一切的污秽,烧毁了吧!烧毁了吧!把这包含着一切罪恶的黑暗烧毁了吧!

把你这东皇太一烧毁了吧!把你这云中君烧毁了吧!你们这些土偶木梗,你们高坐在神位上有什么德能?你们只是产生黑暗的父亲和母亲!

你,你东君,你是什么个东君?别人说你是太阳神,你,你坐在那马上丝毫也不能驰骋。你,你红着一个面孔,你也害羞吗?啊,你,你完全是一片假!你,你这土偶木梗,你这没心肝的,没灵魂的,我要把你烧毁,烧毁,烧毁你的一切,特别要烧毁你那匹马!你假如是有本领,就下来走走吧!什么个大司命,什么个少司命,你们的天大的本领就只有晓得播弄人!什么个湘君,什么个湘夫人,你们的天大的本领也就只晓得痛哭几声!哭,哭有什么用?眼泪,眼泪有什么用?顶多让你们哭出几笼湘妃竹吧!但那湘妃竹不是主人们用来打奴隶的刑具么?你们滚下船来,你们滚下云头来,我都要把你们烧毁!烧毁!烧毁!

哼,还有你这河伯……哦,你河伯!你,你是我最初的一个安慰者!我是看得很清楚的呀!当我被人们押着,押上了一个高坡,卫士们要息脚,我也就站立在高坡上,回头望着龙门。我是看得很清楚,很清楚的呀!我看见婵娟被人虐待,我看见你挺身而出,指天画地有所争论。结果,你是被人押进了龙门,婵娟她也被人押进了龙门。

但是我,我没有眼泪。宇宙,宇宙也没有眼泪呀!眼泪有什么用呵?我们只有雷霆,只有闪电,只有风暴,我们没有拖泥带水的雨!这是我的意志,宇宙的意志。鼓动吧,风!咆哮吧,雷!闪耀吧,电!把一切沉睡在黑暗怀里的东西,毁灭,毁灭,毁灭呀!

(选自《屈原》.郭沫若.北京:人民文学出版社,1953)

【赏析】

五幕历史剧《屈原》是郭沫若历史剧的代表作。全剧截取了屈原生活中的横断面。在一天时间里,浓缩了屈原坚持联齐抗秦、反对绝齐降秦、与楚国宫廷内保守势力展开激烈斗争的历程,概括了屈原的精神品格。《雷电颂》是屈原在自尊的灵魂遭受最深凌辱、生命危在旦夕之际叩问天地表达自身理想的宣言书。"独白"以诗意化的语言赋予自然雷电以神力,让雷电化作手中的倚天长剑,去劈开黑暗,去焚毁这黑暗中的一切,《雷电颂》淋漓尽致、不可遏止地抒发了屈原热爱祖国、坚持正义、渴望光明、反对黑暗的理想与抱负。《雷电颂》是正气歌,它以史为题材,以剧为形式,以诗为灵魂,"把时代的愤怒复活在屈原的时代里",表现了抗战时期人民要求抗战和同仇敌忾的民族精神。

《雷电颂》是屈原正义凛然、震撼人心的独白。这篇独白,从头到尾,浑然一体,大致包含两方面的内容。一是对风、雷、电的期待与歌颂,二是对光明的渴望与追求。

当狂风呼啸,电闪雷鸣的时候,屈原眼前是"比铁还沉重""比铁还坚固的黑暗",面对这"黑暗的宇宙""阴惨的宇宙",屈原愤怒万分,他那郁积在心头的怒火,像火山一样爆发了。他呼唤咆哮的风,要肩负起历史的责任,在"一切都睡着了,都沉在梦里,都死了的时候",尽力地咆哮。要它吹走灰尘、砂石,吹动花草树木,使洞庭、长江、东海"翻波涌浪",造成一种变革现实的伟大力量。这力量,像那舞蹈、音乐和诗一样,具有改造的伟力,"发泄出无边无际的怒火",去摧毁黑暗、更新宇宙,使黑暗的、阴惨的宇宙爆炸!他呼唤轰鸣的雷,要借着雷的车子投身到有"滚滚的波涛""鞺鞺鞳鞳的咆哮"的斗争中去。这是人民争取自由的呼声,它喊出了对自由的渴望,要创造一个"没有阴谋、没有污秽、没有自私自利"的世界,一个自由的世界。他呼唤闪耀的电,要那"宇宙中最犀利的剑""我心中的""无形的长剑",也就是人民心中的积愤,去形成一种锐不可当的力量,去劈开那"比铁还坚固"的黑暗,迎来灿烂炫目的光明。

接着屈原呼唤光明。光明是火带来的,光明"就是火"。在被黑暗笼罩着的宇宙里,火是"宇宙中的最伟大者",只有火才能烧毁黑暗,才能给人带来生存的希望。火"就是宇宙的生命""就是我的生命",也"就是我"。这火,就是人民的怒火,怒火填膺,要爆炸,"要使我全身炸裂",这怒火像火团"滚动起来",把一切污秽烧毁,把"包含着一切罪恶的黑暗烧毁!"

面对着这不公平的、黑暗的世界,只有愤怒,没有眼泪,只有奋起斗争,没有妥协让步,这就是"我的意志,宇宙的意志",人民的意志,要借着风的鼓动,雷的咆哮,电的闪耀,把这深重的黑暗,把被黑暗包藏的一切统统毁灭!

这篇独白,以无比高昂的战斗激情,以火一样炽烈的语言以及雷霆万钧的气势,表达了对黑暗世界强烈的愤懑和对光明未来的热烈追求。

独白是人物藏在内心深处最真实最强烈的思想感情的自然流露。由于感情的真挚和情绪的激昂,这篇独白实际上是一首无比完美的诗。它充满战斗激情,气势雄伟磅礴;风格刚劲豪放,深沉有力。

其艺术特色主要有两个方面:一是闪耀着浪漫主义色彩。在《雷电颂》中,作者进行了大胆的艺术虚构,运用夸张的艺术手法,让屈原借暴风、怒雷、闪电的翅膀,展开美妙的幻想,飞向光明的境地;也借助它们的力量,毁灭一切黑暗。这样,就使屈原的形象显得更加神采飞扬,光辉耀目。这段独白想象奇特,气势宏伟,表现了作者浪漫主义的激情。二是运用多种修辞手法,充分表达感情,增强语句气势。首先,《雷电颂》通篇用了拟人兼呼告的修辞方法,如"风,你咆哮吧!咆哮吧!""你们风,你们雷,你们电""电,你这宇宙中最犀利的剑呀!"等,这些语句,热切地期望风、雷、电;而"你东君,你是什么个东君"等词语,无比愤怒地对恶神进行斥责。这样,就最直接最有力地表达了爱憎的感情。其次,运用了反复、排比等修辞方法,也使整个独白具有诗的形式美,朗朗上口,铿锵有力。

 思考与练习

1. 这出戏的艺术特色是什么?
2. 分析屈原的性格特征。

第六章 影视文学欣赏

第一节 影视文学概述

一、影视艺术与影视文学

影视艺术，是一种综合艺术，它用运动着的画面和声音讲述已作了专门安排的故事。它综合运用文学、绘画、音乐、舞蹈、建筑、雕塑、戏剧等各种艺术形式。

影视文学是指作者创作的供拍摄用的文学剧本。影视文学作者将日常生活中的一些可视、可听的场景，进行提炼、加工、剪裁，组接成一个个生动精彩的生活段落，用简洁流畅的文字作出叙述和说明，既能给导、演、美、剪、服、化、道、照等影视制作工种的工作人员做蓝本，又能供广大影视爱好者阅读。这种文体就叫影视文学。它的创作有的是从生活中直接取材编写，有的则是对其他文艺作品进行改编。

二、影视文学的产生和发展

1. 电影的产生和发展

1895年12月28日晚，法国人卢米埃尔兄弟在巴黎一家大咖啡馆的地下室里放映了他们自己拍摄的《火车进站》《水浇园丁》等电影短片，这一天被电影史家们定为电影正式诞生的日子，标志着无声电影时代的开始。从此之后，世界电影艺术迅速发展起来。中国电影诞生于1905年。当时的北京丰泰照相馆拍摄了我国第一部影片《定军山》，由著名京剧演员谭鑫培主演。我国第一部故事片是1913年摄制的《难夫难妻》。

20世纪30年代至40年代是中国电影的第一次兴盛时期，代表作品有《塞上风云》《马路天使》《一江春水向东流》等。

由于政治对电影的影响，1949—1966年是中国电影的低谷与高潮交替出现的时期，这一时期由于大力倡导革命现实主义与革命浪漫主义相结合的创作方法，在"百花齐放，百家争鸣"的文艺方针指引下，中国电影出现了第二次高潮。这期间产生了大量的优秀影片，20世纪50年代早期代表影片有《白毛女》《我们夫妇之间》《南征北战》等；20世纪50年代中期出现了许多颂扬英雄的优秀影片，《铁道游击队》《董存瑞》《上甘岭》《渡江侦察记》等深受广大观众的喜爱。为了庆祝建国十周年，1959年产生了众多的经典电影，如《青春之歌》《红旗谱》《我们村里的年轻人》等。20世纪60年代是中国电影全面综合发展时期，《革命家庭》《早春二月》《红色娘子军》等作品很有代表性。此次高潮，将中国电影的思想艺术质量，从总体上提高到新的更高水准。

之后，"左"的思想愈演愈烈，直至经历十年浩劫，中国电影跌入低谷。至20世纪70年代末80年代中后期，伴随着新时期改革开放的时代潮流，中国电影迎来了第三次高潮。这一时期优秀的影片层出不穷，20世纪70年代末80年代初是电影的恢复期，《小花》《小街》《巴山夜雨》《沙鸥》《被爱情遗忘的角落》等影片成为电影变革的先声。20世纪80年代中后期到90年代是中国电影多元发展时期，中国电影真正出现了"百花齐放"的局面，由于电影新思想、新思维、新手段的运用，出产了大批思想和艺术水准都很高的作品，并逐渐与世界电影接轨，《红高粱》《黄土地》《秋菊打官司》《霸王别姬》《英雄》《卧虎藏龙》《无极》《千里走单骑》等影片在国内外引起了巨大反响。

100年来，中国电影成就斐然。目前，据不完全统计，不包括香港、台湾地区拍摄的影片，从1905年到2005年底，我国就拍摄了电影故事片7200多部，舞台艺术片约470部，美术片650部，新闻纪录片12400多部，科教片4800多部，电视电影700多部，共计26300多部。

2. 电视的产生和发展

1936年11月2日，英国广播公司(BBC)在伦敦郊外的亚历山大宫播出了一场规模盛大的歌舞，标志着世界上第一座电视台正式诞生，人们普遍把这一天作为电视事业的开端。此后，法国于1938年，美国与苏联于1939年相继开始正式播出电视节目。1954年，美国正式开办彩色电视节目，成为世界上第一个播出彩色电视节目的国家。

我国第一座电视台——中央电视台的前身北京电视台，于1958年5月1日开始实验播出，标志着中国电视事业的开端。同年6月15日播放了我国第一部电视剧《一口菜饼子》，中国电视艺术从此诞生。从1958年起，各地相继开始建设电视台。

1973年以前，中国只有一套黑白电视节目，除办有少量新闻和社会教育节目外，主要播放电影和转播文艺、体育节目。1973年由中央电视台第一次试办彩色电视节目。1977年开始播出两套彩色电视节目。1987年2月起通过卫星向全国播出。

电视甫一诞生的时候，以播报新闻和转放电影和戏剧为主，电视台自身录制的节目不多，电视的内容相对比较单一，在社会中的影响很小。电视的真正发展是在改革开放以后，随着人民生活水平的提高和国家经济的高速发展，电视事业走向了一条健康、快速的发展道路，电视剧、歌舞晚会、访谈节目等系列节目层出不穷，而且这些节目都是电视台依靠自身的力量进行制作的。有影响的电视品牌栏目有《焦点访谈》《今日说法》《综艺大观》《动物世界》《东方时空》；得到了巨大反响的电视剧有《红楼梦》《三国演义》《水浒传》《西游记》《八路军》《激情燃烧的岁月》《亮剑》等，每年中央电视台举办的春节联欢晚会更是全国人民不可或缺的精神食粮。

三、影视文学的分类

影视艺术如同其他艺术一样，掌握它的分类是十分重要的，对于影视文学的创作和欣赏也是非常必要的。然而，影视的分类研究是影视研究学中一个十分落后的领域，几乎没有自成体系的分类法，也没有明确的分类标准，经常由于标准不一样，有不同的分类，下面简单地列举我们熟悉的几种分类方法。

1. 形式上的分类

(1) 无声电影和有声电影，无声电影是电影的早期形式。无声电影并不是完全没有声音，它也配有声音，但是它的声音与影像没有直接的关系，这是它和有声电影之间的根本区别。

(2) 黑白电影和彩色电影，它们的主要区别是有无多样性的色调。色彩对整体的构造有极大的关系，它能够丰富电影的表现力，但也容易分散观众的注意力，彩色电影适合表现梦幻的、传奇的歌舞类题材。

(3) 标准电影和大型电影，它们的区别主要在于银幕的大小。大型电影也有各种种类，决定它们与标准电影的区别主要是银幕纵高、宽横比，标准电影的银幕高宽比例是1∶1.33，深景电影是1∶1.85，宽银幕电影是1∶2.55，70毫米电影是1∶2.28左右。

2. 内容上的分类

(1) 喜剧片：以笑激发观众爱憎的影片。以此来鞭笞社会中的丑恶落后现象，歌颂美好生活和进步事物，常见的有歌颂性喜剧和讽刺性喜剧。如《花好月圆》《今天我休息》《刘老根》等。

(2) 音乐舞蹈片：以音乐生活为题材或音乐在其中占有很大比重的影片。一般以音乐家、歌唱家和乐师的事迹为描写对象。音乐片中的音乐作为主要剧情的有机组成部分，直接由影片中的人物表现出来，典型的影片如《出水芙蓉》《阿诗玛》等。

(3) 功夫片：亦称"武打片"，主要表现中国传统武术的博大精深。我国拍摄的功夫片有《少林寺》《武林志》《卧虎藏龙》《十面埋伏》等，功夫片不同于西方的拳击打斗片。它把中国式的各种流派的拳术、杂技、京剧武打以及滑稽戏等融合起来，形成了自己独特的风格。

(4) 间谍片：以刺探和攫取政治、经济、军事、科技情报的间谍活动为题材的影片。

早期的间谍片一般都与战争事件有密切关系,突出渲染间谍和反间谍人员机智勇敢、克敌制胜的英雄主义精神,最有代表性的作品是间谍系列片《007》。

(5) 灾难片:反映人类巨大灾难的影片,如《泰坦尼克号》。

(6) 战争片:亦称为"军事片"。较常见的战争片有两类,一种以塑造人物形象为主,通过战争来刻画人物的思想性格,如美国影片《巴顿将军》。另一种主要通过情节来形象地表现重大军事历史。突出的有反映解放战争时期的三大战役的影片和电视剧《八路军》。

(7) 侦探片:以侦探为中心人物,以刑事案件的发生、侦破为故事线索的影片。多描写侦探运用智慧、胆略和侦查技巧,协助警察当局和司法机关侦破疑难案件。一般都具有离奇曲折的情节和强烈的悬念。侦探片的兴起与19世纪末欧美盛行的侦探小说有密切的关系。20世纪30年代至40年代美国摄制的大量侦探片,多根据畅销的侦探小说改编。侦探片是电影史上较早出现的影片样式,20世纪20年代末中国曾摄制许多公安题材的影视剧,多属娱乐消遣之作。

3. 以结构及篇幅分类

电视短剧(亦称电视小品)、单本剧(电影剧本多是此类)、连续剧(2~10集,如《多思年华》《翩翩小白鸽》等)、长篇电视连续剧(10集以上,如《红楼梦》《八路军》等)。电影也有多集故事片和系列故事片。如《007》《远东特遣队》和《我爱我家》等。

4. 影视文学剧本的分类

影视剧本主要有两种:一种叫文学剧本,一种叫分镜头剧本。影视文学剧本是以文学形式编写的供拍摄影视用的剧本。文字简练,富有形象性。如本书选录的《李双双》,然而,用影视文学剧本还不能拍摄电影,必须写出影视分镜头剧本。如果说,影视文学剧本是造房子的设计图,那么分镜头剧本就是更加详细、具体的房屋施工图。电影分镜头剧本,就是在影视文学剧本的基础上把未来的影片分为一个个镜头,以便着手进行拍摄。本书选录的《牧马人》是一个比较典型的分镜头剧本。

四、影视文学的审美特征

(一)逼真性

影视形象的性质和创造影视形象的综合性手段决定了它从诞生的那一天起,就以酷似现实生活的逼真感构成了其他艺术不可能具有的审美情趣。创造影视形象的材料是实人、实景、实物,创造影视形象的手段使实人、实景、实物在银幕上化为逼真的形象。虽然小说在突破时空限制、自由灵活地塑造人物形象上非常接近影视,但小说形象却是在读者脑海中间接生成,而不像影视那样以视觉方式直观展现。影视是所有艺术中最接近生活本身的种类。影视形象的这种逼真性质形成了自己特殊的审美方式。《红楼梦》中的林黛玉形象，在小说中我们只能依靠想象完成这个形象，至于林黛玉长得什么样，不同的读者就会产生不同的想法，而影视中林黛玉可以让观众很直观地了解林黛玉外貌、神态究竟是什么样的。很容易把观众带入艺术的氛围。

(二)运动性

影视作品的最小结构单位是影视镜头。影视镜头是摄影机或摄像机从开拍到停止所拍下的全部影像。一部影视作品一般由几百个到几千个影视镜头组合、剪辑而成。现代影视艺术的发展趋势是短镜头越来越多。

影视镜头的内容是一个活动的画面。这个"活动"既是拍摄对象在运动，也是摄影(像)机自身在运动。拍摄对象的运动，使影视表现对象能呈现直观的形象和变化的过程。摄影(像)机的运动，能使摄影(像)机迫近人物，利用特写、近景的镜头，把演员的言行和神态作放大处理。演员的一些微妙细致的情绪和动作，影视镜头能够突出并加以生动、直观的演示。戏剧的舞台与观众之间有一定的距离，演员的一些细微动作和神态表情观众有时不容易看清，只能通过精彩的对话来弥补。影视镜头的这种运动性产生了强大的视觉形象感染力。如《八路军》中有这样一组镜头，充分体现了画面的运动性所带来的好处，首先是绵延不断的太行山远景，紧接着是朱德司令屹立在山峰上的远镜头，然后是显示他高大的近景，最后给了他一个脸部特写，充分体现了朱德司令对太行山的深厚情感。

影视镜头的活动画面同时结合着声音。这是构成影视镜头艺术表现力和反映生活逼真性的特殊手段。活动画面的声音有三种：对话(包括旁白)、音乐(包括歌曲)和音响效果。这种声音可以和画面上的内容同步对位，也可以和画面内容相互分离。同步对位使人物言行更完整、清晰地展示出来。如《雁南飞》中表现男主人公伤愈，准备归队前的一场戏，导演为了突出人物，插入了一首与主题内容对位的歌曲《雁南飞》，使送别的画面与声音统一起来，很好地表达了男女之间的真挚情感。而画面与声音的相互分离将增大镜头画面的信息含量，产生特殊的艺术审美效果。如《八路军》中时常在画面中响起《在太行山上》的音乐，虽然许多画面与音乐没有直接的联系，但起到了烘托气氛的效果，给人一种言已尽，意无穷的体验。

(三)综合性

剧本虽然是在平面上的写作，但其构建时却是综合立体的。声音、光线等影视因素都统一纳入剧本之中。

影视剧本中涉及的声音要素除了现实环境中的一切音响外，还包括对白、旁白或独白、音乐(包括有些电影所不可缺少的主题歌)等，其无疑是渲染和烘托气氛的重要手段，它能成为影片的节奏基础或升华和强化影片的主题情感。甚至有时候，银幕上的"无声"或"静音"的状态也能起到强化主题的作用，达到"此时无声胜有声"的效果。如《钢铁是怎样炼成的》表现保尔·柯察金陷入生存危机，想自杀而未成功以后，面临重大的人生抉择的一个镜头：保尔寻访旧地，渐渐地恢复了生活的信心。此时，他推开一道门，黑暗中，门轰然倒地，光明与黑暗形成强烈的对峙。长时间的"无声"状态恰到好处地表现了保尔所经受的巨大的人生抉择和痛苦的思想斗争。

总之，一个剧本是否成功的一个重要衡量标准是声音和画面是否得到了很好的结合，听觉因素与视觉因素是否融合成为一个有机的整体。

(四)大众性

影视的大众性主要指它所拥有的"超出"国界的能力。绝大多数的作品十分通俗易懂，让没有多少文化的人也能够接受和理解，因此，它拥有最广大的观众，在全球化的今天，一部成功的作品，观众会达到几千万，甚至几亿，其中不仅包括本国的观众，甚至包括世界范围的观众，它所起到的宣传、教育和娱乐作用，是其他艺术类型难以匹敌的。

(五)蒙太奇

一部影视作品在完成了镜头的拍摄后，再用蒙太奇的方式把它们组合起来。蒙太奇是法语的译音，本义为构成、装配，用在影视方面则转义为剪辑和组合，也就是狭义上所指的画面、声音、色彩等诸多元素的编排组合。一部影视作品的创作是这样一个过程：影视作者先写出完整的影视文学剧本，然后导演据此写出导演分镜头剧本，接着按分镜头剧本拍成一个个的、长短不一的、先后无序的镜头。最后把这些先后无序的镜头按照原来的创作构思有机组合起来。镜头与镜头之间产生连贯、呼应、悬念、对比、暗示等效果，形成各有组织的片段、情节直至一部完整作品，这就是影视制作中的蒙太奇方式。在使用蒙太奇之前，每个镜头都有自身的含义，当两个镜头组合到一起后，将产生第三种含义。如有两个这样的镜头：①一列火车上一个女人被捆绑着；②一个强壮的青年骑着一匹马在飞奔。当①与②组合起来后就不只有一个被抓、一个在骑马的含义，而是产生了爱森斯坦所说的"新质的意象"——它使人联想到被捆的女人与骑马的男子之间有某种因果联系——青年男子正奋不顾身来解救被捆女子。两个镜头组接在一起时所表达的含义要超过两个镜头本身之和的原因，在于两个镜头联结在一起时对观众的心理造成冲击并诱发联想。当观众看到第一个镜头的内容时，不仅在视觉上留下了印象，而且在大脑里也记住了已经发生的事情。当第二个镜头出现时，大脑里记住的第一个镜头的事情在心理联想的瞬间作用下，第二个镜头被联结起来，并进行思索而产生新的心理意象。蒙太奇是影视艺术得以生存、发展的特殊的、神奇的艺术方式。

第二节　影视文学的欣赏技巧

一、按照影视艺术的规律来塑造人物

1. 注意人物性格的动作化

影视文学所写下的任何人物的言行、神态都要能变成银屏上具体的、直观的形象。在

小说的细节描写中可以写下诸如："一种被人愚弄、欺骗的感觉溢满了她的心胸，一股愤怒的意念涌上了她的脑际。"但在影视剧本中这些内容却只能全部改为动作性的描述。在电影剧本《祥林嫂》中，镜头的内容是这样写的：祥林嫂"像个木偶人，眼珠直瞪着，一动也不动""她站起来，想定了，她拿起一把切肉的厨刀，向外跑""土地庙。长明灯的微光下，祥林嫂发疯似的用刀砍一条门槛……"影视镜头中这样的描述便将祥林嫂的情感内容直观化、动作化了。

2. 注意人物心理的视象化

小说在传达人物隐秘而微妙的心理上有独特的优势，影视在这方面确实无法与小说比高低，但是影视文学却能另辟蹊径，用它特有的艺术手段表达出小说很难产生的影视艺术效果。这就是剧作者把人物心理视象化。《黄土地》是新时期电影中富有创造性的艺术作品，其最显著的特点是简化了传统的人物对话和故事情节。它把人物的心理变化集中通过独特的、形象的画面来揭示，例如女主人公翠巧虽然言语不多，但内心的情感是非常细腻和复杂的，导演没有让她通过语言去表现自己的心态，而是通过一系列的动作行为来传达，产生了文字语言难以产生的艺术效果。

3. 注意物品道具对塑造人物的作用

影视剧本中的人物生活可以考虑精心提炼一些物品细节作为贯通整个故事和人物事件的枢纽。《红色娘子军》中的 4 枚银毫子，从洪常青的手交到吴琼花的手(做路费)，又从吴琼花的手交到洪常青的手(作党费)，细致地连接了吴琼花的成长经历。恰当地把影视内容用物品道具来连接和体现，是影视文学具体化、直观化的一个重要手段。

二、注意特定的结构及所设计的故事

影视文学需要具备一个可读性和可看性都很强的故事。因为影视中的人物和影视文学的深刻主题都需要一个好故事、好情节来表达，这是一个好的文学剧本成功的关键因素之一，而影视文学的好故事、好情节又有不同的结构设计方式。

(一)戏剧冲突式故事

这是影视文学中的"传统式结构"模型。它吸取了戏剧艺术结构的重要元素——用戏剧冲突来组织故事情节。这种故事模型的第一个特点是集中设置一个影视故事的矛盾冲突，围绕这一总冲突把故事情节按开端、发展、高潮、结局的完整的线型结构向前推进，情节主干显得集中、凝练。第二个特点是围绕这个集中的冲突，有意设置一张一弛、一正一反的冲突过程，使整个故事既有悬念吸引力，又有层次清晰的情节结构。传统的情节片一般都是采用这种模型来设置故事情节的。如《红色娘子军》，主要设置了吴琼花与南霸天之间的矛盾冲突，在冲突中表现了一个贫苦的、受尽欺压的农村妇女如何在党的领导下，一步步成长为一名杰出的红军战士的过程。

(二)小说铺展型故事

在这种模型的影视故事里，不同时空的镜头数量比戏剧冲突型故事要多，但那些不同时空的镜头里常常设置有相同的故事意蕴，时空不同而故事意蕴相同的镜头、场面一连接，作者想在故事中强调的意义被突出、放大了，作者对人物、故事的独特感觉也被渲染和强化了。一般说来，故事到最后，往往要有意外的变化，使故事结尾与开头形成绝不相同的反差。电影《不见不散》，男女主人公每次见面都要出现"意外"，"四次见面四次意外"构成了典型的"叙述重沓"，而最后一次在回国的飞机上见面时，"意外"消解，两人终于实现了美好的爱情结局。

(三)散文串联型故事

这是影视文学吸收散文文体创作的特点来构建的故事模型。这种模型的故事比较讲究从作者的真实经历里取材。每个材料可以不像小说情节那样有明显的依存和因果关系，所写的各个事件是不同时空发生的，但事件的内涵却有相同和相似之处。用这些相似的内涵作结构的线索，把各个不同时空的事件串连起来，整个情节链可以没有高潮和结局。电影《城南旧事》由三个独立成章的事件串联而成：①秀贞和妞儿的故事；②小偷的故事；③宋妈的故事。三个故事发生在不同的时空里，作者把对美好人性的诗意体验作为串联的红线将它们连接为一个艺术整体，创造了一种海外游子思乡、思国的抒情氛围。散文那种自由、随意和家常化的创作方法在这种模型的故事里得到成功的艺术移植。这种散文式的影视文学故事模型基本上不采用回溯、插入等打乱时空线索的情节链，没有戏剧冲突型故事那样的紧张过程和高潮结局。但是散文作品的逼真性、抒情性和感染力，以及打动观众的艺术体验却得到了充分发挥。

(四)时空交错型故事

这种模型的影视文学故事不像戏剧冲突型故事那样基本上按中心事件的生活逻辑来安排线性的时空次序，它从一个特定的主观视角出发对故事情节的时空作了改造和重建。这种改造和重建把故事本来的时空打乱了，而依据某个影视人物的心理意识把现实和往事交错叙述。电影《天云山传奇》第一部分内容是，1978年冬，周瑜贞从天云山回来向组织部副部长宋薇介绍"怪人"罗群的困境。这是故事"现在时"现实。第二部分内容是宋薇的回忆：21年前，她曾与罗群相爱，后来在反右运动中，罗群被打成右派，自己违心与吴遥(现在的地委副书记)结合。这是"过去式"的往事。第三部分内容是现实中宋薇想替罗群平反，但遭到吴遥和他的亲信的阻拦。这回到了"现在时"的现实。第四部分内容是宋薇接到罗群与现在的妻子冯晴岚的来信，得知这二十多年来罗群与冯晴岚虽身处逆境，但精神生活却是充实和丰富的。这又是"过去式"往事。第五、第六部分内容是平反罗群错案，宋薇与吴遥决裂，她重回天云山，在冯晴岚的坟前反省自己的人生。这次交错又回到了"现在时"的现实。这种时空交错模型的故事，充分发挥了影视文学突破时空限制的优势，它可以根据作者的创作意图，增强有历史厚度感的叙述，塑造有思想深度的人物形象。整个故事时空得到了极致有力的扩展。

三、了解蒙太奇的功能和类型

(一)蒙太奇的功能

蒙太奇的功能主要有：叙述故事、表达情感、阐述思想、创造风格。

1. 叙述故事

蒙太奇叙事功能是以交代故事情节、展示事件为主旨，按照情节发展的时间流程、因果关系来分切组合镜头、场面和段落的。

形成完整的时空：影视艺术表现的时间、地点不是真实时空的简单记录，而是不同时间、地点，拍摄的镜头在具有内在逻辑联系的背景下，经过蒙太奇组合形成的完整的逼真的时空。我们看到的影视作品很少是一拍摄就完成的，而是在不同时间和地点拍摄不同的镜头，最后运用蒙太奇手法剪辑完成的。

形成完整的情节：影视艺术表现的完整的情节，是由若干个镜头构成场面，再由场面构成段落，进而构成完整的影视情节，它们之间的相互连接都是通过蒙太奇完成的。

2. 表达情感

蒙太奇通过对镜头的连接组合，可以创造情绪、表达情感。在《毛泽东和他的儿子》中，当毛泽东得知毛岸英牺牲的消息时，他一言不发，独自坐在房间里抽烟，影片从不同角度、不同侧面拍摄的近景特写恰当地表现和渲染了毛泽东失去爱子的悲痛心情和超常的克制力。

3. 阐述思想

蒙太奇借助影片用画面之间存在的隐喻、转喻关系和象征性来阐述抽象的思想观念。苏联影片《母亲》中，五月游行队伍的一组镜头，流冰反复出现，先是河面上一块冰显现一道裂缝。冰块开始滚动，一块冰流动了，冰块在波涛汹涌的河面上奔流，这些镜头与工人们的聚集游行过程交叉互动。这里冰块自然流动的力量，隐喻着工人群众的觉醒。雄壮的步伐与革命的力量不断壮大。影片终场前，以河里漂浮着的冰块和汹涌奔腾的已经解了冻的春水，来象征革命势力的不可阻挡。

4. 创造风格

蒙太奇镜头的组合，是通过色彩、光线、景别、运动方式等的变化制作的，并创造出节奏不同的影视风格，有的诗情画意、有的热烈奔放、有的舒缓凝重等。

(二)蒙太奇的类型和特征

蒙太奇可以从不同角度进行分类。从功能上区分，可分为叙事蒙太奇、表现蒙太奇和修饰蒙太奇。但人们更习惯从形式上对蒙太奇进行分类，常见的有平行蒙太奇、交叉蒙太奇和重复蒙太奇。

(1) 平行蒙太奇：是将不同空间和相同或不同时间发生的相对独立的情节分别并列叙述的蒙太奇形式。如我国影片《南征北战》中敌我双方抢占制高点摩天岭，即采用平行蒙太奇表现的。

(2) 交叉蒙太奇：是将同一时间不同地域发生的两条或数条情节线迅速而频繁地交替剪接在一起。其中一条线索的发展往往影响另外的线索，每条线索相互依存，最终汇合在一起。交叉蒙太奇极易引起悬念，造成紧张激烈的气氛，加强矛盾冲突的尖锐性，惊险片、恐怖片和战争片常用此法制造追逐、惊险的场面。

(3) 重复蒙太奇：是将具有一定寓意的镜头在关键时刻反复出现，以达到刻画人物、深化主题的目的。在美国影片《魂断蓝桥》中，"吉祥符"先后六次重复出现，吉祥符既是女主人公玛拉和罗依的爱情信物，又是玛拉命运的见证。吉祥符本应保佑福祉，但它并没能改变战争对男女主人公爱情和命运的摧残，从而深化了影片的主题。

四、注意掌握结构和节奏上的特点

影视文学剧作的结构是复杂多样的，但总体上可分为两大类：传统的戏剧式结构和反传统的非戏剧结构。

戏剧式结构具备这样的特征：注重戏剧冲突；设置情节主线；重视悬念的作用，并大体上都有完整的起、承、转、合的结构；运用典型化的手法塑造人物。我国五六十年代的优秀影片《红色娘子军》《李双双》《早春二月》等基本用的都是这种结构。

随着影视艺术的发展，传统戏剧式结构暴露出许多局限性。艺术家们纷纷探索新的表现手法，强调扔掉戏剧的拐杖，真正发挥影视的特点，从此，各种各样结构的作品层出不穷。它们主要的特点是淡化情节；放弃设置悬念、制造巧合；打破完整性的戏剧结构，采用开放性的结构；情节心理化、非理性化；打破自然时空顺序等，代表性的作品有《黄土地》《城南旧事》《偷自行车的人》等。

第三节 影视作品赏析

大明宫词(节选)

作者简介

孙自筠,安徽寿县人,大学中文系毕业,在高校任教 20 年,教授。早在 50 年代涉足文坛。80 年代以来发表小说、散文、评论、传记三百余万字。出版有《中华状元奇闻大观》《戏说文坛十二怪杰》《20 世纪内江文学通论》《叱咤影坛十二星》《画坛十二奇人传》《命运交响曲》,长篇历史小说《太平公主》《华阳公主》《唐宫晚照》,主持编写有《中国当代文学名篇选评》等。

编剧:郑重、王要。郑重,1970 年生,1995 年芝加哥艺术学院戏剧专业毕业。王要,1968 年生,1991 年大学毕业。此后一直尝试以汉语的各种形式表达对人及其所置身的世界的认识,至今仍在摸索。他们的主要影视作品有《大明宫词》《橘子红了》《绿衣红娘》《禧娃》《挪威的中秋》《恋爱中的宝贝》,英文剧作有《革命时期的爱情》等。

第十一集

旁白:生活,这就是我的生活!我第一次自觉地对命运发出如此任性的旨意。这一次的任性是由于我早已钦定的爱人失而复得,如同正午的阳光那样热烈充实,并且势不可挡。我怀揣着飞蛾扑火一般的莽撞坠入爱情。薛绍等于快乐,等于我的生活,在重逢后的日子里,我动用全部智慧和想象在脑中反复演绎着这个迷人公式,直到那一天,我确认这就是关于大唐公主的命运的真理。那曾经漫无目的的浮艳生活从此将具有沉实的走向,从而真正与我的幸福发生情感上的联系。

1. 通往勤政殿南道白天外景

明白无误地写在太平脸上的幸福以及她激越的脚步,竟令道旁林立的普通士卒都无法把持他们脸上惯有的无动于衷。他们惊异地望着第一次着朝服的太平像一只快乐的羚羊从眼前匆匆掠过。

2. 勤政殿白天内景

一大臣正在陈述。太平昂扬的声音打断了他。

大臣:突厥商人大放高利贷一事最近有所收敛,这多亏了……

太平:母亲!

太平欣喜的喊声先于身体急急地闯入大殿,为堂中例行公事的沉闷气氛亮亮地扯开一个口子。所有人看着太平款款而入,殿内鸦雀无声,只有太平的心情洋溢于空气中。太平走到殿前。

太平:父亲,女儿有一事禀奏。……

李治：(不悦)跪下！这里是朝堂，只有天子和皇后，怎么还那么不懂规矩……

太平跪下。

太平：请圣上恕儿臣一时被心情所累，忘了纲常！

李治：有什么样的心情非要到朝堂上舒展，这里是宫廷重地，国事当先！

太平：儿臣有一折相奏，并且事关重大！

在一旁的武则天发话了。

武则天：你说吧！

太平：请二圣赐女儿一个驸马！

李治：什么？这算什么折子！

太平：儿臣以为此事关系重大，它意味着大唐公主的终身大事，今世幸福。听上去至少总比今年大食国献的雄狮又吃掉朝廷多少只活鸡、多少尾牛犊更切合帝国的利益。况且，儿臣在此表白心迹，也正是希望众臣能分享女儿此刻无尽的欢愉。

武则天闻之脸色凝重起来。

李治也一时意想不到对太平这突如其来的请求该如何回答。他下意识地转头看武则天。武则天没有给李治任何态度。

李治觉得在大庭广众之下谈及这类家庭话题，略欠严肃。于是探出身子，压低声调。

李治：驸马又不是什么物件，哪能说要就要！太平，别胡闹，赶快退下。

太平：女儿并非胡闹，女儿心中已有意中人！

李治：谁？

太平：薛绍，长安人氏！

武则天脸上流露出一丝难以察觉的失意。她仿佛意识到了一件长久被奉为至宝的心爱之物即将弃她而去。

3. 议事殿白天内景

武则天临窗而立，似乎显得心事重重。

李治在屋中来回踱步。李义甫凝立一侧。

李义甫：臣以为太平公主年少无知，兴许是一时冲动……

李治：你既然知道薛绍已是有妇之夫，为什么在朝上不直言，好让太平死心？

李义甫：婚事乃终身大事，臣不便当众直言，恐怕伤害公主……

李治缄默。

武则天转过身来，脸上变得十分平静。

武则天：李大人，传旨。召薛绍进宫，我要见见这位未来的女婿。

李义甫和李治都惊异地看着武则天。

李治：媚娘，……薛绍已有原配慧娘，而且从小青梅竹马，……我看这门婚事不可能成真，你……

武则天淡淡微笑。

武则天：李大人，你去安排吧。

李义甫欲言又止，快快而下。

屋中只剩下李治和武则天。

武则天：(感慨地)……女儿果然已经长大了，再怎么都不可能留住的。我想通了。能帮助女儿心想事成，尽可能满足她的愿望，是我们为父为母为她作的所有……

李治看着武则天，似乎从她的话中意识到了些什么。

李治：(略感不安地)媚娘，你肯定这样对太平有好处？

武则天：皇上没见太平在殿上欢天喜地的样子？身为女人和母亲，自然一眼就能看透她的心思！我们不都正盼着太平能做个普普通通的女人吗？皇上还记得您说过的话吗？薛家虽称不上普通人家，但到了这辈儿上也算是远离了朝内的是非人情，薛绍知书识理，也能武善文，太平如若能变个活法儿，这姻缘正是个好机会。我们也省了一桩惦念！

李治：当然，如一切都能事从人愿，那真是求之不得的好事！可是不知薛绍的为人。一个有家室的男人……

武则天避而不谈对薛绍已有的婚姻如何处置。

武则天：能与皇室攀亲，不论对于什么样的男人，都可以称得上是飞来的福气；加上太平生得那么乖巧伶俐，感业寺的日子又使她的脾气少了不少棱角，日显温柔可人。皇上大可不必对男人有什么过高的估价，男人毕竟是男人，例外总是少数，我倒是担心太平有一天不能理解我们现在这样做的苦心……

李治：话虽如此，人也终归有例外，可我还是不明白……

武则天：好了皇上，我主意已定，您就别挂念了。我只求皇上不要在女儿面前提及薛绍的家室。(对外)叫太平进来吧！

太平站在父母面前，面庞羞红。

武则天非常郑重地看了一会儿太平。

武则天：你真的要嫁给他？

太平：我一定要嫁给他！

武则天：你肯定薛绍就是你想要的夫君？那个同你相伴终身、白头到老的意中人？

太平：是的，从见他的第一面起，女儿就暗暗许下了心愿，非他不嫁！母亲还记得上元灯节那天晚上，我为您描述的我对薛公子的感觉和心情吗？

武则天会意地笑了笑。

武则天：(看着李治)就请皇上准了太平的请求吧。

李治：好吧！我准了！

太平：(惊喜)谢二圣龙恩！……你们是天底下最好的父母！

太平说完兴奋地跑出殿。武则天和李治望着太平消失的背影，都沉默着不说话，百感交集的武则天闭上了眼睛……

武则天：佛祖保佑！保佑我们女儿幸福！……

4. 武则天寝宫白天内景

只有武则天一人召见薛绍。

武则天长久无言地端详着面前跪着的薛绍。

薛绍始终低着头，但强烈感觉到头顶那双炽热的目光。

武则天：薛绍，抬起头来。

薛绍迟缓地抬起头。

武则天这才看清薛绍的面容。一张确实令人心动的面容。武则天欣然地微笑着。

武则天：知道为什么宣你进宫吗？

薛绍：在下不知。

武则天：薛公子可曾进过宫？

薛绍：在下是第一次进宫。

武则天停顿片刻。每一次停顿都增加了室内几分紧张气氛。

武则天：薛绍，你官有几品？

薛绍：七品。

武则天：家有封地多少顷？

薛绍：五百顷。

武则天：家宅多少？

薛绍：(略显迟疑)……贫宅……约有百间。

武则天表情莫测地点了点头。示意立在一旁的侍从。

侍从展开御旨，开始宣读。

宣旨官：圣上手谕。故德张大将军薛绍德嫡孙薛绍，忠孝有加，礼义兼备。三代忠勇效国，有家风传世，福泽荫及子孙。故绍文采不凡，武略出众，逐成栖凤之材。今封左金吾卫大将军，世袭万安侯。钦此。

薛绍被这突如其来的封官晋爵弄得不知所措。

宣旨官收起御旨。

薛绍：(慌忙跪下)谢二圣龙恩。

武则天微笑不语地看着薛绍。

武则天：恭喜左金吾卫大将军。

5. 绍德府白天外景

薛绍一入院，就看到院中站着许多陌生人。对于他的到来皆表现得毕恭毕敬，并施以大礼。

众人：薛公子驾到！薛公子驾到！

6. 堂屋白天内景

薛父、薛母端坐在堂中，面色凝重。见薛绍进来后都垂了眼帘，好像怕正视他的眼睛。

薛绍：父亲，母亲，外面来的什么人？

薛父：……你看不出来吗，都是宫里的人！

薛绍：宫里的人？怎么，哥哥出事儿了？

薛父、薛母缄默。

薛绍：怎么了，怎么都不说话？出什么事了？

画外音：圣旨到！

一行人疾步而入，为首的是宣旨官，声到人到。薛家人赶忙跪下接旨。

宣旨官：赐左金吾卫将军薛绍府地一千顷，房宅三百间，缎绸五百匹，玉带一百，骏马五十匹，黄驼二百峰，家奴一百，钦此。

薛绍：……谢主隆恩！

一行人风一样转了出去。留下薛绍仍跪在那儿怔怔地看着他们出院，不知所以。薛父母已站起身，返回座位。薛绍回头，挂着一脸疑惑的笑容。

薛绍：今天这是怎么了？哥哥打了胜仗？……父亲，您怎么了？你们怎么都不说话？

薛父：你被宣进宫有何事？

薛绍：是封官，无来由地封了三品左金吾卫将军，这究竟是怎么回事？

薛父：没有再提别的事？

薛绍：没有。

薛父长叹一口气。

薛父：这已经是今天第二道旨了！

薛绍：那第一道旨是什么？

薛母终于忍不住抽泣起来。

薛父：第一道旨是婚旨！太平公主看上了你，要你当驸马！

薛绍：驸马？……开什么玩笑！我与大唐公主素不相识，她与我连面儿都没见过，怎么会看上我！再说，我已是有家室的人了，我当驸马，那慧娘怎么办？

薛母哭得更伤心，薛父在一旁烦躁不安。

薛父：(对薛母)你别哭了，哭有什么用！

薛绍疑惑地望着伤感的父母，视线终于落在了桌上的一条白绫上。他冲过去，抓住白绫。

薛绍：这是什么？……这不可能！这不可能！慧娘呢？慧娘在哪儿？……

7. 厢房白天内景

薛绍撕扯着白绫。冲动地跑进来，嘴里喊着慧娘的名字。他一把抓住正要往出迎的慧娘。

薛绍：慧娘，慧娘，你还在这儿！太好了，太好了！我不会答应的，我哪儿也不去，你别走……

薛绍由于突袭的恐惧而语无伦次，只是抱着慧娘不住地唠叨。慧娘显得相对镇静，完全不像一个将死的人。她伏在薛绍的肩头。脸上还挂着一丝勉强而疲惫的笑意，话也说得从容。

慧娘：嘘！我在这儿，我哪儿也不去，我还在这儿。……你别吓了孩子，咱们儿子刚才又踢我了，好像他也有话要说似的。

她拉着薛绍的手向床边走去。薛绍已经泣不成声，像个被母亲牵着手的孩子。

薛绍：这不可能，不可能……这是为什么，为什么看上我，我从来没见过她！

慧娘抚着伏在自己腿上哭泣的丈夫的面颊。

慧娘：这有什么不可能的，这世间一切都是可能的。她虽然没看见过你，兴许她梦见过你，就把魂交给了你。她可是皇后的公主啊！天底下最骄傲、最美丽的公主，你应该高兴才是。

薛绍：不！她是公主，与我有什么相干，她凭什么干涉我的生活。我们走，我们离开这儿，我们跑得远远的，再也不回长安！

薛绍说着开始翻箱倒柜，胡乱地扯出一些衣服……

慧娘(语调有一丝威严)：公子，你听我说。薛绍！你住手，你怎么像个孩子？你去哪儿？抗旨吗？你有没有想过你的父母，你全家人的命运？还有我的家人，他们怎么办？不但我们最终逃脱不了，他们也会为我们成为刀下冤魂！你薛绍难道就自私无情到这种地步？为了自己一时的冲动而置全家人的性命于不顾吗？！

薛绍：这不是冲动，是爱情！你是我全部的生命，天底下唯一真爱的人，我们有太多的愿望没有实现，有太多太多的本应属于自己的美好和甜蜜没有体验，我们为什么要俯首就擒，屈从于他人的摆布？

慧娘：我们是在听从命运的摆布！也许，这就是你我的缘分！

薛绍：如果这就是我的命运，那我薛绍与它势不两立！我只听从心目中爱情的驱使，那就是长相守，就是永远与慧娘在一起，履行我们相遇时的誓言！

慧娘：可我们也说过要时刻为对方带来快乐，时刻准备着为对方的幸福而牺牲自己的一切，甚至包括……爱情！

薛绍：慧娘，如果你屈服是想以牺牲自己来成全我的幸福，那你错了！慧娘，你是我生命中快乐与幸福的源泉，是我活到今天最大的成就！我决心已定，如果真如你所讲，我们活在一起为命运所不容，那我们就一起死，在坟墓中兑现我们的誓言！

慧娘：你不能死！你为什么就这么糊涂……

慧娘被一阵剧烈的腹痛打击，痛苦地弯下腰，眼里终于第一次见了泪！薛绍冲过去抱住她……

慧娘：(含泪微笑)他又在踢我了，在问我这个世界究竟是什么模样？……可惜，如果我能再多活几天，把他生下来，我也就可以瞑目了！

薛绍：(心如刀绞)所以你不能死！我们的儿子怎么办？他是我们共同的精髓，我们爱情的延续。你没有权利把他带走……

这番话强烈地打击着慧娘，她泪如雨下，冲垮了憔悴的容颜以及内心本来坚强的意志。

慧娘：现在……只有这个娇小的生命是我无限的牵挂……

慧娘泣不成声。

慧娘：……让我生下他吧，让我把他留给你，……他是我生命的延续……

丫鬟小红这时出现在门口，望着这令人心痛的一幕，泪水在眼里固执地不落下来。

小红坚定地走到慧娘和薛绍面前，"扑通"双膝跪下。

慧娘：小红，你怎么来了？

小红：奴婢有一个办法能使夫人得救。

薛绍：什么办法，快说！

小红：让我代慧姐姐去死！

慧娘大惊失色。

慧娘：胡说！小红你在说什么呀？

小红：(语气坚决)我主意已定，慧姐姐，我代你去死！慧姐姐，您还记得十年前那个在饥饿和寒冷中向老天乞求生存的女孩子吗？她幼小的心灵曾经充满仇恨，发誓一旦活下来就要做这个世界最邪恶的敌人！因为她遭受了太多的为富不仁的伤害。是您用您的善良从死神那里换来了我的生命，让我有足够的时间来领略上苍的公平。如今我很满足，并且欣喜地看到上苍赋予我一个报答主人的机会。慧姐姐，我的生命由于您的慷慨和正义得以延续，现在是我把自己交还给您的时候了！

慧娘：小红，你的心意已经报答了我的良心，我感激涕零，可这不关你的事……

小红：我去意已定，只希望您能告诉小少爷，他……曾有过……一个……知恩必报的……姨娘！

一口鲜血从小红的嘴角细细地坠下来。

慧娘：小红，小红！

薛绍：不，不可能，这不是真的，不——

8. 厢房外白天外景

薛家老小聚在庭院，听见薛绍撕心裂肺的吼声。薛母瘫在丈夫的怀里，老泪纵横。宫里的当差冷漠地站在他们的身后，无动于衷。院中一片难耐的寂静。

厢房的门终于开了，薛绍怀里抱着小红，一条白练覆盖在她的脸上和身上，她纤弱而苍白的臂膀垂落在身体一侧，晃动着。

薛绍脸色凝重。

9. 薛府门口白天外景

尸体放入棺材，要被抬走。车就要启动，薛绍失了魂儿似的守在一旁，目光呆滞。

验尸官：对不起了，驸马，您节哀！我们把人抬回去复命……

验尸官做好盖棺的准备，薛家父母互相搀扶着走过来，脚步踉跄。

薛母：等等……等等，让我再看孩子一眼……

老人站在灵柩前。

薛父：打开！

尸布被霍地掀开，里面躺的竟然是小红，穿着慧娘的衣裳。薛母一看，无法接受这个恐惧的事实，以及欺君的内涵，立刻便昏了过去。薛父瞪着惊恐的眼睛，难以置信地望着薛绍，薛绍望着父亲，目光坚决。

10. 大明宫门口白天外景

同样是门口，这里却处处洋溢着被艳丽的色彩装饰一新的气派豪华的喜庆。

薛绍一身新郎打扮，恭敬地站在紧闭的宫门口，身后是迎候新娘的彩车。门内传来鼓乐声声，渐渐迫近。门霍然打开，通道上走来武则天和李治，身后则是盛装之下的太平。她由两个侍女扶着，头盖红绸，款款而行，薛绍以无法平静的心情迎接着这一切。

薛绍：（跪下）微臣薛绍叩见二圣！

武则天：平身吧！驸马，抬起头来！

薛绍抬起头。

武则天目光寒冷地注视着他的眼睛，片刻。

武则天：太平，见过你的夫君吧！

太平的盖头被缓缓掀开……薛绍无法相信自己的眼睛，眼前竟是曾被水浇湿的那张聪敏调皮的笑脸，尽管此时笑得很羞涩。

太平转过身，在二圣前跪下。

太平：父皇，母后，我走了！

李治：走吧，好好地做人家的媳妇。

武则天的眼睛始终没有离开薛绍。

武则天：薛将军，你知道太平公主对我意味着什么吗？

薛绍：（跪下）还请皇后赐教。

武则天：公主是我一生的精血，除大唐社稷之外全部的想念。公主是我最珍爱的骨肉，是我在这个世界上最不希望见到她受委屈的人，你懂吗？

薛绍：微臣明白。

武则天：你现在是朝廷命官，又是驸马，你能保证对她好吗？

薛绍全然没有勇气回答。

武则天：(又强调地)你能保证吗？

薛绍：(违心地)我能保证……

只有薛绍知道目前自己内心处境的艰难。

武则天：看着我的眼睛！

薛绍：我保证！皇后！

武则天：(语气缓和地)好好待她，你能给予她我所不能给予的，不要让我失望！

鼓乐大作，太平被小心翼翼地扶上车，难以掩饰她发自内心的狂喜。薛绍翻身上马。武则天望着他们走远，眼里像所有送嫁的母亲那样有了泪水。

旁白：我凝视着我的丈夫，甜蜜地畅想着这场虽有些草率但却由我坚决启动的婚姻生活。全长安城都在注视着他们骄傲的公主就这样张扬着被一个男人引入了自己沉默的生活，悄悄谈论着这个被幸运之神光顾的男人，议论他获取的无上财富与光荣。我不喜欢那天母亲对待薛绍的眼神以及谈话的语气。她让我觉得我的出嫁好像是我丈夫不得不背负起的一个额外沉重的包袱……

(伴随着旁白)太平凝视着策马而行的薛绍的侧影。

11. 薛府膳房白天内景

太监刺耳的叫声：赐宴——

薛家老小齐刷刷地跪倒在地。院中缓缓地送进了大小食盒，摆上餐桌。桌子逐渐琳琅满目，被摆得满满的。一太监操着尖利的嗓音念着手中的菜单。其他六侍从依菜名上菜。

太监：玉树临风……踏雪无痕……绿珠垂帘……鸳鸯戏水……彩蝶飞舞……老翠玉龙……喀两沐笋……姬歌萧萧……桃花满枝……

桌旁跪拜的薛家人忙着叩首，答谢龙恩浩荡！

太监念完菜谱，立于一旁。众侍从伺候着薛绍一家用膳。

在众目睽睽之下，薛家父母机械地抬起筷子，见薛绍依然无动于衷，薛母用腕捅了捅他，然后冲太平敷衍地笑笑。

宴会开始得鸦雀无声。

太平：好吃吗？

薛父：(唯唯诺诺)鲜美之极，鲜美之极……

太平放下筷子，佯装愤怒。

太平：我可要怪罪父母大人了……

薛家二老皆一惊，薛父的筷子僵在半空，菜"啪嗒"掉在桌上。

太平：二老有什么难言之隐？

薛父：没……没有，没有！

太平：那就是嫌我未尽礼仪？

薛父：也没有，只这福分来得浩荡突然，一时不知如何应付……

太平：二老以为家里来的什么人？皇上指派的钦差大臣？还是凤台阁遣下的履行公务的办案官员？……我是您家的媳妇儿，从见到您公子的第一面起，我就早已不是公主，而是长安城中一位心有所系、梦有所牵的普通女子，她仅仅是借了公主的衣冠，心急火燎地随了心愿……我是真心实意地来做您家媳妇儿的！来，我敬二老一杯，祝……

薛绍突然闷闷地发了话，语调昂越，依附着明显空洞过火的热情，他站起身。

薛绍：我先敬！我敬二圣龙恩，微臣不才，承蒙不弃。敬他们虽贵为国父国母，却仍能为女儿幸福不倦操劳的心境！

说完仰脖而尽，然后挑衅地看着太平。

太平微笑，也一仰而尽。

薛绍：这第二杯，我敬老父老母，虽屡承儿子的不孝，却始终能忍让迁就。为不孝子的命运殚精竭虑，痛心疾首！

薛绍言语流露着切齿之痛，又一饮而尽。

太平照例也一饮而尽。她确是因为终于盼来了丈夫来之不易的热情。而薛家父母却由于祝词之中危险的内涵而更加紧张起来。

薛绍：这第三杯，我敬太平，我的……新娘！敬她对爱情不仅心血来潮，却仍能不屈不挠，锲而不舍！

太平再次随之一口饮下了烈酒，红晕升上了面颊。

薛绍：我再敬我自己，敬我一时糊涂……

薛母终于按捺不住，生怕薛绍道出真言，慌忙起立，拦住薛绍，泪水已不自觉地在眼眶中转动。

薛母：绍儿，你……你不要再喝了……

太平不明原由地怂恿。

太平：母亲，让我替夫君喝下这杯吧……

说完仰面而进。太平已微醉，飘飘然，只是这是一厢情愿的快乐。

太平：你刚才说什么？一时糊涂，怎么样呢？

薛绍：敬我一时糊涂，将自己抛入漩涡……幸福的漩涡！我再敬那张吸引您尊贵的目光，从而给我带来"好运"的昆仑奴面具。……我敬戏院子的那场大火，它虽放走了十恶不赦的罪犯，却镇住了你我自由的灵魂。我敬我曾经拥有的平淡生活，……敬我眼下……的心情……

薛绍坐下，双手捂面，再也说不下去。

薛绍每说到一个内容，太平就喝下一杯酒。这样连续地喝着，人已然漂浮起来。

太平：完了？我真的幸福了，太高兴了……父亲，母亲，我还没给您讲我们相遇时的情景……

太平已经完全醉了，丈夫的滔滔不绝令她忘乎所以，然而心情的走向却与丈夫南辕北辙……

薛家父母望着这两个被两种截然相反的情绪打击而语无伦次的无辜的年轻人，忍受着来自心灵深处的疼痛。

太平：他当时带着昆仑奴的面具，就这张，哎？面具呢？春，春，去把面具拿来。我就这么一掀，就掀到了我的丈夫……然后我们去看戏，我远远地望着他，有这么远……我正往他那儿走，火就起来了……浇得我们一身的冷水，我一侧头，哈，又是你！……他说。

太平连说带笑，每句话语都撕扯着薛绍和其他人的心。她轻盈风铃般的笑声在席间荡漾，像严冬凛冽的寒风，令薛家老小战栗。

薛绍再也忍不住了，霍地站起身来。惊得二老慌忙抓住他，像二位押解犯人的狱吏。

薛绍：(只得按捺地，和缓了语气)太平你该回房休息了。扶公主回房！

春上前扶起不能自持的太平。

太平：不，夫君，我的故事还，还没讲完呢！……后来，他说，小姐你认错人了……

薛绍：(语气愈发强硬地)娘子，请回房休息吧！

太平：你叫我什么？娘子，哈哈……娘子，多好听的名字！娘子……再叫一次……叫啊……那我们一起回房吧。我们一起休息！

薛绍侧过头去，不至看到太平失态的样子。

薛绍：你先回去，我还有事同父母商量！

太平：怎么可以，母亲说洞房花烛，是两个人的夜晚，你不可以不来！

薛绍：我一会儿就到。夫妻新婚尽欢前，丈夫要同父母叙旧，以谢养育之恩，你不懂这个规矩吗？

太平：真的？真有这样的规矩？……那好吧，我先走，你快来啊！……我们走，扶着我……

太平在春的搀扶下跌跌撞撞地走出房门。她的笑声不断传过来。

太平：哇！今天月亮真圆，花好月圆……夫君，……你快点儿来啊！我等着你……

屋子里再一次陷入沉默。薛父扶在桌子上的手瑟瑟颤抖，看得出他在尽量压抑某种情绪。

薛父：(平静地)薛绍，……跪下……看着我的眼睛！

薛绍从命，跪下望着父亲的眼睛。薛父扬起手，重重地抽了薛绍一个嘴巴。

薛父：你这个大逆不孝的孽子！

薛绍：请父亲宽恕为儿不孝，犯下了欺骗之罪！

薛父：欺骗？你这是在坑害全家！……你知道你做了什么？！欺君！那是死罪，是要被满门抄斩的！……你看着你母亲，你就忍心为了自己而把她逼上绝路？你好大的胆子！

薛绍：为我自己？慧娘腹中怀的是我们薛家的骨肉！我现在最痛恨的是自己的软弱和

乏力。慧娘何罪之有？我难道忍心看着自己青梅竹马的恋人，因为我而撒手人寰？难道我儿在还没有见到他亲娘的面、没见到这个世界就要惨死腹中吗？！二老不是也一直把慧娘当做自己亲生的女儿？我这样做正是牢记了您的谆谆教导，尽一个正人君子应有的耿直和仁义！

薛父：不错，慧娘同我们确实情同亲生骨肉，可你还记得你叔叔被赐死前你祖父说过的话吗？生活在这个世界上，你必须学会把灾难都当作荣幸，因为连你自己的性命都是别人的恩赐，你还有什么权利争取愿望中的自由？

薛绍：这不公平！那孩子呢？我的孩子、您未出世的孙儿，有什么错？注定要同样承受命运的残酷，刚看见生命的亮色就要被推入万劫不复的黑暗谷底？

薛母：这真是造孽呀！绍儿，你瞒得了今天，可明天怎么办？老爷，现在当务之急是应付眼前的危急，所幸的是现在还没人知道慧娘还活着！绍儿，你把慧娘藏在哪儿了？

12. 洞房夜晚内景

太平正玩着两张面具，自言自语，醉意仍酣，春侍立于一旁。太平我当时戴着这张面具……他呢！戴的是这张(换面具)……然后我就这么一掀！你猜他当时说的第一句话是什么？……你猜啊！……嗯，我都忘了，你不会说话……他说小姐是不是认错人了？(学薛绍)还这么令人感动地笑着……我当时的心啊！痒痒的，你理解吗？……你当然不知道，你又没有丈夫……后来在戏园子……我的盖头呢？怎么没有了？春妈妈！把红桌布拿下来……(太平用桌布当盖头)……春妈妈你看我好看吗？(春微笑点头)……妈妈说她们家乡的新娘子都蒙这个……我就这么蒙着，一会地让他来掀……(掀开盖头)春妈妈，你这么看着我干吗？我看上去很奇怪吗？我是太高兴啦！真的，打心眼儿里高兴！你理解吗？(春使劲点头，有些感动，眼眶中充满泪水)……他怎么还不来？……(蒙上盖头)我就这么蒙着，等他来掀……

13. 膳房夜晚内景

薛绍僵立在那儿不动，父亲焦急地来回奔走。

薛父：我怎么。怎么养了你这么个不孝的孩子，你是想把我们逼死啊！满眼是泪的母亲站起身。

薛母：绍儿，我……给你跪下了！我们已是年过半百的人了，我们的性命事小，可这薛府上下几十条性命，如今都掌握在你手里啊！

薛绍：……母亲！

薛绍也冲动地跪在母亲对面。

薛母：儿子，告诉娘，慧娘在哪儿！说出来我们共同想办法，兴许还有辙！

薛绍：我说……我说，她，她就藏在后院儿的阁楼里。

薛父：什么？在……阁楼里？你，你，你真是胆大包天！

14. 洞房夜晚内景

屋内很静，太平静谧地坐在那儿，酒好像醒了不少。

太平：(掀开盖头)怎么还不来？他们在干吗？灯点着了吗？

春凭窗张望，之后点头！

太平：那怎么还不过来！生我的气啦！春，我刚才做错了什么事？

春又点头，又摆手。

太平：或是出丑了？让人讨厌了？

春摆手。

太平：(欲哭)哎呀，你说话呀，告诉我刚才吃饭时都做了什么？我……我怎么什么都想不起来了，太丢人啦！我应该怎么办？就这么在这儿坐着等吗？

春用哑语示意太平不用着急，自己去外面察看。随即神色焦急地出屋。

15. 膳房夜晚内景

屋中一片死寂，各人坚持着自己的态度，仍处在僵局中。一个仆人跌撞闯入。

仆人：(气喘吁吁)不，不好了，慧娘，她，她要生了。屋内顿时乱作一团，薛绍欲往出跑。

薛父：(镇定)站住……不能让慧娘把孩子生在家里，孩子一哭就全完了！

薛母：(瘫在椅子上)造孽啊，真是造孽啊！

薛绍：父亲，你……们谁也别管我！必须要让慧娘把孩子生下来！

说着，薛绍向外冲去。

薛父：(沉思片刻)……快，找一只大箱子，我们连夜把慧娘送出城，从后门走！

16. 后门口夜晚外景

一只大箱子被抬出去，薛母焦急地对着慧娘低语。

薛母：慧娘，坚持住，出了城就好了！千万别出声儿，忍着点儿，太疼了就咬住自己的衣襟，多保重！

薛父：见着城门口的侍卫就说去给祖父守陵，箱子里放的是陪葬的衣物。他们不会查的。快走吧！

薛绍来不及多说，跟随抬箱的家佣上了路。

17. 洞房夜晚内景

春进屋，一脸的迷惑。她用手语告诉太平谁都不在了。

太平霍地站起，把盖头甩在床上。

太平：他们……(突然又缓和下来，变得柔弱无助)……，我知道了，春妈妈，你回房睡吧！我在这儿等，他可能……有事儿，会回来的！

太平重又披上红红的盖头,在床沿上正襟危坐,好像成心与自己赌气。

18. 长安街头夜晚外景

薛绍扶着箱子,一行人行色匆匆。

薛绍:轻点。(低头对箱中的慧娘)慧娘,要过城门了,坚持住,千万别出声儿!出了城,就一切都好了!

城门卫士:什么人,站住!

一队人打着灯笼向马车谨慎地走来。

19. 城门口夜晚外景

武承嗣围着箱子转,不时用手敲敲箱面儿,说话时依然一脸笑容。

武承嗣:驸马,怎么洞房花烛夜倒想起给祖宗上坟了?

薛绍:这是薛家的传统,雷打不动,历经数年了,为的是告慰祖宗在天之灵,与祖父同享孙儿新婚之檎,以尽孝道!

武承嗣望着薛绍,笑得含义叵测。

武承嗣:放行!……驸马,您走好!

薛绍长舒了一口气。

武承嗣:今儿奇了,先是皇子们深更半夜出城打猎,前后着脚驸马又要出城给祖父上坟!回宫,我得给皇后念叨念叨!

20. 山路夜晚外景

佣人抬着箱子狂奔,薛绍在一旁催促。

薛绍:快,快点儿!慧娘,就到了,你忍住,就到了……(发现有液体顺着箱底的缝儿滴答下来)停,停一下……(薛绍用手摸了摸箱底儿,发现满手血迹)……慧娘,慧娘你怎么了,说话呀!

慧娘:(微弱的声音)孩子就要生了,我不行了……

薛绍:你坚持住,慧娘!马上就要到了,再坚持一会儿……

说着茫然四顾,可满眼尽是山野的荒凉。

老年家佣:公子,从前面向左拐顺山路下去有一家寺院,我们先去那儿吧……

薛绍:快,去寺院!挑起来,快走!……慧娘,你再坚持一会儿,马上就到了……

一行人疾走如飞,脚下留下一路断续的血迹。

21. 洞房夜晚内景

太平顶着盖头歪在床上睡着了。

烛火已燃至尽头,烛泪垂满了蜡台。

太平新婚之夜显得如此孤寂。她全然没有精神准备。

22. 寺院内的小屋夜晚内景

一盏将尽的油灯发出惨淡的微光。慧娘躺在简陋的床上。由于大量失血,她的脸色异常苍白,神志恍惚,已处于弥留之际。

薛绍来到床边,坐下,轻轻地握住慧娘的手。

慧娘感觉到了,嘴角流露出游丝般的微笑。

住持示意围在床边的众僧人离开。所有的人轻声地出了门。

小和尚抱走了被血水浸红的瓦盆。

薛绍此时精神濒于崩溃。但他强迫自己镇定。他想让慧娘得到最后一刻的安宁。

薛绍:慧娘,孩子生下来了!是个男孩儿!

慧娘:(虚弱地)太……好了!老天爷公……平……

薛绍点头,嘴角苦涩地抽搐着,挤出一丝微笑。

慧娘:……有……名字了……吗?

薛绍:就叫慧娘起的名字,"薛崇谏"。

慧娘转过脸来,艰难而又深情地注视着薛绍。

慧娘:……只可惜……他生下来……就是……逆……臣之子,不能姓薛……

薛绍打断慧娘的话。

薛绍:他是我们的儿子……

慧娘:(拼尽全力)……公子,答应我……好好抚养我们的儿子,让……他长成一个大丈夫,像他父亲一样坚定耿直……的好男人!告诉他,他的母亲为他……所……经受的痛苦,让他永远……记住……还有,也是最让我放心……不下的……,你一定要好好活下去……能答应……我吗?……

薛绍:(点头)我答应。慧娘……

慧娘:你对天发誓。……

慧娘正说着,一阵疼痛袭来,她晕了过去。

薛绍失声呼唤。

薛绍:慧娘……慧娘……

住持闻讯进来,从小和尚手里接过一瓶药水,在慧娘鼻下轻轻扇动,慧娘渐渐清醒过来。

住持:薛公子,不要让她太多说话了……

慧娘:我累了,真累……了。……我想睡一会,……就一会儿……握紧……我的手……给我……讲个……故事……你小时……候最……爱讲……的……

薛绍轻轻握紧慧娘的手,心疼地安慰她。

薛绍:我讲,我讲……你睡吧……

薛绍说这番话时,声音已有点颤抖。他意识到那最终的时刻就要来临。

薛绍：很早以前，有一个很老的老奶奶，她没有儿女，生活得非常寂寞。有一天，她用泥捏了一个孩子，一半是男孩儿，另一半是女孩儿。他们都非常喜欢老奶奶，每天都一起和老奶奶下地种田，晚上听不同的故事，数天上的星星。日子长了，男孩和女孩长大了。他们一个要在家织布，另一个要上山砍柴……

慧娘慢慢闭上了眼睛，一行泪水沿着她的面颊静静地流出来。她笑了，艰难虚弱地笑……

薛绍：(颤抖地)可是他们的身体无法分开。看着愈来愈年迈体衰的老奶奶，他们决心用锯子将血肉之躯分开……

薛绍感觉到慧娘的手在渐渐松开，没有了大气。他全然不理会，依然讲着故事，如同无法停止的乐曲。他们为了不让奶奶伤心，他们晚上分开，织布劈柴，白天再用针线把身体缝上……

慧娘的脸沉沉地歪向一边……

住持：(轻声地)公子，人……已去了……

薛绍浑然不觉，还在继续。

薛绍：就这样，他们陪伴老奶奶直到她死去。临终之前。老奶奶说，孩子们，你们再也不要分开了……

薛绍的眼泪扑簌簌地掉下来。

23. 寺院门口夜晚外景

住持抱着刚降世的婴儿与薛绍告别。

薛绍：师傅，孩子的性命就交给您了！他是我和他母亲生命的延续，是我们的感情唯一的纪念，尽管他从一生下来就已被这世道判作了违法之徒！

住持：公子尽管放心，佛法无边，慈悲为怀，在菩萨眼里，世间万物都有它健康存活的理由，她会保佑这孩子今世的幸福！

薛绍：那就多谢师傅了！

薛绍端详着孩子通红的脸，在他额头上印了一个深情的吻。

24. 野外篝火旁夜晚外景

蹿动的火苗鼓动着皇子们脸上那如风雨之夜幽深动荡的神色。旦和显盘腿安静地坐在篝火旁，唯贤焦躁地逡巡于火堆四周，滔滔不绝的激越言词和着柴火的噼啪声，在空气中干燥地响起。

贤：我从我的命运中看到了弘的影子。看来这是你我兄弟共同的宿命。我们拥有一个太过强大的母亲，在她眼里，我们要么是不更事的无知小子，要么是心怀叵测的野心家！我为大唐社稷悲哀，为我们父亲软弱的性格而痛心疾首！而你们，我的两个兄弟，却把持着令人作呕的矜持无动于衷，等待着时运像狗那样自觉而媚地舔食你的掌心！而我不，我是太子贤,李姓血统的精华。我选择战斗,即使是挣扎,即使得不到我同胞手足的帮助,哪怕是星点的同情!我不会像大哥那样怀着极大的耐性和理性坐以待毙,我要培养年轻的李家势力,让那些别有用心的人,不管是谁,再次领略那曾经所向披靡令天下人齿寒的李姓锋利暴烈的剑刃……你们怎么了。怎么不说话?难道你们不愿加入到这令人热血沸腾的宣战中吗?难道你们就没有激情?

旦:……贤,你看这火苗,由于对风的威力过于敏感而拼命燃烧,结果呢?这样做只能加快自己灭亡的速度,成为一则风所讲述的最得意的笑话,这恐怕就是你目前所谓激情的写照!

25. 洞房早晨内景

太平醒来,头上还盖着那片红绸巾。她望着窗外那被红巾过滤的红色世界。

旁白:这就是属于我的洞房花烛夜,与传说中的甜蜜温存毫无关联。它犹如盖头下那红彤彤的朦胧世界,虽然美好却仅仅只是酒后醉人的夫妻游戏,随着酒精的挥发而没了踪影。我连日来蓄意积攒的全部的自信和成熟被眼前的现实无情地肢解。我重新成为那个对于感情一窍不通的无知幼儿。这难道就是我的爱人为我献上的第一份礼物?

26. 膳房白天内景

薛家父母正在用早餐,安静,只有餐具相互碰撞的声音。太平走进,没施粉脂,一脸憔悴。薛家父母忙站起身,一脸愧疚地望着太平。太平在他们惶恐的注视下有些不好意思,她勉强笑笑。

太平:父亲,母亲,早!

薛父母:你早!

三个人默默地吃早餐。

太平:薛公子……今天回来吗?

薛父:回,回,当然要回。

薛母:昨天很不凑巧,乡下家里发生了一点儿变故,他今天肯定回来……

院门被沉重地推开,薛绍大步流星地走入,悲怆与愤激写在脸上。

薛母最先觉察到形势不对,慌忙迎出去。

薛母:怎么样?……一切都好吗?

薛绍全然不顾母亲含义明显的追问,径直地走进屋,视线像鹰一般抓住太平,坐在太平的对面。太平被盯得有些发慌,强颜欢笑。

薛绍:(一字一句地)你知道什么是爱情吗?

太平:……我……不知道!

太平一时被问得发了蒙,眼巴巴望着薛绍,身子微微后倾,躲避着薛绍如炬的目光。

薛绍:(穷追不舍)那你为什么嫁我?

太平：因为……我喜欢你！

薛绍：你知道爱情意味着什么？

太平怯怯地支吾着。

薛绍：爱情意味着长相守，意味着两个人永远在一起，不论是活着，还是死去，就像峭壁上两棵纠缠在一起的常青藤，共同生长，繁茂，共同经受风雨最恶意的袭击，共同领略阳光最温存的爱抚。最终，共同枯烂，腐败，化作坠入深渊的一缕屑尘。这才是爱情。她需要两股庞大的激情，两颗炙热的心灵，缺一不可。不论她面对的有多么强大、巍然，是神明，还是地狱；爱情是不会屈服的。因为她本身就是天堂，代表着生命最高健全的境界，世间最完美的家园。爱情不会屈服，她无坚不摧！你真正拥有她吗，太平公主？

太平已经被薛绍逼得紧紧地靠在椅背上，满眼是泪，她不明白何以这样美好的言辞却被表达得如此绝望，然而她竟然很感动……

太平：(怯怯地)我……拥有！这恰恰是我对你的感情！

薛绍意想不到太平的回答，怔怔地望着太平。片刻，起身拂袖而去。太平伏在桌上委屈地痛哭。

旁白：我不明白为什么这第一次关于爱情真谛的启蒙长着这样一副愤世嫉俗、甚至歇斯底里的面孔。它本身应是优美而深情的，伴随着温暖的体温和柔软的鼻息……我丈夫脸上那令我陷入爱情的迷一般的诱人神采，从此一去不复返，取而代之的是一种绝对属于男性残酷的冷漠。我不清楚这是否就是婚姻的含义。总之，我生命中那个青春迷幻的时期就这样提前冰冷地结束了。

(选自《大明宫词》，郑重，王要. 北京：人民文学出版社，2000)

【赏析】

《大明宫词》在中国历史上最繁荣的大唐盛世这样一个磅礴画卷下展开，犹如一幅用工笔细心描画的女人的繁华旧梦。女人的权力和感情之间的斗争，这样一个全新的戏剧视角，在剧中化为一代天骄武则天和为大唐带来福祉的太平公主两者之间的斗争，这两个息息相关却又截然不同的女人，同样置身于权力的最高点，她们的爱与恨、纷与争，却恰恰代表了权力和感情之间永恒的矛盾，一切的激情、艳丽、浪漫、极端，行云流水般的时空感，绮丽而奢靡的宫廷氛围，带着血腥味的爱情，浓缩在四十集的电视剧中，被诠释得淋漓尽致。

《大明宫词》的着力点是充分展露、提示人物的人性、人情、人心。全剧通过太平公主对往事的回顾，以旁白的形式联络、贯穿始终，展示了武则天时代叱咤风云的创业活动、纷纭复杂的人际纠纷和丰富多彩的社会生活。废太子李弘"仁义治国"的理想及其幻灭，废太子李贤"归政于李氏"的冲动与败亡，驸马薛绍为情而苟活、为情而自尽的执着与偏激，男宠张易之对权势、情感的嘲弄与报复，武则天对皇子们的失望和遗弃，对太平公主的挚爱与迁就……无不鲜明强烈，各具特色。剧中人物的大段对白、独白，都集中反映了他们内心深处的欢乐、痛苦、忧伤、哀怨、孤独、恐惧或剧烈冲突，以及他们对宇宙、社会、自然、人生、命运的苦苦探索和思考；而诗化、哲理化、现代化的语言更是反映了人类思维的无限丰富和深邃。甚至连缺少思想、拙于言辞的武攸嗣对太平公主的爱的表白也那么质朴可爱；而武后的男宠薛怀义不图权势、不囿于性欲的疯狂举动和言语，也不那么令人厌恶，反觉情有可原……《大明宫词》中，哈姆雷特式的人物似乎充溢其间。独特的艺术视角和对莎士比亚悲剧风格的借鉴，当是《大明宫词》颇受青睐的一个主要原因。

(摘自 2000 年 5 月 16 日《中国文娱网》(有改动))

思考与练习

1. 品味太平公主和薛绍的语言，分析二人的性格特点。
2. 《大明宫词》被认为是一部诗化的电视剧，试结合具体语言加以分析。

淘金记(节选)

查理·卓别林

作者简介

查理·卓别林，20 世纪著名的英国喜剧演员，现代喜剧电影的奠基者，在世界范围内享有盛誉。卓别林幼年丧父，曾在游艺场和巡回剧团卖艺或打杂。1913 年，随卡尔诺哑剧团去美国演出，被美国导演 M.塞纳特看中，从此开始了他的电影生涯。1914 年 2 月 7 日，头戴圆顶礼帽、手持竹手杖、足蹬大皮靴、走路像鸭子的流浪汉夏尔洛的形象首次出现在影片《威尼斯儿童赛车记》中。这一形象成为卓别林喜剧片的标志，风靡欧美 20 余年。卓别林戴着圆顶硬礼帽和穿着礼服的模样几乎成了喜剧电影的重要代表，此后不少艺人都在模仿他的表演方式。卓别林最钟爱的作品——《淘金记》，也是他最有趣的作品之一，在多项世界性的影史十大佳作评选中均居前列，堪称是一部永垂不朽的喜剧。

《淘金记》，一部"笑中带泪"的杰作，一个淘金狂的磨难和梦想，煮食皮靴、带狗跳舞、悬崖木屋等片段已成为喜剧电影的经典，当年在美国创下六百万的惊人票房，艺术价值与娱乐价值同样出色。《淘金记》是卓别林电影风格的集大成之作，是一部不朽的经典。影片改编自唐纳·派莫的短篇小说，也是卓别林创作史上第一部拿到完整剧本才投入拍摄的作品。影片对人物心理幻境的表现，不仅体现了卓别林每拍一片必有新招的审美诉求，同时也给其他喜剧电影的拍摄手法带来了一个成熟范本。影片中，吃皮靴、跳小包面舞、别人打架而枪口总对着自己、"悬崖坠屋"等令人忍俊不禁的场景，都已成为经典，而带狗跳舞的片段更是令当时的观众大开眼界，据说影片在柏林首映时，放映员居然把这些镜头重放了一遍。本片的拍摄规模对当时已经处于创作成熟期的卓别林来说，是空前的

——共有 2500 个矿工参与了影片的拍摄，但他们的片酬却很少，一天饷银与单日薪水相差无几。卓别林在后期制作上同样煞心竭力，95 分钟的电影被他剪辑了 27 遍，创造了他个人拍摄史的记录。《淘金记》是卓别林本人最得意的作品之一，传世影响也十分传奇：1943 年，影片在全美各大影院重映，作曲家马科斯·泰尔为其重新制作了配乐，结果获得了 1944 年奥斯卡最佳配乐奖和最佳音响的两个提名，也是奥斯卡提名历史上压仓时间最长的影片。《淘金记》分为默片和有声版。卓别林 1942 年为迎接有声片时代亲自献声配音，并重新剪辑，将偏爱有加的《淘金记》缩短为 72 分钟的有声版，以及卓别林试图销毁的 1925 年 95 分钟默片原版。默片原版已经亡佚，所幸一个 35 毫米拷贝在私人收藏家手中得以流传，后来为人们所发掘、修复，重见天日。

蒙的卡罗舞场的楼厅。

乔佳正在二楼靠楼梯扶手处的桌子旁边写信。

(信)

昨天晚上对您太不礼貌了，我向您道歉，并请原谅。我仍然爱您。

——乔佳

乔佳把信装在信封里，俯瞰下面的舞场，只见贾克照例和两三个舞女在舞场的一角喝酒。乔佳把信交给侍者，请他把信交给贾克。摄影机向后拉，拉成包括楼厅和楼下舞场全景的俯瞰镜头。站在楼厅上的乔佳处在画面的前景中。

楼下的贾克读完乔佳给他的信，似乎丝毫不感兴趣，他递给她的女友看。乔佳从楼上看到这种情况，表情十分凄楚，好像要说：你真负心哪！贾克正在摆弄这封信，查利摇着手杖走过去，贾克招呼他：

喂，你过来一下！

查利回头望一望便走过去，贾克又招呼了一声。

你过来一下！

查利转来，但是他看了看对方，仍然一言不发地直奔火炉那里去。贾克好像想起了什么，他把侍者叫过来吩咐道：

你把这封信交给那个家伙，可是不准告诉他这是我给他的！

侍者把乔佳给贾克的那封信交给坐在火炉旁的查利。

查利非常惊讶地读那封信。

信(和以前出现的字幕相同)

因为没有收信人的名字，信末署名乔佳，所以查利毫不怀疑地相信这的确是给他的。他为了找乔佳，在跳舞的人群中间钻来钻去。当查利走到贾克跟前的时候，贾克伸出脚把他绊倒，但是他丝毫也不怪罪贾克，他向跟前的舞客问道：

您没有看见乔佳吗？

那位舞客摇摇头。查利走向柜台问侍者：

乔佳在哪儿？

侍者也摇摇头。查利刚想走开，这时，吉姆正在柜台旁喝酒，他听到查利的语声非常耳熟，于是喊道：

小木屋！

吉姆追上查利看看他的面孔，喊道：

小木屋！

吉姆惊喜交集，他抓住查利的前襟往外拉，喊道：

小木屋！

查利莫名其妙，想要逃跑，但是吉姆拉住不放，他说：

把我带到山上的小木屋去！

舞客们不知道他们谈的什么事，把两人围起来，吉姆说：

把我领到那个小木屋去吧。那样，我保证让你成百万富翁！

查利听了这句话才好容易明白吉姆本无什么恶意。放下心不再逃走了。他和吉姆握手。这时他望见楼厅里他最心爱的乔佳，喊道：

乔佳！

查利跑到乔佳跟前，吻她的手，说道：

乔佳，你给我的信收到啦！

乔佳莫名其妙，目瞪口呆地望着他。查利说：

从今以后我一定好好地干活！

查利被两件喜事所鼓舞，极为兴奋，神气十足地大谈自己的理想和抱负。

吉姆等得不耐烦了，跑到二楼拉起查利就跑，他说：

走，咱们上小木屋去！

吉姆和查利穿过看热闹的人群，走出舞厅。但是查利仍然舍不得乔佳，他想回去，吉姆却拉住他不放。人们哈哈大笑地看着他们。(渐隐)

经过漫长而困难的旅行之后。

小木屋前。

前面的小木屋被雾遮住看不清楚。吉姆和查利拉着雪橇从前面走来。他们喊：

那里有个小木屋。

吉姆和查利气喘吁吁地来到小木屋门口，然后走进去。

小木屋里。

小木屋里和从前一样，只是从天棚垂下来的冰柱粗而且长了。

先进来的查利，因为太累了连忙坐下来休息。吉姆进来把旅行用水壶放在桌上，查利立刻拿起来便喝，水壶里装的好像是酒。吉姆指挥查利：

把吃的东西先搬进来。明天一早到矿上去！

查利由于疲劳加上喝醉，摇摇晃晃地走出去，把一大块相当于一头牛的四分之一的牛肉和一大袋面粉搬进来。在查利搬东西的时候，吉姆把水壶里的酒倒进火炉把火点着，然后在桌子上铺好纸，细心地画出从小木屋到金矿去的路线图。

查利干完了活往床上一躺便鼾声大作地睡着了。

吉姆觉得奇怪，拿起水壶摇一摇，已经空了，他惊得发呆，没有办法只好躺在床上睡觉。(渐隐)

不论人计划得多么周密，决定成败的还是一场大风雪。

小木屋外。

小木屋被包围在苍茫的暮色之中。一刹那间，可怕的大风雪便吞没了它。

小木屋里。

两个人根本不知道外面的大风雪，睡得很香，凄厉的大风雪刮到屋子里。

被大风雪包围的小木屋。

可怕的大风雪眼看就要把小木屋刮跑，它很快地顺着斜坡滑了下去。

小木屋里。

吉姆和查利照旧睡得很香，根本不知道外面的大风雪，也不知道这屋子里正在大雪纷飞。

被大风雪卷走的小木屋。

被一夜大风雪刮走的小木屋，停在一座很高的悬崖上。因为从屋子里扯出来的一条大绳正好卡在一道岩缝里，所以它一半落在悬崖上，一半空悬在悬崖之外。(渐隐)

我们的主人公已经累乏，就在他们酣然入梦的时候，大风雪异常猛烈，而且命运对他们是无情的。

(渐显)断崖上一半着地一半悬空的小木屋。

(远景)大风雪平息了，悬在绝壁上的那幢小木屋，好像被微风一吹就要掉下来似的。

小木屋里。

吉姆和查利仍在睡觉，查利先醒来，看样子头有些发晕。

他们不知身在何处也许反倒是幸福的。

查利下了床，可能是酒喝多了，好像有些迷糊。只见屋子里弄得乱七八糟，椅子和桌子都翻过来了，他想看看窗外的情况，用衣袖擦了擦窗户，窗上挂满了冰，一点也看不清楚。

准备吃早饭。

查利打算先把翻倒的桌椅收拾一番，他往右边——吉姆那边走过去，由于两个人的体重都集中在一边，屋子便晃晃悠悠地朝右边倾斜。

半悬在空中的小木屋。(远景)

半悬在空中的小木屋向右倾斜，眼看就要掉下去。

小木屋里。

由于小木屋突然向右倾斜，正在睡觉的吉姆翻身坐起。这时，因为查利把桌子搬到左边，所以屋子又恢复了平衡。

但是，查利往右边一走，右边又加重了，小木屋照旧向右歪。恰好吉姆起床下地，朝左边走来，结果，又恢复了平衡。两人深感诧异，在地板上跳了又跳，使劲踹了又踹，试验的结果，因为一直是查利在右吉姆在左，所以屋子不歪不斜，纹丝不动。查利笑了笑说：

这是因为喝醉了的缘故啊！

查利把锅端来，把天棚上的冰柱砸碎放在锅里用它烧水。在这些动作中，两人正好站在左右两边，所以屋子始终是平衡的。

这时，两人又偶然地聚到右边，结果，屋子又渐渐歪斜，这才弄清楚不是人有什么毛病，确实是屋子往右倾斜。两人战战兢兢地往右边靠，试一试到底是什么缘故，但是仍然不明真相。

到底外边是什么情况，还是瞧瞧吧！

既然窗上结了冰看不见外边，查利便想打开后门，因为冻上冰了，怎么也打不开。于是往后退了退运足力气，猛地往门上一撞，门总算是撞开了，但他自己也跟着冲了出去。

半悬在空中的小木屋。

(远景)小木屋的后门打开，查利抓住那扇门吊在空中。

小木屋里。

吉姆想过来援救查利，因为他走到右边来，结果，小木屋更摇摇晃晃地向右歪斜。

半悬在空中的小木屋。(远景)

小木屋突然倾斜，差不多快要从悬崖上掉下来，幸亏有卡在岩缝里的那条大绳子才免于坠落，但是稍微动一动就会掉下来。

更加倾斜的小木屋里。

查利被吉姆拉上来，他已经吓得魂飞魄散，他想蹬着吉姆上来，由于噼咚噗通一阵闹腾，屋子更加歪斜，还没有到达前门口，查利又滑到原来的墙根处。查利更加害怕，吉姆对他说：

沉着点儿！

两人匍匐在地板上，每个人拼命地蹬着墙，才勉强把身体支撑起来。

你先一动别动，屏住呼吸！

吉姆想尽办法要攀住前面那扇门，不管查利愿意不愿意，他先用他当梯子，顺着地板往上爬。还差一点就爬上来的时候，查利吃不住了，结果，吉姆又滑到原来的地方，这样一来，小木屋倾斜得更厉害了。

吉姆又蹬着查利的头，用足力气伸长了身体好不容易抓住了前面那扇门，把它推开之后来到外面。

踏上土地的吉姆惊魂未定，他望了望四周，这时他才发现，原来这里就是他发现金矿的地方。他埋的木桩，为了搭帐篷挖的坑，一切都是原来的样子，如此出乎意料之外的现实，使吉姆忘了查利，他一个人高兴得又蹦又跳。

这是我发现的，找到我发现的金矿啦！

吉姆把放在那里的金矿石拾起来吻了又吻，乐得直跳。

倾斜的小木屋里。

查利紧紧地贴在几乎已经成了垂直形的地板上，因为不见吉姆，急得他直喊叫求救。吉姆被他的喊叫声惊醒过来，从门口投给他一条大绳往上拉他。由于这种震动，小木屋更摇晃起来。

快要从悬崖上掉下去的小木屋。

吉姆用绳子把查利刚刚拉上来这一刹那之间，小木屋因为失去平衡便朝着万丈深谷掉了下去。

查利在这千钧一发的关头拾得了一条命，气喘吁吁地坐在雪地上。但是吉姆仍然沉浸在找到金矿的喜悦中。他说：

你看哪，我们发了财啦！我们成了百万富翁啦！

吉姆紧紧地拥抱查利，他欣喜若狂，但查利一直是惊魂未定。(渐隐)

再见吧，阿拉斯加，我们成功了，要乘船返乡！

(圈入)客船甲板上。

船似乎今天起锚，客人们纷纷上船。

果然是一副百万富翁的派头！

船员和侍者在前面引路，吉姆和查利上了船。两人都穿着漂亮的外套，戴着大礼帽，朝客舱走去！这时，对面走过来一位上年纪的绅士，把半截雪茄扔在甲板上，查利见了，情不自禁便走过去打算拾起。吉姆认为有失体统，瞪他一眼，从上衣口袋里掏出新雪茄塞在他嘴里。

客舱前廊。

最高一层甲板上头等客舱前的走廊，久候的新闻记者和摄影记者迎接上前。

我是新闻记者。

查利和吉姆站在支好三脚架的照相机前，让摄影记者给他们拍照，然后神气十足地走进客舱。

客舱里。

一套两大间的豪华客舱里，沙发旁边站着两个修指甲的女郎，听候差遣。侍者过来给查利脱外套，脱下一件还有一件漂亮的皮外套，脱下皮外套才是大礼服。这时，那个年轻的新闻记者进来，他问查利道：我们想在报上发表您的传记，可不可以请您换上工作服？

查利点头答应，到隔壁房间去换衣服。

查利的卧舱。

房间和吉姆的一样豪华。查利在换衣服，他向柜橱上看了一眼，只见乔佳那张照片已经镶上精美的镜框摆在上边。

希望的东西都有了，只有乔佳找不到！

查利不停地望着乔佳的照片。

中层甲板上。

三等舱的甲板上，一个年轻女人坐在堆着船具的甲板尽头处。

她就是乔佳！（美术字幕）

从她脸上忧郁的神色来看，可能是因为她的美梦已经幻灭，不得不返回故乡了。这时有两个船员走来，他们是搜查无票乘客的。

正在搜查无票上船的旅客。

船员们一边搜查堆积航海用具的背阴处一边叨咕：

这些家伙们一定是躲在这层甲板的什么地方啦。抓住他们的话统统关起来。

吉姆的头等卧舱。

查利穿着他那破上衣和那条肥肥大大的破裤子从隔壁房间出来，吉姆出神地看着那两个修指甲的女郎。吉姆见查利穿着这样脏的衣服吃了一惊，但是查利却若无其事地和新闻记者走去。

船头上层甲板。

摄影记者把照相机支上三脚架正在等待查利，他让查利站在甲板的一头，对好焦点。他从大块黑布里露出头来要装干板时，却不见了查利。原来，查利爱看热闹的老毛病未改，跑过来看照相机来了。摄影记者让查利退到原来的地方，查利退得太远了，隔着扶手一个斤斗栽到中甲板去了。摄影记者抬头一看，又不见查利踪影，大吃一惊，连忙到客舱去寻找。

中层甲板。

查利咕咚一声正好掉在大盘船缆的中间，坐在旁边的乔佳吃了一惊，她回头一看，正好和苦笑着从绳缆中间露出头来的查利打了个照面。两人为这次奇遇高兴地握手，乔佳看到查利这身寒酸的装束，以为他一定是无票偷偷上船的。这时，搜查无票乘客的船员正在向他走来。船员吼叫道：

你这家伙是偷偷上来的，到底把你抓住啦！

船员抓住查利的领襟。乔佳打算替查利买票，打开手皮包取出钱包付款。恰巧一位高级船员带着那位新闻记者跑来找查利，申斥抓查利的那个船员道：

放手！这位是百万富翁，和毕格·吉姆先生一起的！

然后对客舱的侍者说：

杰姆斯！可不能怠慢客人哪！

船员们走开之后，新闻记者看到查利和乔佳非常亲密，问道：

对不起，这位夫人是谁？

查利笑眯眯地对新闻记者耳语了一阵。新闻记者笑逐颜开地：

那么恭喜您！

上层甲板。

摄影记者把照相机仍然支在原来的地方等待查利，年轻的记者请查利和乔佳站在甲板尽头处，对摄影记者说：

喂，这才是特别消息呀！

摄影记者蒙上黑布对好焦点，对他们说：

请不要动！

但是查利的脸渐渐地扭向乔佳，最后两个人接吻。

摄影记者忙嚷道：

您还在动哪！

但是他俩好像根本没有听见，仍然接吻。**(渐隐)**

(选自电影文学剧本《淘金记》. 李正伦译. 中国电影出版社，1963)

【赏析】

　　本文是电影《淘金记》的最后几个情节。淘金梦破灭的查利，在小镇的舞厅里被两件喜事鼓舞着，一是继续在误会与被捉弄中追逐着爱情，二是从前的淘金伙伴、失去记忆的吉姆找到了他，让他帮助寻找小木屋。这样，电影画面又重新被拉回阿拉斯加的雪域高原。他们幸运地找到了小木屋，但小木屋却在一夜之间被大风雪裹挟到悬崖边上，吉姆因此意外地找到了他的金矿。两个患难与共的淘金者终于实现了他们的梦想，成为百万富翁。在回家的船上，查利也最终收获了他的爱情。

　　在喜剧的冲突中展开故事情节，彰显人物性格，是节选部分的一个突出特点。爱情使查利迷狂，他不用理性去分析乔佳的来信(实际上是暴发户贾克对他的捉弄)，甚至不介意被贾克绊倒，表现出超常的执着和滑稽的自信。当查利在舞厅中呼喊乔佳的声音被吉姆接住时，又戏剧性地重新启动了他们"古老"的淘金之梦。找到金矿的吉姆欣喜若狂，绝境不死的查利惊魂未定，这种在瞬间情境中人物不同情态的对比，也增强了喜剧效果。而沦落在三等舱甲板上的乔佳，竟能够打开钱包为穿着破衣服的查利买船票，这样的情节，更显现出朴素的人情美。

　　"悬崖坠屋"一节，是《淘金记》中经典的喜剧场景。暴风雪把睡梦中的淘金者带到了绝境，也带到了金矿的所在地，生和死、绝望和惊喜、梦幻与现实，在这一场景中被表现得无以复加。

　　作为默片时代的经典喜剧，《淘金记》中的字幕(黑体字部分)对提示背景、推动情节、传达人物对话、完成时空转换、强化某种戏剧效果起到了不可或缺的作用。节选部分中精彩的例子，如吉姆在舞厅中找到查利时，别无他语，只是连连高喊"小木屋"；如在暴风雪来临之际，字幕语言为"不论人计划得多么周密，决定成败的还是一场大风雪"；如在两位淘金者乘船回家之时，字幕语言为"再见吧，阿拉斯加，我们成功了，要乘船返乡"。阅读时要注意理解和欣赏这些字幕不同的功用和表达效果。

思考与练习

1. 分析《淘金记》的喜剧特色。
2. 结合作品分析查利这一人物的性格特点。

学生课外阅读书目

书名	作者	国别
三国演义	罗贯中	中国
西游记	吴承恩	中国
水浒传	施耐庵	中国
红楼梦	曹雪芹	中国
朝花夕拾	鲁迅	中国
呐喊	鲁迅	中国
彷徨	鲁迅	中国
野草	鲁迅	中国
骆驼祥子	老舍	中国
茶馆	老舍	中国
女神	郭沫若	中国
子夜	茅盾	中国
繁星·春水	冰心	中国
日出	曹禺	中国
童年	高尔基	俄国
鲁滨逊漂流记	笛福	英国
钢铁是怎样炼成的	奥斯特洛夫斯基	苏联
名人传	罗曼·罗兰	法国
复活	列夫·托尔斯泰	俄国
普希金诗选	普希金	俄国
老人与海	海明威	美国
麦克白	莎士比亚	英国
失乐园	弥尔顿	英国
理想国	柏拉图	古希腊
围城	钱钟书	中国
平凡的世界	路遥	中国
神曲	但丁	意大利
源氏物语	紫式部	日本
牡丹亭	汤显祖	中国
白鹿原	陈忠实	中国

书名	作者	国别
文化苦旅	余秋雨	中国
史记	司马迁	中国
青春之歌	杨沫	中国
堂吉诃德	塞万提斯	西班牙

参 考 文 献

[1] 萧涤非等. 唐诗鉴赏辞典. 上海：上海辞书出版社，1983
[2] 余冠英. 诗经与楚辞精品. 长春：时代文艺出版社，1995
[3] 吴熊和，萧瑞峰. 唐宋词精选. 南京：江苏古籍出版社，2002
[4] 衡塘退士原选. 唐诗三百首. 北京：团结出版社，1996
[5] 岑献青. 中国现当代文学名篇佳作选. 北京：中国少年儿童出版社，2000
[6] A.J.M.史密斯等. 外国情诗集萃. 杨杰等译. 北京：外国文学出版社，1989
[7] 朱德才选注. 辛弃疾词选. 北京：人民文学出版社，1988
[8] 傅庚生. 中国文学欣赏举隅. 北京：北京出版社，2003
[9] 张文勋. 诗词审美. 上海：上海文艺出版社，1987
[10] 周振甫. 诗词例话. 北京：中国青年出版社，1962
[11] 王国维. 人间词话. 上海：上海古籍出版社，1998
[12] 周红兴. 外国诗歌名篇选读. 北京：作家出版社，1986
[13] 严敦易. 警世通言. 北京：人民文学出版社，1956
[14] 茹志鹃. 百合花. 北京：人民文学出版社， 1958
[15] 奥斯特洛夫斯基. 钢铁是怎样炼成的. 梅益译. 北京：人民文学出版社，1955
[16] 杰克·伦敦. 热爱生命. 上海：上海人民美术出版社， 2002
[17] 贾平凹. 腊月·正月. 北京：北京十月文艺出版社，1985
[18] 金萍，潘鸿慆. 走出沙漠. 微型小说精品. 武汉：武汉出版社，1995
[19] 于德北. 杭州路10号·中国当代小小说作家精品阅读. 长春：北方妇女儿童出版社，2003
[20] 邹湘瑶. 中华古典散文赏析丛书·哲理政论卷. 北京：北京图书馆出版社，1998
[21] 张伟忠. 阅读. 山东：山东艺术出版社，2002
[22] 陈丹晨. 巴金名作欣赏. 北京：中国和平出版社，2001
[23] 范昌灼. 中国散文名著快读. 成都：四川文艺出版社，2004
[24] 白雪松. 现代诗文导读. 济南：山东人民出版社，2001
[25] 王实甫. 西厢记. 北京：人民文学出版社，2005
[26] 老舍. 茶馆. 天津：天津人民出版社，2005
[27] 莎士比亚. 罗密欧与朱丽叶. 北京：人民文学出版社，2001
[28] 曹禺. 日出·北京人. 北京：当代世界出版社，2002
[29] 汤显祖. 牡丹亭. 太原：山西古籍出版社，2005
[30] 郭沫若. 屈原. 北京：人民文学出版社，1953
[31] 鲁迅. 鲁迅文集. 太原：北岳文艺出版社，2005
[32] 胡茂胜，赵志英. 阅读与欣赏. 北京：化学工业出版社，2005
[33] 陈洪. 大学语文. 北京：中国财政经济出版社，2001
[34] 刘叔成. 文学概论四十讲. 北京：中央广播电视大学出版社，1984
[35] 以群. 文学的基本原理. 上海：上海文艺出版社，1984